KJB

Lauren Child, geboren 1967, wuchs in Wiltshire auf, einer Grafschaft im Süden Englands. Sie studierte an der City and Guilds Art School in London. Danach hatte sie verschiedene Jobs, bis sie 1999 ihr erstes Kinderbuch veröffentlichte. Heute ist Lauren Child eine der bekanntesten Kinderbuchautorinnen und -illustratorinnen Englands.

Alle Abenteuer von Ruby Redfort bei Fischer:
Ruby Redfort – Gefährlicher als Gold
Ruby Redfort – Kälter als das Meer
Ruby Redfort – Schneller als Feuer
Ruby Redfort – Dunkler als die Nacht
Ruby Redfort – Giftiger als Schlangen
Ruby Redfort – Tödlicher als Verrat

Weitere Informationen zum Kinder- und Jugendbuchprogramm der S. Fischer Verlage finden sich auf
www.fischerverlage.de

Lauren Child

Ruby Redfort

Tödlicher als Verrat

Aus dem Englischen
von Anne Braun

KJB

MIX
Papier aus verantwortungsvollen Quellen
FSC www.fsc.org
FSC® C083411

Erschienen bei FISCHER KJB

Die englische Originalausgabe erschien 2016
unter dem Titel ›Ruby Redfort – Blink And You Die‹
im Verlag HarperCollins Children's Books, London

Hedderichstr. 114, D-60596 Frankfurt am Main
Lektorat: Silvia Bartholl
Covergestaltung: Geviert, Grafik & Typographie, München
Satz: Pinkuin Satz und Datentechnik, Berlin
Druck und Bindung: CPI books GmbH, Leck
Printed in Germany
ISBN 978-3-596-85550-6

Für Lucy G

Schließ die Augen und
sieh die Wahrheit

Anonymer Autor,
aus der Indigo-Codeknacker-Bibel

Die verschüttete Angst

Es geschah an einem klaren Tag im April, als das gerade mal fünf Wochen alte Baby tief und fest schlief. Die Welt stürzte herab, und das Kind riss die Augen auf, doch da war nichts als stockdunkle Finsternis. Die Wände waren auf einmal so nah, dass sie sich fast berührten, es gab keine Türen und Fenster mehr. Das Baby schrie und schrie, doch niemand kam. Es schrie sich beinahe die Seele aus dem Leib und ballte seine zarten Fäustchen, um die Grabwände aus Schutt und Geröll wegzuschieben – vergebens. Panik ergriff sein kleines Gehirn, das Baby kniff die Augen zu, und sein Herz raste.

Das Kind war allein, und keiner würde es je finden.

Es war in der Obhut der Haushälterin zurückgelassen worden, die gerade ein Backblech mit Plätzchen zum Abkühlen auf die Veranda stellte, als die Erde urplötzlich zu beben begann, die Gebäude schwankten und die Bäume knarrten und knackten. Einige von ihnen, wie die große Eiche im Amster Green Park, hielten stand, andere jedoch – unter anderem die Riesenzeder in Twinford West – fielen krachend um.

Gehsteige wellten sich, Straßenlaternen stürzten um. Das Erdbeben dauerte nur wenige Sekunden, und Twinford City kam im Großen und Ganzen glimpflich davon. Einige Gebäude mussten zwar renoviert werden, doch Todesopfer waren erstaunlicherweise nicht zu beklagen. Am schlimmsten hatte es das Fairbank-Haus am Cedarwood Drive getroffen, das fast komplett zerstört worden war, nachdem es zweihundert Jahre lang an seinem Platz gestanden und auf das sich ständig verändernde Stadtbild Twinfords hinuntergeblickt hatte. Das Erdbeben hatte die historische Villa fast dem Erdboden gleichgemacht.

Es war die Haushälterin, die das Baby ausbuddelte, mit nichts als »den Händen, die Gott ihr gegeben hatte«. Diese wackere Frau hatte in ihrem langen Leben schon Schlimmeres als Erdbeben übererlebt, und deshalb konnte sie so leicht nichts mehr erschüttern. Sie würde bestimmt nicht tatenlos herumstehen, wenn ein kleines Kind unter den Trümmern lag – vielleicht schon tot, vielleicht noch lebendig.

Als die Eltern des Babys einige Stunden später in ihr trautes Heim zurückkehren wollten und nur noch einen Trümmerhaufen vorfanden, lag ihre kleine Tochter zum Glück putzmunter auf dem Schoß der Haushälterin und lächelte zu ihnen hoch. Die Eltern waren überglücklich, dass ihre kleine Tochter heil und gesund war und nicht den kleinsten Kratzer in dem zarten Gesichtchen hatte. Sie war unversehrt.

Diesen Anschein hatte es zumindest, doch in dem Kopf des Babys hatte sich ein Körnchen Angst eingenistet, und diese Angst sollte fortan wachsen und wachsen, bis sie im Kopf des Mädchens zu einem gefährlichen Monster geworden war, das ständig irgendwo im Hintergrund auf der Lauer lag.

Ein ganz gewöhnliches Kind

Als Ruby Redfort dreizehndreiviertel Jahre alt war, sah sie sich in der größten Zwickmühle ihres bislang doch recht kurzen Lebens. Auf ihrem Schreibtisch lagen die beiden Hälften eines Apfels, in der Hand hielt sie einen kleinen Zettel.

Auf diesem Zettel standen nur zwei kleine Großbuchstaben; Buchstaben, die etwas so Schlimmes und Unfassbares bedeuteten, dass ihr der Kopf zu platzen drohte.

Sie sprachen von Verrat und Mord.

Es war der Graf, der den Keim des Misstrauens in Rubys Kopf eingepflanzt hatte. Mit einer makabren Frage hatte er einen giftigen Stachel in Rubys Fleisch gebohrt, als er behauptet hatte, der viel zu frühe Tod des außerordentlich talentierten jungen Spektrum-Agenten Bradley Baker sei in Wirklichkeit »arrangiert« worden.

»Die Frage ist«, hatte er gesagt, »wer den Abzug betätigt hat.«

Es war der Apfel, dieser Bote des Schicksals, der die Antwort enthielt.

Wenn Ruby wirklich glaubte, was auf diesem Zettel stand, war ihr Leben auf einen Schlag wesentlich gefährdeter geworden.

Sie starrte auf die Initialen der Frau, die bei Spektrum das Sagen hatte und das Leben all ihrer Agenten in den Händen hielt.

Die Chefin von Spektrum 8.

LB.

Ruby starrte hinaus in die Dunkelheit und überlegte, wem sie noch trauen konnte. Am besten keinem, sagte sie sich.

Einige Wochen später …

1. Kapitel

Ein Fenster auf die Welt

Ruby Redfort saß auf einer Trittleiter und schaute aus dem hohen Panoramafenster, das eine ganze Seite ihres Zimmers einnahm. Das Fenster war eigentlich nicht zur Beobachtung der Straße gedacht, sondern um Licht hereinzulassen, doch an diesem Tag interessierte sich Ruby mehr für den Ausblick. Mrs Beesman zog wieder einmal mit ihrem Einkaufswagen durch die Gasse, die hinter dem Cedarwood Drive verlief. Darin saßen wie üblich etliche ihrer Katzen, die sie zusammen mit einer Menge Dosen, Kochtöpfen und anderem Gerödel durch die Gegend schob. Einige der Katzen trugen eine Art Bauchwärmer, die verdächtig nach alten Socken aussahen – vermutlich zum Schutz vor der Kälte. Mrs Beesman selbst hatte mehrere Mäntel übereinander angezogen und eine Pelzmütze mit Ohrenklappen, dazu Skihandschuhe und einen extrem langen, mottenzerfressenen Schal. Die alte Frau lief bei jedem Wetter im Mantel herum, doch dass es an diesem Tag so viele waren, ließ darauf schließen, dass es ein sehr kalter Morgen war. Als sie am Grundstück von Mr Parker ankam, begann dessen Hund Bubbles wie verrückt zu bellen.

Ruby hatte einen Teller mit Pfannkuchen auf dem Schoß: bereits ihre zweite Portion, und dabei war es erst 6.47 Uhr. Sie war den ganzen November nicht zu Hause gewesen, und die alte Haushälterin hatte sie mehr vermisst, als sie jemals zugeben würde. Kaum hatte Ruby ihren Fuß auf die Schwelle gesetzt, hatte Mrs Digby begonnen, einen Pfannkuchenteig zuzubereiten und die Bratpfanne zu erhitzen. Und während sie Pfannkuchen um Pfannkuchen zum Wenden in die Höhe warf, erzählte sie Ruby sämtliche Neuigkeiten der letzten Wochen. Doch dann war ein dringender Anruf von Mrs Digbys Cousine Emily gekommen, und da Ruby wusste, wie lange diese Gespräche immer dauerten, hatte sie sich ihr Frühstück geschnappt und sich damit in ihr Zimmer zurückgezogen.

Das Vertilgen der Pfannkuchen dauerte länger als sonst, da Ruby die Gabel immer wieder sinken ließ, um ihre Nachbarschaft zu beobachten. Alle paar Minuten nahm sie den Stift von ihrem Ohr und schrieb etwas in das gelbe Notizbuch, das auf ihren Knien lag. Erstaunlich, dass um diese Zeit schon so viel los war. Ruby hatte bereits als Dreijährige damit begonnen, in Notizbücher zu schreiben, und mittlerweile besaß sie 625 davon, in denen alle aufregenden und interessanten Dinge standen, die sie im Laufe der Jahre beobachtet hatte. Doch sie hatte sich auch ganz gewöhnliche und langweilige Vorkommnisse notiert. Ihre 624 vollgeschriebenen Notizbücher hatte Ruby unter einem Fußbodenbrett ihres Zimmers versteckt, das aktuelle mit der Nummer 625 bewahrte sie in einem Hohlraum neben dem Türpfosten auf.

An diesem Dezembermorgen war Ruby unzumutbar früh von einem Aufenthalt zurückgekehrt, den sie als »Idiotencamp« bezeichnete, während die Organisatoren von einem »Camp für mathematisch Hochbegabte« sprachen. Was Ruby betraf, so hatte sie vier wertvolle Wochen ihres Lebens verloren, die sie nie mehr zurückbekommen würde. Es war kein Zuckerschlecken gewesen, aber nicht weil die Anforderungen besonders hoch gewesen wären, sondern weil einige der Kursteilnehmer nicht besonders nett gewesen waren, etliche sogar noch schlimmer als das, insbesondere Dakota Lyme. Ruby war schon einmal mit dieser Tussi aneinandergeraten, im Rahmen der Matholympics, und das war einer der weniger angenehmen Tage in Rubys (alles in allem recht erfreulichen) Leben gewesen. Damals war Ruby mit der streitlustigen Dakota in die Endrunde gekommen und hätte ihrer Konkurrentin liebend gern den Sieg überlassen, nur um diesem albernen Zirkus so schnell wie möglich zu entkommen. Doch weil sie gewonnen hatte, kam es anschließend auf dem Parkplatz zu einem unschönen Zwischenfall, bei dem sie von Dakota übel beschimpft wurde. Eines von Rubys Problemen war, dass sie wegen ihres brillanten Gehirns oft alle Aufmerksamkeit auf sich zog, und das war etwas, was sie nicht zuletzt wegen ihrer Nebentätigkeit als Undercoveragentin weder wollte noch brauchen konnte.

Jetzt sah sie Mr Parker aus dem Haus rennen und mit Bubbles schimpfen. Sein Gezeter fand Ruby um einiges unangenehmer als das Bellen seines Hundes.

Rubys Job als Geheimagentin war kein Ponyhof, was nicht weiter überraschte, wenn man bedachte, mit was für Menschen sie es im täglichen Kampf gegen das Böse zwangsläufig zu tun hatte. *Das Böse* war Rubys Meinung nach allerdings ein überstrapazierter Begriff. Nicht jeder, der ein Verbrechen beging, war böse, und nur selten (höchst selten sogar) konnte man diese Verbrecher als abgrundtief böse Menschen betrachten, die kein Fünkchen Gutes in sich hatten. Doch was den Grafen betraf – falls der auch nur ein Fitzelchen Gutes in sich hatte, dann war es definitiv zu klein, um es zu erkennen, wie Ruby fand. Ob das nun an einer vermurksten Kindheit, einem verkorksten Leben, den Genen seiner Eltern oder am Wetter lag, änderte nichts an der Tatsache, dass dieser Mensch durch und durch verdorben und abgrundtief böse war. Um dieses gewissenlose Monster von einem Mann waberte ein finsterer Dunstkreis von ebenso abscheulichen und schwer gestörten Typen, die geradezu begierig darauf waren, ihm die Dreckarbeit abzunehmen. Sie schmiedeten so finstere und brutale Pläne, dass Supergirl persönlich Grund gehabt hätte, nachts nur bei Licht zu schlafen. Wie hätte da eine dreizehnjährige Schülerin aus Twinford die Nerven behalten können? Nun, niemand hatte ihr je versprochen, dass ihr Job als Undercoveragentin leicht werden würde. Doch wesentlich mehr als die fiesen Handlanger oder auch den Grafen selbst fürchtete Ruby das Superhirn, den Drahtzieher, der hinter allem steckte und im Hintergrund die Fäden zog. Denn es gab diese Person, die nach Aussage des Grafen Ruby tot sehen wollte und vor der auch er offenbar einen Heidenbammel hatte.

Und um es mit Mrs Digbys Worten zu sagen: »Fürchte den Wolf, vor dem sich andere Wölfe fürchten.«

Ruby sah einen Möbelwagen um die Ecke kommen und in den Cedarwood Drive einbiegen. Vor dem Haus mit dem grauen Schindeldach, dem ältesten Haus in der Straße, hielt er an. Offenbar würde es bald wieder leer stehen. Soweit Ruby sich zu-

rückerinnern konnte, waren bisher keine Bewohner sehr lange geblieben.
Ein Auto fuhr vorbei und hielt an der Kreuzung an, der Fahrer kurbelte das Fenster herunter und warf eine Getränkedose auf die Straße.
Der Oktober war ein anstrengender Monat gewesen. Rubys Leben als Agentin bei der geheimsten aller Geheimdienstorganisationen – nur Eingeweihte wussten von deren Existenz und dass sie Spektrum hieß – wurde von der zunehmenden Gewissheit überlagert, dass irgendwo in den weitläufigen, unterirdischen Korridoren ein Maulwurf sein Unwesen trieb. Offenbar gehörte auch Ruby zu den Verdächtigen, das hatte sie bei ihrer Befragung in den stählernen Blicken zu lesen geglaubt. Sie war von Agent Delaware, dem Chef von Spektrum 1, in die Mangel genommen worden, und es war wirklich keine schöne Erfahrung gewesen, besonders als er sie mit seinem Blick durchbohrte und sagte: »Ich könnte in genau diesem Moment einer Verräterin in die Augen schauen und würde es nicht merken.« Das hätte Ruby nicht persönlich nehmen müssen – es war das übliche Vorgehen. Jeder Spektrum-Agent stand unter Generalverdacht, jeder einzelne wurde einer strengen Befragung unterzogen und überprüft. Doch der Maulwurf war noch immer nicht aufgedeckt worden. Niemand war gefeuert worden, aber die Anspannung im Hauptquartier war fast mit den Händen greifbar.
Zeitgleich mit den stürmischen Oktoberwinden brachten die Ermittlungen bei Spektrum eine ungemütliche Atmosphäre mit sich, die durch die Gänge kroch und Misstrauen und Ver-

dächtigungen säte. Und nach dem, was Ruby nun erfahren hatte, schien alles zu LBs Tür zu führen.

Ein kleiner Lieferwagen kam die Straße heruntergefahren, hielt vor dem Haus der Lemons an und versperrte Ruby zumindest teilweise den Blick auf den Cedarwood Drive. Ein erboster Autofahrer begann hektisch zu hupen, doch der Lieferwagen blieb unbeirrt auf der Straße stehen. Irgendwann stieg der Fahrer des Pkw aus, der Fahrer des Lieferwagens ebenfalls, und die beiden Männer brüllten sich an. Wegen ihres Geschreis konnte Ruby die Schritte über ihr auf dem Dach nicht hören. Erst als die Luke geöffnet wurde, merkte sie, dass jemand dort oben war.

»Wer da?«, rief sie, und die Trittleiter kam bedenklich ins Wanken, als sie sich umdrehte, um zu sehen, wer da hereinkletterte.

»Ah«, sagte Hitch. »Sieht ganz so aus, als wärst du zurück.«

»Himmel! Schon mal was von Anklopfen gehört?«, schimpfte Ruby.

»Wäre etwas komisch, oder? Aufs Dach zu klopfen!«, antwortete Hitch. Er hatte einen Werkzeuggürtel um die Taille hängen und eine Kabelrolle über der Schulter.

»Was machen Sie überhaupt da oben?«, fragte Ruby.

»Das ist eine lange Geschichte, und ich erzähl sie dir, sobald ich etwas Zeit habe – im Moment jedenfalls nicht.«

»Wollen Sie nicht wissen, was es Neues gibt?«, fragte Ruby.

»Ich brenne darauf, deine Neuigkeiten zu hören, Kleine, doch dieses Vergnügen muss leider noch warten.« Er öffnete das Fenster und kletterte hinaus auf das Fensterbrett.

»Türen sind eine tolle Erfindung, finden Sie nicht?«
»Ach, seit wann bist du so konventionell?«, sagte Hitch, bevor er von der Bildfläche verschwand. »Schön, dass du wieder da bist, Kleine.«

2. Kapitel

Ein Überseegespräch

Ruby hatte es sich gerade wieder auf ihrer Trittleiter bequem gemacht, als tatsächlich an die Tür geklopft wurde. Ihr Husky Floh richtete sich auf und trottete zur Tür.
»Wer da?«, rief Ruby und ließ ihr Notizbuch rasch unter ihrem Po verschwinden.
»Na, wer wohl?«, kam die Antwort.
»Sie können reinkommen!«, rief Ruby.
»Eines Tages wirst du dir noch den Hals brechen!«, sagte die alte Haushälterin, als sie Ruby oben auf der Leiter sitzen sah.
Ruby blickte auf Mrs Digby runter, die mit einem Tablett hereingekommen war und nach leeren Bechern und benutzten Tellern auf dem Fußboden Ausschau hielt.
»Das ist aber keine freundliche Ansprache«, sagte Ruby.
»Na, dich da runterfallen zu sehen, wäre auch kein schöner Anblick«, brummte die Haushälterin. Ihr Blick fiel nach drau-

ßen, auf Hitch. »So wenig wie den Butler gleich vom Dach fallen zu sehen. Macht er wieder Jagd auf Eichhörnchen? Oder auf Rüsselkäfer?«

»Das wissen die Götter«, seufzte Ruby.

»Was tust du eigentlich da oben? Spionierst du wieder die Leute aus, hm?«

»Ich beobachte sie, ja«, korrigierte Ruby.

»Kommt auf dasselbe raus«, schniefte Mrs Digby. »So etwas Neugieriges wie dich habe ich noch nie erlebt.«

»Waren meine Eltern gestern Abend aus, oder was?«, fragte Ruby mit einem Blick auf ihre Uhr. Es kam nur selten vor, dass Brant und Sabina morgens lange schliefen; sie waren das, was Mrs Digby als »frühe Vögel« bezeichnete.

»Wenn du eine Antwort auf diese Frage haben willst, musst du ein Überseegespräch führen«, sagte Mrs Digby.

»Hä?«

»Sie sind verreist«, erklärte die Haushälterin. »Paris, Frankreich.«

»Tatsächlich?«, fragte Ruby überrascht. »Warum das?«

»Dein Butler-Freund hat sie dazu überredet.«

»Hitch?«, sagte Ruby verdutzt, als würden die Redforts ein Heer von Butlern beschäftigen.

»Er fand, dass sie dringend mal Urlaub bräuchten. Keine Ahnung, *warum*, denn der einzige Urlaub, den sie bräuchten, wäre ein Urlaub vom Urlaubmachen.« Mrs Digby schnalzte missbilligend mit der Zunge. Ihr wurde schon schwindelig, wenn sie nur an die vielen Reisen *dachte*, die das Ehepaar Redfort andauernd machte.

»Und wann kommen sie zurück?«, fragte Ruby.

»Übermorgen. Sie wollten eigentlich vor dir zurück sein, aber wie es scheint, haben sie keinen Flieger gekriegt.«

»Ich wette, Hitch hätte ihnen einen Rückflug organisieren können. Er hat echt Talent, die Leute von den Airlines zu überreden, dass sie tun, was er will.«

»Nun, diesmal offenbar nicht«, entgegnete Mrs Digby, »doch ich denke, gegen das Wetter kommt nicht mal er an.«

»Das Wetter?«, wiederholte Ruby.

»Schneestürme«, sagte Mrs Digby. »Paris versinkt fast im Schnee.«

»Wow! Und wie lange werden sie wohl …?« Ruby verstummte abrupt, weil ihr plötzlich etwas auffiel. »Mrs Digby«, sagte sie und starrte die alte Frau an, »was ist mit Ihrem Gesicht passiert?«

»Na, das klingt aber nicht sehr höflich«, schnaubte die Haushälterin.

»Ich meine, Sie sehen irgendwie anders aus.« Angestrengt musterte sie die Haushälterin. »So *braun*!«

»Wenn du schon fragst: Ich habe eine Kreuzfahrt gemacht.«

»Wie bitte?!«

»In der Karibik.«

Ruby bekam den Mund nicht mehr zu.

»Auf einem Schiff!«, ergänzte Mrs Digby.

»Ich weiß, was eine Kreuzfahrt ist«, sagte Ruby. »Ich verstehe nur nicht, wie Sie auf diese Idee gekommen sind!«

»Habe ich anständig und ehrlich gewonnen.«

»Was?«

»Na, die Kreuzfahrt. Bei einem Preisausschreiben. Ich habe die Reise gewonnen und meine Cousine Emily mitgenommen.«

»Was war das für ein Preisausschreiben?«, fragte Ruby.

»Das ist ja das Komische«, sagte Mrs Digby. »Ich kann mich nicht mal mehr erinnern, dass ich bei einem mitgemacht habe, aber vermutlich hab ich das doch, und du weißt ja, was der Volksmund sagt ...«

»Was sagt er denn?«

Mit einem Augenzwinkern sagte Mrs Digby: *»Besser keine Fragen stellen, sonst kommt man dir auf die Schliche.«*

Ruby verdrehte die Augen. »Sie meinen, es war ein Versehen, und Sie haben einen Preis gewonnen, der Ihnen gar nicht zustand?«

»Wer weiß? Könnte doch sein.« Mrs Digby zuckte mit den Schultern.

Mrs Digbys Ansicht, im Zweifelsfall lieber den Mund zu halten, ähnelte verblüffend der wichtigsten Spektrum-Regel: KLAPPE HALTEN. Ruby hatte ein kleines Buch mit Regeln, achtzig an der Zahl, um ganz genau zu sein – ein pinkfarbenes Büchlein, auf dessen Cover in Rot das Wort REGELN geprägt war.

Während die Haushälterin das schmutzige Geschirr einsammelte, hing Ruby wieder ihren Gedanken nach und ertappte sich dabei, dass sie sich wünschte, ihre Eltern wären zu Hause. Dabei war sie ein sehr unabhängiges Mädchen, sie brauchte nicht ständig Leute um sich herum, als Ablenkung oder um sich wohl zu fühlen. Sie besaß das, was Mrs Digby als »innere Ressourcen« bezeichnete, sprich: Normalerweise war sie absolut selbständig und tough, doch aus irgendeinem Grund hatte Ruby an diesem Tag, als sie auf der Trittleiter saß, richtig Sehnsucht nach ihrer Mutter und ihrem Vater. Ohne sie kam ihr das Haus viel zu ruhig vor, so leer.

»Ach, übrigens«, sagte Mrs Digby, »du wirst es zwar nicht gern hören, aber dieser Archie Lemon ist in dein Zimmer gekrabbelt und hat sich über einige deiner Bücher hergemacht.«

»Wie bitte? Machen Sie Witze!?«, rief Ruby entgeistert.

»Bevor du ausflippst, möchte ich noch hinzufügen, dass es nicht in der Zeit geschah, als *ich* auf ihn aufgepasst habe.«

»Wer dann?«, fragte Ruby.

»Seine Mutter natürlich, Elaine. Sie kam vorbei, um deine Mutter zu besuchen, und keine von beiden hat bemerkt, dass der Kleine hier raufgekrabbelt ist – die ganzen drei Treppen hoch.«

»Wie hat er das geschafft?«

»Elaine überfüttert ihn, das ist meine Meinung«, sagte Mrs Digby. »Wer hätte gedacht, dass so ein winziges Kerlchen ein derartiges Chaos anrichten kann? Aber wie du siehst, habe ich wieder aufgeräumt und alles geputzt, seinen Sabber von deinen Büchern gewischt und sie ins Regal zurückgestellt.«

»Igitt!«, stöhnte Ruby.

»Wo du recht hast, hast du recht.« Die Haushälterin wandte sich zur Tür. »Schön, dass du wieder da bist, Kind.«

»Danke«, murmelte Ruby. »Ich habe Sie auch vermisst, das wissen Sie.«

Kaum war Ruby wieder allein, grübelte sie weiter. In den letzten neun Monaten, also seit letztem März, war so vieles passiert, und ihr war klar, dass die Zeit langsam knapp wurde – und vermutlich nicht nur für Spektrum, sondern auch für sie.

Dieses dumpfe Gefühl beruhte weder auf Fakten noch auf Logik; es war ein Bauchgefühl, eine Vorahnung von der Art, wie Clancy Crew sie öfter hatte.
Jedenfalls konnte Ruby das ungute Gefühl nicht abschütteln, dass irgendwo da draußen etwas Böses lauerte, das eindeutig immer näher kam und über kurz oder lang an ihre Tür klopfen würde.

3. Kapitel

Auf den neuesten Stand bringen

Gegen fünfzehn Uhr hörte Ruby ein Kratzen an ihrer Tür.
»Floh, bist du es?«
Als Antwort kam ein kurzes *»Wuff!«*
»Okay, wir sehen uns an der Hintertür.«
Blitzschnell zog sich Ruby Stiefel, Jacke und Mütze an, wickelte sich einen Schal um den Hals und kletterte zum Fenster hinaus.
Floh erwartete sie bereits unten und trabte neben ihr den Cedarwood Drive hinunter. Sie bogen nach rechts in die Amster Street ein und marschierten weiter bis zum Donut Diner. Der Husky musste dort an der Garderobe warten, wo er sich brav hinlegte, um ein Nickerchen zu machen.

Das Diner war nur halbvoll, und Marla, die Besitzerin, winkte Ruby zu.
Clancy Crew saß bereits am Tresen, zwei Becher Ingwertee und zwei Apfel-Donuts vor sich.
Ruby zog ihre Jacke aus, und darunter kam ein T-Shirt mit dem Aufdruck FREUE MICH HIER ZU SEIN zum Vorschein.
»Wieso Tee?«, fragte sie Clancy.
»Meine Schwester Amy ist erkältet, meine Schwester Lulu ist erkältet, meine Schwester Nancy ist erkältet, meine Schwester Minny ist erkältet und mein Vater ebenfalls.«
»Herrje«, sagte Ruby. »Klingt übel.«
»Unsere Haushälterin sagt, Ingwer enthalte massenhaft Antioxidantien, stärke das Immunsystem und schütze folglich vor Infektionen, und ich möchte mich nicht auch noch anstecken«, erklärte Clancy.
»Aber warum muss *ich* Ingwertee trinken?«, fragte Ruby. »Ihr Crews plagt euch doch mit Erkältungen herum.«
»Vor einer Erkältung ist keiner sicher; vielleicht trifft's dich ja als Nächste oder – sehr viel wahrscheinlicher – mich, und ich will nicht krank werden. Der Advent ist meine liebste Zeit im Jahr.«
Ruby nippte an ihrem Ingwertee. Wenn Clancy so mies drauf war, nützte es wenig, ihm zu widersprechen. Es war einfacher, das so hinzunehmen.
»Ach, übrigens, ich habe ewig nichts mehr von dir gehört«, moserte Clancy.
»Ich hab dir doch geschrieben. Hast du meine Postkarten nicht gekriegt?«

»Doch.« Clancy legte die Stirn in Falten. »Aber wieso hast du sie mit der Maschine geschrieben?«

»Ich wollte nicht, dass jemand meine Handschrift erkennt«, erklärte Ruby.

»Und deshalb hast du mit ›Tante Mabel‹ unterschrieben?«, fragte Clancy irritiert.

»Na ja, ich wollte anonym bleiben.«

»Mir hat es etliche Fragen von meiner Mom eingebracht, das kannst du mir glauben.«

»Wieso liest sie bitte schön deine Postkarten?«, fragte Ruby.

»Postkarten kann jeder lesen«, antwortete Clancy. »Sie stecken nicht in einem Umschlag, und folglich kann auch der *Briefträger* sie lesen, wenn er Lust hat, ich meine, falls ihm gerade langweilig ist.«

»Na gut«, sagte Ruby, »und was wollte deine Mutter wissen?«

»Warum diese Tante Mabel, von deren Existenz sie bisher nichts wusste, mir Thermosocken empfiehlt. Mann, wenn du schon verschlüsselt schreiben musst, warum hast du dann nicht unseren üblichen Code verwendet?«

»Es hätte doch verdächtig gewirkt, wenn ich irgendein Kauderwelsch auf eine Postkarte geschrieben hätte! Deshalb habe ich lieber ganz normales Zeug geschrieben.«

»Seit wann ist es normal für eine erfundene Tante, ihrem Neffen Thermosocken zu empfehlen?«

»Okay, da ist was dran. Ich habe vielleicht ein bisschen übertrieben, aber können wir bitte beim eigentlichen Thema bleiben?«

»Und das wäre?«

»Dass ich dir sehr wohl geschrieben habe!«

»Aber du hast mir nichts erzählt, nicht wirklich, nur angedeutet, dass etwas passiert ist, was man nicht schreiben kann.«

»So war es auch.«

»Du hättest auch mal anrufen können!«

»Das ging nicht so einfach«, sagte Ruby, ehe sie endlich in ihren Donut biss. »Die hatten irrsinnig strenge Sicherheitsvorkehrungen.«

»Seit wann wird ein Geniecamp so streng bewacht?«

»Es war eher eine Art Bootcamp, wenn du es genau wissen willst – jedem, der außerhalb der Lernbereiche erwischt wurde oder sich nicht an die Matholympics-Regeln hielt, drohte der Rauswurf.«

»Im Ernst?«, fragte Clancy.

»Todernst!«, bestätigte Ruby. »Man musste sogar um Erlaubnis fragen, wenn man das Münztelefon benutzen wollte – da war echt ein Vorhängeschloss dran.«

»Seit wann hältst du dich so pingelig an Vorschriften? Oder lässt dich von Schlössern abschrecken? Außerdem dachte ich, du wärst gern rausgeworfen worden, um früher nach Hause fahren zu können.«

»Hatte ich anfangs auch vor, aber ich weiß doch, wie stolz meine Eltern sind, eine Tochter zu haben, die als Mathegenie gilt.«

»Und deshalb bist du geblieben?!« Clancy staunte. »Seit wann nimmst du solche Rücksicht auf deine Eltern? Sorry, aber das nehme ich dir nicht ab.«

»Okay, es war nicht nur *das*. Ich hatte meine Gründe zum Durchhalten, und einer davon war Pink Pixie. Ich schwöre dir,

ich hätte echt die Flatter gemacht, wenn diese dumme Tussi nicht dabei gewesen wäre.«
»Du meinst Dakota Lyme?«
»Ja, die«, sagte Ruby. »Sie war so versessen darauf, zu gewinnen, dass ihr fast der Sabber runtergelaufen ist. Weißt du noch, wie sie damals auf diesen Kleinen losging, Ward Partial?«
»Ja, hab ich gelesen«, sagte Clancy. »Sag bloß nicht, dass sie wieder rückfällig geworden ist!«
Ruby nickte. »Doch, und diesmal noch heftiger. Der arme Typ war echt fertig. Weißt du, für einen kleinen Streber ist er eigentlich ganz in Ordnung, und außerdem ist er erst elf. Da kann man noch nicht mit Mobbing umgehen.«
Clancy nickte. »Und was ist passiert?«
»Erzähle ich dir ein andermal, jedenfalls bin ich geblieben, um ihn zu beschützen.«
»Weißt du was?«, sagte Clancy. »Du bist ein herzensguter Mensch.«
Ruby nahm einen tiefen Schluck von ihrem Ingwertee. »Ich konnte Ward doch nicht im Stich lassen, oder? Sie hätte ihn fix und fertig gemacht. Mal ehrlich, dieses Ingwerzeug schmeckt gar nicht übel.«
»Übel ist nur der Schwachsinn, den du verzapfst«, sagte Clancy pampig. »Hör endlich auf damit und verrate mir, warum du so plötzlich die Stadt verlassen musstest!«
Clancy hatte einen feinen Riecher für Dinge, die nicht stimmten, und er wusste, dass hinter Rubys Aufenthalt im Mathecamp wesentlich mehr stecken musste, als sie ihm erzählt

hatte. Wieso hätte sie, die brillanteste Schülerin der Twinford Junior High, einen vierwöchigen Intensivkurs machen sollen?

Ruby sah ihm in die Augen, nahm eine Serviette und wischte sich sorgfältig die Hände ab.

»Versprichst du mir, dass du nicht anfangen wirst, mit den Armen zu rudern?«

»Warum sollte ich?«, sagte Clancy spitz.

»Okay«, sagte sie, »wenn du es unbedingt wissen willst, sage ich es dir.«

Clancy wartete.

»Es war Hitchs Idee«, begann Ruby. »Er fand, ich solle fürs Erste besser von der Bildfläche verschwinden und sei in diesem Freakcamp gut aufgehoben.«

Clancy sah sie skeptisch an. »Seit wann interessiert sich Hitch für deine mathematischen Leistungen?«

»Hitch interessiert sich hauptsächlich dafür, dass ich am Leben bleibe«, sagte Ruby. »Und das deckt sich zufällig mit meinem Interesse. Dank dieses idiotischen Camps war ich für eine Weile aus dem Verkehr gezogen, während er sich einen Überblick über die Situation verschafft und die Sicherheitsvorkehrungen bei uns zu Hause verschärft hat.«

»Welche Situation?«

»Er hat versucht herauszufinden, wer mich tot sehen will.«

Clancys Donut fiel ihm aus den Fingern und platschte in seinen Tee.

»Clance, alles okay?«

»Hitch denkt, du stehst auf irgendeiner Todesliste?« Clancys Stimme klang sehr zittrig.

»Könnte sein …«

»Und deshalb warst du vier Wochen lang irgendwo in der Pampa?« Er machte eine kurze Pause. »Und jetzt kannst du unbesorgt wieder hier sein?«

»So unbesorgt, wie es unter den gegebenen Umständen möglich ist«, sagte Ruby. »Solange ich für den Rest meines Lebens immer schön zu Hause bleibe, wird mir vermutlich nichts passieren.«

»Das ist nicht witzig, Ruby.«

»Ich weiß«, sagte Ruby. »Ich lache auch nicht, wie du siehst.«

»Ist es der Graf?«, fragte Clancy.

»Noch vor einem Monat hätte ich diese Frage mit Ja beantwortet«, meinte Ruby. »Aber damals in der Krypta hat er mir zum Abschied gesagt, er hätte beschlossen, mich *doch nicht* zu töten.«

»Warum?«

»Wie es scheint, hat er seine Meinung geändert.«

»Hat er das wirklich gesagt?«, hakte Clancy nach.

»Er hat gesagt, er hätte ein Interesse daran, dass ich weiteratme.«

»Das ist ziemlich beängstigend, findest du nicht?«

»Warum?«, fragte Ruby.

»Weil es klingt, als sei da draußen noch ein weiterer verrückter Killer unterwegs.«

»Ja, sieht ganz danach aus«, sagte Ruby und seufzte.

»Warum hast du mir nichts erzählt?«, fragte Clancy.

»Ich erzähle es dir jetzt.«

»Und weiter?«

»Wie – und weiter?«, fragte Ruby.

»Was ist die andere Sache, die du mir nicht erzählst?«

»Welche andere Sache?«

»Keine Ahnung«, sagte Clancy. »Deshalb frage ich ja.«

»Okay …«, sagte Ruby zögernd. »Aber reg dich nicht wieder auf, du musst …«

»Ich hab's gewusst!«, sagte er. »Es ist etwas passiert, richtig? Und zwar kurz nachdem ich aus dem Krankenhaus kam, nach dem Halloween-Umzug, am Tag, bevor du in dieses Camp gegangen bist – richtig?« Jetzt begann er tatsächlich, mit beiden Armen zu fuchteln.

»Clance, du hast mir versprochen, ruhig zu bleiben!«

Clancy ignorierte ihren Einwand und fuchtelte weiter.

»Hör mal, Clance, die Sache ist die …«

Doch er war noch nicht fertig. »Etwas hat dir einen Mordsschreck eingejagt, stimmt's?« Jetzt wurde er richtig dramatisch. Ruby hasste es, wenn er sich so aufregte – besonders wenn es um Dinge ging, die auch so schon dramatisch genug waren.

»Und dann bist du einfach sang- und klanglos von der Bildfläche verschwunden. Ich wusste, dass es einen wichtigeren Grund geben musste, wenn du mit irgendwelchen Freaks in einem bescheuerten Mathecamp herumsitzt! Ich wusste, dass es nicht nur an einer der üblichen Begegnungen mit dem Grafen liegen konnte.«

»An einer der üblichen Begegnungen mit dem Grafen?!«, stieß Ruby empört hervor. »Eine übliche Begegn…«

»Also: Was ist kurz nach Halloween passiert?«, fiel Clancy ihr ins Wort. »Wer oder was hat dir so einen Schreck eingejagt?«

»Jedenfalls keine Kids, die als Gespenster verkleidet waren, glaub mir«, sagte Ruby.

»Das glaube ich dir aufs Wort«, sagte Clancy. »Aber warum hast du mir nicht erzählt, was passiert ist, nach … dem Abend in der Krypta …« Seine Stimme begann wieder leicht zu zittern, »… mit den Untoten und … du weißt schon …« Er senkte die Stimme zu einem Flüstern, »… dem Psychopathen.«

»Och, das war nur ein ganz gewöhnlicher Abend in Twinford.«

Doch Clancy war nicht nach Scherzen zumute. Er sah sie an und wartete darauf, dass sie ihm endlich reinen Wein einschenkte.

Ruby holte tief und langsam Luft, atmete wieder aus und hielt seinem Blick stand.

»Okay, ich wollte es dir ja erzählen, klar, aber ich habe etwas Zeit zum Nachdenken gebraucht.«

»Worüber?«, fragte Clancy.

»Über alles«, antwortete sie. »Was ich weiß, ist echt der Hammer, und ich habe es bisher keiner Menschenseele erzählt.«

»Niemandem? Nicht mal Hitch?«

Ruby schüttelte den Kopf.

»Blacker?«, fragte er weiter.

»Keinem«, erklärte Ruby.

Clancy sah sie an. »Also: Worum geht es?«

»Nicht hier«, sagte Ruby und schaute sich um. »Setzen wir uns lieber in die Nische dort hinten. Ich will auf gar keinen Fall, dass jemand mithört. Du weißt schon, manchmal haben die Wände Ohren.«

Sie rutschten von den Barhockern und trugen ihre Teebecher

zur hinteren Wand des Diners, wo das Licht etwas gedämpfter war und kaum Gäste saßen.
»Also«, begann Ruby, »kennst du das Sprichwort von dem einen faulen Apfel?«

4. Kapitel

Baby Grim

Clancy kam nicht dazu, Rubys Frage zu beantworten oder sich zu wundern, wieso sie plötzlich von Äpfeln redete, denn sie wurden gestört.
»Hey, Ruby!«
Die Stimme, die von der anderen Seite des Diners kam, gehörte Elliot Finch.
»Du bist wieder da!«, rief er.
Ruby betrachtete ihr Spiegelbild in dem verchromten Serviettenspender und nickte dann. »Sieht ganz so aus.«
Elliot schlug sich an den Kopf und rief: »Als ich Floh neben der Tür liegen sah, hab ich sofort gewusst, dass du hier bist.«
»Du bist ja ein richtiger kleiner Sherlock Holmes«, sagte Ruby.
Elliot rutschte neben Clancy auf die Bank. »Und wie geht's dem Obstbaby?«
»*Wem?*«, fragte Ruby.

»Er meint den Lemon«, erklärte Clancy.

Mit »dem Lemon« war Archie Lemon gemeint, der einjährige Sohn von Rubys Nachbarn, Niles und Elaine Lemon. Archie konnte von Glück sagen, dass er noch am Leben war. Denn wäre Ruby nicht auf die Idee gekommen, ihn an Halloween als Requisit für ihren Festumzugswagen zu benutzen, hätte der Kleine zu diesem Zeitpunkt in seinem Bettchen geschlafen und wäre von dem Tornado mitgerissen worden, der über das Haus der Lemons hinwegfegte und Archies Zimmer zerstörte. Seine Eltern konnten Ruby nicht genug dafür danken, aber so allmählich wurde ihre Dankbarkeit zu einem richtigen Problem.

»Muss cool sein«, sagte Elliot.

»Ist es nicht«, widersprach Ruby.

»Es ist nicht cool, eine Heldin zu sein?«, fragte Elliot.

»Ich bin keine Heldin.«

»Na, immerhin hast du Archie das Leben gerettet!«

»Ich habe mir den Kleinen nur ausgeliehen, weil ich ihn für den Festwagen als Baby Grim gebraucht habe. Weil ich wollte, dass wir den ersten Preis gewinnen. Dann hätten wir das Preisgeld bekommen. Das ist nicht heldenhaft, sondern eigennützig.«

»Trotzdem hast du ihm das Leben gerettet«, beharrte Elliot.

»Reine Glückssache«, sagte Ruby. »Es hätte genau umgekehrt sein können. Genauso gut hätte der Tornado den Festumzug treffen können, und dann wäre alles meine Schuld gewesen, und die Lemons hätten mich bis in alle Ewigkeit gehasst.«

»Das Leben ist unberechenbar«, warf Clancy ein.

»Die *Menschen* sind unberechenbar«, korrigierte Ruby.

»Trotzdem muss es toll sein, dass seine Eltern dich für eine

Heldin halten, auch wenn du keine bist – im Prinzip, meine ich.«

»Es ist einfach nur lästig«, sagte Ruby. »Elaine ruft ständig an und fragt, wie es mir geht.« Sie seufzte. »*Und* sie schenkt mir dauernd Sachen.«

»Sie schenkt dir Sachen?« Elliots Augen wurden groß. »Richtige Geschenke und so?«

»Ja«, sagte Ruby und seufzte schon wieder.

»Mann, ich fände das toll!«, sagte Elliot.

»Ach, meinst du?«, sagte Ruby. »Wirklich? Ich habe einen ganzen Stapel von megahässlichen Pullis zu Hause rumliegen. Du kannst sie alle haben. Pinkfarbene, violette, welche mit Kätzchen drauf …«

»*Das* schenkt sie dir? Pullis? Warum Pullis?«, fragte Clancy entgeistert.

»Ihre Schwester hat eine Firma mit hässlichen Strickwaren«, sagte Ruby.

»Zu blöd!«, sagte Elliot.

»Hör mal, es geht nicht darum, *was* sie mir schenkt, sondern darum, dass ich nichts haben will.«

Da bimmelte das Glöckchen über der Tür, und Mouse Huxtable kam herein.

»Du bist wieder da!«, rief sie schon von weitem.

Ruby nickte. »Ja, das sagen mir alle.«

»Wir haben dich vermisst, das steht fest«, sagte Mouse. »Mrs Drisco war echt mies drauf.«

»Warum das?«, fragte Ruby. »Ich dachte, sie sei heilfroh, mich für eine Weile los zu sein.«

»Ich glaube, ihr fehlt der Schlagabtausch mit dir«, meinte Mouse.

»Und wie war's sonst, als ich weg war?« Ruby gähnte.

»Nun«, sagte Elliot, »die Schule war eine wahre Brutstätte der Schuldzuweisungen, sobald feststand, dass nicht *du* es warst, die Dels Leben zerstören wollte.«

»Ich glaube nicht, dass man ›Brutstätte der Schuldzuweisungen‹ sagen kann«, gab Mouse zu bedenken. »Es ergibt keinen Sinn.«

»Richtig«, stimmte Clancy ihr zu. »Es klingt irgendwie komisch.«

»Sei du bloß ruhig!«, sagte Elliot. »Hast du nicht neulich behauptet ...«

»Elliot, es geht doch darum«, fiel Mouse ihm ins Wort, »dass Ruby rehabilitiert ist und alle jetzt denken, es müsse jemand von außerhalb sein. Jedenfalls niemand von der Junior High.« Sie schüttelte den Kopf und sah Ruby prüfend an. »Arme Ruby, irgendwer da draußen muss dich ziemlich hassen.«

»Wetten, dass es diese Dakota Lyme ist?«, sagte Elliot.

»Sei dir da nicht so sicher«, meinte Ruby, die genau wusste, dass es nicht Dakota gewesen war. »Du solltest etwas vorsichtiger mit Unterstellungen sein, auch gegenüber Leuten, die du nicht leiden kannst.« Die ganze Aktion war nämlich ein Racheakt von Loreley van Leyden gewesen, einer wahren Verkleidungskünstlerin, doch das konnte sie Mouse und Elliot natürlich nicht erzählen. Dakota Lyme hatte rein gar nichts damit zu tun gehabt.

Clancy blickte auf seine Uhr. »Verflixt, ich muss los. Ich muss noch eine Ladung Hustensaft für meine Schwestern kaufen, sonst husten sie mir wieder die Ohren voll.« Er schlüpfte in seine Jacke. »Was du mir vorhin noch erzählen wolltest, Ruby, besprechen wir das nächste Mal, okay?« Er warf ihr einen vielsagenden Blick zu, und sie nickte.

»Okay.«

Ruby blieb noch eine halbe Stunde mit den anderen sitzen, bevor auch sie sich verabschiedete. Doch weil sie noch keine Lust hatte, nach Hause zu gehen, bog sie in die Green Street ab und ging dann die Main Street hoch bis zum Buchantiquariat von Ray Penny.

Floh musste natürlich draußen warten.

Im Winter war der Laden mit seiner angenehmen Beleuchtung und der tropisch aufgedrehten Heizung (Ray fror nicht gern) ein sehr gemütlicher Aufenthaltsort. An diesem Tag war ungewöhnlich viel los, und da Ray nicht sonderlich darauf erpicht zu sein schien, seine Bücher auch zu verkaufen, benutzten die meisten Leute seinen Shop mehr als Bücherei.

Ruby durchstöberte die Regale mit den Comicheften. Abgesehen von den Schritten der anderen Kunden, die von Regal zu Regal gingen, waren als Hintergrundgeräusche nur die klassische Musik von Rays Plattenspieler zu hören und das Rascheln von Buchseiten. Ruby umrundete einen bärtigen Typen, der auf einem Hocker saß und in ein Buch vertieft war. In einer anderen Ecke blätterte ein Junge einen Comic durch und biss hin und wieder in seinen Burger.

Ruby ließ sich mit einem Stapel Science-Fiction-Romanen in einer anderen Ecke nieder und sah einen nach dem andern durch. Sie blickte erst wieder auf, als jemand mehrere Bücher fallen ließ. Durch eine Lücke in einem Regal konnte sie den Ausschnitt eines peinlich berührten Gesichts sehen. Es gehörte einer jungen Frau, die einen Stapel Taschenbücher in der Hand hielt, aber eifrig weitersuchte, obwohl sie schon beide Arme voll hatte. Zu voll. Ab und zu rutschte eines der Bücher aus dem Stapel und fiel auf den Boden, und dann murmelte sie Wörter wie »Verflixt« oder »Mist« oder auch »Verdammt«. Nachdem ihr zum fünften Mal Bücher heruntergefallen waren, blickte der Bärtige endlich auf und sagte: »Moment, ich helfe Ihnen.« Er legte sein Buch auf den Hocker und trug den Bücherstapel zur Verkaufstheke.

Die junge Frau war ihm sehr dankbar. »Danke, vielen Dank auch. Das ist sehr nett von Ihnen, vielen, vielen Dank.«

Neugierig, wie Ruby nun mal war, wollte sie wissen, was den Bärtigen in den letzten vierundvierzig Minuten so fasziniert hatte, und sie ging zu seinem Hocker. Der Gegenstand seines Interesses entpuppte sich als Buch mit dem Titel *Faszinierende Pilze.*

Ruby bezweifelte keine Sekunde, dass das Studium von Pilzen faszinierend war, doch dieses Buch war relativ langweilig aufgebaut. Mit den vielen alten Schwarzweißfotos und der kleinen Schrift musste man schon ein großer Pilzfan sein, um es spannend zu finden. Doch wie sagte Mrs Digby so schön? *Jedem Tierchen sein Pläsierchen.* Ruby war kein Fan von Speisepilzen, und selbst damals beim Spektrum-Überlebenstraining hatte sie sich nie übermäßig gefreut, wenn sie einen entdeckte. Da fand sie die giftigen Exemplare wesentlich interessanter.

Ruby wusste eine Menge über Gifte und hatte in den Wochen seit den beiden Giftanschlägen auf die mongolische Forscherin und Naturschützerin Amarjargel Oidov noch einiges dazugelernt. Hinter diesen Anschlägen musste der Graf oder sein Auftraggeber gesteckt haben. Warum aber ausgerechnet Oidov zur Zielscheibe eines Killers geworden war, konnten sich weder Polizei und Presse noch sonst jemand so recht erklären. Es konnte eigentlich nur damit zusammenhängen, dass sie eine bislang unbekannte Schlangenart entdeckt hatte, die sie schützen wollte. Diese Reptilien waren knallgelb und hatten ein farbiges Muster aus kleinen Rauten. Gut, die Modewelt würde vermutlich einen hohen Preis für ihre Häute zahlen, und Toxikologen wären an ihrem Gift interessiert – aber sonst?

Am ungewöhnlichsten an dieser Schlangenart war aber, dass sie sich offenbar ausschließlich von Pilzen ernährte. Doch wieso sich der Graf oder sein Auftraggeber für diese Schlangen interessieren sollten, war Ruby ein Rätsel.

Ruby warf einen Blick auf ihre Uhr. Es war inzwischen ziemlich spät geworden, und sie sollte besser nach Hause gehen. Sie bedankte sich bei Ray, der nur träge den Kopf hob und ihr zunickte, und trat dann hinaus in die kalte Abendluft.

5. Kapitel

Schlangen und Pilze

Zufälligerweise redete auch Mrs Digby von Pilzen, als Ruby an diesem Abend nach Hause kam. Sie blätterte ein halbzerfleddertes, altes Rezeptbuch durch und wirkte ungewöhnlich hektisch.

»Wonach suchen Sie?«, fragte Ruby und schaute der Haushälterin über die Schulter.

»Deine Mutter will unbedingt, dass ich einen ganz speziellen Schmorbraten mache, doch ich weiß beim besten Willen nicht, wie ich an einige der Zutaten komme.«

»Maitake«, las Ruby laut vor. »Was ist Maitake?«

»Waldhühner«, sagte Mrs Digby.

»Hühner?«, wiederholte Ruby verdutzt.

»Pilze«, erklärte die Haushälterin.

»Warum machen auf einmal alle so einen Wirbel um Pilze?«, fragte Ruby. »Sie scheinen plötzlich überall aus dem Boden zu schießen.«

»Ja, alle sind neuerdings verrückt nach Pilzen, auch deine Mutter, und ich kriege keine einzige dieser seltenen Arten in die Finger.« Mrs Digby seufzte. »Es gab einen richtigen Ansturm auf Pilze, und das alles nur wegen diesen verflixten Giftschlangen.«

»Welchen Giftschlangen?«, fragte Ruby.

»Na, die, die im Fernsehen kamen.«
»Sie meinen die gelben Schlangen?«, fragte Ruby. »Die bei der Preisverleihung der Naturforscher präsentiert wurden?«
»Genau die!«, sagte Mrs Digby. »Sie waren in aller Munde, die ganze Zeit, als du weg warst – im Radio, im Fernsehen, in den Zeitungen war von nichts anderem mehr die Rede.« Die Haushälterin griff nach dem *Twinford Hound* und schob die Zeitung über den Küchentresen. »Ich wünschte, dieses Kriechzeug wäre nie entdeckt worden.«
»Amarjargel Oidov ist inzwischen sicher auch dieser Ansicht«, sagte Ruby und dachte daran, dass diese Schlangen die Naturforscherin fast das Leben gekostet hatten. Oidov konnte von Glück sagen, dass sie die Anschläge überlebt hatte. Als Ruby nun den Artikel in der Abendzeitung überflog, erfuhr sie, dass die Preisträgerin Oidov inzwischen mit dem Naturwissenschaftlichen Institut zusammenarbeitete, wo sie gemeinsam mit anderen Wissenschaftlern …

… die gelben Schlangen studiert, insbesondere deren Ernährungsgewohnheiten und natürliche Umgebung, die aber weiterhin ein streng gehütetes Geheimnis bleiben sollen.

Gerüchte, dass sich diese Schlangenart hauptsächlich von einer ganz bestimmten, seltenen und namentlich nicht genannten Pilzart ernährte, die angeblich eine lebensverlängernde Wirkung besaß, hatte den Run auf seltene Pilze ausgelöst.
Ruby las weiter:

Das Forschungsprogramm findet unter großer Geheimhaltung statt, und die Wissenschaftler arbeiten mit einer hochqualifizierten Ernährungsexpertin aus dem spanischen Sevilla zusammen.

Ruby hatte sofort eine ziemlich genaue Vorstellung davon, wer diese Expertin sein könnte.
Mrs Digby schimpfte weiter über diese »Schlangenbrut«. »Sie behaupten, mit diesen giftigen Viechern sei ein Geheimnis verknüpft, doch wenn du mich fragst, besteht ihr einziges Geheimnis darin, dass sie gern Menschen verschlingen – ein Biss, und du bist mausetot.«
»Es gibt viele Schlangenarten, die tödlich sind«, sagte Ruby. »Doch das Gift der gelben Schlangen soll eine ganz spezielle Wirkung haben. Und ihre Haut ist auch sehr beeindruckend. Es gibt bestimmt einige Leute, die die Oidov gern abservieren würden, um die kostbaren Schlangenhäute zu Handtaschen verarbeiten zu können.«
»Allein schon dieser Gedanke jagt mir einen kalten Schauer über den Rücken.« Mrs Digby schüttelte sich. »Aber für ein halbes Pfund dieser Klapperschwämme wäre selbst ich bald imstande zu morden.«
»Haben Sie schon im Deli in der Green Street danach gefragt?«
Mrs Digby verdrehte die Augen. »Für wie dumm hältst du mich?«, sagte sie. »Wenn Green's solche Pilze hätte, wäre ich natürlich längst dort gewesen.«
»Vielleicht kriegt man sie ja auf dem Wochenmarkt?«, meinte Ruby. »Dort gibt es allerhand exotische Sachen.«

»Nicht exotisch genug!«, erklärte Mrs Digby. »Diese Pilze muss man im Wald suchen, und man findet sie nur mit viel Glück. Aber ich habe weder die Zeit, dem Glück nachzurennen, noch Lust, auf der Suche nach einem Waldhuhn durch die Wälder von Minnesota zu streifen.«

»Dann nehmen Sie doch etwas Ähnliches«, schlug Ruby vor.

»Und was, wenn ich fragen darf?«

»Keine Ahnung. Wie wär's mit Champignons?«

Mrs Digby schüttelte den Kopf. »Du hast wirklich nicht viel Ahnung vom Kochen.«

Was zufällig stimmte.

Da läutete das Telefon, und Ruby nahm ab.

»Amt für Kammerjäger. Wir sprühen, Sie zahlen.«

»Hey, Ruby, wir sind's! Immer noch in Paris!«

»Mom?!«

»*Oui, mon chéri*, natürlich bin ich's.«

»*Ciao, ciao*, Rubylein.«

»Dad?«

»Ja, ich bin's.«

»Wie geht es euch?«

»Gut, das Wetter ist *très froid*, weißt du, und überall liegt *nääsch*.«

»Was? Meinst du Schnee?«

»Ja, ganz viel *neige*, der Flughafen ist immer noch geschlossen.«

»Und wann habt ihr vor, nach Hause zu kommen?«

»*Oh, là, là* – das wissen die Götter.«

»Möchtet ihr auch mit Mrs Digby sprechen?«

»Oui, ja. Sei so gut, *s'il vous plaît.*«
Ruby gab den Hörer an Mrs Digby weiter und ging nach oben in ihr Zimmer. Vielleicht sollte sie versuchen, Mrs Digbys Pilzproblem zu lösen.
Ruby mochte zwar keine Ahnung haben, wie man an ein Waldhuhn kam, aber sie kannte jemanden, der es vermutlich wusste. Mrs Digby durfte allerdings nicht erfahren, wen Ruby anzurufen gedachte; sie würde sich nur aufregen.

6. Kapitel

Größere Fische zu braten

In ihrem Zimmer ganz oben im Haus nahm Ruby eines ihrer vielen Telefone, um den Anruf zu tätigen. Sie besaß eine ansehnliche Sammlung an Telefonapparaten in allen möglichen Farben und Designs: von einem Hummer über ein Eichhörnchen und einem Donut bis hin zu einer Muschel.
Sie entschied sich für das Eichhörnchen im Smoking und wählte eine bestimmte Nummer.
»*¡Hola!*«, sagte die Stimme am anderen Ende.
»Hallo, Consuela, ich bin's, Ruby – Ruby Redfort.«
»Jetzt sag bloß nicht, du bist krank, weil du dauernd dieses Junkfood isst. Ich wette, du hast auch Pickel.«

»Nein«, sagte Ruby nach einem kurzen, prüfenden Blick in den Spiegel.
»Das sagst du nur, weil du so schlechte Augen hast; trinkst du etwa nicht regelmäßig deinen Grünkohlsaft?«, fragte Consuela.
»Nun ja …«
»Deine Augen sind so schlecht, weil du keinen Grünkohlsaft trinkst«, sagte Consuela im Brustton der Überzeugung.
»Das mit meinen Augen ist genetisch bedingt«, entgegnete Ruby. »Ich glaube auch, dass eine gesunde Ernährung wichtig ist, aber Eier sind Eier, und Fakten sind Fakten.«
»Die Fakten kennst du, aber trotzdem isst du so viel Junkfood«, sagte Consuela. »Warum rufst du eigentlich an?«
»Ich wollte Ihnen zu Ihrem neuen Job gratulieren.«
Schweigen, dann: »Was für ein neuer Job soll das sein?«
»Ich habe gelesen, dass Sie für das Naturwissenschaftliche Institut arbeiten, und ich vermute, dass Sie erforschen, wovon sich diese Schlangen ernähren.«
Schweigen.
Dann: »Welche Schlangen?«
»Na, die gelben.«
»Das stand nicht in der Zeitung«, sagte Consuela. »Das ist alles streng geheim.«
»Ich weiß«, sagte Ruby. »Aber ich hab's mir gedacht.«
»Dann denkst du hoffentlich auch daran, es für dich zu behalten«, sagte Consuela. »Und warum rufst du mich an, wo ich so viel zu tun habe und bis zum Hals am Kochen bin?«
»Ich hoffe, Sie können mir helfen, eine bestimmte Zutat aufzutreiben.«

Ruby erklärte Consuela, worum es ging, und diese schnalzte mit der Zunge und sagte, das müsse sie zuerst nachlesen, und sie würde nachher zurückrufen.
Ruby nutzte die Wartezeit, um in ihrer Enzyklopädie nachzusehen, ob diese Pilzart so viel Mühe überhaupt wert war.

***Maitake**: Japanischer Name des Klapperschwamms, auch Laubporling genannt. Wird in Amerika umgangssprachlich oft Waldhuhn genannt. Dieser Pilz ist ein in Japan und China geschätzter Speisepilz, der auch in der traditionellen chinesischen Medizin Verwendung findet. In Asien wird er als blutdruck- und cholesterinsenkendes und immunstärkendes Mittel eingesetzt. Der längs runzelige braungraue Pilz wächst hauptsächlich am Fuß alter Eichen, ist oben grau und an der Unterseite weiß. Treibt zwischen September und November aus. Die Sporen sind elliptisch und glatt.*

Zwanzig Minuten später rief Consuela zurück.
»Man bekommt ihn bei Mo, der … wie heißt es noch gleich …?«
»… Mykologe ist? Pilzexperte?«
»Ein Bild von einem Mann!«
»Wie bitte?«
»*¡Muy guapo!*«
»Wirklich?«
»Ich habe ihn gefragt, ob er mit mir ausgehen will, und da sagt er doch glatt: ›Mal sehen‹! Was soll ich damit anfangen? Sein Laden heißt Daily Supplies und ist oben in Little Mountain

Side«, erklärte Consuela. »Woanders kriegst du diese Pilze sicher nicht, nicht so spät im Jahr.«
»Wo liegt Little Mountain Side?«, fragte Ruby.
»Sieh selbst nach«, sagte Consuela. »Ich habe größere Fische zu braten«, und sie legte auf.
Nach dem Abendessen tat Ruby genau das: Sie sah auf dem Stadtplan nach, mit dem das Gästeklo tapeziert war – doch keine Spur von Little Mountain Side.
Also irgendwo weiter weg, dachte Ruby.
Sie ging ins Arbeitszimmer ihres Vaters, fand eine Landkarte der näheren Umgebung und breitete sie auf dem Schreibtisch aus. Der Ort lag nicht in der Nähe von Little Bear, wie sie vermutet hatte, und auch nicht nordöstlich des Wolf Paw Mountain. Little Mountain Side lag ein ganzes Stück südlich von Ridgepoint, auf der Rückseite der Sequoia Mountains – kein Wunder, dass Ruby noch nie davon gehört hatte. Man kam nur hin, wenn man den weiten Umweg über den Pine Forest Pass in Kauf nahm.
Mrs Digby hatte vor kurzem beschlossen, sich nicht mehr ans Steuer eines Automobils zu setzen, »wegen der vielen Idioten auf den Straßen« (ihre Worte!), und falls sich niemand fand, der die Pilze für sie abholte, würde die alte Haushälterin eine anstrengende morgendliche Busfahrt auf sich nehmen müssen.
Ruby musste nicht lange überlegen.
Vielleicht tue ich ihr den Gefallen, dachte sie, und nehme ihr diese Busfahrt ab. Dann lerne ich eine Gegend kennen, in der ich bisher noch nie war, und ein paar Pluspunkte können nie schaden. Die waren immer nützlich, vor allem in ihrer Situa-

tion. Ruby war erst vor wenigen Wochen in eine Straßenschlägerei geraten (nicht ihre Schuld!) und hatte sechs Stunden gemeinnütziger Arbeit verrichten müssen. Dass sie kurz darauf dem kleinen Lemon das Leben rettete, stellte ihren Ruf als gutes Kind zwar wieder einigermaßen her, aber es konnte nie schaden, noch eins draufzusetzen.

Doch wenn sie ehrlich war, dann war das nur zum Teil der Grund dafür, warum sie diesen kleinen Ausflug machen wollte. Über die Sequoia Mountains kursierten Geschichten, die sie neugierig gemacht hatten – Gerüchte über UFOs und kleine grüne Männchen, und obwohl Ruby sie nicht so ganz glaubte, reizte sie der Gedanke, sich dort mal umzusehen.

Nachdem sie diesen Entschluss gefasst hatte, kickte sie die Schuhe von den Füßen und schaltete ihren kleinen tragbaren Fernseher ein. Dann machte sie es sich auf ihrem Sitzsack gemütlich und klickte durch die Kanäle, bis sie beim Horror auf Kanal 44 angekommen war.

Ein dunkelhaariges Mädchen in kariertem Hemd und Jeans, aber ohne Schuhe, war mit ihrem Hund allein zu Hause. Sie hörte auf ihrem Kassettenrekorder Musik, der Hund schlief. Das Mädchen trank Limonade und las einen Comic. Plötzlich begann der Hund zu jaulen. »Hey, Rex«, sagte das Mädchen und starrte hinaus in die Dunkelheit. »Was ist los? Da draußen ist doch nichts.« Doch der Hund winselte weiter.

Die Kamera schwenkte zum nahen Wald. Dort bewegte sich etwas in der Dunkelheit.

Ruby warf einen Blick auf Floh. Der schlief tief und fest, kein Jaulen und kein Winseln.

Wieder wanderten Rubys Gedanken zu den merkwürdigen Vorkommnissen der letzten paar Wochen zurück.
Sie griff nach einem Stift. Derzeit gab es drei gefährliche Individuen, hinter denen Spektrum 8 her war:
Der Graf: ein Psychopath, Dieb und Mörder ohne ersichtliches Motiv für seine Untaten, dem es offenbar nur darum ging, Langeweile zu bekämpfen und seinen Spaß zu haben. Ruby wusste inzwischen, dass er im Auftrag einer anderen Person arbeitete, und bei ihrer letzten Begegnung unten in der Krypta hatte er Ruby gegenüber durchblicken lassen, dass ihm diese Zusammenarbeit nicht mehr behagte. Allerdings war unklar, wieso diese andere Person ihn in der Hand hatte und wer diese andere Person sein könnte.
Die Australierin: eine enge Bekannte des Grafen und ebenso skrupellos wie er.
Ruby wusste nicht, was die beiden miteinander verband, aber sie ging davon aus, dass sie sich schon länger kannten. Anscheinend hatte der Graf die Australierin mal um einen Gefallen gebeten; sie vertrauten einander, und so wie der Graf über sie gesprochen hatte, schien er großen Respekt vor ihr zu haben.
Loreley van Leyden: Tochter der Australierin, die jedoch von ihrer Mutter nichts wissen wollte; früher hatte sie hin und wieder für den Grafen gearbeitet. Inzwischen machte sie ihr eigenes Ding, das stand zweifelsfrei fest. Sie war eine bösartige Einzelgängerin geworden, die den Grafen schon zweimal hintergangen hatte (eine dritte Chance würde sie wohl nicht bekommen). Sie war wild entschlossen, alles und jeden, der ihr

im Weg stand, zu vernichten – und Ruby stand eindeutig auf ihrer Abschussliste.
Außer diesen drei Personen gab es natürlich noch den Maulwurf – ein Doppelagent und Verräter, der im Hintergrund die Fäden zog, der faule Apfel im Korb … Doch wer war diese Person?
Und der Graf hatte Angst.
Kein sehr beruhigender Gedanke. Wie schlimm und gefährlich musste ein Mensch sein, der ein gewissenloses Monster zum Zittern brachte?
Das Mädchen im Fernseher wurde nervös: Offenbar lauerte draußen in der Dunkelheit Gefahr.
Ruby stand auf, stellte sich ans Fenster und starrte ebenfalls hinaus in die Dunkelheit. Auch in *ihrem* Leben lauerte etwas Böses. Es war eine große, finstere Welt da draußen, und das Böse konnte tausend Meilen weit weg sein. Es konnte sie vom Mars aus beobachten oder hinter der nächsten Biegung der Dry River Road erwarten. Doch sehr viel wahrscheinlicher war, dass dieser Feind vor Ort war und durch die Korridore von Spektrum pirschte.
Die Eine-Million-Dollar-Frage lautete: War es wirklich möglich, dass LB die große Verräterin war?
In der Zentrale herrschte seit Wochen höchste Alarmstufe. Spektrum 1 war mit den Ermittlungen betraut, bei Spektrum 8 war die allerhöchste Sicherheitsstufe ausgerufen worden, und doch war die allgemeine Verunsicherung fast mit den Händen greifbar. Denn wie kann man sich schützen, wenn das Böse möglicherweise im Inneren lauert? Hoffentlich war Ruby hier

in ihrem Elternhaus sicher, wo sie sich gerade durch den Kopf gehen ließ, welche Optionen sie hatte.
Wenn man auf der Abschussliste eines Psychopathen vermutlich ganz oben steht, was tut man dann?
A: Man schließt sich zu Hause ein, löscht alle Lichter, verkriecht sich unter die Bettdecke und wartet darauf, dass irgendein anderer etwas unternimmt.
B: Man frischt seine Kung-Fu-Kicks wieder auf, zieht sich warm an und marschiert los, um es mit seinem Gegner aufzunehmen und selbst dafür zu sorgen, dass man überlebt.
Ruby tippte sich mit ihrem Stift an den Kopf. Die Vorstellung, tatenlos abzuwarten, bis ein anderer Agent diesen Fall lösen, den Maulwurf entlarven und sämtliche Killer überführen würde, behagte ihr gar nicht.
»Abwarten« lautete die derzeitige Devise bei Spektrum, doch Ruby fand, dass es nicht der richtige Zeitpunkt war, sich an Spektrum-Vorschriften zu halten.
Sie lächelte etwas gequält.
Ihr blieb eigentlich nur Option B.
Tod oder Ruhm, dachte sie.

Was
vor etwa elfeinhalb Jahren
geschehen war …

Der junge Mann, der am Straßenrand lag, blickte zu dem alten Mann hoch und sah die Besorgnis in dessen Augen.
»Ich … lebe ich noch?«
Der Alte nickte. »Sieht ganz so aus.«
»Sind Sie … okay?«, stammelte der Jüngere. »Sie … sehen aus … als würden Sie … gleich umkippen.«
Der Alte schüttelte seine Jacke ab. Er zog ein Taschenmesser aus der Tasche und begann, den Ärmel seines Hemds abzuschneiden, und riss ihn schließlich ab, um ihn um das blutende Bein des Verletzten zu wickeln.
»Mein Name ist, falls es Sie interessiert, Lenny Rivers.« Der Alte ging schnell und methodisch vor, als er die Wunde straff verband, um das viele Blut zum Stoppen zu bringen.
»Freut mich … Sie kennenzulernen … Len…«
»Was hat dich angefahren, Freund, ein Lastwagen?« Der arme Kerl sah echt schlimm aus, schlimmer als alles, was Lenny je gesehen hatte, vielleicht mit Ausnahme des Jägers, der von einem Bären angegriffen worden war und den er ebenfalls gefunden hatte. Der Jäger damals hatte nicht überlebt. »War es ein großer Laster?«, fragte er.
Der Verletzte lächelte schwach. »Das K-k-komische ist, dass ich mich … nicht … erinnern kann.«

»Muss ziemlich schnell gefahren sein.« Lenny schnalzte mit der Zunge. »Entweder hat er dich nicht gesehen oder liegenlassen, weil er dachte, du seist tot.«

»Kann sein.« Dem Verletzten fielen die Augen zu.

»Durchhalten!«, sagte Lenny mehr zu sich selbst als zu dem halbtoten Mann auf dem Boden. Er hatte getan, was er tun konnte, doch die Lebensuhr des armen Burschen war abgelaufen, dessen war sich Lenny sicher.

»Wie heißt du?«, fragte er.

Lenny Rivers wollte unbedingt noch den Namen des Schwerverletzten erfahren, falls dieser gleich himmelwärts reisen würde. »Hey, Sohn, verlass mich nicht, sag mir zuerst, wer du bist.« Behutsam tätschelte er die blutverschmierte Wange des Verletzten. »Bleib da, Kumpel, du musst doch einen Namen haben, oder?«

Die Lider des Mannes auf dem Boden flackerten, bevor er mit letzter Kraft noch einmal die Augen aufschlug. Sein Blick ging jedoch an Lenny vorbei, als würde er hinter ihm noch eine weitere Person sehen. »Loveday«, flüsterte er dann. »… war Morgan … Loveday.«

7. Kapitel

Ein fauler Apfel oder zwei?

Am nächsten Morgen läutete das Seifentelefon im Badezimmer. Ruby spuckte die Zahnpasta aus und griff zum Hörer. Clancy kam gleich auf den Punkt. »Was wolltest du mir gestern noch erzählen?« Ruby hörte seine kleine Schwester Olive im Hintergrund mit jemandem reden.

»Wer ist bei dir?«, fragte Ruby.

»Olive.«

»Und mit wem redet sie?«, wollte Ruby wissen.

»Mit Buttercup«, sagte Clancy.

Schweigen.

»Ihrer Puppe«, ergänzte Clancy.

Ruby hörte einen Moment lang zu. »Du meine Güte«, sagte sie dann.

»Richtig«, meinte Clancy. »Also, was wolltest du mir noch erzählen?«

»Das erfährst du bestimmt nicht am Telefon, Kumpel.«

»Klar, du bist ja nicht blöd. Ich wollte nur fragen, ob du vielleicht Wert auf meine Gesellschaft legst. Außerdem drehe ich durch, wenn ich mir das Puppengeplapper noch lange anhören muss.«

»Verstehe«, sagte Ruby. »Tut sie das öfter?«

»Wie wär's mit täglich?«, sagte Clancy.

»Gut, treffen wir uns in einer halben Stunde. Am üblichen Ort.«

Ihr üblicher Ort war die alte Eiche im Amster Green Park. Dort trafen sie sich immer, wenn sie allein sein und von niemandem gesehen werden wollten. Doch jetzt im Dezember waren die Äste so kahl, dass die alte Eiche keinen Sichtschutz mehr bot, aber immerhin würden sie dort oben nicht belauscht und auch nicht gestört werden. Und erst als sie schließlich dort oben saßen, berichtete Ruby ihrem besten Freund, was sie ihm bisher nicht hatte erzählen können.

»LB soll Bradley Baker umgebracht haben?!« Clancy traute seinen Ohren nicht.

»Hat der Graf behauptet«, bestätigte Ruby.

»Du meinst es ernst, oder?« Clancy konnte es noch immer nicht glauben.

»So ernst wie der Ausdruck auf deinem Gesicht.«

»Aber … ich meine, wie? Wie hätte sie ihn umbringen sollen?«, fragte Clancy.

»Die wichtigere Frage, die du dir stellen solltest, lautet: Warum«, sagte Ruby.

»Warum?«, wiederholte Clancy. »Warum soll ich mich fragen, *warum*? Warum sagst du nicht: *Kannst du mich möglichst schnell aus Twinford wegbringen?* Gefolgt von: *Kannst du bitte sofort den Sheriff rufen?* Das wären die Fragen, die *ich* stellen würde, wenn ich gerade erfahren hätte, dass die Chefin der Geheimdienstorganisation, bei der ich arbeite, ihren besten Freund ermordet hat! Nicht, dass es eine Entschuldigung wäre, aber wir reden hier von Bradley Baker, dem legendären

Topagenten von Spektrum 8! Und falls es wirklich LB war, dann würden meine ersten spontanen Fragen lauten: *Kannst du mich bitte in Sicherheit bringen?* und: *Kannst du bitte sofort den Sheriff rufen?*«

»Tja, zum Glück bist du nicht ich, Clance, denn beide Fragen würden in eine Sackgasse führen. Denn erstens: Wer würde mir glauben? Und zweitens: Falls LB ihn wirklich umgebracht hat, wie lange würde es dann wohl dauern, bevor mich dasselbe Schicksal ereilt wie Baker? Denk doch mal nach, Clance: Sie ist die Chefin eines Teams von hochqualifizierten Spitzenagenten, *Geheim*agenten, die zu allem fähig sind.« Sie fuhr sich mit dem Zeigefinger quer über die Kehle, bevor sie ergänzte: »Still und heimlich natürlich.«

Clancy öffnete den Mund, als wollte er etwas sagen, doch ihm fiel offenbar nichts Beruhigendes ein.

»Was man sich in so einer Situation anschauen muss«, fuhr Ruby fort, »ist das große Ganze. Meine Chefin mag vielleicht eine falsche Schlange und Killerin sein. Sie hat die Mittel und die Macht, eventuell auch ein Motiv. Aber bevor wir uns ganz sicher sein können, müssen wir Beweise haben. Was wissen wir zum Beispiel über Bradley Baker?«

Clancy zuckte mit den Schultern. »Er war der jüngste Agent, den Spektrum jemals rekrutiert hat, wurde allgemein respektiert und gemocht, und er war der talentierteste Codeknacker und Agent, den sie je hatten.« Mit einem Seitenblick auf Ruby ergänzte er noch: »Nichts für ungut, Ruby.«

»Kein Problem, Kumpel, das bekomme ich dauernd zu hören.«

»Und«, fuhr Clancy fort, »er ist bei einem Flugzeugabsturz ums Leben gekommen.«
»Der aber offenbar kein Unfall war, sondern Mord«, sagte Ruby. »Ausgeführt nicht etwa von einem Feind, sondern von seiner engsten Verbündeten.«
»Seiner *Verlobten*!«, gab Clancy zu bedenken.
»Jedenfalls müssen wir uns zuerst überlegen, von wem diese Info stammt«, fuhr Ruby fort. »Wer war der Überbringer dieser traurigen und schlechten Nachricht?«
»Der Graf«, sagte Clancy. »Zumindest war es *sein* Apfel.«
»Stimmt«, bestätigte Ruby. »Es war *sein* Apfel, und er *wollte*, dass ich diesen Zettel finde.«
»Also müssen wir uns fragen, ob er eine zuverlässige Quelle ist, richtig? Vielleicht will er, dass wir LB für eine Mörderin halten, und hat sich das nur aus den Fingern gesogen?«
»Gut möglich, aber das kann ich nicht beurteilen. Dafür kenne ich ihn nicht gut genug«, sagte Ruby.
»Du kennst ihn gut genug«, behauptete Clancy. »Du kennst ihn gut genug, um zu wissen, dass man ihn nie wirklich kennen kann.«
»Hä?«
»Damit will ich sagen, dass er ein Spieler ist. Er genießt es, mit Menschen zu spielen, ihnen Angst einzujagen, nur zum Spaß, und du weißt auch, dass er keine Skrupel hat, sie umzulegen.«
Clancy schauderte.
Ruby starrte in die Ferne. »Ja, er liebt es, seine Mitmenschen zu verwirren, ihnen Ideen in den Kopf zu pflanzen, die sie nicht mehr abschütteln können. Er weiß, dass diese schlimmen Ge-

danken dann in alle erdenklichen Richtungen wuchern – ohne dass man kapiert, was sie bedeuten oder wovor genau man Angst hat. Aber sie lassen einem keine Ruhe mehr.«

»Und welchen Gedanken hat er *dir* eingepflanzt?«, fragte Clancy.

Ruby überlegte kurz, bevor sie antwortete. »Den Gedanken, was wäre, wenn Bradley nicht der war, für den alle ihn hielten; was, wenn *er* der sogenannte faule Apfel war?«

»Willst du damit sagen, dass er vielleicht gar nicht das Supergenie war, für das ihn alle hielten?«, fragte Clancy.

»Nein, ich denke, wir können schon davon ausgehen, dass er ein Supergenie war, wie alle mir vorschwärmen. Aber wenn er als Agent so spitze war, hätte er nicht auch ein raffinierter Spion sein können?«

»Hä?«

»Damit will ich sagen, dass er eventuell ein Doppelleben geführt haben könnte.«

Clancy starrte Ruby ungläubig an.

»Wissen wir, auf welcher Seite er stand?«, fragte Ruby mit Nachdruck.

»Oh«, sagte Clancy, »das … auf diese Idee bin ich noch gar nicht gekommen!«

»Gehen wir also mal davon aus, dass er ein Doppelagent war. Dann hätte LB ihn umbringen *müssen*, im Interesse von Spektrum, zum Wohle des Landes …« Sie breitete beide Arme aus. »… vielleicht sogar der ganzen Welt.«

Clancy seufzte gequält. »Ich würde mich echt besser fühlen, wenn es so gewesen wäre.«

»Es kann ja sein, dass LB etwas wusste, was sonst *keiner* wusste: dass er ein Verräter und Betrüger war.«

»So etwas wie ein Maulwurf, meinst du?«

»Genau.« Ruby nickte.

»Junge, Junge, das wäre fatal«, sagte Clancy. »Stell dir vor, du findest heraus, dass dein bester Freund und Vertrauter ein Verräter oder gar ein Mörder ist.« Er sah Ruby an. »Obwohl … Ruby, selbst wenn du dich als bösartige Verbrecherin entpuppen würdest, glaube ich nicht, dass ich dich umbringen würde. Dafür bin ich zu gern mit dir zusammen.«

»Das weiß ich zu schätzen, Clance, wirklich.«

»Trotzdem glaube ich, dass LB ziemlich viel Mumm haben musste, um das zu tun, was sie tat«, sagte Clancy. »Wenn Baker der faule Apfel war, dann hat sie richtig gehandelt.«

»Schon«, sagte Ruby und dachte kurz darüber nach. »Aber wenn dem nicht so war? Wenn es genau umgekehrt war?«

»Himmel, ich hatte gerade angefangen, mich etwas zu entspannen«, stöhnte Clancy.

»Tu's nicht, denn was ist, wenn Bradley Baker der Gute war und LB ihn aus dem Weg geräumt hat, um weiterhin ihre finsteren Pläne verfolgen zu können; die Weltherrschaft zu erlangen oder den Mond zu stehlen oder was weiß ich?«

»Den Mond stehlen?«, fragte Clancy verdutzt. »Geht das überhaupt?« Er hatte sich aufgerichtet, als müsse er sich wappnen für das, was gleich kommen würde.

»Himmel, Clance, das war doch nur ein Beispiel! Woher soll ich wissen, was sie geplant hat?« Ruby machte eine kurze Pause, um die vielen Gedanken zu sortieren, die ihr durch den Kopf schossen: die Cyanessenz, das indigoblaue Wahrheitsserum, die Rubinaugen des Buddhas, der 8er Schlüssel, die gelben Schlangen … »Wenn ich nur endlich wüsste, wie alles zusammenhängt, die Diebstähle und die Morde, der Maulwurf bei Spektrum – tja, dann wüsste ich vermutlich auch, was ich tun muss.«

»Klar«, sagte Clancy, »wenn du das alles wüsstest, könntest du bei Sheriff Bridges an die Tür klopfen und ihm die Beweise aushändigen.«

Ruby seufzte. »Schön wär's.«

»Aber bis dahin denkst du, dass einer von beiden der Böse ist?«, fragte Clancy. »Baker *oder* LB?«

»Oder keiner von beiden? Aber es gibt auch die Möglichkeit …« Sie musterte Clancy aus dem Augenwinkel. »… dass die beiden unter einer Decke steckten.«

Clancy verzog das Gesicht, als wünschte er, sie würde keine solchen Sachen sagen.

»Hör mal, Ruby, kannst du bitte damit aufhören?! Mehr als *einen* Doppelagenten auf einmal verkrafte ich nicht.«

Sie knuffte ihn an den Arm. »Bleib cool«, sagte sie. »Ich denke ja auch eher, dass es *entweder* Baker *oder* LB war, und in diesem Fall hoffen wir, dass es Baker war, richtig?«

Clancy nickte. »Denn falls es Baker war, wäre LB aus dem Schneider.«

»Doch falls LB *nicht* der faule Apfel ist, wer ist dann der große Drahtzieher?«

Wieder machte Clancy ein gequältes Gesicht. »Darüber möchte ich im Moment nicht nachdenken.«

»Okay, na schön. Es wird sowieso langsam spät. Wer immer hinter all diesen Vorfällen steckt, hat einen Masterplan, aber ich habe das Gefühl, dass wir auf der Zielgeraden sind.«

»Und was hast du als Nächstes vor?«, fragte Clancy.

»Ich denke, ich muss etwas mehr über Bradley Baker in Erfahrung bringen. Genau genommen weiß ich null über ihn, außer Sprüchen darüber, »was für ein toller Typ und supertoller Agent er war, und wir wünschten uns alle so sehr, er käme zurück«. Wenn ich aber herausbekomme, wie er getickt hat, welche Gedanken durch sein Superhirn wirbelten und natürlich auch, wie und warum er gestorben ist, dann wüsste ich vielleicht auch ein bisschen mehr über LB.«

»Dann hör dich doch mal um!«, sagte Clancy.

»Mensch, machst du Witze?! Über Bradley Baker spricht man nicht. Sie erwähnen nur ab und zu, wie brillant er war, aber etwas *Konkretes* habe ich noch nie erfahren.« Ruby schüttelte den Kopf. »Nein, das geht nicht. Wenn ich anfangen würde, Fragen über ihn zu stellen, dann müsste ich auch damit herausrücken, warum ich das wissen will und dass LB eventuell eine Mörderin ist. Aber ich habe das dumpfe Gefühl, das käme im Hauptquartier nicht gut an.«

»Du meinst, es könnte deinen sicheren Tod bedeuten? Falls LB wirklich eine kaltblütige Killerin ist – meinst du das?«, fragte Clancy.

»Das ist jetzt ein Worst-Case-Szenario«, sagte Ruby, »und meinen sicheren Tod würde ich eigentlich lieber vermeiden.«

»Was hältst du davon, Blacker einzuweihen? Ihm vertraust du doch, oder?«

»Klar, aber das ist etwas anderes. Stell dir vor, ich erzähle ihm, er könne seiner Chefin nicht trauen – doch kann ich sicher sein, dass er nicht zu LB rennt und ihr von meinem Verdacht erzählt? Blacker ist Spektrum gegenüber loyal, absolut loyal, und es wäre ziemlich schwierig, ihn davon zu überzeugen, dass seine Chefin der Maulwurf ist. Niemand möchte hören, dass eine Person, der er vertraut und mit der er schon lange zusammenarbeitet, eine gefährliche Psychopathin ist.«

»Auf dem Zettel in dem Apfel stand aber doch ihr Name!«, gab Clancy zu bedenken. »Das kann Blacker nicht ignorieren.«

»Und wer hat mir diesen Apfel gegeben?«, entgegnete Ruby. »Der größte faule Apfel von allen! Jeder weiß, wie gern der Graf Spektrum zerschlagen würde.«

»Stimmt, da ist was dran«, sagte Clancy.

»Ich weiß«, seufzte Ruby.

»Du musst also jemanden finden, der redet.«

»Und wer sollte das sein?«

»Wie wär's mit Groete?«

»Wie bitte?«, fragte Ruby.

»*Groete* vertraust du doch.«

»Ich traue ihm so weit, als dass er mich nicht über eine Klippe oder unter einen Bus stoßen würde, aber das ist schon alles.«

»Aber du denkst nicht, dass er dir die Wahrheit sagen würde?«, fragte Clancy.

»Kröte? Stimmt, er hält nie mit seiner Meinung hinter dem Berg«, sagte Ruby. »Der Mann ist ein richtiger Schwätzer.«

»Dann frag *ihn*!«, sagte Clancy. »Ich wette, er wird dir alles erzählen und dir die ganze Legende von Bradley Baker mit größtem Vergnügen unter die Nase reiben. Er wird dir jedes klitzekleine Detail erzählen, nur damit du dich klein und dumm fühlst.«

»Weißt du was, Clance? Das ist keine schlechte Idee.«

Er lächelte. »Wirklich?«

Sie knuffte ihn erneut freundschaftlich. »Superidee, Crew!« Dann blickte sie auf ihre Uhr und machte sich an den Abstieg.

»Wo willst du hin?«, fragte Clancy.

»Little Mountain Side!«, rief sie.

»Wohin?«

»Liegt in den Sequoia Mountains. Kommst du mit?«

»Warum sollte ich mitkommen wollen?«

»Blöde Frage! Die Sequoia Mountains sind ein UFO-Hotspot. Ich hoffe schwer, dass ich unterwegs eines zu sehen bekomme.«

»Du willst ein UFO sehen?«

»Nein, Pilze!«, rief Ruby nach oben.

»Du mich auch!«, rief Clancy ihr nach.

Irgendwie schaffte es Lenny Rivers,
den Sterbenden noch lebend
im Krankenhaus von Ridgepoint abzuliefern …

Der alte Mann war erleichtert – nicht weil er gedacht hatte, der arme Kerl könne darauf hoffen, das nächste Weihnachtsfest noch zu erleben, sondern weil er schlichtweg nicht dabei sein wollte, wenn sein Fahrgast starb. Die Vorstellung, dass dieser Morgan Loveday sterben würde, ohne einen Freund, der seine Hand hielt, auf einer einsamen Landstraße oder auf dem Rücksitz eines Trucks, der einem Fremden gehörte, war einfach zu traurig.

Unterwegs hatte er einmal anhalten müssen: auf dem Pine Forest Pass. Dort musste etwas passiert sein, denn die Straße war abgesperrt, doch das ignorierte Lenny – er hatte keine andere Wahl.

Fahr einfach weiter!, sagte er sich. Sonst hast du keine Chance, den armen Kerl noch lebend abzuliefern. Oder du wendest, aber dann kannst du ihn gleich ins Bestattungsinstitut bringen.

Als Lenny Rivers mit dem Verletzten in der Notaufnahme des Krankenhauses ankam, hatte Morgan Loveday noch geatmet, doch wer weiß, für wie lange noch? Lenny gab der Schwester am Empfang seine Telefonnummer.

»Würden Sie mich anrufen?«, bat er sie. »Wenn er … Sie wissen schon, wenn … falls … dann rufen Sie mich an. Seine Leute wollen vielleicht mit mir reden, weil ich ihn ja gefunden habe.«

»Selbstverständlich«, sagte die Krankenschwester. »Ich verspreche, Sie in dem Fall anzurufen.«

8. Kapitel

Kleine grüne Männchen

Obwohl Clancy Crew sich anfangs gesträubt hatte, begleitete er Ruby dann doch auf ihrer Pilzmission. Sie hatte keine zehn Minuten gebraucht, um ihn zu überreden. Sehr viel länger dauerte es, bis sie in Little Mountain Side ankamen, aber die Fahrt war längst nicht so langweilig, wie Clancy befürchtet hatte. Je höher sich der Bus in die Sequoia Mountains hocharbeitete, desto spektakulärer wurde die Landschaft, in der auf felsigem Boden gewaltige Mammutbäume wuchsen. Als sich der Wald lichtete, wurden die beiden mit atemberaubenden Ausblicken nach Süden und Westen belohnt, und in der Ferne konnte man sogar den Ozean sehen.

Als der Bus schließlich in Little Mountain Side anhielt, stellten sie fest, dass sie in einem hübschen Städtchen gelandet waren, hoch oben am Südhang des Berges gelegen, wo die Sonne schräg durch die Bäume fiel. Als Ruby und Clancy aus dem Bus stiegen, atmeten sie die herrlich erfrischende Bergluft ein.

»Riecht ganz anders als in Twinford«, sagte Clancy.

»Man kann die Bäume fast *schmecken*«, sagte Ruby.

Am Straßenrand entdeckten sie ein Schild mit der Aufschrift:

FREUNDLICHSTE STADT IN DEN
NORTH WESTERN MOUNTAINS, IN DER ES SEIT 1951
KEIN GRÖSSERES VERBRECHEN GAB.

»Klingt beruhigend«, sagte Ruby.

Es dauerte nicht lange, bis sie das Geschäft Daily Supplies gefunden hatten.

Der Mann hinter dem Ladentisch kam Ruby irgendwie bekannt vor, doch sie wusste nicht, woher. Sie kam zu dem Schluss, dass er vermutlich ein Allerweltsgesicht hatte (zumindest soweit sie es unter seinem Bart erahnen konnte). Er war etwas älter als ihr Vater und auch ein paar Zentimeter größer.

Er nickte ihnen kurz zu, als sie hereinkamen, widmete sich dann aber wieder der Kundin an seinem Ladentisch und tippte Preise in die Kasse ein.

Um die Wartezeit zu überbrücken, begutachteten Ruby und Clancy die Regale, die mit interessanten und ausgefallenen Lebensmitteln gefüllt waren. Doch Maitake-Pilze entdeckten sie nicht.

Nachdem die Kundin endlich bezahlt und das Geschäft verlassen hatte, gingen sie zum Ladentisch.

Als Ruby den Verkäufer aus der Nähe sah, ging ihr ein Licht auf.

»Oh, jetzt weiß ich es.«
»Was?«, fragte der Mann.
»Wo ich Sie schon mal gesehen habe«, sagte Ruby.
»Du hast mich schon mal gesehen?«
»Ja, im Buchladen.«
»Im Mountain Books?«, fragte er und deutete auf den Buchladen auf der anderen Straßenseite.
»Nein, bei Penny«, sagte Ruby. »In Twinford. Dort haben Sie ein Buch über seltene Pilze gelesen. Ich glaube, Sie haben das ganze Buch studiert.«
»Es war ein kalter Tag, und ich musste warten, bis mein Truck repariert war«, sagte der Mann.
»Sind Sie öfter in Twinford?«, wollte Ruby wissen.
»Nein, eher selten.«
»Gehen Sie dann immer zu Penny?«
»Nein, ich war das erste Mal da«, antwortete der Mann. »Glaub ich zumindest …« Er sah Ruby erstaunt an. »Du stellst eine Menge Fragen«, sagte er und blickte zu Clancy. »Ist deine Freundin immer so neugierig?«
»Neugierig ist in ihrem Fall noch untertrieben«, sagte Clancy.
Der Ladenbesitzer schmunzelte.
Da bimmelte die Ladenglocke, und ein korpulenter Mann mit einer Babytrage kam herein, in der ein Baby mit verstrubbelten Haaren saß. »Hey, Mo«, sagte der neue Kunde. »Was macht das olle Bein?«
»Humpelt ein bisschen bei dieser Kälte. Kennst du ja, Sven.«
»Hast du die Kaffeebohnen aus Brasilien schon reinbekommen?«, fragte Sven.

Der Ladenbesitzer griff hinter sich, nahm eine Packung von einem der Regale und stellte sie auf die Theke. »Kann ich sonst noch etwas für dich tun?«

Der Mann zog eine Zeitung aus seiner Tasche. »Sieben senkrecht«, sagte er. *»Mach aus etwas, das man an vielen Straßenkreuzungen findet, etwas, das in warmen Gegenden wächst.«*

Der Ladenbesitzer runzelte die Stirn. »Wie viele Buchstaben?«

»Fünf.«

»Ich werde darüber nachdenken.«

»Danke«, sagte der Mann.

»Sonst noch etwas außer den Kaffeebohnen?«

Der Mann namens Sven schüttelte den Kopf. »Nur die Bohnen, das war's schon.«

»Und wie geht's dir, Spike?«, sagte der Ladenbesitzer zu dem Kleinen, der vor Freude gluckste.

»Dann bis bald, Mo«, sagte der Mann und wandte sich zum Gehen.

»Bis bald, Sven, bis bald, Spike. Lasst euch mal wieder blicken!«

Als der Mann mit dem Baby auf dem Rücken schon an der Tür war, rief der Ladenbesitzer: »Palme – Anagramm von Ampel.«

»Mensch, logisch! Dass ich da nicht selbst draufgekommen bin!«, rief Sven.

Der Ladenbesitzer wandte sich wieder an Ruby. »Er ist ein großer Rätselfan«, erklärte er. »Und was kann ich für *euch* tun?«

»Sie heißen Mo?«, fragte Ruby. *»Mo?«*

»Ja, so nennen mich alle.« Er musterte sie. »Und wie heißt *du*?«

»Ruby«, antwortete Ruby. »Und das hier ist mein Kumpel Clancy.«

Mo nickte. »Freut mich. Also, was kann ich für euch zwei tun?«
»Waldhühner«, sagte Ruby.
»Da bist du etwas zu spät dran. Die Saison ist vorbei«, sagte der Ladenbesitzer.
»Tatsächlich?«, hakte Ruby nach. »Ganz sicher?«
»So ziemlich«, sagte der Mann. »Pilze gehören zu den Dingen, von denen ich eine Ahnung habe.«
»Kreuzworträtsel aber auch«, warf Clancy ein.
Mo lächelte. »Ja, das ist mein zweites Talent«, sagte er. »Die Maitake-Saison dauert von Ende August bis Ende November, und ich bestelle sie immer bei meiner Pilzlady in Minnesota.«
Ruby sah so enttäuscht drein, dass Mo zu Stift und Papier griff.
»Ich notiere es mir mal und schaue, was ich für dich tun kann. Vielleicht hast du ja Glück. Es war eine recht seltsame Saison, wettermäßig.« Er drehte sich zu seinem Wandkalender. »Sie kommt aber erst nächste Woche wieder vorbei; könnt ihr euch die paar Tage gedulden?«
»Zur Not«, sagte Ruby. »Allerdings ist es ein weiter Weg für ein paar Pilze. Kommen Sie in nächster Zeit zufällig noch mal nach Twinford?«
»Nicht, wenn ich es verhindern kann«, sagte Mo. »Ist mir zu laut und zu voll dort.«
»Genau das liebe ich an Twinford.«
»Jedem nach seinem Gusto«, sagte Mo. »Ich führe lieber ein ruhiges, beschauliches Leben.«
Clancy ertappte sich bei dem Gedanken, dass es ihm hier in

den Bergen auch gefallen würde. Er mochte die vielen Bäume und Kondore und fand es gut, dass es seit 1951 kein größeres Verbrechen mehr gegeben hatte.
Ruby seufzte. »Schade, dann muss ich wohl oder übel noch mal herkommen. Könnten Sie mich vielleicht anrufen, wenn Sie die Pilze haben?«
»Klar«, sagte Mo. »Gib mir deine Nummer.«
Ruby kritzelte ihre Telefonnummer auf einen Zettel, und Mo hängte ihn an die Pinnwand hinter ihm.
»Gibt es hier oben etwas Interessantes zu sehen?«, fragte Clancy.
»Mehr, als man meinen könnte«, sagte Mo.
»Mein Freund hier steht total auf UFO und kleine grüne Marsmännchen«, sagte Ruby. »Habt ihr hier oben etwas in der Art zu bieten?«
»Geht ins Little Green Diner. Dort gibt's Space Burger mit Mars-Pommes als Beilage, und wenn ihr Silas sagt, dass Mo euch geschickt hat, macht er euch einen Spezialpreis.«
Beim Hinausgehen hörten sie das Telefon läuten. Mo nahm ab. »Wie viele Buchstaben?«, fragte er.

Ruby sah sofort, dass es Clancy im Little Green Diner gefallen würde. Die Wände waren mit Weltraumbildern übersät: Apollo 13, die bemannte Raumfähre, die die geplante Mondlandung leider nicht geschafft hatte, nahm fast eine ganze Wand ein, vermeintliche UFO-Sichtungen eine andere.
Ruby und Clancy gingen an den Tresen.
»Wir kommen auf Empfehlung von Mo«, sagte Ruby.

»Aha«, sagte Silas, der Wirt. »Dann kriegt ihr natürlich einen Spezialpreis.«

»Hast du schon mal ein UFO gesehen, Ruby?«, fragte Clancy und wartete gar nicht erst auf eine Antwort. »Ich habe mal eines gesehen und sogar fotografiert, aber meine Schwester Lulu behauptet, es sei nur ein Frisbee gewesen, und ehrlich gesagt bin ich mir auch nicht mehr ganz sicher …«

»Ich denke, das würdest du wissen«, mischte sich da ein kleiner, dünner Mann ein, der am Tresen saß. »Als ich mein erstes UFO gesehen habe, hatte ich null Zweifel.«

»Hey, halt die Luft an, Walter«, sagte der bullige Typ auf dem Hocker neben ihm. »Die Sache ist die, dass kein Mensch weiß, wonach er genau Ausschau halten soll, und deshalb kann man sich leicht mal täuschen.«

»Da will ich dir nicht widersprechen, Duke, aber wenn man ein UFO sieht, weiß man es – und ich habe schon *zwei* gesehen!«

»Stimmt«, räumte Duke ein. »Er hat schon zwei gesehen.«

Clancy war ganz Ohr. »Und wie sahen sie aus?«, fragte er.

»Wie man sie sich so vorstellt«, sagte Walter. »Ungewöhnliche Fluggeräte, die sich sehr schnell über den Nachthimmel bewegen, helle Lichter, keine Kennzeichnung.«

»Woher willst du wissen, dass es keine Kennzeichnung hatte, wenn es dunkel war und sich das Ding so schnell bewegt hat?«, fragte Silas.

»Ich weiß, was ich gesehen habe!« Trotzig verschränkte Walter die Arme.

»Warum gibt es Ihrer Meinung nach ausgerechnet in Little Mountain Side so viele UFO-Sichtungen?«, fragte Ruby.

»Wegen der Weltraumbasis natürlich«, sagte Walter.

»Weltraumbasis?«, wiederholte Clancy. »Gab es hier tatsächlich mal eine?«

»Nein«, sagte Silas spontan.

»Na ja«, brummte Walter und ignorierte dessen Einwand. »Es gab eine Art Weltraumbahnhof. In den Sequoia Mountains.«

»Das war ein Kraftwerk!«, warf Silas ein.

»Klar doch«, sagte Walter spöttisch. »Und wie erklärst du dir das ständige Kommen und Gehen, diese ganze Betriebsamkeit?«

»Dort waren über tausend Leute beschäftigt, was erwartest du?«, fragte Silas.

»Es war kein Kraftwerk«, beharrte Walter. »Es war irgendwas Geheimes, ihr wisst schon ...« Er beugte sich vor. »... um Aliens zu empfangen.«

»Wirklich?«, fragte Clancy mit großen Augen.

»Wird behauptet!«, sagte Duke.

»Von wem?«, hakte Ruby nach.

»Von keinem«, sagte Silas abschätzig. »Walt faselt wieder mal dummes Zeug.«

»Er glaubt nicht daran«, sagte Duke und deutete mit dem Daumen auf den Wirt. »Das ist sein Problem.«

»Aber er schlachtet es trotzdem aus«, sagte Walter und hielt eine Serviette mit einer fliegenden Untertasse hoch.

Es war ein kumpelhafter Schlagabtausch, wie er in dieser Form sicher schon öfter stattgefunden hatte.

»Aber wenn es hier in den Bergen eine Weltraumbasis gab, warum redet dann kein Mensch davon?«, fragte Clancy.

»Die Sache wurde absolut geheim gehalten, wenn du verstehst, was ich meine«, sagte Duke. »Das gemeine Volk sollte nichts davon mitbekommen.«
Silas schüttelte den Kopf. »Ihr Brüder mit euren Verschwörungstheorien! Alles Quatsch! Svens Vater hat etliche Jahre in dem Kraftwerk gearbeitet, aber Marsmännchen hat er nie erwähnt.«
»Logisch!«, meinte Walter.
Duke nickte bedächtig. »Das stimmt, Walt. Svens Vater musste sicher was unterschreiben und geloben, dass er die Klappe hält, wie vermutlich alle, die dort gearbeitet haben.«
Walter nickte sehr ernst, und Silas grinste vor sich hin.
»Eins verspreche ich dir: Sollte jemals ein Marsmännchen in meinem Diner erscheinen, werde ich seinen Greifarm schütteln und ihm eine Portion Pommes ausgeben.«

9. Kapitel

Acrylglas

Es war enttäuschend, mit leeren Händen nach Twinford zurückzukehren, doch Ruby hatte einen mehr als interessanten Tag hinter sich, und Clancy war von dem ganzen Gerede über Raumfahrzeuge und Aliens so aufgedreht, dass er in einer Tour quasselte. Gerade noch in letzter Sekunde erreichten sie den Bus und setzten sich ganz nach hinten, weit weg von den anderen Fahrgästen. Nicht dass der Bus sehr voll gewesen wäre; lediglich sieben andere Personen wollten mit dem Mountain-Bus nach Maple Falls fahren.

Ruby hatte ein kleines Spiralnotizbuch bei sich und studierte während der Fahrt ihre Liste von Dingen, die sie sich notiert hatte. Auf einer Seite stand:

WAS ICH WEISS

Auf der anderen:

WAS ICH NICHT WEISS

Einen ihrer Einträge hatte sie bereits durchgestrichen und mit einem Pfeil von der Spalte »Was ich nicht weiß« in die Spalte »Was ich weiß« übertragen.

Warum Summ Summ hieß, zum Beispiel.

»Warum heißt Summ Summ?«, fragte Clancy.

»Es ist nicht so spannend, wie du denkst«, sagte Ruby.

»Wieso, ist es eine Art Spitzname?«, fragte Clancy.

»Weniger aufregend«, sagte Ruby.

»Ist es ihr richtiger Nachname?«, fragte Clancy.

»Noch weniger aufregend als das«, sagte Ruby.

»Okay, ich gebe auf«, sagte Clancy.

»Du wirst enttäuscht sein, wenn du es erfährst«, warnte Ruby.

»Lass es darauf ankommen«, sagte Clancy.

»Es sind ihre Initialen: Susan Ulla Miller.«
»Oh, das ist tatsächlich etwas enttäuschend«, meinte Clancy.
»Ich hab's dir ja gesagt«, sagte Ruby.
»Eigentlich recht naheliegend.«
»Ich weiß«, meinte Ruby.
»Aber hey, da ist ja nur ein M«, merkte Clancy.
»Ja, aber es würde trotzdem Sum heißen, ob mit einem oder zwei M.«
»Schon.« Clancy spähte wieder auf ihre Liste.
Ein Gegenstand, der 8er Schlüssel, war durchgestrichen und ersetzt worden durch:

Acrylglas-Schlüsselanhänger

»Schlüsselanhänger?«, las Clancy. »Was für ein Ding?«
»Der Anhänger, an dem der 8er Schlüssel hing«, erklärte Ruby.
»Warum interessierst du dich plötzlich für den?«, fragte Clancy. »Ich dachte, es ginge um den *Sicherheitsschlüssel* von Spektrum?«
»Inzwischen denke ich, dass es nur um den Anhänger gegangen sein kann. Die Schlösser wurden alle ausgetauscht, als der Verlust des Schlüssels bemerkt wurde. Vielleicht ging es bei dem Diebstahl auch nur darum, Spektrum einen Schrecken einzujagen und zu beweisen, dass die Sicherheitsvorkehrungen so wenig taugen, dass jeder sie knacken kann. Also hätte es rein gar nichts genützt, diesen Schlüssel zu klauen.«
»Aber was nützt es, einen Acrylglas-Schlüsselanhänger zu

klauen?«, fragte Clancy und runzelte die Stirn, bevor er hinzufügte: »Was ist Acrylglas eigentlich genau?«

»So etwas wie Plexiglas – oder, falls du es noch genauer wissen willst: Polymethylmethacrylat, ein transparenter thermoplastischer Kunststoff. Eine Alternative zu Glas, nur wesentlich leichter und bruchsicherer.«

CLANCY: »Also war der Anhänger sehr leicht?«

RUBY: »Na ja, nicht superleicht, aber nicht so schwer wie Glas.«

CLANCY: »Stand etwas drauf? Eine Zahl? Oder war ein Bild drauf?«

RUBY: »Nein, ich habe zumindest nichts gesehen.«

CLANCY: »Und was macht ihn dann so interessant?«

RUBY: »Nichts.«

CLANCY: »Wie – nichts?«

RUBY: »Nichts, nur die Tatsache, *wem* er gehört hat.«

CLANCY: »Und wem hat er gehört?«

RUBY: »Bradley Baker.«

CLANCY: »Echt? Weißt du das sicher? Ganz sicher?«

RUBY: »Nicht hundertprozentig. Ich kann es nur vermuten, aber es liegt nahe, weil LB mal zu mir gesagt hat, er sei ein Andenken, das sie von jemandem bekommen habe, als sie noch ein Kind war. Und da habe ich mir gedacht, dass es eigentlich nur Baker gewesen sein kann.«

CLANCY: »Dann könnte es doch auch ihr Vater gewesen sein oder ihre Mutter oder meinetwegen auch ihr Großvater. Oder ihr Karatemeister, der war bestimmt auch wichtig für sie. Oder ihr Posaunenlehrer, ich meine, falls sie je Posaune spielen gelernt hat.«

RUBY: »Kann ich mir nicht vorstellen.«

CLANCY: »Damit will ich nur sagen, dass der Anhänger nicht unbedingt von Bradley Baker sein muss. Er kann von irgendwem sein, der ihr viel bedeutet hat.«

RUBY: »Okay, du hast recht. Aber mein Gefühl sagt mir, dass es um Baker geht. Oder meinst du, ich drehe langsam durch?«

CLANCY: »Nein, wenn deine Intuition dir sagt, dass es so ist, dann …«

Pause.

CLANCY: »Ich glaube, dass du recht hast.«

Wieder eine Pause.

CLANCY: »Na ja, fast.«

RUBY: »Fast?«

CLANCY: »Du behauptest, die Chefin von Spektrum 8 hätte diesen Schlüsselanhänger von ihrem besten Freund bekommen, als der noch ein Teenager war?«

RUBY: »Ja, LB hat gesagt, er sei nur ein Souvenir, an dem sie aus persönlichen Gründen hängt.«

Sie verstummte. Und ihre Augen weiteten sich, als hätte sie etwas gesehen.

Es kam nur höchst selten vor, dass Ruby Redfort das Gefühl hatte, sie sehe den Gorilla im Raum als Letzte. Noch ungewöhnlicher war es, dass sie sich dämlich fühlte, doch im Moment war es so.

RUBY: »Mann, bin ich blöd! LB würde nie im Leben irgendeinen langweiligen alten Schlüsselanhänger benutzen, um etwas so Wichtiges wie den 8er Schlüssel daran zu befestigen, einen Codierschlüssel. Spektrum ist eine professionelle Truppe, und LB ist eine Vollprofi-Agentin, die keine Zeit für Gefühlsduseleien hat.«

Sie sah Clancy an.

RUBY: »Das wolltest du doch sagen, nicht wahr?«

CLANCY: »Ich würde nie behaupten, dass du blöd bist, aber ja.«

RUBY: »Wie konnte ich ihr diesen Schwachsinn abnehmen?«

CLANCY: »Nimm es nicht so schwer, jeder baut mal Mist – ich persönlich sogar täglich.«

RUBY: »Mensch, du hast LBs Lüge sofort durchschaut – warum ich nicht?«

CLANCY: »Wie auch? Noch vor zwei Monaten hattest du keinen Grund, an ihr zu zweifeln. Außerdem hattest du, als LB das sagte, gerade den Sturz von einem Wolkenkratzer hinter dir. Da hast du ganz andere Dinge gedacht, zum Beispiel: ›Wow, ich bin nicht tot‹ oder so.«

RUBY: »Leben und Tod, von Wolkenkratzern geworfen werden – mit solchen Sachen müsste ich als Nachwuchsagentin spielend fertig werden.«

CLANCY: »Ja, ich weiß, dass solche Dinge mit zu deinem Job gehören.«

»Aber wo hatte sie diesen Schlüsselanhänger denn nun her?, fuhr er fort. »Was meinst du?«

»Keine Ahnung«, sagte Ruby.

Schweigen.

CLANCY: »Was ich nicht begreife: Falls LB wirklich die große Böse ist und der Graf in ihrem Auftrag diese ganzen Sachen geklaut hat, das Wahrheitsserum, die Cyanessenz und so weiter, dann erkläre mir bitte, warum sie sich die Mühe machen sollte, ihren eigenen Schlüsselanhänger zu klauen?«

RUBY: »Das ist leicht zu beantworten: um die Spektrum-Agenten auf eine falsche Fährte zu locken. Im Moment herrscht wegen Maulwürfen und Doppelagenten das totale Chaos. Alle fragen sich, wer es sein könnte, doch keiner kommt auf die Idee, mit dem Finger auf *sie* zu zeigen.«

CLANCY: »Klingt etwas weithergeholt, oder?«

RUBY: »Alles klingt weithergeholt.«

CLANCY: »Okay, aber was ist, wenn LB *nicht* die große Böse ist?«

RUBY: »Dann habe ich vermutlich recht, und es steckt mehr als nur ein Stück Acrylglas dahinter.«

Clancy warf einen weiteren Blick auf die Spalte mit den Dingen, die Ruby nicht wusste. »Und was hat es deiner Meinung nach mit dem Jadebuddha auf sich? Die Sache mit der Cyanessenz und dem Wahrheitsserum kann ich ja nachvollziehen. Welcher Kriminelle wünscht sich nicht eine Duftessenz, mit der man jeden dorthin locken kann, wo man ihn haben möchte? Oder ein Serum, mit dem man Menschen dazu bringen kann, die Wahrheit und nichts als die Wahrheit zu sagen? Doch was ist mit dem Buddha? Was hat der damit zu tun?«

»Keine Ahnung«, sagte Ruby. »Aber ich denke, in dem Buddha ist ein ziemlich wichtiges Geheimnis verborgen, und ich persönlich glaube, dass es die Augen sind.«

»Hä?«

»Das Geheimnis liegt in den *Augen* des Buddhas verborgen«, zitierte Ruby.

»Ist das nicht nur eine Legende?«, fragte Clancy. *»Schau um Punkt Mitternacht in die Augen des Buddhas, und du bist auf einen Schlag halb so alt und doppelt so weise …* Ich meine, welcher Narr glaubt einen solchen Stuss, mal abgesehen von deinem Vater … nichts für ungut.«

»Kein Problem, Clance. Was ich damit sagen will: Ich habe keine Ahnung, was der Graf gesehen hat, als er damals mit dem Laser in die Rubinaugen des Buddhas geleuchtet hat, aber ich gehe davon aus, dass da etwas war, ein Symbol oder vielleicht auch ein Code.«

»Kannst du nicht jemanden bitten, für dich in die Augen des Buddhas zu schauen?«

»Der ist doch längst wieder in Khotan«, gab Ruby zu bedenken. »Und wen sollte ich darum bitten?«

»Kannst du niemanden in China anrufen?«, fragte Clancy. »Es muss natürlich jemand sein, der im Museum von Khotan arbeitet.«

»Das ist leichter gesagt als getan. Ich muss zuerst herausfinden, was für ein Lasergerät der Graf verwendet hat. Es war jedenfalls keine normale Taschenlampe«, sagte Ruby. »Und dann muss ich jemanden vom Museum überreden, zu dem Buddha zu gehen und in dessen Augen zu leuchten.«

»Du findest bestimmt jemanden, der für dich in China anruft ... Wie wär's mit Blacker?«

»Ich darf nicht ermitteln«, sagte Ruby. »Wenn ich jemanden bitte, für mich in China anzurufen, dann fällt das im Prinzip unter Ermittlung, und das ist nur Senioragenten erlaubt.«

»Dann wende dich doch an einen Senioragenten!«

»An wen? Etwa an LB?«, murrte Ruby. »Wie oft muss ich es dir noch sagen, Clance? LB darf auf gar keinen Fall mitbekommen, dass ich eine Spur habe, wenn sich am Ende herausstellt, dass alles auf sie hinausläuft!«

»Stimmt«, sagte Clancy etwas betreten. »Das geht natürlich nicht.«

»Ich muss herausfinden, was zwischen ihr und Baker gewesen ist. Und wenn sie ihn wirklich umgebracht hat, dann muss ich wissen, *warum.*«

»Tja, dann bleibt dir wohl nichts anderes übrig, als mit Hitch zu reden. Ihm vertraust du doch, oder?«

»Logo, hundertprozentig«, sagte Ruby. »Aber ich fürchte, er würde mir nicht mal mehr guten Tag sagen, wenn ich ihn fragen würde: ›Hitch, halten Sie es für möglich, dass LB eine Mörderin ist?‹ Und ehrlich gesagt bin ich mir auch nicht sicher, ob ich diese Frage überhaupt stellen möchte, zumindest nicht, bevor ich wesentlich mehr Fakten kenne und möglichst auch ein Versteck weiß oder eine gefährliche Waffe besitze.«

»Hast du Angst?«, fragte Clancy.

Ruby starrte aus dem Fenster. »Dreimal darfst du raten! Ich wäre verrückt, wenn ich keine Angst hätte.«

»Und wie verhältst du dich beim nächsten Treffen mit LB?«

»Die Nerven behalten, würde ich sagen. Ich darf mir nichts anmerken lassen und muss mich ganz normal verhalten.«

Das war eine von Rubys Regeln, ihre REGEL 51: WENN DU DEINEN MITSPIELERN NICHT TRAUST, SIEH ZU, DASS DU DEINE KARTEN IMMER DICHT VOR DER BRUST HÄLTST.

10. Kapitel

Die Sterne über uns

»Sieh an, die Ausreißerin ist zurück«, sagte Mrs Digby, als Ruby die Küche betrat. »Wo hast du dich herumgetrieben?«

»Ich habe versucht, Ihr Waldhühnerproblem zu lösen.«

»Na, da hol mich der Klabautermann!«, rief Mrs Digby verblüfft. »Und? Hat's geklappt?«

»Ich hab eine erste Spur«, antwortete Ruby.

»Von wem?«

»Nichts für ungut, aber ich muss meine Quelle schützen. Doch Sie sollen wissen, dass die Räder am Rollen sind und eine gute Chance besteht, dass ich Ihnen die Pilze gegen Ende der Woche überreichen kann.«

»Das lob ich mir!«, sagte die Haushälterin. »Du hast dir ein Plätzchen verdient.«

»Nur eins?«, maulte Ruby.

»Willst du dir den Appetit aufs Abendessen verderben?«, fragte Mrs Digby.

Ruby blickte zum Tisch, der für zwei Personen gedeckt war.

»Kommt Hitch auch?«, erkundigte sie sich.

»Das will ich hoffen, ich habe so viel Eintopf gemacht, dass ich eine ganze Armee satt bekäme.« Mrs Digby wollte gerade zur Schöpfkelle greifen, als das Telefon läutete. »Hallo, Hitch?«, sagte sie in den Hörer. »*Was*?! ... Ich kann nicht sagen, dass ich das gut finde ... Es ist ungesund, die Hauptmahlzeiten ausfallen zu lassen, hat Ihre Mutter Ihnen das nie gesagt? Damit schaufeln Sie sich Ihr eigenes Grab ... Gut, ich lasse den Eintopf auf dem Herd stehen, dann können Sie ihn aufwärmen – falls der Hund Ihnen nicht zuvorkommt.« Sie legte auf.

»Er kommt doch nicht?«, fragte Ruby.

»Er muss dringend noch etwas erledigen. Er hat irgendwas von einem Freund gesagt, dessen Auto stehen geblieben ist.« Die Haushälterin schnaubte missbilligend. »Er macht's nicht lange, wenn er sich nicht die Zeit zum Essen nimmt.«

»Ich wusste gar nicht, dass er Freunde hat«, sagte Ruby.

»*Zu viele* sogar, wenn du mich fragst«, meinte Mrs Digby. »Er hatte absolut nichts dagegen, dass ich neulich so überraschend diese Kreuzfahrt gemacht habe. Ich hatte sogar den Eindruck, dass er es kaum erwarten konnte, mich los zu sein.«

»Na ja, immerhin waren Sie jetzt mal in der Karibik«, sagte Ruby. »Mich hat er für einen Monat in die Pampa geschickt.«

Die Haushälterin griff nach der Hundeschüssel und klatschte eine großzügige Portion für Floh darauf. »Man könnte grad denken, er wollte uns loswerden«, sagte sie.

Ruby beschloss, ausnahmsweise mal früh ins Bett zu gehen. Sie musste Schlaf nachholen, und mit etwas Glück könnte sie endlich mal zehn Stunden durchschlafen. Zu schön, um wahr zu sein – im Endeffekt kam sie gerade mal auf mickrige fünf Stunden. Zuerst kam ein Anruf aus Paris.

»Hey, Ruby, wir sind's!«

»*Bonjour*, Mom, *bonjour*, Dad. *Quelle heure est-il chez vous?*«

»*Pardon?*«

»Wie spät ist es bei euch?«

»Fast Mittag, und bei dir?«

Ruby griff nach ihrer Uhr.

»Drei Uhr morgens.«

»Oh, Ruby, um diese Zeit solltest du doch schlafen!«, sagte Sabina Redfort tadelnd.

»Hab ich auch, aber vielleicht hättet ihr etwas später anrufen sollen, ungefähr sechs Stunden später oder aber viel, viel früher. Die Zeitverschiebung beträgt neun Stunden – wir sind neun Stunden später dran.«

»Oh, ich dachte, in Twinford sei es neun Stunden früher«, sagte Brant.

»Nein, genau umgekehrt, Dad.«

»Dann wünsche ich dir jetzt besser eine gute Nacht«, sagte Sabina.

»*Bon appétit*«, sagte Ruby zum Abschied.

Eine Stunde später wurde sie erneut geweckt, diesmal vom Brummen einer Fliege. Das Insekt war so aufdringlich laut, als würde es auf dem Rücken liegen und mit dem Tod ringen.
Im Halbschlaf versuchte Ruby, den Störenfried zu verscheuchen, doch ihre Hand stieß an etwas Hartes, und als sie blinzelnd die Augen öffnete, lag da kein Insekt auf dem Rücken – es war die Spektrum-Fluchtuhr auf dem Nachttisch, die wie verrückt summte. Auf dem Zifferblatt blinkten hektisch grüne Buchstaben auf.
Eine Nachricht von Hitch!

Planetarium 4.35 Uhr Reihe F Sitz 6

Es war vier Uhr morgens – wahrlich keine gute Uhrzeit, um den neuen Tag zu begrüßen. Doch falls Hitch sie in die Zentrale mitnehmen wollte, wo Ruby die Chance hatte, ihre (eventuell) mordlüsterne Chefin zu treffen, dann war ihr auch vier Uhr morgens recht.
Ruby griff nach ihrer Brille und stieg aus dem Bett, doch dabei fiel sie der Länge nach hin und humpelte fluchend ins Bad. Sie putzte sich die Zähne, kämmte sich und starrte dann mit übernächtigten Augen ihr Spiegelbild an.
Redfort, reiß dich zusammen!, ermahnte sie sich.
Oje, um ganz wach zu werden, brauchte sie dringend eine Dusche. Und tatsächlich, es funktionierte. Danach spähte sie aus dem Fenster in die dunkle Nacht. Kalt, dachte sie, kälter als gestern. Die Temperaturen gingen stetig zurück.
Sie grub eine Thermoleggings aus der Schublade und zog ihre

Jeans darüber, fand auch ein Thermounterhemd und ein T-Shirt mit dem Aufdruck BITTE NICHT WECKEN!!! Darüber zog sie eine Wolljacke und ihren Winterparka an. Dann noch die Ohrenschützer. Sie nahm ihren Rucksack und schlich auf Zehenspitzen die Treppen hinunter und zur Haustür hinaus. Die anderen Menschen, die mit ihr zusammen an der Station Green Street in die U-Bahn stiegen, waren entweder Frühaufsteher oder Leute, die gerade von ihrer Nachtschicht kamen.

Als Ruby am Planetarium ankam, staunte sie nicht schlecht, als sie sah, dass die Türen offen standen und jemand an der Kasse saß. Sie war davon ausgegangen, dass sie durch ein Fenster einsteigen müsste.

Sie ging zur Kasse. »Was ist hier los?«, fragte sie den jungen Mann hinter dem Schalter.

»Wie meinen?«, fragte der zurück.

»Wieso habt ihr geöffnet? Es ist halb fünf früh!«

»Wir feiern den Jahrestag des letzten bemannten Raumflugs zum Mond im vergangenen Jahr, du weißt schon – Apollo 17«, erklärte der junge Mann.

»Ich will den Ballon jetzt nicht platzen lassen, aber ihr wisst bestimmt, dass ihr ein paar Tage zu früh dran seid?«, sagte Ruby. »Der Abschuss der Raumfähre war am 7. Dezember.«

»Das wissen wir natürlich, aber weil sicher eine Menge Leute kommen, haben wir einen ganzen Monat lang Programm«, sagte der Kassierer und deutete auf das riesige Plakat an der Wand. »Es wird viel geboten. Du hast vielleicht schon gehört, dass das Observatorium auf Meteor Island gerade ein neues

Teleskop baut … Es kam in den Nachrichten: Planet Twinford – 1974 die *Stadt der Weltraumfahrt.*«

Ruby nickte. »Ach ja, stimmt, ich glaube, meine Eltern wurden zu irgendeinem Weltraum-Event eingeladen, was war es noch gleich?«

»War es das Galaktische Konzert? Oder die Weltraumgala? Oder waren es die Astro-Vorträge?«

Ruby seufzte: »Wenn ich das noch wüsste … Ist eine Eintrittskarte für mich reserviert worden? Auf den Namen Redfort.«

Der junge Mann sah den Stapel der bereits bezahlten Tickets durch und reichte ihr dann einen Umschlag.

»Viel Spaß!«, sagte er.

Ruby öffnete die Tür zum Auditorium und ging leise die Stufen hinunter. Die Sitze im mittleren Bereich waren alle belegt, doch an den Seiten gab es noch genügend freie Plätze. Bei Reihe F angekommen, schob Ruby sich an den Sitzen vorbei. Sie setzte sich auf Platz 6. Die Sitze um sie herum waren alle leer, und Hitch war nicht zu sehen.

Aha, Mister Pünktlichkeit-in-Person hatte sich offenbar verspätet!

Fasziniert schaute sie sich die Vorführung an.

»Hey«, flüsterte da eine Stimme.

RUBY: »Himmel! Ich hab Sie gar nicht kommen hören!«

HITCH: »Du wirkst nervös, Kleine.«

RUBY: »Jetzt, wo Sie's sagen …«

HITCH: »Hast du schon gefrühstückt?«

RUBY: »Machen Sie Witze!? Es ist noch nicht mal fünf!«

Er drückte ihr eine Papiertüte in die Hand.

»Danke«, sagte sie und nahm einen Donut heraus.

HITCH: »Von Blacker.«

RUBY: »Was? Ist er um diese Zeit schon im HQ?«

HITCH: »Wir alle müssen Überstunden machen, solange irgendein Verrückter frei herumläuft.«

Genau wie die anderen Besucher im Saal schauten sie die ganze Zeit an die Decke, wo sich der Nachthimmel langsam über ihnen drehte.

Hitch deutete auf einen Sternenhaufen. »Das ist Herkules, richtig?«

Ruby schnalzte mit der Zunge. »Orion!«

»Sicher?«

»Klar bin ich mir sicher«, flüsterte Ruby. »Ich habe mir dieses ganze Zeug schon vor zig Lichtjahren reingezogen, mit fünf. Ich kann Ihnen jedes Sternbild zeichnen – mit verbundenen Augen und auf den Rücken gefesselten Händen.«

»Das klingt fast nach einem Partytrick«, sagte Hitch. »Wer weiß, ob du diese Gabe nicht mal brauchen kannst!«

»Haha«, schnaubte Ruby leise. »Was machen wir hier überhaupt?«

»Ist es nicht herrlich beruhigend, die Sterne zu betrachten?«, fragte Hitch.

»Schon«, sagte sie und sah ihn mit einem Blick an, in dem die Frage »Was ist mit Ihnen los?« stand.

»Wie war's im Streber-Camp?«, fragte er.

»Streberhaft«, antwortete Ruby. »Und Sie? Hatten Sie in letzter Zeit viel zu tun?«

»Einiges, zumindest bis deine Eltern dann endlich nach Paris geflogen sind. Junge, Junge, die beiden führen wirklich ein beeindruckendes gesellschaftliches Leben.«

»Und deshalb dachten Sie, sie bräuchten einen kleinen Urlaub?«

»Wieso denkst du, dass es meine Idee war?«

»Hat Mrs Digby gesagt.«

»Okay, ich gebe zu, dass sie mich ziemlich fertiggemacht haben. Hast du eine Ahnung, zu wie vielen Partys sie dauernd gehen?«

»Was denken Sie?! Ich lebe seit dreizehn Jahren mit ihnen zusammen!«

»Du kannst mich also verstehen«, sagte Hitch.

»Wer, wenn nicht ich?«, seufzte Ruby. »Und Mrs Digby hat auf mysteriöse Weise eine Kreuzfahrt in der Karibik gewonnen. Ich weiß nur noch nicht, wie das kam.«

»Stimmt, wer hätte damit gerechnet?«

»Mrs Digby jedenfalls nicht«, sagte Ruby.

»Das Leben ist manchmal eine einzige Wundertüte«, sagte Hitch.

»Und wie kam es? Haben Sie unser Haus für eine Weile für sich gebraucht?«

»Wir mussten ein paar Umbauarbeiten vornehmen und weitere Sicherheitsvorrichtungen einbauen«, erklärte Hitch.

»Meinetwegen?«

»Wegen euch allen.«

»Meinen Sie, meine Leute könnten in Gefahr sein?«, fragte Ruby. »Mrs Digby ebenfalls?«

»Wer sich mit Mrs Digby anlegt, zieht garantiert den Kürzeren.« Er schmunzelte. »Aber ja, ich will verhindern, dass einer von euch zur Zielscheibe wird.«

»Halten Sie das für möglich? Im Ernst?«, fragte Ruby. »Der Graf *weiß*, dass meine Eltern nichts mit Spektrum zu tun haben. Sie haben nun wirklich nicht das Zeug zu Geheimagenten.«

»Darum geht's doch gar nicht, Kleine. Wenn der Graf dir eins auswischen oder, noch schlimmer, deine Welt zerstören möchte, wüsste er genau, wie er es anstellen muss. Er weiß, wo du wohnst, er weiß, wie du tickst«, flüsterte Hitch.

»Und das bedeutet …? Sie meinen, er könnte jemanden von meiner Familie umbringen wollen?«

»Ganz ausschließen kann man das nicht.«

»Und deshalb die verschärften Sicherheitsvorkehrungen?«

»Richtig.«

»Und was wollen Sie machen, wenn meine Eltern zurück sind?«, fragte Ruby. »Sie können sie ja nicht zu Hause einsperren.«

»Ich werde weiterhin tun, was ich kann, Kleine. Ich passe auf sie auf, aber so diskret, dass sie es nicht mitbekommen.«

»Und was haben Sie ihnen erzählt? Was das Haus betrifft, meine ich.«

»Sie sollten sich nicht unnötig aufregen, und deshalb habe ich einen Freund von mir, der zufällig im Baugewerbe tätig ist, gebeten, sie davon zu überzeugen, dass die Fenster ausgetauscht werden müssen. Er hat ihnen weisgemacht, dass sich in den Fensterrahmen Rüsselkäfer eingenistet haben.«

»Wie hat er das geschafft?«

»Ganz einfach. Er hat etwas Glasstaub verstreut und eine der

Fensterscheiben gelockert; sie haben sofort eingesehen, dass ein Austausch notwendig ist.«

»Glasstaub?«, fragte Ruby.

»Sie waren sehr besorgt«, sagte Hitch ernst.

»Kann ich mir vorstellen«, sagte Ruby. »Aber seit wann können sich Rüsselkäfer durch Glas fressen?«

»Ich weiß«, sagte Hitch. »Beängstigend, nicht wahr?«

»Und Mrs Digby?«

»Das war wesentlich schwieriger, aber ich wollte auf gar keinen Fall, dass sie mitkriegt, was los ist. Sie hat Adleraugen. Ich habe ihr erzählt, ich hätte meine Schlüssel verloren und deshalb müssten die Schlösser ausgetauscht und das Alarmsystem aufgerüstet werden.«

»Sie haben es also geschafft, auch sie an der Nase herumzuführen. Mrs Digby denkt, Sie hätten sie weggeschickt, weil Sie mit Ihren Freunden einen draufmachen wollten.« Ruby bedachte Hitch mit einem Seitenblick. »Aber ich habe ihr gesagt, dass Sie meiner Meinung nach gar keine Freunde haben.«

»Eines Tages stelle ich dir mal einen von ihnen vor«, meinte Hitch trocken.

»Mrs Digby denkt vermutlich, dass Sie meine Leute nach Paris geschickt haben, weil Ihnen ihr turbulentes gesellschaftliches Leben zu viel geworden ist.«

»Ich bin ein bestens trainierter Spitzenagent«, sagte Hitch mit einem Augenzwinkern. »Partys sind nun wirklich keine Herausforderung für mich.« Er machte eine kurze Pause. »Apropos trainiert: Wir sollten jetzt los und uns die Schlittschuhe anziehen.«

»Warum? Wohin gehen wir?«

»Wir haben ein Date mit LB«, erklärte Hitch.

Da sah er Rubys betroffenes Gesicht. »Himmel, Kleine, bleib cool. Man könnte ja grad meinen, du müsstest vor den Sensenmann treten.«

11. Kapitel

Ganz normal tun

Sie parkten den silberfarbenen Wagen in einer Seitenstraße und gingen die letzten ungefähr zweihundert Meter zu Fuß.

»Hier?«, fragte Ruby.

»Hier!«, bestätigte Hitch.

»Sie haben es wörtlich gemeint«, sagte Ruby, »wir sollen *tatsächlich* Schlittschuhe anziehen?«

Sie standen am Rand des Stadtzentrums vor der Eisbahn in der Bowery Street.

»Nicht wirklich.«

»Aber hier geht's zu Spektrum, nehme ich an.«

»Heute ja«, sagte Hitch.

»Und warum lassen Sie mich durch die halbe Stadt zum Planetarium rennen, wenn wir uns genauso gut hier an der Eisbahn hätten treffen können?«

»Mir gefällt es dort«, sagte Hitch.

»Im Planetarium?«

»Ja, sagte ich doch. Ich mag die beruhigende Atmosphäre.«

Ruby verdrehte die Augen. »Klar, jeder nach seinem Geschmack.«

Sie schoben sich durchs Drehkreuz und gingen dann zum Schlittschuhraum, einem Labyrinth aus Regalen und Schubladen voller Schlittschuhe, unzählig viele. Am anderen Ende des Raums war eine Tür ohne Klinke, an der das Poster einer Pirouetten drehenden Schlittschuhläuferin hing. Sie sah glücklich aus, denn sie konnte ja nicht ahnen, dass jemand direkt auf einem ihrer Zähne eine Fliege totgeschlagen hatte, so dass der Zahn nun schwarz war. Hitch drückte seinen Daumen auf einen gut getarnten Identitätsscanner, und mit einem leisen Klick öffnete sich die Tür. Dahinter befand sich ein Treppenhaus, das nach unten zum Hauptquartier von Spektrum führte.

In dem großzügigen Eingangsbereich gingen sie zum Empfang auf der anderen Seite, um sich anzumelden.

Alles war wie immer, nichts hatte sich verändert, zumindest nichts, was man *sehen* konnte, doch die Atmosphäre war merklich anders. Es herrschte eine Anspannung, die einen zu ersticken drohte.

Summ saß, wo sie immer saß, inmitten ihrer vielfarbigen Telefone; Ruby nahm an, dass sich zu ihren Füßen ein Gewirr von Kabeln und Drähten befinden musste. Und obwohl Summs Gesicht so ausdruckslos und abweisend wie immer war, freute sich Ruby komischerweise, sie zu sehen. Aber natürlich hätte

sie keine Lust gehabt, sich länger mit dieser Frau zu unterhalten, die garantiert todlangweilig war.
Von Summ kam wie immer weder ein »Hallo, wie geht's?«, noch ein »Hey, wir haben dich vermisst«. Die Telefonistin hielt absolut nichts von Smalltalk und sagte nur: »LB hat gleich Zeit für dich.«
Rubys Füße waren schwer wie Blei, als sie den kurzen Weg zum Büro der Chefin zurücklegte.
Diesmal lag es nicht an Rubys Angst, wegen irgendeines kleinen Fehlers gefeuert zu werden – sie hatte vielmehr Angst, von LB durchschaut zu werden. Was, wenn LB wusste, was sie, Ruby, inzwischen über sie erfahren hatte?
Ruby war froh, Hitch bei sich zu haben, obwohl sie absolut nicht sicher war, dass er sich auf ihre Seite stellen würde, wenn er sich zwischen Rubys Wahrheit und der seiner Chefin entscheiden müsste.
LB sah noch stählerner aus als vor fünf Wochen. Die Anzeichen für Erschöpfung und Stress waren verschwunden und durch eine kühle, unerschütterliche Entschlossenheit ersetzt worden. Vielleicht machte sie gerade eine eisenhaltige Diät (was Consuela vermutlich empfehlen würde), oder sie trainierte Kampfsportarten. Gerüchten zufolge war LB darin ganz gut, da sie in Japan beim Großmeister Funakoshi Karate gelernt hatte. Ruby, die ihre Chefin noch nie außerhalb der Mauern des Hauptquartiers oder bei einem Einsatz erlebt hatte, konnte sich das kaum vorstellen.
LB deutete auf einen der Stühle vor ihrem Schreibtisch.
»Soll ich bleiben?«, fragte Hitch.

Bleib, dachte Ruby. Verdammt, bleib bitte!
»Nein, das ist nicht nötig«, erwiderte LB kühl. »Lassen Sie mich fünf Minuten mit Redfort allein.«
»Selbstverständlich«, sagte Hitch und ging hinaus.
Ruby wäre am liebsten aufgesprungen und ihm nachgerannt, doch sie beherrschte sich und setzte sich mit unbeweglicher Miene hin.
LB wartete, bis Hitch die Tür hinter sich zugezogen hatte.
»Du bist also wieder da, Ruby«, sagte sie dann.
»Ja«, bestätigte Ruby.
»Wie war's?«
»Ganz okay«, sagte Ruby.
»Wie ich hörte, hast du dich im Camp gut benommen und bist nicht weiter aufgefallen.«
»Ja«, sagte Ruby.
LB sah sie über den Rand ihrer Brille hinweg an.
»Was? Keine freche Antwort?«
Schweigen.
»Ich beginne mich zu fragen, ob sie dich versehentlich in ein Schweizer Mädchenpensionat geschickt haben. Ich weiß, ich sollte mich freuen, aber komischerweise tue ich das nicht.«
Redfort, benimm dich wie immer, reiß dich zusammen!, sagte Ruby zu sich selbst.
LB beugte sich vor. »Stimmt etwas nicht? Willst du mir vielleicht etwas mitteilen?«
»Teilen? Sie kriegen meinen halben Donut nicht, falls es das ist, worauf Sie spekulieren.«
»Das klingt schon besser. Ich hatte eine schreckliche Minute

lang den Eindruck, eine Doppelgängerin von Ruby Redfort vor mir zu haben, Loreley van Leyden eventuell, in neuer Tarnung.«

»Das wäre eine schwierige Nummer«, sagte Ruby. »Und ich bilde mir gern ein, dass ich einmalig und unverwechselbar bin.«

»Ich mir auch«, sagte LB etwas verkniffen. Sie räusperte sich. »Wie du vielleicht schon gehört hast, hat Spektrum 8 etliche seiner operativen Missionen an Spektrum 1 übertragen, und ich versuche herauszufinden, wie weit diese Unterwanderung geht und ob einer unserer Agenten möglicherweise Informationen an den Grafen weitergibt.«

»Verstehe«, sagte Ruby.

Falls LB bluffte, dann war sie erstaunlich cool. »Eine große Zahl der Agenten von Spektrum 8 ist suspendiert, bis diese Sache geklärt ist. Bis wir den Maulwurf enttarnt haben, werden sie durch Agenten von Spektrum 7 ersetzt.«

»Bin ich auch suspendiert?«, fragte Ruby. Sie verstummte und dachte an das Streber-Camp. »*War* ich suspendiert? Ich meine, bin ich in dieses Streber-Camp abgeschoben worden, damit ich aus dem Weg war? Damit Sie mich überprüfen konnten?«

»Ja, aber falls es dich beruhigt: Es ging ebenso sehr um dein Wohl wie auch um die Befürchtung, dass du in irgendeiner Form Informationen weitergeben könntest.«

»Sie dachten, *ich* gebe Informationen weiter?«

»Ich bin mir sicher, dass du das nachvollziehen kannst. Dass dich der Graf am Leben ließ, hat uns zum einen stutzig gemacht – wir mussten uns natürlich nach dem Grund fragen –, zum anderen haben wir befürchtet, er könne es sich wieder anders überlegen. Seine Logik ist nicht immer nachvollziehbar. Und außerdem will dich sein Auftraggeber vermutlich immer noch aus dem Weg schaffen, doch wenn es um den Grafen geht, darf man nichts automatisch annehmen. Was immer er sonst noch sein mag, er ist berechenbar unberechenbar.«

»Und was ist nun mit mir?«, erkundigte sich Ruby vorsichtig. »Gelte ich als vertrauenswürdige Agentin oder als Verräterin?«

»Spiel hier nicht die Drama-Queen, Redfort, du bist weder noch. Niemand hat dich je für eine Verräterin gehalten – höchstens für ein Plappermaul, das unabsichtlich etwas ausplaudern könnte.«

Ruby öffnete den Mund, um zu widersprechen, doch LB brachte sie mit einer Handbewegung zum Schweigen.

»Ich habe nie behauptet, *dass* du etwas ausgeplaudert hast. Ich sagte nur, dass es möglich ist, dass du diesen ganzen Irrsinn verursacht hast, auch wenn ich es eher für unwahrscheinlich halte. Es gibt keinen Beweis dafür.«

Nun, das war schon mal eine Erleichterung.

Doch was dann folgte, war es nicht.

»Du bist, genau wie jeder andere Agent von Spektrum 8, fürs Erste suspendiert. Nur langjährige und bewährte Agenten sind noch im Dienst. Zutritt zu unseren Abteilungen haben sie jedoch nur mit Genehmigung eines Senioragenten. Ich persönlich bin der Meinung, dass wir auch deine weitere Ausbildung aussetzen sollten, bis wir unser Sicherheitsleck unter Kontrolle haben. Allerdings hat Hitch …« Sie machte eine kurze Pause und seufzte, als koste sie das, was sie gleich sagen würde, große Überwindung. »… hat Hitch uns davon überzeugt, dass es besser wäre, dein Survival-Training fortzusetzen. Er ist der Ansicht, dass du verstärkten Schutz brauchst, und obwohl du keine Agentin im Einsatz bist und auch nicht mehr zur Decodierabteilung gehörst, gebe ich ihm nach längerem Überlegen recht. Wir sind für dich verantwortlich. Folglich bleibst du im Trainingsprogramm von Spektrum. Selbstverständlich unter sorgfältiger Beobachtung.«

Ruby rang sich ein schiefes Lächeln ab. »Freut mich zu hören.«

Noch vor einem Monat hatte sie LBs Büro für den sichersten Ort der Welt gehalten, nun aber fühlte sie sich hier eher wie eine Fliege, die jeden Moment zerquetscht werden konnte.

Das Problem war nur, dass sie nicht die leiseste Ahnung hatte, wer die Fliegenklatsche in der Hand hielt.

12. Kapitel

Phantom-Akten

Ruby überlegte gerade, wo Hitch stecken könnte, als sie auf dem Tisch im Wartebereich einen Zettel entdeckte.

Sehen uns in Groetes Codierraum –
er erwartet dich.

Erstaunlich, dass Hitch sie ausgerechnet dort treffen wollte und auch, dass Groete damit einverstanden war – Groete ließ eigentlich immer durchblicken, dass in seinem Codierraum *keiner* etwas zu suchen hatte – mit Ausnahme von Blacker. Ihn so kurz nach ihrer Rückkehr ins Hauptquartier wiederzusehen war keine erfreuliche Aussicht, doch dann fiel ihr Clancys Rat wieder ein: *»Sprich mit Groete, er wird dir jedes klitzekleine Detail erzählen, nur damit du dich klein und dumm fühlst.«* In der Tat, Kröte prahlt dauernd damit, dass er jede Menge Geheimnisse kennt, dachte sie, und er tut nichts lieber, als mir von dem legendären, einmaligen Bradley Baker vorzuschwärmen.

Sie musste ihn nur zum Reden bringen, und das dürfte nicht allzu schwer sein.

Wissen war ihre einzige Waffe, die einzige Superpower, die sie besaß. Und wenn sie die Wahrheit über den Tod des genialen Spitzenagenten Baker herausfinden wollte, war Groete ihre einzige Option.

Die Tür zu seinem Büro war nicht abgeschlossen, und Ruby wunderte sich, dass es leer war. Miles Groete war normalerweise sehr auf Geheimnistuerei bedacht. Aber wenn sie schon mal hier war, konnte sie sich ruhig ein bisschen umsehen – und sie entdeckte eine Menge interessanter Dinge.

Es gab zahlreiche penibel gestapelte Akten, Codebücher, mit Post-it-Zetteln und Lesezeichen versehen, und sorgfältig mit Tinte beschriebene Zettel. Außerdem entdeckte sie etliche Bücher zum Thema Datenübertragung, besonders Fehlerkorrekturcodes, mit denen Computer feststellen konnten, ob empfangene Daten Fehler enthielten. Das faszinierte Ruby ungemein.

Sie schlug eines dieser Bücher auf.

> ***Paritätsbits*** *(Prüfbits) gelten als eines der einfachsten Systeme, um eine fehlerfreie Übertragung binärer Daten zu gewährleisten. Da sie jedoch nur anzeigen, ob die empfangene Information eine gerade oder eine ungerade Anzahl von 1 oder 0 enthält, sind sie nicht mehr zuverlässig, wenn Bits nicht verlorengegangen sind, sondern mehrere Bitfehler in einem Block vertauscht wurden. Dann ist die Fehlerkorrektur nicht mehr in allen Fällen möglich, da …*

Ruby hob den Kopf, als sich im Flur Schritte näherten. Sie trat einen Schritt zurück und lauschte, doch wer immer es sein mochte – die Person ging weiter. Super – dann konnte sie weiter in Krötes Sachen schnüffeln. Sie fand eine handgeschriebene Liste von Sachen, die Absperr- und Verriegelungssysteme sein mussten: Magnetstreifenkarte, Iris-Scanner, Daumenabdruck, Tasten, Gesichtserkennung, Stimmidentifikation.

Groete arbeitete offenbar an einer Art mehrfach codiertem Sicherheitssystem, denn da war auch ein Diagramm, das im Wesentlichen aus drei Vierecken bestand, die wie ein umgedrehtes L aussahen, mit Buchstaben und Zahlen in bestimmten Abständen. Im unteren Viereck stand E1 und E2, darüber, im oberen linken, E3. In das Viereck oben rechts hatte er AC1 und AC2 und AC3 geschrieben. Neben den drei Quadraten gab es sechs kleine farbige Zettel, beschriftet mit jeweils einer der Buchstabenkombinationen aus dem Diagramm: E1, E2, E3 und so weiter, und darunter standen ein Wort oder Wörter, einige durchgestrichen, andere korrigiert. Bei E1 stand zum Beispiel **MUSCA**, bei E2 **AUF FLIEGE DRÜCKEN**, bei E3 **TRANSMISSION**, bei AC1 **DAS SPEKTRUM**, bei AC2 **ROTORMASCHINE**, doch dieses Wort war durchgestrichen und durch **CHROMATISCH** ersetzt worden. Im Feld AC3 stand nur ein **?**

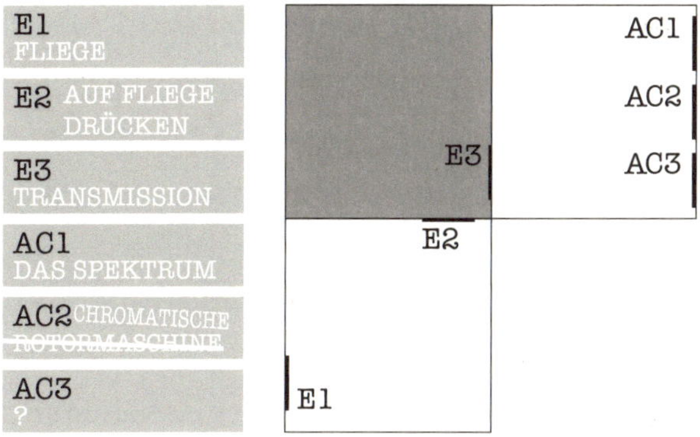

Es sah ganz so aus, als hätte Groete daran gearbeitet, wie man ein Gebäude oder nebeneinanderliegende Räume bestmöglich sichern konnte.

Das Piepen ihrer Fluchtuhr ließ Ruby zusammenzucken. Eine GELBE FLIEGE – das bedeutete ACHTUNG! Eine Botschaft zuckte über den Bildschirm.

RIESENFEHLER, ICH MEINTE GROETES BÜRO!
SOLLTEST DU ZUFÄLLIG IN SEINEM CODIERRAUM GELANDET SEIN, NICHTS WIE RAUS!
PS: TREFFEN IST GECANCELT.

Ruby tat wie geheißen, und sah zu, dass sie wegkam. Gerade noch rechtzeitig, denn als sie mit schnellen Schritten durch den Korridor eilte, kam ihr Groete entgegen.

»Sieh an, du bist zurück«, sagte er so auffällig gedehnt und angewidert, als hätte er gerade einen Kaugummi an seiner Schuhsohle entdeckt.

»Hallo, Kröte«, sagte Ruby und ignorierte wieder einmal, dass das E in seinem Namen ein stummes E war, wohl wissend, dass sie ihn damit auf die Palme brachte.

»Wie schade, war das Camp doch nichts für dich?«

»Doch, es war lustig, aber Sie wissen ja, was man sagt: Zu viel Spaß kann auf Dauer langweilig werden, deshalb ist es vermutlich ganz gut, dass ich jetzt auf *Sie* treffe.«

»Ich hab's geahnt, dass es kein guter Tag wird«, schnaubte Groete. »Viridian-Tage sind immer ätzend.«

»Viridian-Tage?« Ruby sah ihn ratlos an. Meinte er die Farbe Viridiangrün? »Mann, Kröte, vielleicht sollten Sie mal für eine Stunde oder zwei frische Luft schnappen gehen!«

»Würde ich ja gern, wenn jemand meinen Job machen könnte, doch seit wir Lopez verloren haben, finden wir einfach niemanden, der einigermaßen was taugt.«

»Erstaunlich, dass Sie nicht wieder mit Bradley Baker ankommen; man scheint hier zu glauben, dass er der hellste Stern am Agentenhimmel war.«

»War er auch«, antwortete Groete. »Ein strahlender Stern. Er war nicht nur ein blasser Abklatsch eines Agenten, keine kleine Göre, die ein behütetes Leben in Pastelltönen führt.«

»Mann, Kröte, was für ein farbenfrohes Bild Sie da zeichnen.

Sie wollen also sagen, dass Baker gelb wie die Sonne war, während ich fades Pink bin – was mir im Übrigen nicht gefällt –, aber was sind *Sie* dann? Langweiliges Beige?«

»Immerhin darf ich weiterhin hier im HQ sein, im Gegensatz zu dir. Du bist nur ein kleines Mädchen, das noch die Schulbank drücken muss!« Er blickte demonstrativ auf seine Uhr.

»Bradley Baker wurde das nie vorgeworfen, obwohl er auch noch sehr jung war, als er hier anfing, oder?«, sagte Ruby patzig. Dieser Kommentar hatte den gewünschten Erfolg.

»Bradley Baker war *nie* nur ein Kind. Er war absolut außergewöhnlich, ein Talent, wie es sie nur alle Jubeljahre einmal gibt.«

»Was habt ihr alle nur dauernd mit diesem Bradley Baker? Ich würde zu gern mal etwas Konkretes hören. Etwas, das erklären würde, was diesen Knaben so anders gemacht hat als alle anderen!«

Groete machte einen Schritt rückwärts, als wäre er geohrfeigt worden. »Was?«, sagte er.

> RUBY: Ihr redet dauernd davon, was für ein Superagent er war, aber er hat nur Befehle ausgeführt, genau wie Sie, genau wie ich, genau wie jeder andere Agent in dieser Organisation.«
>
> GROETE: »Baker nahm Befehle entgegen, weil es sein Job war, sie auszuführen. Es bedeutet nicht, dass er nicht fähig gewesen wäre, eigene Entscheidungen zu treffen.«
>
> RUBY: »Ach nee? Sie behaupten also, dass er durchaus auch eigene Entscheidungen getroffen hat?«

GROETE: »Natürlich! Hochqualifiziert, wie er war, machte er natürlich auch seine eigenen Regeln.«

RUBY: »Also war er ein Einzelgänger, ein Rebell, der manchmal auch eigenmächtig gehandelt hat, meinen Sie das?«

GROETE: »Nein! Das habe ich nie behauptet! Er hat nie etwas getan, was gegen unsere Organisation gerichtet gewesen wäre!«

RUBY: »Jetzt verstehe ich gar nichts mehr. Jetzt behaupten Sie, er sei ein Duckmäuser und angepasster Streber gewesen? Was stimmt nun, Groete? Entweder hatte er Courage und Unternehmungsgeist, oder er war nur ein stinknormaler Befehlsempfänger und braver Teamplayer.«

GROETE: »Er hatte so eine Klasse und so eine Größe, wie du es dir nicht einmal vorstellen kannst! Agent Bakers Courage und Heldenmut könnten das ganze Gebäude hier ausfüllen. Baker war ein Agent, wie es ihn nur einmal unter Millionen gibt.«

RUBY *(gähnend)*: »Ja, ja, das bekomme ich dauernd zu hören, aber meiner Meinung nach ist es nur heiße Luft.«

GROETE: »Niemand hat dich nach deiner Meinung gefragt.«

RUBY: »Ja, und warum? Ich vermute, weil niemand tough genug ist, um die Wahrheit hören zu wollen.«

GROETE: »Aha, und was wäre diese ›Wahrheit‹?«

RUBY: »Nun, dass es sehr wohl noch andere Agenten gibt, die sich mit ihm messen können.«

Groete kniff die Augen zusammen. »Du glaubst doch nicht etwa, dass du auch nur entfernt in derselben Liga spielst wie Agent Baker?«

Ruby zuckte mit den Schultern. Groete reagierte genau so, wie sie gehofft hatte – sehr wortreich.

»Komm mal mit!«, fauchte er.

»Wohin gehen wir?«

Er machte kehrt und ging wieder in die Richtung zurück, aus der er gekommen war. Ruby hatte alle Mühe, mit ihm Schritt zu halten. Erst vor seinem Büro blieb er stehen, öffnete die Tür und winkte Ruby mit einer genervten Geste hindurch.

Rubys Besuche hier waren äußerst selten und normalerweise auch von sehr kurzer Dauer. Wohl deshalb hatte sie bisher noch nie darauf geachtet, dass hier alles mit Farben codiert war, aber nicht auf die übliche Spektrum-Art, sondern frei nach Groete. Sein Kalender zum Beispiel: Die Montage waren grün, in Viridiangrün, die Dienstage gelb, der Dezember war dunkelblau. Groete schien einen brandneuen Anzug zu tragen, aus einem leicht glänzenden Stoff, und dazu passend eine silberne Kette um den Hals, an der ein stahlgrauer Stift hing. Wer macht denn so was?, dachte Ruby. Wer hängt sich einen Stift um den Hals? Okay, Mrs Drisco schon, aber sie ist Mrs Drisco, bei ihr wundert man sich über gar nichts. Kröte dagegen sollte wissen, dass es bescheuert aussieht. Mannomann, was für ein Kartoffelkopf!

> GROETE: »Denkst du, es sei ein Kinderspiel oder nutzlos, einen fünffach gesicherten Code zu knacken, mit dem wir eine undichte Stelle bei geheimen Regierungsdossiers stopfen konnten?«

RUBY: »Nein, natürlich ist das eine beachtliche Leistung. Aber *so* beachtlich? Schließlich war es Bakers Job, Codes zu knacken, richtig? Folglich war es eine alltägliche Arbeit für einen Agenten seines Kalibers.«
GROETE: »Und was sagst du dazu, dass er schon als Junioragent mit dem Grafen zu tun hatte? Er stand dem Monster Aug' in Aug' gegenüber und hat überlebt! Er war der erste Spektrum-Agent, der in so einer Situation mit heiler Haut davongekommen ist.«
RUBY: »Ach, so wie ich?« Sie studierte ihre Fingernägel. »Und in meinem Fall war es nicht nur *eine* Begegnung!«
GROETE: »Du hattest einfach nur Glück, Mädchen, es war keine Heldentat. Baker dagegen wurde vom Grafen entführt und von einer Spektrum-Spezialtruppe gerettet.«
RUBY: »Ich habe mich selbst gerettet, war das etwa nichts?«
GROETE: »Nur dank erstklassiger hypermoderner Spektrum-Spezialgeräte, die du zufällig bei dir hattest!«
RUBY: »Baker hat sich doch auch nur dank solcher Geräte in letzter Sekunde retten können! Ohne die Fluchtuhr wäre er verloren gewesen!«
GROETE: »Er war berechtigt, sie zu benutzen; du dagegen hast sie dreisterweise gestohlen!«
RUBY: »Was ist denn bitte der Unterschied zwischen einem Helden und einem Nichthelden – eine Unterschrift auf einem Stück Papier?«
GROETE: »Wenn du eine Spektrum-Agentin sein willst, musst du dich auch wie eine benehmen.«

Ruby lag mehr als nur eine schnippische Antwort auf Groetes schulmeisterliche Belehrung auf der Zunge, doch sie beherrschte sich. Ihr war klar, dass es nichts bringen würde, Groete so wütend zu machen, dass er sie vor die Tür setzte.

RUBY: »Na schön, dann nennen Sie mir doch bitte *eine* Situation, bei der Baker über sich selbst hinausgewachsen ist und nicht nur seinen Job gemacht hat!«

GROETE: »Meinst du, ohne einen Spektrum-Aeropack aus einem Flugzeug zu springen, um einen Kollegen vor dem sicheren Tod zu retten, sei keine Heldentat?«

RUBY: »Ah, und dieses Flugzeug befand sich zu jenem Zeitpunkt in der Luft?«

GROETE: »In einer Höhe von viertausendfünfhundert Metern! Und es war kein *normales* Flugzeug.«

Ruby zuckte mit den Schultern. »Ich weiß nicht, Kröte, aber ist es wirklich eine so große Sache, ohne Fallschirm aus einem Flugzeug zu springen?«

GROETE: »Probier's doch mal aus!«

RUBY: »Mach ich vielleicht auch.«

GROETE: »Es wäre mir ein Vergnügen, es für dich zu arrangieren.«

RUBY: »Falls es einen Beweis dafür gibt, dass Baker es tatsächlich geschafft hat, würde ich es zu gern ebenfalls versuchen.«

GROETE: »Du solltest mal die Akten lesen: Bei dem, was da alles drinsteht, würde dir schwindelig werden.«

RUBY: »Ach, es gibt Aufzeichnungen?«

GROETE: »Klar gibt es sie!«

RUBY: »Okay, dann würde ich gern mal einen Blick hineinwerfen.«

GROETE: »Dazu bist du nicht berechtigt, und die Phantom-Akten sind für dich tabu!«

RUBY: »Phantom-Akten?«

Schweigen.

RUBY: »Och, Mensch, Kröte, das haben Sie doch nur erfunden. Phantom-Akten? Mal ehrlich, Spektrum würde bestimmt keinen so bescheuerten Namen verwenden.«

GROETE: »Du hast keine Ahnung von Spektrum. Du kommst hier an, hältst dich für eine Art Wunderkind, und dabei kannst du Agent Baker bei weitem nicht das Wasser reichen!«

RUBY: »Zeigen Sie mir diese Akten, damit ich ein paar Minuten reinschauen kann?«

GROETE: »Du würdest mehr als nur ein paar Stunden brauchen, um die lange Liste seiner Heldentaten durchzulesen.«

RUBY: »Gut, dann sagen Sie mir, wo sie sind, dann fange ich gleich damit an.«

GROETE: »Warum sollte ich dir verraten, wo sich das Prismenarchiv befindet?«

RUBY: »Ha, das wissen Sie vermutlich selbst nicht!«

GROETE: »Oh doch! Erst diese Woche habe ich das Zugangssicherungssystem neu codiert.«

Aha, das hatte er also gemacht!

Aber natürlich sagte sie nur: »So? Und wo ist es?«

GROETE: »Glaub ja nicht, dass ich es dir verrate.«

RUBY: »Wäre aber vielleicht besser, damit ich endlich verstehe, warum ganz Spektrum noch heute in den höchsten Tönen vom guten alten Bradley schwärmt.«

GROETE: »Falls du diesen geheimen Ort jemals mit eigenen Augen siehst, fresse ich meinen Hut!«

RUBY: »Ach, wirklich? Das stachelt mich nur an. Ich wollte schon immer mal sehen, wie jemand seinen Hut frisst.«

GROETE: »Vielleicht kannst du ja einen deiner Freunde aus dem Kindergarten dazu überreden. Kleine Kinder sind ganz verrückt nach Sachen, die sie nicht in den Mund stecken dürfen.«

RUBY: »Haben Sie eigentlich keine Angst, dass jemand Ihre neuen Zugangscodes knacken könnte?«

»Nein, Kind.«

»Wie können Sie sich da so sicher sein?«

»Weil der oder die Betreffende zuerst wissen müsste, um welche Art von Codes es sich handelt, und *du* wirst es nie im Leben erfahren.« Nach einem hämischen Grinsen fuhr er fort: »Selbst wenn du den Ort finden würdest, bräuchtest du immer noch eine Genehmigung, um reinzukommen, und wir wissen beide, dass du die niemals bekommen wirst. *Oder* du bräuchtest eine Superskin.«

»Was ist eine Superskin?«, fragte Ruby.

»Tja!«, sagte Groete triumphierend und wackelte mit dem Kopf. »Außerdem müsstest du mindestens drei Minuten lang die Luft anhalten können, und wir wissen beide, dass du das nicht schaffst, stimmt's, oder hab ich recht?«

Himmel, was für ein arroganter, beigefarbener Kartoffelkopf!
»Und selbst wenn du den richtigen Zugangscode eingeben würdest und in die Archivräume reinkämst, was schon eine beachtliche Leistung wäre, an wie viele Levels von Akten kämst du ran? An einen? Oder zwei?«
»Ähm …«, sagte Ruby, »gibt es noch einen dritten?«
»Von Level drei kannst du nur träumen, an den kommst du im Leben nicht!« Als er »drei« sagte, griff er nach dem stahlgrauen Stift und drehte und drehte ihn.
»Vorsicht!«, sagte Ruby. »Sonst erdrosseln Sie sich noch mit Ihrer kleinen Halskette da!«
Plötzlich wirkte Groete verlegen, wenn nicht gar betreten, und bellte sie an: »Sämtliche Akten-Level sind codiert. Und die Codes stammen alle von mir … denk dran, Kind!«
»Oh, das tue ich, glauben Sie mir«, sagte Ruby. »Und Sie sprachen vom Luftanhalten. Bedeutet es, dass dieses Archiv unter Wasser ist oder so?«
Groete kniff die Lippen zusammen. Er hatte schon zu viel gesagt. Wieder fummelte er an seinem komischen Stift herum und versuchte, einen Rückzieher zu machen. »Träum ruhig weiter, du wirst die Phantom-Akten nie zu sehen, geschweige denn zu lesen bekommen.« Davon war er fest überzeugt, Ruby sah es ihm an, auf seinem Gesicht stand geschrieben: Ins Prismenarchiv wirst du niemals auch nur einen Fuß setzen!
»Sie scheinen sich Ihrer Sache sehr sicher zu sein«, sagte sie.
»Bin ich auch«, schnaubte Groete. »Es hat mich verdammt viel Zeit gekostet, diese Akten zu codieren, und ich habe meine Sache gut gemacht.«

»Das glaube ich gern, Groete, aber Sie kennen sicher das alte Sprichwort: Hochmut kommt vor dem Fall, oder – Moment mal – heißt es nicht: *Einmal Kartoffelkopf, immer Kartoffelkopf*? Verwechsle ich dauernd.«

13. Kapitel

Sprühen und frei Haus liefern

Als Ruby Groetes Büro verließ, kam eine Durchsage über die Lautsprecheranlage:

RUBY REDFORT WIRD AM EMPFANG ERWARTET!

An Summs Schreibtischen wurde ihr mit gelangweilter Stimme mitgeteilt, sie solle sich in den Raum mit den Spezialgeräten begeben. Dort wurde sie von Hal erwartet, der neben einem Fahrrad stand.
»So«, sagte Hal und trat einen Schritt zur Seite. »Hat mich einige Zeit gekostet.«
»Ist es für mich?«, fragte Ruby.
»Niemand sonst von Spektrum fährt Rad«, sagte Hal.
Ruby lächelte. »Toll, danke.«
»Es hat ein paar Eigenschaften, die du sicher nicht gewöhnt

bist«, erklärte Hal. »Die Reifen sind unkaputtbar, der Rahmen ist unzerbrechlich, doch das Genialste ist die Straßenlage.«

»Bedeutet?«

»Man kann praktisch nicht runterfallen. Genau wie bei einem Motorrad kannst du dich in Kurven ziemlich weit zur Seite neigen, Hauptsache, die Räder drehen sich weiter. Und solange sie Bodenkontakt haben, bleibst du im Sattel.«

»Das klingt ja cool«, sagte Ruby.

»Ist es auch«, antwortete Hal. »Spektrum-Geräte sind zu 99,999 Prozent zuverlässig, und dieses Rad hier ist keine Ausnahme.«

»Und wie schnell fährt es?«

»Sehr schnell natürlich«, sagte er. »Du musst dir nur gut überlegen, *wann* du voll aufdrehen willst. Natürlich nicht für ewig, aber etwa alle vierzig Minuten kannst du zehn Minuten lang Vollgas geben.«

»Und was ist das?«, fragte Ruby.

»Eine Klingel«, sagte Hal.

»Und was kann die?«, fragte Ruby.

»Klingeln«, sagte Hal und demonstrierte es.

»Oh«, sagte Ruby.

»Ganz normal, ohne Spezialfunktion«, erklärte Hal.

»Verstehe«, sagte Ruby.

»Wir müssen noch das Finish machen, und eine schöne Farbe kriegst du auch.«

»Grün!«, sagte Ruby spontan.

»Wie bitte?« Aus der Werkstatt nebenan kam ein ohrenbetäubendes Knirschen.

»Au, das klang nicht gut«, sagte Hal. »Ich sehe besser mal nach,

was da los ist. Also, wir werden dir das Rad grün sprühen und frei Haus liefern.«
Dann war er weg, und Ruby stand allein im Spezialgeräteraum. Diese seltene Gelegenheit ließ sie sich natürlich nicht entgehen und sah sich ein bisschen um. Sie hatte eine ungefähre Vorstellung von dem, was sie brauchte – etwas, das von unschätzbarem Wert war, wenn man zum Beispiel in einen Aktenraum einbrechen wollte.
Sie hatte Glück und entdeckte es fast sofort.

***MINI-KOPIERER**: Zwölf bis dreizehn Zentimeter über das Dokument halten und auf den roten Knopf drücken. Man kann bis zu 1500 Bilder speichern. Das Gerät dient gleichzeitig auch als Projektor: Durch Drücken auf den grünen Knopf können die Bilder auf eine Leinwand oder eine glatte, helle Oberfläche projiziert werden.*

Ruby vergewisserte sich, dass sie auch wirklich allein war, bevor sie das kleine Ding blitzschnell in ihrer Hosentasche verschwinden ließ. Es war nicht größer als ein Bleistiftspitzer.
Während sie überlegte, ob sie sonst noch etwas aus einer der gläsernen Schubladen brauchen könnte, hörte sie ein Hüsteln. Hastig sprang sie auf und stieß sich den Kopf an.
Autsch!
»Hallo, Ruby«, sagte Blacker. »Alles okay? Ich wollte dich nicht erschrecken.«
»Oh … nein, haben Sie auch nicht«, stammelte sie. »Ich meine, schon, aber … ja, hallo!«

Einen Moment lang hatte sie Angst, er könne gesehen haben, was sie gerade gemacht hatte, doch er lächelte sie an. »Schön, dass du zurück bist, Ruby, aber leider ist es mein Job, dich wieder an die frische Luft zu setzen.«
»Wie bitte?!«
»Ja, zurzeit darf niemand unbegleitet durch die Korridore gehen, deshalb hat mich Summ geschickt, damit ich dich zum Ausgang bringe.«
»Das ist nicht Ihr Ernst!!! Sie wollen mich rauswerfen?!«
Mit einem schiefen Lächeln antwortete er: »Nicht ich. Es ist eine Spektrum-Anweisung von ganz oben.«
Ruby sah ihn irritiert an.
»LB«, präzisierte er.
»Okay«, sagte Ruby. »Dann verziehe ich mich still und leise.«
Obwohl Agent Blacker gekommen war, um sie hinauszubegleiten, freute sich Ruby, ihn zu sehen: Er war ein netter Kerl, und es gab nicht viele Menschen, von denen sie das derzeit sagen konnte.
Während sie Seite an Seite zum Ausgang gingen, kam Ruby wie zufällig auf das Prismenarchiv zu sprechen.
»Durften Sie die Phantom-Akten schon mal lesen?«, fragte sie.
Er blieb abrupt stehen und sah sie an. »Wer hat dir von den Phantom-Akten erzählt?«
»Kröte«, sagte Ruby.
Blacker runzelte die Stirn. »So ein Schwätzer.«
»Ich frage mich nur«, fuhr Ruby fort, »warum Spektrum diese Akten nicht vernichtet, wenn kein Mensch sie lesen darf!«
»Wundert mich, dass Groete es nicht erwähnt hat«, sagte Bla-

cker. »Phantom-Akten *können* nicht vernichtet werden. Sie sind dreifach codiert und werden so tief unten im Prismenarchiv gelagert, dass man ein Passwort vom lieben Gott persönlich bräuchte, um dranzukommen. Sie können auf gar keinen Fall und unter keinen Umständen vernichtet werden. Das ist eine Eigenheit von Spektrum-Akten.«

»Aber sie können noch gelesen werden?«

»Unter zwei Voraussetzungen: Du brauchst eine Genehmigung, und du musst sämtliche Codes kennen, um überhaupt ins Prismenarchiv reinzukommen. Und wenn du eine Genehmigung hättest, würden sie dich mit dem Spektrum-Helikopter hinfliegen.«

Aha, man kommt nur mit einem Helikopter hin, dachte Ruby, doch sie beschränkte sich auf die Frage: »Und wenn man keinen Helikopter hat?«

»Dann bräuchtest du Schwimmflossen oder ein U-Boot.«

»Also befindet sich das Archiv in einem See? Oder im Meer?«

Blacker legte den Kopf schief und musterte Ruby prüfend, als würde er sich fragen, was sie mit diesem Gespräch bezweckte.

»Und wie kommt man an einen Helikopter?«, fragte Ruby.

»Du machst jetzt Witze, oder?«, fragte Blacker zurück und lachte, doch es klang etwas unsicher.

»Klar mache ich Witze«, sagte Ruby und schenkte ihm ihr strahlendstes Ich-bin-doch-nur-ein-Kind-Lächeln. »Waren Sie schon mal mit dem Helikopter dort?«

»Nein, Madam«, antwortete Blacker. »Ich mag die Dinger nicht. Und ich schlüpfe auch nicht in eine Superskin, wenn ich es vermeiden kann.«

»Kriegt man darin Platzangst?«

»Nein, aber es ist eine Heidenarbeit, rein- und wieder rauszukommen.«

»Und was genau ist eine Superskin?«

Wieder lächelte er und schüttelte den Kopf. »Du kannst dich glücklich schätzen, wenn du das nie wissen musst.«

Als Ruby die Zentrale verließ, sah es draußen ganz anders aus als noch vorhin. Alles Grau war verschwunden – sie war von strahlendem Weiß umgeben, die Gehsteige lagen unter einer weichen Schneeschicht. Ruby stülpte sich die Kapuze über den Kopf und zog den Reißverschluss ihres Parkas bis zum Hals zu, so dass ihr Gesicht einen Pelzrahmen hatte. Sie sah zum Himmel, öffnete den Mund und ließ ein paar Schneeflocken genüsslich auf der Zunge zergehen. Und als sie schließlich im Cedarwood Drive ankam, war die Schneedecke bereits zwei, drei Zentimeter höher.

Während sie auf ihr Haus zuging, dachte sie noch einmal darüber nach, was sie an diesem Tag erfahren hatte.

Es gab zwei Unbekannte, zwei Probleme.

Erstens: Wo befand sich dieses Prismenarchiv?

Zweitens: Wie kam man hinein?

Und was zum Kuckuck war diese Superskin?

Ruby wusste lediglich, dass der Ort etwas mit Wasser zu tun hatte und auch mit Luftanhalten. Dieser zweite Punkt klang etwas beängstigend, denn genau wie Miles Groete gesagt hatte, war Luftanhalten noch nie Rubys Ding gewesen.

14. Kapitel

Die falsche Art von Schnee

Ruby hatte eine Menge Hausarbeiten zu machen, die ihr Mrs Drisco, ihre Klassenlehrerin, netterweise geschickt hatte, während Ruby im Camp gewesen war. Doch falls Mrs Drisco gehofft hatte, Ruby damit fertigzumachen, so hatte sie sich getäuscht. Ruby hatte schon gut ein Viertel davon erledigt, noch ehe sie fertig gefrühstückt hatte. Wenn sie dieses Tempo beibehielt, wäre sie bis Mitte der Woche komplett fertig.

Hitch bot Ruby an, sie zur Schule zu fahren, doch sie sagte, sie nehme lieber den Bus.

»Ach, übrigens, was sollte das Ganze? Zuerst schicken Sie mich zu Groete, und dann ist keiner da?«

»Entschuldige, Kleine. Ich wollte etwas für den Weltfrieden tun und bei euch beiden anfangen, aber dann hatte ich eine kleine Meinungsverschiedenheit mit Agent Lunberg, und die hat viel Zeit gekostet.«

»So viel zum Thema Weltfrieden«, sagte Ruby trocken.

»Ist schwieriger, als man meinen könnte«, knurrte er und ging zur Tür. »Hab einen schönen Tag und mach Mrs Drisco das Leben schwer.«

»Worauf Sie sich verlassen können!«, rief Ruby ihm hinterher.

Sie trank ihren Saft leer und starrte auf die Müslipackung, die vor ihr stand. Auf der Rückseite waren wie immer ein paar

Denksportaufgaben aufgedruckt, die sie blitzschnell löste (es dauerte keine Minute). Sie dachte an den Tag, an dem sie das Rätsel auf einer Packung Cornpops entdeckt hatte. Auf den ersten Blick hatte es wie ein Rätsel für kleine Kinder ausgesehen, doch wer sich mit Codes und Codeknacken auskannte, merkte schnell, worum es wirklich ging. Ruby war damals erst vier gewesen. Sie hatte den Coupon ausgeschnitten und ausgefüllt, in einen Umschlag gesteckt, eine Briefmarke draufgeklebt und ihrem Vater zu treuen Händen übergeben, doch der hatte vergessen, den Brief einzuwerfen, und die Sache war somit im Sande verlaufen. Nun aber, neun Jahre später, fragte sich Ruby, ob der Code damals von Spektrum ausgeworfen worden war, quasi als Köder, um Nachwuchstalente zu angeln – auszuschließen war es nicht. Sie dagegen war von der Geheimdienstorganisation quasi *vorgeladen* worden, mit einem Anruf von der Chefin persönlich. Die hatte natürlich nicht geradeheraus gefragt, ob Ruby gern als Codeknackerin bei Spektrum Karriere machen wolle, aber eigentlich ging es bei Spektrum nie direkt und unkompliziert zu.

Ruby war so in Gedanken versunken, dass sie nicht hörte, wie die Hintertür geöffnet wurde.

»Hab ich nicht vorhergesagt, dass es schneien würde?«, keuchte Mrs Digby und stampfte ihre Stiefel auf der Matte ab. »Wundert mich nicht, dass sich die Wetterfritzen wieder mal getäuscht haben. Sie haben null Ahnung, wie man den Himmel deutet – alles Dinge, die ich von meinem guten alten Pa gelernt habe.« Sie wickelte sich aus ihrem dicken, langen Schal. »Bleibt allerdings nicht lange liegen.«

»Nein?«, fragte Ruby.
»Merk dir meine Worte: Gegen Mittag ist der Schnee wieder weg.«
Ruby blickte hinaus in den Garten, der inzwischen unter einer dichten Schneedecke lag. Man konnte weder den Gartenweg noch den Rasen oder die Terrasse sehen.
»Ich habe das Gefühl, er bleibt liegen«, sagte Ruby.
»Nein, dafür ist es die falsche Art von Schnee«, widersprach Mrs Digby. »Bleibt nicht lange. Glaub mir, wenn deine Schulglocke zwölf Uhr schlägt, ist es mit der weißen Pracht vorbei.«
»Die Schulglocke schlägt nicht, sie schrillt eher«, sagte Ruby.

Als Ruby in den Schulbus stieg, begrüßte Del sie mit: »Hey, du hast Thanksgiving verpasst!«
»Ich habe es nicht verpasst«, sagte Ruby. »Ich hatte mein Erntedankfest sehr wohl, nur nicht mit Leuten, über deren Anwesenheit ich *dankbar* gewesen wäre.«
»Sag bloß, deine Eltern haben dich nicht besucht!«, sagte Mouse.
»Sie sind in Paris«, erklärte Ruby. »Und außerdem waren sowieso keine Besuche erlaubt.«
»Mit wem hast du denn Thanksgiving gefeiert?«, hakte Del nach.
»Mit ein paar Mathegenies.«
»Klingt megaätzend«, sagte Del.
»Ja und nein«, meinte Ruby.
Del bedachte sie mit ihrem typischen Spinnst-du-jetzt?-Blick.

»Willst du im Ernst behaupten, es hätte Spaß gemacht, mit diesen Freaks zusammen zu sein?«

»Nicht alle Freaks sind langweilig«, gab Mouse zu bedenken. »Ich meine, wenn ein Freak jemand ist, der in der Schule gut ist und sämtliche Filme und Comics kennt, dann ist Ruby doch auch ein Freak, oder? Nichts für ungut, Ruby.«

»Kein Problem, aber darum geht es auch nicht«, sagte Ruby.

»Worum dann?«, fragte Del.

»Wenn man irgendwohin geht und erwartet, dass es langweilig werden wird, dann langweilt man sich tatsächlich. Es ist eine Frage der inneren Einstellung.«

»Dann hab ich also eine schlechte Einstellung – ist es das, was du damit sagen willst?«

»Nein, nicht schlecht, nur falsch. Ich behaupte, dass man sich nicht zwangsläufig langweilen muss, eigentlich nie, wenn man innere Ressourcen hat und eine positive Lebenseinstellung.«

»Glaub ich nicht«, sagte Del. Sie gehörte zu den Menschen, die stur an einer Überzeugung festhielten, wenn sie erst mal eine hatten. Deshalb war es absolut sinnlos, sie davon abbringen zu wollen.

REGEL 42: VERGEUDE KEINE ZEIT DAMIT, MIT JEMANDEM ZU STREITEN, DER UM NICHTS IN DER WELT SEINE MEINUNG ÄNDERN WIRD.

Doch es gab auch REGEL 45: HÖR NIE AUF, ENGSTIRNIGKEIT ZU BEKÄMPFEN.

Del Lasco hatte Ruby vor einigen Wochen zu Unrecht verdächtigt, sie hintergangen zu haben, aber das war längst vergessen.

Sie hatte begriffen, dass man Beweise braucht, bevor man eine treue und enge Freundin beschuldigt.
Wem könnte man sonst trauen, wenn es hart auf hart kam?
Das hatte Del Lasco nun eingesehen. Sie wusste, dass Ruby Redfort der einzige Mensch war, dem man hundertprozentig vertrauen konnte, ohne Wenn und Aber – und solche Menschen gab es nicht sehr viele.
Als sie in der Schule ankamen, ging Ruby schnurstracks in ihr Klassenzimmer. Mrs Drisco sah nicht sehr glücklich aus, sie wiederzusehen.
Ruby Redfort und Mrs Drisco waren in *allem* unterschiedlicher Meinung. Mrs Drisco hasste es, dass Ruby immer das letzte Wort haben wollte, und Ruby ging es auf die Nerven, dass ihre Klassenlehrerin so pedantisch und pingelig war.
»Dass du in diesem *Camp* warst«, bemerkte Mrs Drisco spitz, »bedeutet nicht, dass du deine schriftlichen Hausarbeiten nicht pünktlich abgeben musst.«
»Davon ging ich aus«, sagte Ruby.
»Gut«, sagte Mrs Drisco. »Ich erwarte also, dass du sie noch vor den Weihnachtsferien abgibst.«
»Sie können sie gern schon am Mittwoch haben!«
Über die Aussicht, dass Ruby ihre Arbeiten drei Wochen früher als verlangt abgeben würde, freute sich Mrs Drisco kein bisschen, wie man vielleicht erwartet hätte. Ganz im Gegenteil: Sie ärgerte sich, dass Ruby offenbar wieder mal unterfordert war.
Sie war davon ausgegangen, es sei ein Ding der Unmöglichkeit, doch Ruby untergrub ihre Autorität einmal mehr, indem sie die Aufgaben mit links erledigte.

»Na schön«, sagte Mrs Drisco, »es klingt, als müsste ich die Daumenschrauben noch etwas mehr anziehen.«

»Autsch, das klingt schmerzhaft«, sagte Ruby.

Mrs Drisco kniff die Augen zusammen. »Ich werde dich für unsere Weihnachtsaufführung anmelden. Deine Mitschüler werden sich bestimmt freuen, dich auf der Bühne bewundern zu können.«

Die alljährliche Weihnachtsaufführung war für Ruby so ziemlich der größte Horror, den sie sich vorstellen konnte. Nie im Leben würde sie sich derart erniedrigen und auf einer Bühne herumhampeln, um einen Stepptanz oder einen Zaubertrick vorzuführen! Aber das konnte sie natürlich nicht unverblümt sagen.

»Mrs Drisco, ich könnte mir nichts Schöneres vorstellen, als mich auf einer Bühne zum Affen zu machen, doch ich fürchte, mein Augenarzt wird es nicht zulassen.«

»Ach nein?«, sagte die Lehrerin spöttisch. »Und warum nicht?«

»Aus medizinischen Gründen«, erklärte Ruby. »Dafür haben Sie sicher Verständnis.«

»Und du hast sicher Verständnis dafür, dass ich es erst glaube, wenn ich ein ärztliches Attest vorliegen habe.« Mrs Driscos Lächeln war sehr, sehr schmallippig.

»Er ging davon aus, dass Sie ein solches verlangen würden«, sagte Ruby und wühlte in ihrer Schultasche herum. »Deshalb hat er mir vorsorglich ein Attest mitgegeben.« Sie überreichte der Lehrerin ein blütenweißes Blatt Papier mit einem offiziellen Briefkopf.

Sehr geehrte Mrs Drisco,

hiermit bescheinige ich, dass Ruby Redfort an ophthalmischem Taumel leidet, was ihr bestimmte Aktivitäten wie tanzen (insbesondere Stepptanz), singen, Gedichte aufsagen, jonglieren usw. verbietet sowie vor einer großen, mittleren oder kleinen Zuschauerschar auf einer Bühne zu stehen, wenn sie dabei von Scheinwerfern angestrahlt wird. Folglich muss ich darauf bestehen, dass meine Patientin keine der obengenannten Aktivitäten ausübt, und ich rechne natürlich mit Ihrem Verständnis. Ich muss Ihnen sicher nicht erklären, was für Konsequenzen es für Sie, eine Pädagogin von Format und Intellekt, oder für Ihre Schule hätte, wenn Sie diese Einschränkung nicht respektieren würden.

Mit freundlichem Gruß

E. F. P. Tozlped

Mrs Drisco hatte noch nie von einer Erkrankung namens »Ophthalmischer Taumel« gehört, und dabei war sie schon lange genug Lehrerin, um so gut wie jede Ausrede, Entschuldigung und Krankheit gehört zu haben. Etwas am Namen dieses Augenarztes gefiel ihr nicht, doch sie kam nicht dahinter, was es war. Jedenfalls blieb ihr nichts anderes übrig, als wieder einmal die Zähne zusammenzubeißen und zu sagen: »Na gut«, allerdings in einem Tonfall, der besagte, dass sie es ganz und gar nicht gut fand.

Als Ruby und Mouse zusammen zur nächsten Stunde gingen, kam ihnen Vapona Begwell entgegen. Mouse staunte nicht schlecht, als Vapona und Ruby sich nicht die üblichen Beschimpfungen an den Kopf warfen, sondern einander nur zunickten – ein Zeichen von gegenseitigem Respekt, zwar widerwillig, aber immerhin …

Mouse sah ihre Freundin erstaunt an. »Wie kommt es, dass ihr zwei euch plötzlich nicht mehr anfaucht?«

»Wir haben eine Abmachung getroffen«, sagte Ruby ohne weitere Erklärung.

Clancy war der Einzige, der die *ganze* Geschichte kannte. Es hing damit zusammen, dass Ruby die Klappe gehalten hatte, als sie Vapona hätte verpfeifen können, und im Gegenzug hatte Vapona ihr beim Babysitten ausgeholfen. Das machte die beiden Erzfeindinnen zwar nicht gleich zu dicken Freundinnen, aber vorläufig herrschte eine Art Waffenstillstand.

In der großen Pause kam Del aufgeregt zu Ruby und den anderen gelaufen.

»Kommt ihr mit zum Snurfen?«*, fragte sie.

»Du meinst, wir sollen uns ein Holzbrett unter die Füße schnallen und einen schneebedeckten Hügel runterfahren? Du machst Witze!!«, schnaubte Clancy.

»Mann, du fährst doch auch Skateboard«, konterte Del. »Ist doch fast dasselbe!«

»Sag mal, geht's noch?«, maulte Clancy. »Skaten kann man auf jedem Gehsteig. Beim Snurfen dagegen stürzt man sich einen

* Glaub's oder glaub's nicht – Snurfen war der ursprüngliche Name für Snowboarden, als es 1966 erfunden wurde.

steilen Abhang runter, ohne Stöcke und alles, und die Füße sind an einem doofen Brett festgeschnallt!«

»Wie du meinst«, sagte Del verächtlich. »Aber glaub mir, es wird ein Riesending werden. Der neue Trendsport.«

»Kann ja sein«, sagte Clancy. »Klar ist es ein Ding.«

»Ja, aber ich meinte *Riesen*ding«, beharrte Del.

»Von mir aus«, meinte Clancy achselzuckend. »Es gibt genug Leute, die jedem noch so blöden Trend hinterherlaufen, aber ich gehöre nicht zu ihnen.«

»Minny hat doch auch ein Snurfbrett«, rief Del.

»Was meine Aussage nur unterstreicht«, sagte Clancy. »Bloß weil meine Schwester Minny sich mit einem Brett an den Füßen einen Abhang hinunterstürzt, ist es noch lange keine gute Idee. Die meisten Dinge, die Minny macht, sind keine gute Idee und sollten tunlichst nicht nachgeahmt werden.«

»Mach dich mal locker, Clancy«, sagte Del.

»Ich muss dafür sorgen, dass mein Kopf an meinem Hals dranbleibt«, sagte Clancy. »Und genau aus diesem Grund kriegt mich kein Mensch jemals auf ein Snurfbrett.«

»Hört endlich auf damit, es geht sowieso keiner snurfen«, unterbrach Ruby das Geplänkel.

»Was redest du da?«, fragte Del. »*Ich* gehe auf jeden Fall, auch wenn der Schlappschwanz da Schiss hat.«

»Ohne Schnee geht gar nichts!«, gab Ruby zu bedenken.

»Ach nee?«, sagte Del.

»Jedenfalls wirst du *heute* nicht gehen, das hab ich gemeint.«

»Spinnst du?«, fragte Del. »Es liegen mindestens schon zehn Zentimeter.«

Aber tatsächlich – als die Schulglocke die Mittagspause einläutete, war der ganze Schnee bis auf etwas Matsch schon wieder verschwunden.
»Woher hast du das gewusst?«, fragte Del.
»Ich habe meine Quellen«, erklärte Ruby.

15. Kapitel

Dreißig Minuten Mord

Als Ruby an diesem Nachmittag nach Hause kam, stand ein Fahrrad in blassem Pink zwischen den Stufen, die zur Haustür führten, und der Bambushecke. Sie bekam den Mund nicht mehr zu. »Pink?«, rief sie ungläubig. »Pastelliges Pink? Warum zum Kuckuck *Pink*?«
Sie tippte eine Nachricht in ihre Fluchtuhr: eine sehr kurze Nachricht an Hal:

PINK?!!!

Dann ging sie ins Haus, knallte die Haustür zu und rannte die Treppen hinauf.
»Wohin so eilig?«, rief Mrs Digby.
»In mein Zimmer!«, rief Ruby zurück.

»Falls du fernsehen willst, schalte Channel 44 oder 17 ein.«
»Warum?«, fragte Ruby.
»Du musst dich in Sachen Thriller fortbilden!«, rief Mrs Digby.
»Hä?«
»Und Verbrechen im Allgemeinen«, ergänzte Mrs Digby.
»Schon wieder? Warum?« Ruby machte kehrt und stellte sich in die Küchentür.
»Wir haben eine Einladung«, sagte die Haushälterin, zog einen Umschlag aus ihrer Schürzentasche und reichte ihn Ruby.
»Was ist das?«, fragte Ruby.
Mrs Digby verdrehte die Augen. »Das wirst du nie erfahren, wenn du nicht reinschaust, Kind.«
Ruby zog das maschinengeschriebene Schreiben heraus.

Sehr geehrte MRS MYRTLE DIGBY,
es ist uns eine große Freude, Ihnen mitteilen zu dürfen, dass Ihre Bewerbung für eine Teilnahme bei unserer Quizsendung CRIME TIME – DREISSIG MINUTEN MORD erfolgreich war. Wir freuen uns darauf, Sie mit Ihrer Quizpartnerin MISS R. REDFORT im JANUAR 1974 hier im Studio begrüßen zu können. (Das genaue Datum folgt.) Die Aufzeichnung der Sendung beginnt um elf Uhr. Bitte finden Sie sich vier Stunden vorher hier ein, damit genügend Zeit für Haare und Make-up bleibt.
Mit freundlichen Grüßen
Perry Farrell
Produktionskoordinator

```
PS: Kaffee und ein leichtes Mittagessen werden
gestellt. Sollten Sie Allergien gegen bestimm-
te Haar- und Hautprodukte haben oder bestimmte
Lebensmittel nicht vertragen, teilen Sie es uns
bitte rechtzeitig mit.
```

Dreißig Minuten Mord war eine Quizshow, in der es um Allgemeinwissen über Filme der Genres Horror, Thriller und Verbrechen ging und die sich vor allem an ein älteres Publikum richtete.
Ruby sah die alte Haushälterin verdutzt an. »Sie haben mich für diese olle Quizsendung angemeldet?«
»Sieht ganz danach aus.«
»Und die wollen uns *vier Stunden lang* frisieren und schminken? Ich glaub, ich spinne!«
»Mehr hast du dazu nicht zu sagen? Ich dachte, du freust dich«, sagte Mrs Digby.
Von »Freude« hätte Ruby nun wirklich nicht gesprochen, doch um die alte Frau nicht zu enttäuschen, sagte sie: »Okay, dann schaue ich mir jetzt was Kriminelles an.«
Ruby ging gerade auf die Treppe zu, als das Telefon läutete. Sie hob ab.
»Irrenhaus Redfort, wenn Sie uns für normal halten, müssen Sie verrückt sein.«
»Ähm … Ruby?«
»Oh, hallo, Dad!«
»Buona sera.«
»Wieso das?«

»Was sagst du da?«
»Was sagst *du* da?«
»Ich komme nicht ganz mit.«
»Dad, das war Italienisch.«
»Ach je, das stimmt«, hörte Ruby die Stimme ihrer Mutter aus dem Hintergrund. »Brant, falsche Schublade, wir sind doch in Frankreich.«
»Bonne nuit«, sagte ihr Vater.
»Schon besser«, meinte Ruby.
»Wir ziehen gleich los und machen die Stadt unsicher.«
»Dad, wann kommt ihr nach Hause?«, fragte Ruby.
»Tout alors«, sagte Sabina Redfort.
»Hä? Was soll das jetzt wieder heißen? Es ergibt keinen Sinn«, sagte Ruby.
»Das liegt an dem Sprachführer deines Vaters, der taugt nichts.«
»Vielleicht seid ihr ja auf der falschen Seite«, mutmaßte Ruby.
»Wir rufen wieder an, sobald wir mehr Vokabeln kennen«, sagte ihre Mutter. *»Bye, bye, bye.«*

Zehn Minuten später stellte Ruby ihr Glas mit Bananenmilch ab, machte es sich auf ihrem Sitzsack gemütlich und schaltete den kleinen Fernseher ein, der zwischen ihren Büchern mit Allgemeinwissen und ihrem Hummertelefon stand.
Auf Channel 16 zeigten sie die Wiederholung einer nicht sehr lustigen Sitcom. Auf Channel 17 lief *Welches Gift darf es sein?* Sie beschloss, kurz reinzusehen.
Greg Valence, der Quizmaster, fragte: »Wie heißt das Tier, dessen Gift beim Opfer anhaltende Krampfanfälle verursacht?«

RUBY: »Tityus serrulatus, Skorpion.«

GREG VALENCE: »Welches Tier gilt allgemein als das gefährlichste Tier der Welt?«

RUBY: »Der Schreckliche Pfeilgiftfrosch.«

GREG VALENCE: »Und wenn Sie mir jetzt noch sagen können, unter welchen Umständen man den Pfeilgiftfrosch auch ohne Handschuhe anfassen kann, gibt es einen Bonuspunkt.«

RUBY: »Wenn er in Gefangenschaft lebt.«

Was der Kandidat im Gegensatz zu Ruby auch nicht wusste: dass der Frosch nur deshalb so giftig war, weil er sich in der Wildnis von bestimmten Insekten ernährte. In Gefangenschaft stellte er deshalb keine Bedrohung mehr dar.

Wenn eine Umstellung der Ernährung so viel bewirken kann, dachte Ruby, sollte ich vielleicht doch auf Consuela hören.

Weil ihr die Quizfragen zu langweilig waren, griff sie wieder zur Fernbedienung und klickte sich bis zu Channel 44 durch. Dort kam ein Film, den sie nicht gleich erkannte. Sie war sich ziemlich sicher, dass sie ihn noch nie gesehen hatte. Er lief offenbar schon eine ganze Weile: Eine junge Frau tapste auf Zehenspitzen eine sehr pompöse Steintreppe hinunter, unten im Flur war der Schatten einer Hand mit langen, knochigen Fingern zu sehen; die Schattenhand berührte den Schatten der Frau.

Ohne zu ahnen, dass sie nicht allein war, ging die Frau in dem nur schwach beleuchteten Wohnzimmer zu einem Schreibtisch und durchsuchte die Schubladen so hektisch, als ginge es um ihr Leben. Und das ging es vermutlich auch, denn als sie eine kleine Schachtel mit einem Amulett darin entdeckte, sank sie schluchzend auf die Knie. Die Schauspielerin hatte eine beachtliche Ausstrahlung, denn obwohl der Film ziemlich klischeehaft war, schaute Ruby gebannt zu. Erst als die Frau den ungebetenen Gast erblickte, einen älteren Vampir, und die Kamera auf ihr entsetztes Gesicht zoomte, dämmerte es Ruby, dass sie diese Frau schon einmal gesehen hatte. Doch da kam es auch schon zu dem unabwendbaren Ende, und wie bei allen alten Filmen gab es keinen Abspann, man sah nur die Worte THE END.

Noch bevor Ruby Zeit hatte, sich zu überlegen, woher sie die Schauspielerin kannte, tauchte auch schon das lächelnde Gesicht einer anderen Frau auf, die mit beiden Armen bis zu den Ellenbogen im Spülwasser war und erzählte, welches Geschirrspülmittel ihrer Meinung nach das beste war.

Ruby warf einen Blick durch ihr Periskop, das sie schon vor Jahren gebastelt hatte und mit dem sie sehen konnte, was unten in der Küche vor sich ging. Mrs Digby war nicht da. Deshalb rief Ruby im Souterrain an, im Apartment der Haushälterin.

»Kann eine alte Frau denn keine Minute ihre Ruhe haben?«, schimpfte Mrs Digby.

»Schauen Sie gerade fern?«,

»Klar, was sonst?«

»Und welches Programm?«

»Channel 13.«

»Oh.«

»Warum?«

»Ich wollte wissen, welchen Film ich gerade gesehen habe – auf Channel 44.«

»Ah, freut mich, dass du dich weiterbildest. Ich schau schnell im Programmheft nach.«
Man hörte Papier rascheln, dann: »… *Der Schattenmann schlägt zu*«, las Mrs Digby vor.
»Wie hieß die Hauptdarstellerin?«, wollte Ruby wissen.
»Eine Schande, dass du es nicht weißt«, maulte die Haushälterin. »Eine riesige Lücke in deinem Filmwissen. Ich dachte, du interessierst dich für Horror. Jedenfalls musst du dich ganz schön ins Zeug legen, sonst wird nichts aus unserem großen Scheck.«
»Okay, dann interessiere ich mich *jetzt* dafür. Sagen Sie mir einfach den Namen, dann bilde ich mich sofort weiter.«
»Marnie Novak«, las Mrs Digby vor. »Aber jetzt muss ich aufhören, weil die Werbepause gleich vorbei ist und *TV-Bingo* weitergeht.«
Wenn Ruby in ihrem dreizehnjährigen Leben eines gelernt hatte, dann war es, Mrs Digby nie zu stören, wenn sie *TV-Bingo* schaute.
Ruby ging zu einem ihrer Bücherregale und nahm die Film-Enzyklopädien heraus. Sie besaß ungefähr vierzig davon, über alle diversen Filmgenres und auch Regisseure und Filmstudios; in anderen ging es um Schauspieler von A–Z. Natürlich war auch von Requisiten, Sets, Schminktechniken und Kinematographie im Allgemeinen die Rede. In einem besonders dicken Band mit dem Titel *Fernsehstars* wurde Ruby fündig: Sie sah das Foto der Frau vor sich, die ihr schon so viele schlaflose Nächte bereitet hatte.

Marnie Novak (ehemals Gretchen Ehrling)

Der letzte Name war Ruby zu ihrem Entsetzen bekannt. Obwohl sich ihre Wege nie *wissentlich* mit denen von »Madame Ehrling« gekreuzt hatten, kannte sie jemanden, der dieses Pech gehabt und die Begegnung nicht überlebt hatte. Agentin Lopez hatte diese Person bis ins Hotel Springbrunnen in Everly verfolgt, eine Stadt südlich von Twinford. Dort hatte sie ein geheimes Treffen belauscht und eine Nachricht abgefangen, die für Ehrlings Komplizen bestimmt gewesen war. Bedauerlicherweise war Lopez dabei beobachtet worden – und das hatte sie mit ihrem Leben bezahlen müssen.

Das FBI hatte kein Foto neueren Datums von Ehrling auftreiben können, abgesehen von einer Aufnahme der Überwachungskamera in der Twinford City Bank, auf der sie allerdings einen Hut mit Schleier getragen hatte. Das FBI hatte festgestellt, dass sie seit Jahren tot war. Wer also war diese Frau, fragte sich Ruby, und warum habe ich das sichere Gefühl, sie zu kennen? Während sie das Foto der noch jungen Schauspielerin betrachtete, fiel es ihr plötzlich siedend heiß ein: Wolf Paw Mountain! Es waren die Augen, die Ruby wiedererkannte – diese stahlblauen Augen gehörten der mysteriösen Australierin.

Gretchen Ehrling hatte sich also als Marnie Novak neu erfunden, und Novak war in die City Bank marschiert und hatte sich als Madame Ehrling ausgegeben. Es war anzunehmen, dass die echte Madame Ehrling eine alte Verwandte von ihr war, die passenderweise verstorben war.

So langsam nahm die Sache Gestalt an!

Ruby fand einen kurzen Abschnitt über Marnie Novak mit ein paar spärlichen Fakten über ihre eher kurze Karriere und mit den Titeln aller Filme, in denen sie mitgespielt hatte – größtenteils Thriller und Horrorfilme.

Marnie Novak war auf dem besten Weg, ein großer Star zu werden. Sie galt als großes Talent und wurde protegiert von dem berühmten Filmregisseur ...

Komisch, die darauffolgende Seite fehlte!
Ruby blätterte den ganzen Band durch. Wo war diese Seite geblieben?
Da fiel ihr ein, was Mrs Digby von Klein Archie erzählt hatte.
»Verflixtes Balg!«, murmelte sie.
Er hatte die Seite herausgerissen und vermutlich *aufgegessen*!
Wenn Ruby also mehr über diese Killerschauspielerin erfahren wollte, musste sie in die Stadtbücherei gehen.

16. Kapitel

V wie …?

Ruby beschloss, ihr Glück lieber bei Penny Books zu versuchen, statt durch die halbe Stadt in die Stadtbücherei zu fahren, doch als sie in ihren Mantel schlüpfte, kam ein Anruf von Red.

»Du, Ruby … es tut mir echt leid, aber ich hab wieder mal Mist gebaut … Weißt du, meine Schnürsenkel waren offen, und da bin ich gestolpert und auf die Gitarre meines Bruders gefallen, und die braucht er heute Abend dringend. Es wäre mir sehr recht, wenn ich ihm gleich einen Ersatz anbieten könnte, wenn ich es ihm beichte, und ich hatte gehofft … Na ja, es wäre spitze, wenn ich ihm sagen könnte, dass er für eine Weile deine haben kann. Was meinst du? Okay, ich weiß, es ist viel verlangt, aber … Ach so, ja, ich bin's, Red.«

»Hallo, Red.«

»Ist mir echt peinlich, dass ich dich um diesen Gefallen bitten muss. Du kannst natürlich auch nein sagen, ich habe nicht vergessen, was damals mit deiner Geige passiert ist – ich meine, klar weiß ich, dass ich dir eine neue schulde, und ich spare schon fleißig, glaub mir.«

»Iwo, alles halb so wild«, meinte Ruby. »Wer hätte sich nicht schon mal irgendwann in seinem Leben auf eine Geige oder Gitarre gesetzt?«

»Oh, danke, Ruby, du rettest mir das Leben! Ich komme gleich und hole sie ab!«, rief Red.
In diesem Moment hörte Ruby ein Klicken in der Leitung – genau so, als hätte jemand diesen Anruf abgehört –, aber mit Sicherheit niemand im Haus, denn Ruby hatte ihren eigenen Anschluss. Nein, wenn sie sich nicht täuschte, war ihr Telefon angezapft worden.
»Weißt du was? Ich bringe sie dir am besten gleich vorbei«, sagte Ruby und verließ zwei Minuten später das Haus.

Weil es schon so dunkel war, dass niemand die Farbe erkennen konnte, beschloss Ruby, die Gelegenheit zu nutzen und ihr neues pinkfarbenes Rad auszuprobieren. Dank des Hyperspeed-Turboantriebs könnte sie mühelos davonflitzen, falls es irgendwo brenzlig wurde.
Abgesehen von der doofen Farbe war es ein tolles Rad. Ruby kam fast mühelos die Straße zu Reds Haus in Silver Hills hinauf und war im Nu am Ziel.
»Mann, das ging aber schnell!«, staunte Red, als sie die Haustür öffnete.
»Ja, mein neues Rad ist ein echter Flitzer«, sagte Ruby und blickte sich um. »Ist deine Mom nicht da?«
»Sie macht heute Überstunden, wegen diesem neuen Film, für den sie massenhaft Kostüme brauchen.«
»Was für ein Film? Fantasy?«
»Ja. Es geht um irgendwelche Kids, die sich in Krokodile verwandeln. Den schwersten Job hat wohl die Maskenbildnerin. Mal ehrlich, wie sehen Kroko-Teenies aus?«

Ruby zuckte mit den Schultern. »Ich würde sagen: wie Archie Lemon.«

Es war nett, mal wieder ungestört mit Red zu plaudern, denn trotz ihrer Neigung zu Unfällen und ihres außergewöhnlichen Talents, Musikinstrumente plattzumachen, war Red ein Mensch, der Ruhe ausstrahlte. Und das war etwas, was Ruby im Moment richtig guttat.

Jem, Reds Bruder, war froh über die mitgebrachte Gitarre.

»Du hast was gut bei mir, Ruby«, sagte er.

»Ach was, ist doch kein Ding«, sagte Ruby. »Du kannst sie gern behalten, bis du eine neue hast. Ich habe in den nächsten Wochen sowieso keine Zeit zum Klimpern.«

Die drei unterhielten sich eine Weile über die Schule und die bevorstehenden Ferien, darüber, wer eventuell eine Silvesterparty organisieren würde und ob Mrs Drisco eigentlich nie in Pension ging.

Die üblichen Themen eben.

»Ich hatte sie früher auch mal als Klassenlehrerin«, sagte Jem, »deshalb habt ihr zwei mein tiefstes Mitgefühl. Bei ihr musste ich dauernd nachsitzen.«

Schließlich kamen sie wieder auf ihr ursprüngliches Thema zurück – wie Kroko-Teenies wohl aussehen würden.

»Meine Mom hat der Maskenbildnerin geraten, mit Frederik zu reden«, sagte Red. »Wenn jemand weiß, wie man es schafft, ein Kind in ein Krokodil zu verwandeln, dann er.«

Da machte es *klick!* in Rubys Kopf. Wenn jemand etwas über Marnie Novak wissen könnte, dann Frederik Lutz!

Er war ein berühmter Hollywood-Maskenbildner und ein sehr

netter älterer Herr. Er hatte Ruby schon einmal aus der Patsche geholfen, indem er ihr Gesicht nach einem bösen Skateboard-Unfall so genial schminkte, dass Ruby den von ihrer Mutter heiß erkämpften Fototermin trotz ihres blauen Auges nicht hatte absagen müssen. Kein Mensch wäre auf die Idee gekommen, dass sie knapp vierundzwanzig Stunden zuvor gegen ein Polizeiauto gedonnert war.

»Red, kann ich mal kurz telefonieren?«

»Klar«, sagte Red. »Warum?«

»Ich muss Frederik Lutz anrufen.«

Red sah sie verwundert an. »Hä? Willst du auch wissen, wie ein Kroko-Teenie aussieht?«

Es war kein großer Umweg. Frederik Lutz wohnte am Rand von Silver Hills im Derilla Drive 119, und von Reds Haus aus ging es fast nur bergab.

Als Ruby dort ankam, ging der Abend bereits in die Nacht über. Weil niemand auf ihr Klingeln reagierte, drückte Ruby gegen die Tür und stellte fest, dass sie offen war.

»Hallo?«, rief sie versuchsweise.

»Ruby? Bist du's? Immer hereinmarschiert!«

Frederik saß im Wintergarten und betrachtete die Sterne, seinen Dackel Paulie auf dem Schoß.

»Ich könnte sie mir endlos anschauen«, sagte Frederik, ohne den Blick vom Sternenhimmel abzuwenden.

»Ihre Sicherheitsvorkehrungen gefallen mir gar nicht, Frederik«, sagte Ruby.

»Wofür braucht ein alter Knabe wie ich eine Alarmanlage? Was

sollte ein Einbrecher von mir schon wollen?«, sagte Frederik. »Und außerdem hab ich ja meinen Paulie.«
Er strich seinem Dackel über den Kopf, der daraufhin genüsslich gähnte.
Ruby bezweifelte ernsthaft, ob Paulie einen potentiellen Einbrecher abschrecken würde, aber andererseits hatte Frederik vermutlich recht; für Einbrecher gab es hier wirklich nicht viel zu holen.
»Darf ich dir eine altmodische Zitronenlimonade anbieten?« Frederik nahm eine Dose aus seiner Kühlbox.
»Gern«, sagte Ruby.
Er reichte sie ihr und fragte: »Was kann ich für dich tun?«
»Ich wollte Sie fragen, ob Sie eine Schauspielerin namens Marnie Novak kennen.«
»Marnie Novak«, wiederholte Frederik gedehnt. »Diesen Namen habe ich wahrlich schon lange nicht mehr gehört.«
»Sie haben sie gekannt?«, fragte Ruby gespannt.
»Und ob. Sie war eine gute Schauspielerin und stand am Beginn einer glänzenden Karriere.«
»Aus der dann aber nichts wurde?«, fragte Ruby.
»Kannst du mir fünf Filme nennen, in denen du sie gesehen hast?«, fragte Lutz zurück.
Ruby schüttelte den Kopf. »Ich kenne nur einen und von dem auch nur das Ende. Und ihren Namen habe ich vor zwei Stunden zum ersten Mal gehört.«
»Welcher Film war das?«, fragte Frederik.
»*Der Schattenmann schlägt zu*«, sagte Ruby und trank einen Schluck von ihrer Limo.

»Ah, der war gut«, sagte Frederik. »Niemand verstand sich so gut auf Horrorfilme wie der Graf.«

Ruby spritzte die Limo aus der Nase.

»Alles okay, Ruby?«, fragte Frederik besorgt.

Es dauerte ein paar Sekunden, bis Ruby wieder sprechen konnte.

»Hab mich nur verschluckt«, krächzte sie und wischte sich mit dem Ärmel über das Gesicht. »Dieser Graf, wer …? Ich meine, Sie haben doch *Graf* gesagt, richtig?«

»Ja«, antwortete Frederik. »Er war der Regisseur vom *Schattenmann.* Was hatte er für ein Talent!«

»Wirklich?«, fragte Ruby. »War er gut?«

»Besser als gut, ein wahres Genie«, antwortete Frederik. Er erhob sich. »Warte mal.« Er schlurfte davon und kam fünf Minuten später mit einem großen Buch zurück, einer Enzyklopädie über Filmregisseure. »Hier!« Er reichte es Ruby. »Darin findest du ihn.«

Ruby überflog die Inhaltsangabe.

Gosnell …

Gray …

Harlin …

»Er scheint nicht drinzustehen«, sagte Ruby.

»Natürlich steht er drin!«, sagte Frederik und beugte sich zu ihr hinab. »Ah, du schaust unter G, das ist das Problem. Er steht unter L.«

»L?«

»L wie Leyden«, erklärte Frederik. »Victor van Leyden.«

Verblüfftes Schweigen.

»Was ist?«, fragte er dann. »Du siehst aus, als hättest du ein Gespenst gesehen.«
»Nein, nicht direkt«, sagte Ruby. »Eher einen Psychopathen.«

17. Kapitel

Das Böse kann überall lauern

Frederik Lutz musterte Ruby besorgt.
»Ist wirklich alles in Ordnung?«, fragte er. »Du bist plötzlich ganz blass.«
»Hab in letzter Zeit wenig geschlafen«, nuschelte Ruby.
»Vielleicht schaust du dir zu viele Horrorfilme an«, sagte Frederik. »Und hast deshalb Albträume.«
»Albträume kriege ich eher vom realen Leben«, seufzte Ruby.
Frederik nickte. »Ich weiß, was du meinst. In letzter Zeit überschlagen sich die schlimmen Nachrichten. Diese arme Schlangenfrau zum Beispiel – stell dir vor, ein Giftanschlag mit einem *Blumenstrauß*!«
»Ja, das war schrecklich«, sagte Ruby. Nach kurzem Schweigen fügte sie hinzu: »Und warum wurde nichts aus Novaks glänzender Karriere?«
»Andere Umstände«, erklärte Frederik. »Du weißt schon, sie wurde schwanger.«

»Und deshalb konnte sie nicht mehr arbeiten?«
»*Durfte* nicht mehr«, sagte Frederik. »Vergiss nicht, dass damals noch andere Zeiten waren: Ledig und schwanger – dafür hatten die Leute kein Verständnis. Der Vater des Kindes war ein berühmter Filmproduzent und ein grässlicher Mensch, der seine Mitmenschen schikanierte, wo er nur konnte.«
»Wie hieß er?«, fragte Ruby.
»George Katz. Schon mal von ihm gehört?«
O ja, das hatte Ruby. George Katz hatte im Laufe seines erfolgreichen und glücklichen Lebens viel Leid verursacht, vor allem bei den Frauen, deren Herz er brach.
»Warum hat er sie dann nicht geheiratet?«, fragte Ruby. »Hat er sie nicht geliebt?«
»Ach, das war nicht das Problem«, antwortete Frederik. »Eher die Tatsache, dass er bereits verheiratet war. Seine Frau durfte nichts erfahren, weil ihr Vater ein hohes Tier in der Filmindustrie war. Deshalb wurde alles unter den Teppich gekehrt. Miss Novak verlor ihren Divenstatus und ward nie wieder auf der Leinwand gesehen.«
»Mit Victor van Leyden hatte das Kind nichts zu tun? Könnte es nicht *sein* Kind gewesen sein?«
»Nein, definitiv nicht«, sagte Frederik. »Loreley ist nicht seine Tochter.«
»Und warum hat er ihr dann seinen Namen gegeben?«
»Um Marnie einen Gefallen zu tun. Er mochte sie und hat sie immer protegiert. Er hat noch versucht, ihr zu helfen, doch da waren die Würfel schon gefallen, und das Studio befürchtete einen Skandal. George Katz und seine Frau waren ein sehr an-

gesehenes, einflussreiches Paar, und deshalb wollte die Filmwelt nichts mehr von Marnie wissen und ließ sie links liegen.«

»Und das war das Ende ihrer Karriere?«

»So gut wie«, sagte Frederik. »Victor war zwar weiterhin mit Marnie befreundet, doch sie bekam keine Rollenangebote mehr und zog schließlich nach Australien, um sich dort ein neues Leben aufzubauen.«

»Mit dem Kind?«

»Ja, sie nahm es natürlich mit, aber es lief nicht gut«, erzählte Frederik. »Wie ich hörte, wurde Marnie immer verbitterter und gab dem Kind die Schuld am Ende ihrer Karriere. Jemandem, mit dem ich damals zusammenarbeitete, hat sie erzählt, dass ihre Tochter ihr Leben zerstört habe und sie deren Anblick nicht ertrage.«

Diese Geschichte hörte sich mit jeder Minute tragischer an, und wer nichts von den schrecklichen Verbrechen wusste, die Marnie Novak und ihre Tochter Loreley schon begangen hatten, wäre sicher vor Mitleid dahingeschmolzen.

»Und was ist aus dem Mädchen geworden?«, fragte Ruby.

»Wer weiß? Mein Freund Reggie sagte, das Kind hätte sich nur für Schminktechniken und Stimmenimitation interessiert. Victor wollte eine Schauspielerin aus ihr machen, doch sie hatte null Talent.«

»Aber sie hat sich gern geschminkt und verwandelt, wie eine Filmschauspielerin?«, hakte Ruby nach.

»Mehr als das. Ihre große Leidenschaft waren Spezialeffekte«, fuhr Frederik fort. »Sie dachte sich Charaktere aus und verkleidete sich entsprechend, um die Leute reinzulegen, manchmal auch mit ziemlich fiesen Tricks.« Er schüttelte den Kopf. »Aber eine Schauspielerin war sie nicht, und es war fast unausweichlich, dass sie auf die schiefe Bahn geriet.«

»Wer hat es ihr beigebracht?«, fragte Ruby. »Sich zu verkleiden und die Leute zu betrügen, meine ich.«

»Victor natürlich«, antwortete Frederik. »Niemand hat die Kunst theatralischer Verkleidungen besser beherrscht als der ›Graf von Klapperstein‹. Dafür war er berühmt. Er wurde ständig von irgendwelchen Jugendlichen belagert, die von ihm lernen wollten, wie man sich in eine andere Person verwandelt.«

»Woher hat er seinen Spitznamen?«, fragte Ruby.

»Ah, du meinst seinen Künstlernamen? Den bekam er aufgrund seiner Horrorfilme – und der Tatsache, dass er sich schon immer gern ein bisschen wie Dracula gekleidet hat, elegant, aber auch gruselig, ganz in Schwarz mit Krawatte, Einstecktüchlein am Revers und einer altmodischen Taschenuhr. Wer ihn je sprechen hörte, weiß, dass er auch fast wie Dracula klingt.«

Ruby musste wahrlich nicht an den Klang seiner Stimme erinnert werden, da diese sie ohnehin bis in ihre Albträume verfolgte.

»Er bräuchte nur ein Paar Fangzähne«, fuhr Frederik fort, »und jeder würde glauben, einen Vampir vor sich zu haben. Deshalb nannte man ihn erst ›Graf van Leyden‹, dann ›Graf Victor‹, später ›Graf von Klapperstein‹, und heute ist er einfach nur der ›Graf‹ – doch keine dieser Bezeichnungen war als Kompliment gemeint.«

»Es war also seine Spezialität, neue Charaktere zu kreieren?«

»O ja, er war einer der Besten, das muss man ihm lassen. Er war der Wegbereiter für eine neue Art, Gesichter und Stimmen zu verändern, wie man es zuvor noch nie erlebt hatte. Wie er das machte, bleibt bis heute sein Geheimnis – er hat keinem in der Filmindustrie je ein Sterbenswörtchen verraten. Aber alle nahmen an, dass auch Homer damit zu tun hatte. Vermutlich hat Homer die Technik sogar erfunden.«

»Wer ist Homer?«, fragte Ruby.

»Ein cleverer Typ, mit dem Victor in seinen Anfangszeiten zusammengearbeitet hat. Sie waren ein tolles Team: Homer der Illusionist und Victor der kreative Kopf – ein unschlagbares Duo.«

»Haben Sie die beiden bewundert?«

Frederik wurde sehr ernst. »Homer ja, den habe ich bewundert – er war immer ein guter Mensch. Es machte ihn nervös, wenn einige von Victors Protegés ihr neues Können missbrauchten, indem sie sich verkleideten, um Leute übers Ohr zu hauen. Loreley hat es auf die Spitze getrieben, und es wurde immer übler. Da hat Homer die Zusammenarbeit schließlich aufgekündigt.«

»Und Sie?«, fragte Ruby. »Was hielten Sie davon?«

»Ich habe Victor für sein Talent bewundert, doch der Mann, zu dem er sich entwickelte, hat mir nicht mehr gefallen«, antwortete Frederik. »Zu Beginn seiner Karriere war er noch ein ganz netter Kerl, aber irgendwann im Laufe der Jahre hat er sich komplett verändert. Er wurde immer kälter und grausamer.«

»Arbeitet er immer noch als Regisseur?«, fragte Ruby, obwohl sie die Antwort nur zu gut kannte.

»Nach der Sache mit Marnie hatte er keine Lust mehr, wurde gemunkelt, und als sein Schützling plötzlich von der Bildfläche verschwunden war, kam es auch noch zu dem Zerwürfnis mit Homer. Seither soll der Graf im Ausland leben.«

Schön wär's, dachte Ruby.

»Du kannst das Buch gern mitnehmen«, sagte Frederik. »Bring's einfach zurück, wenn du es nicht mehr brauchst.«

Ruby bedankte sich, klemmte die Enzyklopädie auf den Gepäckträger ihres Fahrrads und fuhr in die Dunkelheit.

Sie fuhr im Leerlauf langsam den Derilla Drive hinunter, als sie plötzlich ein Klingeln zu hören glaubte. Leise zuerst, doch dann wurde es zunehmend lauter. Auf dem Derilla Drive war an diesem frostigen Abend kein Mensch unterwegs, aber irgendwo läutete ein Telefon.

Ruby bremste ab.

Ein blaues Münztelefon!

Sie lehnte ihr Rad an einen Laternenpfahl, rannte zu dem Münztelefon und nahm ab. »Hallo?«, sagte sie.

»Na, haben Sie Ihre Hausaufgaben gemacht, Miss Redfort?«

Ein eisiger Schauer lief Ruby über den Rücken, der jedoch nichts damit zu tun hatte, dass es leicht schneite und ein kräftiger Nordwind wehte.

Es hatte mit der Stimme aus dem Hörer zu tun.

Sie blickte sich um – sie war ganz allein, ein Mädchen im Schein einer Straßenlaterne.

»Wie haben Sie … woher …?«, stammelte sie.

»Woher ich weiß, wo Sie sind? Ich bitte Sie! Ich weiß vieles, was Sie nicht wissen«, fuhr die Stimme fort. »Dinge, die Sie aber wissen sollten, falls Sie vorhaben, das nächste Jahr noch zu erleben.«

»Was …?«, begann Ruby.

»Sie haben sich in einem Netz verheddert, meine liebe Miss Redfort, und die Spinne beobachtet Sie ganz genau … und wartet nur darauf, demnächst zuzuschlagen.«

»Warum zeigen Sie sich nicht, damit wir Aug' in Aug' reden können?«

»Oh, ich spreche nicht von *mir*«, sagte der Graf. »Nicht ich bin die Spinne. Verglichen mit ihr bin ich geradezu ein Schmusekätzchen.« Und nach einer kurzen Pause: »Wenn ich Ihnen einen Rat geben darf – von Gegenspieler zu Gegenspielerin: Seien Sie auf der Hut! Das Böse kann überall lauern.«

Rubys Knie gaben unter ihr nach, und der Hörer entglitt ihrer Hand. Als Nächstes merkte sie, dass sie auf dem Boden lag und der Hörer über ihrem Kopf hin und her baumelte. Und als er an die Wand der Telefonzelle knallte, klang es wie ein Glockenschlag, der das Verhängnis einläutete.

Lenny Rivers
staunte nicht schlecht …

… als das Krankenhaus anrief, um ihm zu sagen, dass der Mann, den er halbtot am Straßenrand gefunden und für einen Todgeweihten gehalten hatte, inzwischen wieder bei Bewusstsein war und sogar selbständig atmen konnte.
»Er ist außer Lebensgefahr?«, fragte Lenny. Er konnte es kaum glauben. Der junge Mann hatte überlebt! Was für ein Glück, dass er ihn so schnell ins Krankenhaus gebracht hatte!
»Er kann sogar schon wieder gehen«, berichtete die Krankenschwester. »Noch etwas wackelig, aber immerhin …«
»Kann ich ihn besuchen?«, fragte Lenny. »Ich würde ihm gern die Hand schütteln – diesem Mann, der dem Tod von der Schippe gesprungen ist.«
»Das wäre schön. Bisher hat ihn noch niemand besucht, und der arme Kerl scheint das Gedächtnis verloren zu haben. Er kann sich an nichts erinnern, was vor dem Unfall war.«
Lenny schnappte sich seine Jacke und hüpfte in seinen Truck. Er konnte es kaum erwarten, mit diesem Wunderknaben Morgan Loveday zu reden.
Doch es sollte nicht sein. Im Krankenhaus fand er nur ein leeres Bett vor. Von dem Mann, der darin gelegen hatte, fehlte jede Spur.

18. Kapitel

Ein noch unbekannter Ort

Ruby und Clancy saßen in ihrem Klassenzimmer und warteten darauf, dass Mrs Drisco vom Rektorat zurückkam. Sie hatte es für nötig befunden, Dillon Flannagon persönlich zum Rektor zu schleppen, weil ihr »seine permanente Missachtung der Schulregeln bis hier« standen. Niemand wusste, was der Ärmste nun wieder verbrochen hatte, aber Mrs Drisco, die größten Wert auf die Einhaltung der Schulregeln legte, war sehr aufgebracht gewesen.

»Und wieso warst du bei Frederik Lutz?«, fragte Clancy leise.

»Angefangen hat es mit Mrs Digby, die sagte, ich solle mir eine Sendung anschauen. Und da kam jemand, den ich kenne.«

»Echt? Wer war es? Jemand, den du *gut* kennst? Oder nur flüchtig?«

»Jemand, den ich eigentlich nie mehr wiedersehen wollte, aber bei meiner derzeitigen Glückssträhne würde ich fast wetten, dass sie mir bald wieder über den Weg läuft.«

»Falls du Vapona Begwell meinst, dann kann ich dir versichern, dass du sie heute definitiv sehen wirst; sie hat sich auf der Liste fürs Weihnachtssingen eingetragen.«

Ruby verzog das Gesicht. »O Gott, wie *das* wohl klingt!«

»Sie hat das Mülleinsammeln als Strafmaßnahme satt – da ist ihr das Singen lieber.«

»Ach nee!«
»Also, sag schon: Es war nicht die Pupswell, die du im Fernsehen gesehen hast?«
»Nein, sie nicht.«
»Wer dann?«
»Rate mal!«
Clancy schnitt eine Grimasse. »Bitte sag es mir, bevor ich einschlafe. Oder denkst du, ich sterbe vor Neugier?«
»Sterben ist ein gutes Stichwort«, sagte Ruby. »Denn es war zufällig eine Lady, die ihre Gegner gern sterben sieht.«
»Wen meinst du?« Clancy wurde plötzlich hellhörig.
»Die Australierin«, sagte Ruby.
Clancy wurde leichenblass. »*Musst* du sie erwähnen?«
»Du hast mich *gefragt.*«
»Schon, aber ich hab ja nicht gewusst, dass es um *sie* geht«, stöhnte Clancy. Er schluckte. »Ich will nicht an diese Verbrecherin denken. Aber wieso kam sie in den Nachrichten?«
»Ich habe nie behauptet, dass sie in den Nachrichten kam«, erklärte Ruby. »Es war ein alter Fernsehfilm, sehr viel interessanter als die Nachrichten.«
Ruby erzählte Clancy im Flüsterton alles, was sie über Marnie Novak und ihre Verbindung mit dem Grafen erfahren hatte.
»Das Filmstudio hat sie gefeuert, als sie gemerkt haben, dass sie in anderen Umständen war.«
Clancy sah Ruby verständnislos an.
»S-c-h-w-a-n-g-e-r.«
»Oh!«, sagte Clancy. »Und wieso? Sie durfte doch wohl ein Kind bekommen, oder?«

»Sie war nicht verheiratet, aber der Vater des Kindes schon. Es hätte einen Riesenskandal gegeben, wenn die Sache nicht unter den Teppich gekehrt worden wäre. Damals herrschten noch andere Sitten als heute, mein Freund – ein Kind von einem verheirateten Mann hätte sich nicht positiv auf die Besucherzahlen im Kino ausgewirkt. Außerdem hätte sie für die nächste Rolle nicht die richtige Figur gehabt – die Produzenten wollten sicher keine schwangere Vampirin haben.«

»Sag bloß nicht, dass das Baby Loreley war!«

»Bingo! Hundert Punkte!«

Mrs Drisco kam zurück. »Unangekündigter Test!«, rief sie. »Stifte raus! Ich verteile Blätter.«

»Das Gruseligste habe ich dir noch gar nicht erzählt«, flüsterte Ruby, während Mrs Drisco durch die Reihen ging und Blätter verteilte.

»Das Gruseligste?«, wiederholte Clancy. Er war drauf und dran, mit beiden Armen zu rudern.

»Hier wird nicht getuschelt!«, fauchte Mrs Drisco mit einem strengen Blick auf Clancy.

»Ein Anruf«, raunte Ruby ihm zu. »Ich hatte einen Anruf vom Grafen.«

Nun begann Clancy tatsächlich, mit den Armen zu rudern. »Er hat bei euch zu Hause angerufen?«, fragte er entgeistert.

»Nein, in einer Telefonzelle.«

»Welcher Telefonzelle?«

»In der auf dem Derilla Drive«, flüsterte Ruby. »Ich fuhr ihn gerade hinunter, als es in der Telefonzelle am Straßenrand geklingelt hat, und was meinst du, wer sich gemeldet hat?«

»Das ist ja noch schlimmer, als wenn er dich zu Hause angerufen hätte«, sagte Clancy. »Es bedeutet, dass er dich *beobachtet* hat.«
Ruby bekam eine Gänsehaut. »Ich weiß.«
»Ruby Redfort!«, bellte da Mrs Drisco. »Ich sagte, hier wird *nicht* getuschelt! Ich behalte euch zwei im Auge!«
Da sind Sie nicht die Einzige, dachte Ruby.

Als die beiden nach Schulschluss auf Rubys Elternhaus zugingen, sah Ruby, dass ihr neues Fahrrad nicht mehr da war. Hatte Hal es abgeholt? Ohne ihr Bescheid zu sagen? Oder hatte es jemand aus der Einfahrt geklaut? Das hielt sie für unwahrscheinlich, denn wer will schon ein pinkfarbenes Rad?
Nachdem Ruby und Clancy ein paar Worte mit Mrs Digby gewechselt hatten, gingen sie nach oben, beladen mit einem Tablett mit zwei Digby-Clubsandwiches, selbstgebackenen Plätzchen und einem Tetrapack Bananenmilch. Mrs Digby war der Ansicht, dass Kinder viel essen müssen, weil sie ja noch am Wachsen sind.
»Ihr braucht Gehirnnahrung«, sagte sie. Clancy bezweifelte ernsthaft, dass etwas auf dem Tablett »Brain food« war, aber lecker war es allemal.
In Rubys Zimmer mühte er sich mit seinen Französischhausaufgaben ab, während Ruby herauszufinden versuchte, wo das Prismenarchiv sein könnte. Dazu hatte sie eine Landkarte auf dem Fußboden ausgebreitet, die sie mit einem Vergrößerungsglas absuchte.
»Was machst du da?«, fragte Clancy.

»Ich suche nach Wasser«, antwortete Ruby.

»Wie bitte?«

»Ich versuche, das Prismenarchiv zu finden«, erklärte Ruby.

»Hast du *Prismenarchiv* gesagt?«

»Richtig: Prisma«, präzisierte Ruby. »Prisma wie Brechung von Lichtstrahlen.«

Clancy sah sie an, als verstünde er nur Bahnhof.

»Weißt du, es gibt eine Art Geheimarchiv, in dem die Akten von sämtlichen Spektrum-Operationen aufbewahrt werden. Ich muss da rein, um mehr über Bradley Baker und LB zu erfahren. Diesen Raum nennen sie ›Prismenarchiv‹, vermutlich, weil Farben bei Spektrum so wichtig sind, und Farben bestehen aus Lichtstrahlen, und ein Prisma ist ein durchsichtiger pyramidenförmiger Körper, der das Licht beim Brechen in verschiedene Farben aufspaltet.«

»Ähm, wie das neue Teleskop?«, fragte Clancy.

»Hä?«

»Das Weltraumteleskop«, erklärte Clancy. »Kam doch gestern Abend in den Nachrichten – hast du es nicht mitgekriegt?«

»Nein, ich war damit beschäftigt, mit einem Psychopathen zu telefonieren, wie du weißt.«

»Sorry, hatte ich vergessen«, sagte Clancy. »Jedenfalls hat da ein Typ erklärt, dass ein Teleskop im Wesentlichen aus einem riesigen Prisma besteht, mit ganz vielen gefalteten Spiegeln im Inneren, die das Licht auf einen Empfänger werfen. War echt interessant.«

Ruby sah Clancy mit diesem Gesichtsausdruck an, der ihn immer ziemlich nervte.

»Was ist?«, fragte er.

»Und wo steht dieses Teleskop?«, fragte sie.

»Auf Meteor Island«, sagte Clancy. »Im Observatorium.«

»Ach ja, stimmt.« Jetzt fiel es ihr wieder ein. »Der Typ im Planetarium hat es erwähnt.«

»Würde es dir etwas ausmachen, mir zu erzählen, was dir gerade durch den Kopf geht?«

Sie kaute auf ihrem Bleistift herum und dachte angestrengt nach. Sie überlegte nämlich gerade, ob *das* der Ort sein könnte, von dem Blacker gesprochen hatte.

Das Observatorium befand sich auf einer kleinen Insel, eigentlich mehr einem großen Felsen, und dort kam man nur hin, wenn man Schwimmflossen und einen Taucheranzug hatte. Ein Helikopter kam für sie nicht in Frage, und auch ein Boot wäre vermutlich keine gute Idee. Ruby ging davon aus, dass Spektrum diese Gegend genau beobachtete und jedes Wasserfahrzeug stoppen würde.

Clancy schnippte vor ihrem Gesicht.

»Hallo! Erde an Mars. Bist du noch da?«

»Clance, du hast mir sehr geholfen.«

»Ich?!«, rief Clancy erfreut.

»Ich denke, dort könnte es sein!« Sie boxte ihn an den Arm.

»Super«, sagte Clancy. »Dürfte ich auch wissen, wovon du redest?«

»Vom Prismenarchiv. Ich gehe davon aus, dass es sich auf Meteor Island unter dem Observatorium befindet.«

»Aha«, sagte Clancy. »Und weiter?«

»Ich muss dorthin.«

»Logisch. Aber meinst du, du kriegst die Erlaubnis?«
Ruby verdrehte die Augen. »Mann! Dort bewahrt Spektrum die geheimsten aller geheimen Akten auf, also die, die keiner sehen darf. Klar lassen sie mich da nicht rein!«
»Du denkst an einen Einbruch?«
»Was sonst?«
Clancy sah sie kopfschüttelnd an. »Halte ich für keine gute Idee.«
»Aber leider fällt mir keine Alternative ein.«
»Ich wette, da ist alles mehrfach mit Codes gesichert. Was nützt es, dort einzubrechen, wenn du die Akten dann doch nicht öffnen kannst?«
»Stimmt.« Sie seufzte, überlegte kurz und sagte dann: »Ich bin mir ziemlich sicher, dass ich einige der Codes kenne. Nur der Zugangscode macht mir noch Kopfzerbrechen, aber ich denke, ich werde ihn schon rauskriegen.«
Clancy musterte sie besorgt. »Nimm's mir nicht übel, aber ich wäre froh, wenn du ihn nicht rauskriegst.«

Was vor gut
fünfunddreißig
Jahren geschah …

Einem achtjährigen Kind aus einem Vorort von Colwin City fiel beim Frühstücken eine ungewöhnliche Anzeige auf der Rückseite der Milchpackung auf. Die Anzeige sah aus wie ein Preisrätsel, bei dem man viel Geld gewinnen konnte – sehr viel Geld, wie man zwischen den Zeilen lesen konnte –, aber es war kein einfaches Rätsel.
Das Kind aus Colwin City schüttete Müsliflocken auf seinen Teller, während es die Anzeige studierte. Etwas an diesem Preisausschreiben war merkwürdig: Zum einen sah es auf den ersten Blick nicht wie ein Preisausschreiben aus, und zum anderen schien es sich nicht an durchschnittliche Kinder zu richten. Man musste schon ein kleines Genie sein, um zu erkennen, dass es weniger darum ging, ein Lösungswort zu finden, als vielmehr darum, einen Code zu knacken, für den man ein noch größeres Genie sein musste. Doch das war okay, denn das Kind aus Colwin City war sowohl das eine als auch das andere.
Nachdem das Kind den Code geknackt hatte, wusste es, dass es sich in Wirklichkeit um das Bewerbungsformular für eine Zukunft handelte, die höchst aufregend zu werden versprach. Doch es gab ein Problem. Casey war nicht teilnahmeberechtigt, das stand **fettgedruckt** da. Das fand Casey unfair und

dumm. Wann würde sich das endlich ändern? Man schrieb das Jahr 1938, verflixt nochmal!
Da hatte das Kind eine Idee: Es würde gegen die Regeln verstoßen!
Das Kind trank die Milchpackung leer, spülte sie aus, schnitt den Coupon aus und füllte die leeren Stellen aus. Im Kleingedruckten stand, dass man auch eine Geburtsurkunde mitschicken musste, und die holte das Kind flugs aus dem väterlichen Schreibtisch. Bevor das Kind aus Colwin City den ausgefüllten Coupon und die Geburtsurkunde in einen Umschlag steckte, nahm es auf der Urkunde noch eine klitzekleine Änderung vor. Dann schrieb es die Adresse auf den Umschlag, klebte eine Briefmarke darauf und warf ihn in den nächsten Briefkasten.

19. Kapitel

Zehn Grad minus

Ruby sah auf die Uhr: Es war 2.57 Uhr in der Nacht, und sie war immer noch hellwach – zumindest ihr Kopf. Ihr Körper dagegen hätte noch stundenlang liegen bleiben können. Doch als der Wecker 3.33 Uhr zeigte, gab Ruby auf und kroch aus den Federn. An Schlaf war ohnehin nicht zu denken, da konnte sie sich auch gleich anziehen. Auf Zehenspitzen tapste sie in die

Küche runter und dimmte die Lampe über dem Küchentisch zu einem schwachen warmorangefarbenen Lichtschein. Sie schenkte sich ein Glas Bananenmilch ein, trank einen Schluck, setzte sich dann an den Tisch und starrte auf das Schneegestöber vor dem Fenster.

Wie komme ich an den Zugangscode des Prismenarchivs?, überlegte sie. Während sie noch grübelte, hüpfte plötzlich eine Brotscheibe aus dem Toaster. Komisch, sie hatte bestimmt nichts in Hitchs kleinen silbernen Toaster gesteckt!

Auf der Brotscheibe stand eine wichtige Nachricht:

HOLE DICH IN ZWANZIG MINUTEN AB.
HITCH

Um Punkt vier Uhr stieg Ruby in den silberfarbenen Wagen, und sie düsten mit Höchstgeschwindigkeit gen Norden.

»Ist es wirklich nötig, schon so früh loszufahren?«, fragte Ruby gähnend.

»Ist es so früh oder nur sehr spät?«, konterte Hitch.

»So *früh*!«, sagte Ruby. »Das weiß ich, weil ich erstens vor zwanzig Minuten noch im Schlafanzug war, zweitens die Sonne noch nicht aufgegangen ist und drittens der Zeiger auf Ihrer Uhr da noch nicht an der Sechs vorbeigekrochen ist.«

»Im Handschuhfach findest du was zum Frühstücken, falls das hilft«, sagte Hitch.

Ruby schüttelte den Kopf. »Ich glaube, ich kann noch nichts essen. Meine Zähne sind noch im Tiefschlaf.«

Am Ziel angekommen, wurden Hitch und Ruby von zwei Personen begrüßt, die Ruby gut kannte – Sam Colt und Agentin Kekoa. Ruby wurde bange, aber nicht, weil sie etwas gegen die beiden gehabt hätte. Das Problem war eher, dass Ruby wusste, was deren Anwesenheit bedeutete. Sam Colt war ein Überlebenskünstler und Survival-Trainer, Kekoa war die Tauchlehrerin von Spektrum. Das konnte nur bedeuten, dass Ruby einen sehr nassen und sehr kalten Tag vor sich hatte.

»Willkommen zum Survival-Training unter Extrembedingungen«, sagte Sam.

»Oje, klingt irgendwie nicht gut«, sagte Ruby.

»Klar, für keinen«, antwortete Sam. »Aber in Anbetracht des Wetters und der zu erwartenden Stürme hielt Hitch es für eine gute Idee, wenn du mitmachst.«

»Ach nee … danke, Hitch!«, brummte Ruby.

»Gern geschehen.«

Sieben weitere Trainees, also Agenten in Ausbildung, waren anwesend, und Ruby freute sich, dass Kip Holbrook darunter war. Sie standen oben am Ufer des Big Sky Lake, der komplett zugefroren war.

»Denkst du dasselbe wie ich?«, murmelte Holbrook.

»Nur wenn du dir überlegst, wo wir den nächstbesten Bus kriegen können«, zischte Ruby.

Der erste Teil des Trainings war leicht. Sam Colt erklärte ihnen die wichtigsten Verhaltensregeln in einer sehr kalten Umgebung, und ein Sprung in den eisigen See gehörte zum Glück nicht dazu. Er gab ihnen hauptsächlich Tipps, was man tun musste, um trocken zu bleiben.

»Unterkühlung ist die Todesursache Nummer eins bei Menschen im Freien«, sagte er. »Ein altes Sprichwort sagt: Trocken bleiben heißt überleben. Aber da ich euch so viel vom Trockenbleiben erzähle, fragt ihr euch sicher, warum wir hier an diesem See stehen.«

Ruby stellte sich diese Frage nicht; sie ahnte, welche Rolle er bald spielen würde.

»Kommt mit, wir sehen ihn uns mal an«, sagte Colt, und die acht Trainees folgten ihm aufs Eis.

In einem Abstand von etwa zwölf Metern vom Ufer waren zwei Löcher mit einem Durchmesser von circa fünfzig Zentimetern ins Eis geschlagen worden.

»Zuerst üben wir nun, wie wir uns an die Wassertemperatur gewöhnen«, sagte Colt.

»Mir schwant nichts Gutes«, flüsterte Kip Holbrook.

»Jeder von euch wird unter dem Eis von Punkt A nach B schwimmen«, sagte Sam. »Aber natürlich mit einem Seil gesichert, damit niemand auf Abwege gerät.«

Ruby fand diese Vorkehrung beruhigend. Okay, sie würde möglicherweise erfrieren, aber immerhin konnten sie ihren Körper anschließend aus dem Wasser ziehen.

»Wenn ihr in eisiges Wasser eintaucht, tut euer Körper etwas wenig Hilfreiches«, fuhr Colt fort. »Man nennt es den ›Torso-Reflex‹. Im Klartext: Der Kälteschock wird euch nach Luft schnappen lassen. Das wäre aber nicht gut, denn dann würdet ihr ertrinken. Also seid innerlich darauf vorbereitet und haltet die Luft an. Euer Brustkorb darf sich nicht bewegen.«

Dann ging er zu den nächsten Verhaltensregeln bei überraschendem Eintauchen in eiskaltes Wasser über.

»Entspannt bleiben. Geht sparsam mit eurer Energie um. Wenn ihr herumzappelt, tritt der Kälteschock umso schneller ein.« Er blickte durch die Reihe der Trainees.

»Seht zu, dass ihr möglichst schnell wieder aus dem Wasser kommt, ohne viel herumzuplanschen. Je länger ihr im eisigen Wasser seid, desto größer ist das Risiko zu sterben.«

Die erste praktische Übung war so unangenehm, wie Ruby befürchtet hatte, aber sie brachte sie tapfer hinter sich. Doch was dann kam, ließ diese Übung als das reinste Kinderspiel erscheinen. Diesmal ging es darum, sich unter dem Eis zu orientieren, wenn es keine vorgefertigte Öffnung gab.

»Okay, falls ihr also überraschend unter eine Eisfläche geratet, haltet nach der Öffnung Ausschau, durch die ihr gefallen seid. Durch sie wieder an die Oberfläche zu klettern geht natürlich nur, wenn die Ränder stabil genug sind, um euer Gewicht zu tragen. Aber was ist, wenn ihr die ursprüngliche Öffnung in einem zugefrorenen See oder Fluss *nicht* mehr findet? Dann achtet auf Farbnuancen in der Eisdecke. An dünneren Stellen ist das Eis immer etwas heller. Wenn ihr eine solche Stelle entdeckt, müsst ihr sie durchstoßen. Im Idealfall habt ihr sogar ein geeignetes Spektrum-Spezialwerkzeug bei euch. Falls nicht, müsst ihr euch etwas einfallen lassen.« Danach erklärte Sam Colt ausführlich, wie man sich aus dem Wasser aufs Eis hievte. »Wichtig ist vor allem, dass ihr so schnell wie möglich aus dem eisigen Wasser herauskommt.«

Ruby war froh, als sie sowohl Hitch als auch Kekoa in Neoprenanzügen im Wasser sah.
»Immerhin besteht eine geringe Chance, dass ich da heil wieder rauskomme«, murmelte sie.
Langsam ließ sie sich durch die Öffnung ins Wasser gleiten.
Die Kälte traf sie wie ein Fausthieb in den Magen.
Entspannen!, ermahnte sie sich.
Mutig schwamm sie dann unter dem Eis vom Eisloch weg und suchte nach einem Punkt, an dem sie wieder nach oben kommen konnte.
Konzentrieren!, dachte sie.
Um sie herum war alles blau und weiß, und eine Sekunde lang wusste sie nicht mal mehr, wo oben und wo unten war.
Keine Panik!, ermahnte sie sich. REGEL 19: PANIK LÄHMT DAS GEHIRN.
Tapfer hielt sie die Luft an, als sie sich im Wasser um die eigene Achse drehte, und entdeckte zum Glück zu ihrer Linken eine hellere, fast runde Stelle. Es war verdammt schwer, sich unter Wasser mit nassen Klamotten fortzubewegen, wenn einem die Kälte bis ins Mark drang! Aber sie schaffte es wieder nach oben – ganz ohne Hilfe von Kekoa oder Hitch.
Es gab eine willkommene kurze Atempause, während der sich die Trainees abtrockneten und wieder einigermaßen aufwärmten. Sie alle hofften inständig, dass ihr Überlebenstraining in eisigem Wasser damit zu Ende war. Doch dann stellte sich heraus, dass es nur der Anfang gewesen war.

Die zweite Hälfte dieser Trainingseinheit fand an einem tristen Ort statt, der passenderweise Desolate Cove hieß – eine windige Bucht mit grauem Kieselstrand. Hier wurden die Trainees mit neuen Problemen konfrontiert.
Überlebenstraining im Ozean war eine ganz andere Herausforderung als in einem See: Hier hatte man es mit einer endlosen Fläche wogender Wassermassen zu tun, mit teilweise sich überschlagenden Wellen, Strömungen, einer kabbeligen Oberfläche.
Als sich der Tag seinem Ende zuneigte, kam eine einsame Gestalt den Strand entlang auf die Gruppe zu. Es war Groete. Er schob einen Wagen vor sich her, eine Art Schubkarre, und wirkte nicht sehr glücklich darüber, dass er herkommen musste. Aber er hatte sich nicht lumpen lassen und sich ausgerüstet, als befände er sich auf einer Arktisexpedition.
»So ein Loser!«, murmelte Ruby vor sich hin.
»Du, Kleine!«, rief Hitch. »Ich muss ins Hauptquartier zurück. Nach dem Training nimmt dich sicher einer der anderen mit in die Stadt zurück. Kann ich mich darauf verlassen, dass du gesund und heil nach Hause kommst?«
»Aber klar doch!«, sagte Ruby.
»Dann bis später!«, rief er. Ruby sah ihn zu Groete gehen und mit ihm reden. Anfangs schien alles in bester Ordnung zu sein, bis Hitch plötzlich stutzig wurde – es schien mit Groetes Kleidung zusammenzuhängen, doch das war aus dieser Entfernung schwer zu sagen. Ruby bemerkte nur eine subtile Veränderung in Hitchs Körpersprache und schloss daraus, dass ihm etwas ganz und gar nicht passte. Dann ging Hitch weiter

zum Spektrum-Trailer, während Kekoa den Trainees erklärte, was sie gleich ausgehändigt bekommen würden.
Groete hatte die Aufgabe, die mitgebrachten Sachen zu verteilen.
Jeder bekam einen kleinen, leichten Beutel in die Hand gedrückt. Darin war ein Atemband, ganz ähnlich wie der Atemgürtel, den Ruby früher mal aus dem Spezialgeräteraum stibitzt hatte, nur etwas moderner. Man befestigte das Band am Handgelenk, und bei Luftmangel drückte man es sich an den Mund und bekam Sauerstoff. Das Atemband war aber nur für Notfälle gedacht – damit man etwas Zeit gewann, um sich aus einer prekären Situation zu retten.
»Benutzt es nur, wenn es wirklich nicht anders geht«, schärfte Kekoa den Trainees ein. »Mehr als maximal fünf Minuten Luft sind nicht drin.«
Beim Anblick des zweiten Gegenstands begannen alle zu tuscheln.
»Was ist das?«, fragte Lowe.
»Das«, sagte Kekoa, »ist eine Superskin. Sie hält einen in kaltem Wasser warm und erleichtert das Schwimmen. Ihr werdet merken, dass ihr damit bedeutend schneller vorwärtskommt, besonders wenn ihr komplett unter Wasser seid. Und ihr bleibt damit völlig trocken. Das Tollste an diesem Anzug ist jedoch, dass er, sobald man aus dem Wasser kommt, innerhalb von Sekunden trocknet. Allerdings müsst ihr ihn mit nach Hause nehmen und das Anziehen üben – das ist eine vertrackte Sache, weil der Anzug hauteng sitzt.«
Ruby zog den Reißverschluss auf und spähte in den kleinen

Beutel. »Aha, das ist also eine Superskin!«, murmelte sie zufrieden.

Als sie gemeinsam zurückgingen und Desolate Cove ein paar hundert Meter hinter sich gelassen hatten, entdeckte Ruby etwas im Sand. Es waren vier Wörter:

SCHAU ZU DEN STERNEN!

Tatsächlich begannen am Himmel die ersten Sterne zu funkeln, und als Ruby zu ihnen hinaufsah, streifte ihr Blick auch das Observatorium, das oben auf Meteor Island thronte. Sterne dienten früher oft zur Orientierung, besonders in der Seefahrt.
Kann es sein, überlegte Ruby, dass in den Sternen ein noch größeres Geheimnis verborgen ist?
Das Sternbild der Fliege, dachte sie spontan.
Wenn sie sich an *diesen* Sternen orientierte, würde sie dann den Weg finden?

Zwei Monate nachdem das Kind
aus Colwin City
den Brief abgeschickt hatte …

… erhielt es eine Antwort in Form einer einzigen Zeile mit einem auf den ersten Blick unverständlichen Wortsalat. Entschlüsselt ergab es einen Ortsnamen. Das Kind zögerte keine Sekunde und kaufte sich eine Busfahrkarte zu diesem Ort, der neunhundertzwanzig Meilen entfernt war. Dort fand es jedoch kein Gebäude vor, sondern nur einen Gullydeckel. Eines wusste das Kind mit Sicherheit: dass es lieber in die Kanalisation hinunterkletterte, als auch nur einen einzigen weiteren Tag in dem langweiligen Vorort von Colwin City zu bleiben. Gesagt, getan.

Nach bestandenem Neunundneunzig-Sekunden-Test wurde das Kind aus Colwin City ins JSR-Programm von Spektrum 8 aufgenommen. An seinen intellektuellen Fähigkeiten bestand kein Zweifel. »Ein phänomenaler Kopf«, sagten alle. »Hat sämtliche Tests mit Bravour bestanden.« – »Glänzend abgeschnitten.« – »Der Beste von allen.«

Nun ja, fast …

Sie sagten: »Wenn du auch den letzten großen Test bestehst, hast du es geschafft – dann ist Spektrum deine Zukunft.«

Das klang gut. Ein aufregenderes Leben als das eines Geheimagenten konnte sich das Kind aus Colwin City nicht vorstellen.

Es war hochzufrieden, und die Vorfreude entlockte ihm ein Lächeln, was nur sehr selten vorkam.

»Weißt du was?«, sagte der Agent, der die Tests beaufsichtigte. »Ich denke, eines Tages wirst du es vielleicht sogar so weit bringen wie LB.«

Das Kind zuckte zusammen und verspürte einen unerklärlichen Schmerz.

Wer war dieser Bradley Baker?

Der Ausbildungsleiter wollte nicht aufhören, von diesem Rivalen zu schwärmen.

»Baker war unser jüngster Neuzugang, er war erst sieben, als er zu uns kam, doch jetzt – man höre und staune – ist er dreizehn und hat es schon ganz schön weit gebracht. Falls du auch nur annähernd so gut bist wie er, bekommst du ebenfalls ein Abzeichen.«

Spieglein, Spieglein an der Wand, wer ist der Beste im ganzen Land?

Nicht du, dachte das Kind aus Colwin City, ein anderes Kind hat dieses Abzeichen bekommen.

Was musste das Kind tun, damit diesem Bradley Baker das Lachen verging?

20. Kapitel

Die Luft anhalten

Ruby hatte nicht vorgehabt, noch zu bleiben, nachdem alle anderen nach Hause gegangen waren – sie wusste nicht einmal, ob ihre Vermutung zutraf. Vielleicht hatte sie die falschen Schlüsse gezogen, aber falls sie doch richtiglag, sollte sie diese Gelegenheit nutzen.

Sich in die Superskin hineinzuzwängen war tatsächlich nicht einfach. Weder Blacker noch Kekoa hatten übertrieben. Zudem war das Ding äußerst unangenehm zu tragen. Der Ganzkörperanzug klebte förmlich an der Haut und bedeckte auch Finger, Zehen, Hals und Kopf. Nur in Höhe des Gesichts gab es eine kleine ovale Öffnung.

Seltsam, dachte Ruby, als sie an sich hinunterblickte, sehr seltsam.

Das Material der Superskin sah fast wie Fischschuppen aus, und Ruby fühlte sich an die Kostüme in dem bekannten, aber eher zweitklassigen Film *Die Rückkehr der Fischmenschen* erinnert.

Sie versteckte ihre Stiefel, den Parka und die restliche Kleidung hinter einem Felsblock. Das Meer sah dunkel und wenig einladend aus, der Mond hatte sich hinter Wolken versteckt, und alles in allem wurde die kleine Bucht ihrem Namen absolut gerecht.

Ruby ging zum Wasser und setzte vorsichtig einen Fuß hinein. Erstaunlicherweise fühlte es sich kein bisschen kalt an. Sie watete noch ein Stück weiter hinein – nein, noch immer nicht kalt.

»Spitze!«, sagte sie zu sich selbst und tauchte in das dunkle Gewässer ein. Die Superskin machte das Schwimmen tatsächlich leichter, und Ruby kam verblüffend schnell voran.

In kürzester Zeit war sie vor Meteor Island und tauchte unter Wasser, um die verborgene Tür zu finden. Sie suchte nach ganz bestimmten Zeichen oder Punkten, die eventuell das Sternbild der Fliege nachbildeten.

Weil sie zuerst nach etwas Kleinem gesucht hatte, entdeckte sie es erst nach mehreren Anläufen: Das Sternbild der Fliege war mit Versteinerungen markiert und hatte einen Durchmesser von über einem Meter.

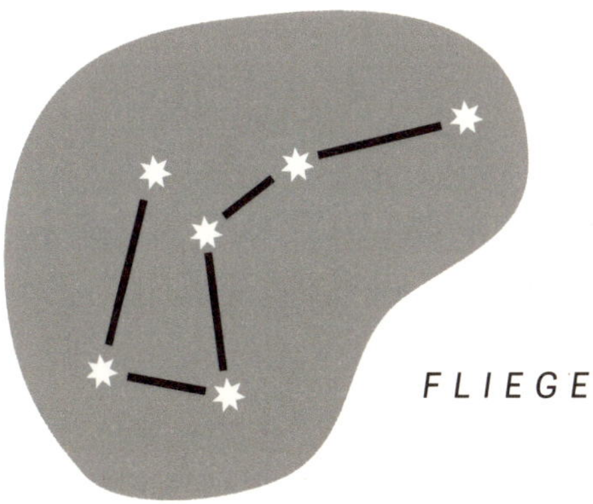

Tja, aber wie kam sie nun in das Archiv? Ruby tastete herum. Schließlich fand sie, wonach sie gesucht hatte: eine kleine Glasplatte.

Als sie ihre Hand darauflegte, blitzte ein Wort auf: STEINBOCK. Ruby tippte die entsprechenden Punkte des Sternbilds ein.

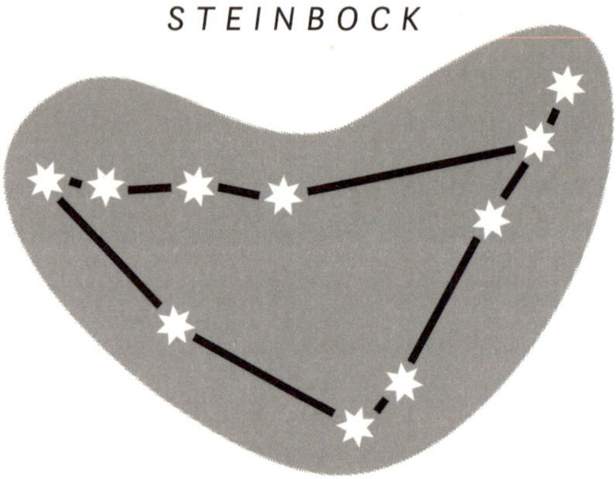

Der Bildschirm blitzte violett auf, und eine neue Botschaft war zu lesen:

ZUTRITT ERLAUBT

Die Tür glitt auf, und Ruby schwamm hindurch. Sie fand sich in einer Art Schwimmbecken wieder, etwa vier Meter lang und vier Meter breit. Ein Schwimmbecken war es jedoch nicht, denn die haben keinen Deckel. Das hier war eher ein mit Wasser gefüllter Kubus, und erst als Ruby die Tür zum Ozean hinter sich zugleiten sah, wurde ihr klar, dass sie nicht genau wusste, wie sie von hier aus weiterkommen würde. Sie schwamm eine Runde und betastete die Wände, weil es doch irgendeinen Hinweis darauf geben musste, wie man hier wieder rauskam.

Früher hatte Ruby die Luft genau eine Minute und eine Sekunde anhalten können, inzwischen schaffte sie es dank intensiven Trainings dreimal länger – das war nicht gerade hervorragend, aber ganz passabel. Sie fand das Zeichen in letzter Sekunde – die winzige Abbildung einer Fliege. Als Ruby daraufdrückte, strömte das Wasser aus dem Würfel, und in der Decke öffnete sich eine Luke, so dass Ruby an einer Metallleiter hinaufklettern konnte und in eine zweite Kammer gelangte. Bis dahin war die Superskin wieder absolut trocken, wie Ruby staunend feststellte.
Der Raum, in dem sie nun stand, war nicht viel anders als der Würfel vorhin. Er hatte dieselbe Form, dieselbe Größe, dieselbe Farbe, doch diesmal befand sich die Tür *vor* ihr, und daneben war eine weitere Glasplatte.

HOCHSICHERHEITSBEREICH!
UNBEFUGTES BETRETEN STRENGSTENS VERBOTEN!

Neben der Glasplatte war ein violetter Knopf. Nachdem Ruby ihn gedrückt hatte, wurden zwei Quadrate mit einem Gittermuster sichtbar. Ruby dachte an die Bücher auf Groetes Schreibtisch, in denen es um Fehlerkorrekturcodes bei Datenübertragungen ging.
Was sie da sah, war eindeutig ein Fehlerkorrekturcode, das begriff sie sofort. Doch welcher Art? Ruby schaute sich die schwarzen und weißen Punkte an und begann zu zählen.

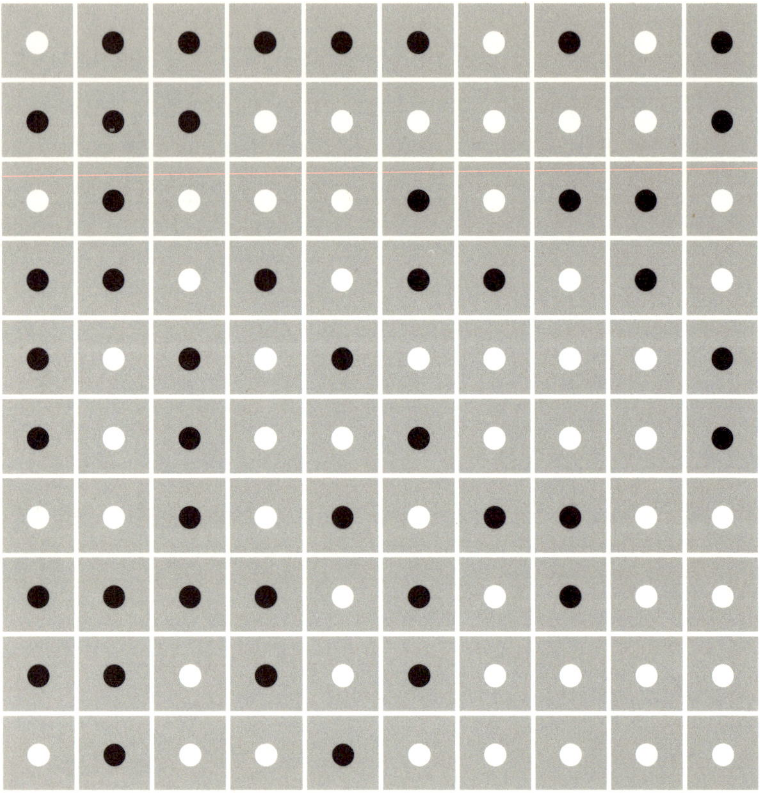

Sie brauchte nicht lange, um es zu erkennen: Es handelte sich um ein Paritätsbitsystem, und die unterste Reihe und die letzte Spalte enthielten die Paritätsbits, die sich auf die schwarzen Punkte bezogen und die einem sagten, ob in jeder Reihe oder Spalte eine gerade oder eine ungerade Anzahl von schwarzen Punkten vorkamen.

Doch wie konnte man daraus einen Code machen?*

* Eine Erklärung zu dem, was Ruby sieht, findest du im Nachwort auf S. 517 ff.

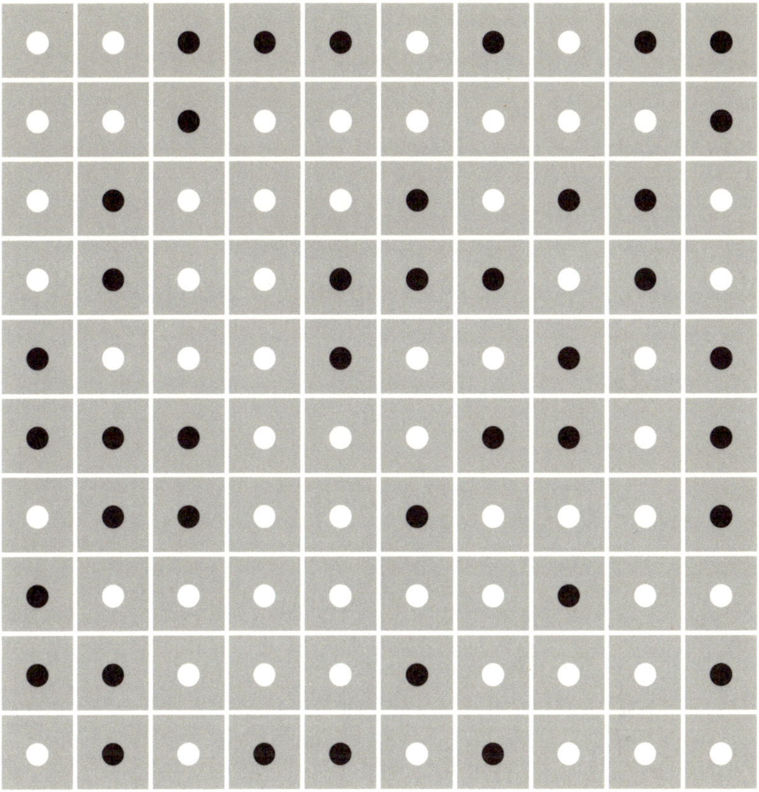

Dann sah sie es: In einer bestimmten Reihe und in einer bestimmten Spalte in jedem Gitter kam ein *falsches* Paritätsbit vor. Und zwar in der ersten Reihe und in der zweiten Spalte im ersten Quadrat, und im zweiten …

Kurzentschlossen tippte Ruby vier Ziffern ein:

1249

Ein grünes Lämpchen leuchtete auf. Und mit einem leisen Zischen öffnete sich die Tür …

ZUTRITT FREIGEGEBEN
FÜR MAXIMAL 33 MINUTEN

Ruby betrat einen weiteren Raum, der auf den ersten Blick einfach nur weiß war – weißer Boden, weiße Decke, weiße Wände: wieder ein weiß glänzender Würfel, völlig leer. Doch als sie mit den Fingern an der Wand entlangfuhr, geschah etwas Erstaunliches: Die Wand wurde plötzlich farbig.

Es waren viele Farben, in schmalen, vertikalen Rechtecken.

Ruby berührte versuchsweise das dunkelrote Rechteck. Ein pneumatisches Zischen war zu hören, und das rote Rechteck kam aus der Wand. Aha, das Ganze war eine Art riesiger Aktenschrank, und die dunkelrote Akte war beschriftet mit: NEU-DELHI-SKANDAL. Sie versuchte es mit einer anderen Farbe, Olivgrün: DAS ITALIENISCHE RÄTSEL.

Ruby sah sich um und überlegte, wo sie hier Informationen über Baker finden könnte.

Es gab keine Buchstaben, keine Zahlen. Sie ließ ihre Hand versuchsweise über einen anderen Teil der Wand gleiten, und die Akten gingen von Grün über Gelb, Orange bis Rot. Diese Farben leuchteten jeweils nur wenige Sekunden auf, bevor sie erloschen und die Wand wieder weiß wurde.

Ein Farbencode?

Auf Groetes Diagramm hatte gestanden: AC1 = das Spektrum.

Aha, Aktencode eins war das *Farbspektrum*!

Aber wie funktionierte dieser Farbencode?

Hatte Groete nicht erwähnt, dass die Montage keine guten Tage waren, weil sie »Viridian-Tage« waren? Viridiangrün war also nichts Gutes. Blieb die Frage, ob Miles Groete alles mit Farben verknüpfte …

Ruby wusste, dass sich bei manchen Menschen die Sinnesebenen vermischten: Für den französischen Komponisten Messiaen zum Beispiel hatten Musiknoten verschiedene Farben, der Schriftsteller Nabokov »sah« jeden Buchstaben in einer anderen Farbe.

Was, wenn Groete zu diesen Leuten gehört?, dachte sie. Wenn er Synästhetiker ist und alles Mögliche mit bestimmten Farben assoziiert? Die Wochentage oder Personen?

Das wäre ein anderer Level von Code, und zwar ein besonders raffinierter: Wer eine bestimmte Akte finden wollte, musste entweder Groete bei sich haben oder wissen, welche Farbe er einer bestimmten Akte zugeteilt hatte. Der Trick bestand also darin, herauszufinden, welche Farbe er mit einer Mission oder einem Agenten verband, in diesem Fall also Baker. Oder LB.

Die Akten über Bradley Baker wären also … wo? Welche Farbe assoziierte Groete mit Baker?

Ruby dachte spontan an die Farbe Braun – vielleicht weil der Name Baker sie an Brot denken ließ. Quatsch, Redfort, sagte sie sich, totaler Quatsch. So durfte sie nicht vorgehen – schließlich war es kein Code, den *sie* sich ausgedacht hatte … sondern Groete! Wie würde Groete denken?

Sie dachte über Baker nach. Groete hatte gesagt, er sei wie ein »Sonnenstrahl« gewesen. Folglich war es denkbar, dass Baker für Groete mit Gold oder Sonnengelb verbunden war. Sie brauchte eine Weile, bis sie den richtigen Farbton gefunden

hatte, doch dann sah sie, dass ihre Vermutung zutraf: Sie fand die Akte Baker unter Goldgelb.
Als sie die Akte öffnete, sah sie neben seinem Namen ein Muster von Punkten – ein Logo vielleicht?

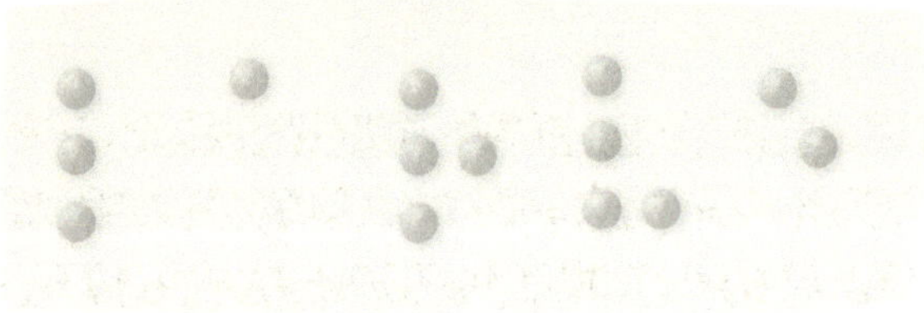

Sie nahm den Mini-Kopierer aus der Tasche und fotografierte das Muster.
Dann überflog sie die Akte.
Darin ging es hauptsächlich um Bakers letzten Flug. Offenbar war er in einer Spezialmission unterwegs gewesen, doch welcher Art diese war, war nicht ersichtlich. Ein Großteil des Textes war verschlüsselt, und das Entschlüsseln würde Stunden dauern.
Sie sah auf die Uhr. Noch vierundzwanzig Minuten … keine Zeit dafür!
Sie musste die Akte kopieren, um sich zu Hause in Ruhe damit zu befassen.
Baker war auf dem Rückflug von [redacted], als sein Flugzeug in Schwierigkeiten geriet – dass es von einer befreundeten Person abgeschossen wurde, stand nicht dabei!
Mannomann, dachte Ruby, irgendwo musste es doch stehen.
Sie las weiter und sah, dass Bakers Zielort ebenfalls unkenntlich gemacht worden war.

Ein paar Details über den Absturz fand sie immerhin, aber viel war es nicht. Es ging um die Wetterlage in jener Nacht: Es war Oktober, kalt, aber nicht stürmisch. Offenbar war Bradley Baker allein an Bord gewesen, als der Motor seines Flugzeugs plötzlich explodierte. So wurde es jedenfalls beschrieben.

DER PILOT STARB INFOLGE PLÖTZLICH AUFTRETENDER MECHANISCHER PROBLEME: DER MOTOR GERIET IN BRAND, UND ES KAM ZU EINER EXPLOSION. DAS ALLES GING SO SCHNELL, DASS SICH DER PILOT TROTZ SEINER GROSSEN ERFAHRUNG NICHT MEHR RETTEN KONNTE. AUFGRUND DER WUCHT DER EXPLOSION UND DES HEFTIGEN AUFSCHLAGS KONNTEN AM ABSTURZORT NUR WENIGE WRACKTEILE GEBORGEN WERDEN. ES GAB KEINERLEI ANZEICHEN DAFÜR, DASS DER SCHLEUDERSITZ AUSGELÖST WORDEN WÄRE, UND DEMNACH IST ES AUSGESCHLOSSEN, DASS DER PILOT DAS ANSCHLIESSENDE INFERNO ÜBERLEBT HAT.

Es gab mehrere Bilder vom Absturzort, alle bei Nacht aufgenommen. Ruby wunderte sich nicht, dass Bakers Körper nicht gefunden worden war – das kleine Flugzeug war nur noch ein übel zugerichteter Schrotthaufen; das Feuer hatte offenbar rasend schnell um sich gegriffen und alles verschlungen, was es zu fassen bekam.

Dieser Bericht enthielt einige wahre, oder anders betrachtet: unwahre Fakten, so schien es jedenfalls Ruby. Der Unfall war von Anfang bis Ende mysteriös. Auf der letzten Seite der Akte stand noch:

LETZTER BEKANNTER KONTAKT: PROFESSOR HOMER PINKERTON. GRUND DER KOMMUNIKATION: UNBEKANNT.

Professor Pinkerton?, dachte Ruby. In ihrem Gedächtnis blitzte etwas auf, war aber augenblicklich wieder weg. Ruby schloss die Augen, um es zurückzuholen, doch sie sah nur Grau, die Farbe Grau.

Sie schlug Bakers Akte zu und suchte nach der von Pinkerton. Sie hoffte, dass Groete vorhersehbar genug war und die Akte unter der Farbe Pink abgelegt hatte. Mit dieser Vermutung lag sie richtig. Schon nach wenigen Versuchen fand sie den genauen Farbton, eine Art silbrig metallisches Chemielabor-Pink, offiziell Mangan (II) genannt.

Als sie die Akte aufschlug, erblickte sie als Erstes das Schwarzweißfoto eines Mannes.

Professor Homer Pinkerton.

Er sah jung aus auf dem Foto, aber natürlich wusste Ruby nicht, wann es aufgenommen worden war und wie lange es schon hier im Prismenarchiv lagerte.

Professor Pinkerton war, wie es schien, nicht Vollzeit bei Spektrum beschäftigt gewesen, eher als eine Art wissenschaftlicher Berater für spezielle Fragen. Einige der Projekte, an denen er gearbeitet hatte, sowohl vor als auch nach seiner Tätigkeit bei Spektrum, waren wortreich beschrieben. Oje, das war weitaus mehr Text, als Ruby an einem Tag, geschweige denn in sechs Minuten, lesen konnte.

Sie überflog noch weitere Seiten, als ihr plötzlich etwas ins Auge stach. Es betraf eine Entdeckung Pinkertons, die – soweit aus dem nicht zensierten Text hervorging – eine Spezies mit erstaunlichen lebensverlängernden Eigenschaften betraf. Der Professor hatte behauptet, dass sie den Alterungsprozess derart aufhalten könne, dass »ein Siebzigjähriger genetisch nur noch vierzig Jahre alt war«. Außerdem beteuerte er, dass sie auch »das Denkvermögen anregt, so dass das menschliche Gehirn doppelt so viele Informationen speichern und verarbeiten kann«.

Ruby überflog die nächsten Seiten, um zu sehen, um welche Spezies es sich handelte, und dabei stieß sie auf eine weitere wichtige Info. Pinkerton hatte auch intensiv über das Löschen von Erinnerungen geforscht – es war ihm hauptsächlich darum gegangen, unangenehme, belastende und schmerzliche Erinnerungen aus dem menschlichen Gehirn herauszufiltern. Er hatte mit Probanden gearbeitet, die von traumatischen Erinnerungen gequält wurden. Viele seiner Versuchspersonen waren Opfer von schlimmen Nahtoderfahrungen gewesen, die zu posttraumatischen Stresssyndromen geführt hatten. Der Professor hatte entdeckt, wie man quälende Erinnerungen aus dem Kopf filtern und für immer löschen konnte. Er nannte diese Methode SME, Kurzform für: Spezifische Memory-Extraktion.

Ruby stieß auf einen interessanten Satz:

SME WIRD HAUPTSÄCHLICH EINGESETZT ZUM LÖSCHEN DER ERINNERUNGEN BEI DEN TEILNEHMERN AM

Der Rest des Satzes war unkenntlich gemacht. Ruby blätterte um, doch auch auf der nächsten Seite war ein Großteil des Textes unlesbar gemacht worden, und in großen Lettern stand quer über der Seite:

EINGESCHRÄNKTER ZUGANG
SONDERGENEHMIGUNG FÜR LEVEL ZWEI
ERFORDERLICH

In genau diesem Augenblick fiel Rubys Blick auf eine Digitaluhr, deren beleuchtete Zahlen sich lautlos rückwärts auf null zubewegten. Ihr blieben noch genau 124 Sekunden.

Mann, Ruby, gib Gas!

Egal wie spannend die Gedächtnisforschung dieses Professors auch war – Ruby hatte komplett vergessen, warum sie an diesen gottverlassenen Ort gekommen war: um herauszufinden, ob LB wirklich eine kaltblütige Mörderin war.

Sie hatte gegen eine ihrer eigenen Regeln verstoßen, REGEL 49: LASS DICH NICHT ABLENKEN - KONZENTRIERE DICH AUF DAS, WAS ZU TUN IST.

Ihr blieben nur noch etwas mehr als zwei Minuten, um so viel wie möglich von der Baker- und der Pinkerton-Akte zu kopieren, und dann nichts wie raus hier! Das schaffte sie genau 1,4 Sekunden vor der Zeit.

Sie sprang auf, schob die Akten in die Wand zurück, rannte aus der Kammer und drückte von außen gegen die schwere Tür, die mit einem lauten, dumpfen Geräusch ins Schloss fiel.

Aus den Tresorräumen herauszukommen, war weitaus unkomplizierter, als reinzukommen. Ruby stieg wieder in den Würfel hinunter, der sich umgehend mit Wasser füllte, dann suchte sie nach der Fliege, berührte sie – die Unterwassertür glitt auf, und Ruby war wieder im Meer.

Auf dem Rückweg zum Strand schoss ihr plötzlich ein Bild durch den Kopf: das Haus mit dem grauen Schindeldach im Cedarwood Drive.

Warum das?, fragte sie sich, als sie aus dem eisigen Wasser stieg.

Ruby war inzwischen so erschöpft und ihre Gliedmaßen fühlten sich so bleischwer an, dass sie zu gern ihr doofes pinkfarbenes Rad bei sich gehabt hätte. Oder überhaupt irgendein Rad. So aber blieb ihr nichts anderes übrig, als sich in der Dunkelheit auf der einsamen Küstenstraße nach Hause zu schleppen, wohl wissend, dass ein gemeingefährlicher Psychopath frei herumlief. Korrektur: Es waren ein Irrer, zwei verrückte Killerladys und, in der Spektrum-Zentrale, ein hinterhältiger Maulwurf – und sie alle hätten Ruby vermutlich am liebsten tot gesehen. Am schlimmsten aber war das beklemmende Gefühl, dass sie auch in diesem Moment beobachtet wurde.

Pass bloß auf, Ruby!, dachte sie.

21. Kapitel

K.A.L.T.

Am nächsten Morgen fühlte sich Ruby wie gerädert – was nicht weiter überraschend war. Sie hatte Muskelkater in den Armen und den Beinen, genau genommen *überall.*

Sie war froh, dass Hitch ihr eine Entschuldigung geschrieben hatte, die bescheinigte, dass sie am Vortag wegen einer schweren Erkältung das Bett gehütet, Ingwertee getrunken und versucht habe, für die Schule zu lernen. Er hatte auch geschrieben, Ruby habe am heutigen Tag jedoch darauf bestanden, zur Schule zu gehen, da sie Mrs Drisco versprochen hatte, die nachgeholten Hausaufgaben abzugeben.

Das würde jedem, selbst Mrs Drisco, den Wind aus den Segeln nehmen.

Den Unterricht brachte Ruby hauptsächlich damit zu, auf das Läuten der Schulglocke zu warten. Sie wollte schnell wieder nach Hause, um sich anzusehen, was sie während der dreiunddreißig Minuten im Prismenarchiv kopiert hatte.

Deshalb passte es ihr gar nicht in den Kram, dass Mrs Digby, als Ruby nach Hause kam, an diesem Tag besonders gesprächig war und ihr unbedingt das Neueste von ihrer Cousine Emily erzählen wollte, die offenbar sowohl eine Schmeißfliegeninvasion als auch Schimmel in ihrer Wohnung hatte.

Unter normalen Umständen hätte sich Ruby liebend gern in

allen Einzelheiten über Schädlingsbekämpfung unterhalten und auch über den fürchterlichen Gestank, der »selbst ein Stinktier in die Flucht schlagen würde« – aber bitte nicht heute! Im Moment hatte Ruby nur eines im Sinn: herauszufinden, welche geheimen Infos in den Phantom-Akten verborgen waren.

Fünfundzwanzig Minuten lang war Mrs Digby nicht zu bremsen, und dann fiel ihr plötzlich ein, dass Ruby dringend zu Abend essen musste, was diese auch pflichtgemäß tat.

Um halb acht klingelte es an der Tür. Es war Lou Patchett, die gekommen war, um Floh die Krallen zu schneiden. Doch als Mrs Digby anfing, die Geschichte von den Schmeißfliegen und dem Schimmel bei ihrer Cousine wieder ganz von vorne zu erzählen, entschuldigte sich Ruby, flüchtete sich in ihr Zimmer und schloss vorsichtshalber die Tür ab. Normalerweise klopfte Mrs Digby an, bevor sie hereinkam, doch wenn Ruby im Laufe der letzten Monate *etwas* gelernt hatte, dann war es, dass man nicht vorsichtig genug sein konnte. Sie hatte sogar eine diesbezügliche Regel, die neuerdings noch wichtiger zu sein schien als je zuvor.

REGEL 9: MAN WEISS NIE, OB MAN NICHT IRGENDWO VON IRGENDJEMANDEM BEOBACHTET WIRD.

Sie hängte ihre Poster, Karten und die Pinnwand ab und richtete den Mini-Kopierer, der nun als Mini-Projektor fungieren würde, auf die nunmehr leere Wand. Doch als sie auf den Wiedergabeknopf des kleinen Spektrum-Spezialgeräts drückte, war an der Wand nur ein verschwommenes Durcheinander zu sehen – sich überlappende Buchstaben und Zahlen. Verflixt,

die Akten waren verschlüsselt worden, so dass sie nun kopiergeschützt waren.
Die ganze Mühe für nichts! Ruby stieß ein paar ziemlich unschöne Wörter aus und trat gegen ihren Volleyball, der zufällig mitten im Zimmer lag. Er donnerte gegen die Tür, prallte ab und traf Ruby mitten ins Gesicht. Es tat so weh, dass Ruby weiterschimpfte.
Da kam Mrs Digby die Treppe heraufgerannt.
»Was um alles in der Welt ist los, Kind?«
»Nichts«, knurrte Ruby.
»Na, wegen ›nichts‹ sind aber ein paar ziemlich hässliche Ausdrücke aus deinem Mund gekommen«, sagte Mrs Digby. »Was soll Lou von dir denken?« Sie musterte Ruby. »Herrje, was ist mit deinem Gesicht passiert?«
»War der blöde Ball«, schimpfte Ruby.
»Na schön, ich sage lieber nicht, was ich denke.«
»Weiß ich zu schätzen, Mrs Digby.«
»In deinem Alter solche Flüche«, sagte die Haushälterin kopfschüttelnd. »Was sollen die Leute nur denken!«
»Dass ich sie von Ihnen gelernt habe?«, sagte Ruby frech.
»Eine alte Frau darf fluchen. Das erwarten die Leute geradezu von einem, wenn man so alt ist wie ich.«
»Sie wissen schon, dass das nicht stimmt, oder?«
Mrs Digby sammelte ein paar schmutzige Teller und Becher ein und ging damit zur Tür. »Ach, übrigens«, sagte sie, »ich bringe Floh morgen früh zu den Crews, weil ich keine Sekunde Zeit habe, mit ihm Gassi zu gehen. Du kannst ihn nach der Schule dort abholen.«

»Wird gemacht«, versprach Ruby.
»Oh, und zieh dir morgen deine Thermounterwäsche an. Ich spüre, dass es noch kälter wird.«
Kaum war die Haushälterin hinausgegangen, setzte sich Ruby an ihren Schreibtisch und notierte sich alles, was sie von den Phantom-Akten noch in Erinnerung hatte.
Pinkerton und seine Entdeckung einer lebensverlängernden Pflanze.
Seine Entwicklung der Spezifischen Memory-Extraktion.
Ruby wusste, dass Baker in geheimer Mission unterwegs gewesen war, doch sie hatte nicht die leiseste Ahnung, worum es dabei gegangen war.
Auch über die Ursache seines Flugzeugabsturzes hatte sie nichts Neues erfahren. War es wirklich LB gewesen, die »den Abzug betätigt« hatte, wie der Graf behauptete?
Und was hatten diese Pünktchen zu bedeuten?
Das nächste Mal würde sie ein Notizbuch mitnehmen, das stand fest.
REGEL 11: RECHNE STETS MIT DEM UNERWARTETEN, UND SEI AUF ALLES VORBEREITET.
Wie hatte sie diese Regel vergessen können? Die kannte jeder Pfadfinder!

Obwohl sie ziemlich gut geschlafen hatte, wäre Ruby Redfort am nächsten Morgen gern noch länger im Bett geblieben. Am liebsten den ganzen Tag. Sie hätte sogar die Erkältung der Crews in Kauf genommen, nur um sich vor einem weiteren Tag des Spektrum-Überlebenstrainings drücken zu können. Aber

vermutlich würde dieses Training ohnehin damit enden, dass sie krank werden würde.
Doch wer sich auf eine Ausbildung als Geheimagent einlässt, hat nicht viel mitzureden – er fügt sich in sein Schicksal und trägt es mit Fassung. Das hatte Ruby von Anfang an gewusst.
Zum Glück hatte sie das Schwimmen und Tauchen in eiskaltem Wasser bereits hinter sich. Heute würden sie mit einem Helikopter in die Berge gebracht und dort im Schnee ausgesetzt werden.
»Kleine, du wirst es *lieben*!«, versuchte Hitch sie zu motivieren. »Stell dir einfach vor, deine Klasse macht einen Schneetag. Du hast keine Schule, sondern darfst acht Stunden lang im Schnee herumtollen.«
»Herumtollen?«, schnaubte Ruby. »Seit wann lässt Sam Colt einen herumtollen?«
»Okay, du hast ja recht«, räumte Hitch ein. »Es wird megaanstrengend werden, aber denk einfach daran, wie großartig du dich fühlst, wenn du es hinter dir hast!«

Offenbar war es *gut* zu wissen, wie man sich fühlt, wenn man lebend unter Schnee begraben ist. »Falls es euch mal erwischt, müsst ihr wissen, wie ihr reagiert«, sagte Colt.
Vermutlich damit, dass man ohnmächtig wird, dachte Ruby.
Wieder war Groete dabei, und Ruby nahm an, dass es damit zusammenhing, dass Spektrum 8 derzeit nur wenige aktive Agenten hatte – da musste jeder ran.
Sein Gesichtsausdruck besagte überdeutlich, dass er es für unter seiner Würde hielt, Gerätschaften an Kids auszuteilen.

Ruby fiel auf, dass er seinen blöden Stift nicht mehr um den Hals hängen hatte. War es das gewesen, was Hitch ihm in Desolate Cove geraten hatte – das Ding gefälligst in der Zentrale zu lassen? So wie sie Hitch kannte, sah er darin vermutlich ein Sicherheitsrisiko.

Oder er befürchtet, dass sich der Vollpfosten damit strangulieren könnte, dachte Ruby.

Sam Colt schärfte den Trainees zuerst ein paar Grundregeln ein:

K **Kleidung sauber halten:** Ist sie schmutzig oder weist sie Fettspuren auf, lässt die isolierende Wirkung nach.

A **Achtung: Überhitzung unbedingt vermeiden:** »Es mag verrückt klingen, wenn man im Schnee in einem Unterschlupf kauert, aber zu viel Wärme kann zum Problem werden«, erklärte Colt. »Wenn ihr schwitzt, wird eure Kleidung feucht, und dann isoliert sie nicht mehr richtig. Und wenn der Schweiß verdampft, entzieht das dem Körper Wärme. Deshalb müsst ihr für eine gewisse Luftzirkulation sorgen.«

L **Lockere Kleidung tragen:** möglichst mehrere Lagen. Zu enge Kleidung hemmt die Blutzirkulation und erhöht das Risiko von Frostbeulen. Zwiebellook lässt Lufttaschen entstehen.

T **Trockene Kleidung zu jeder Zeit:** Feuchte Kleidung kann den sicheren Tod bedeuten. Den Schnee von der Kleidung abwischen, bevor man in einen Unterschlupf kriecht.

Ist noch Schnee daran, schmilzt der, man wird nass, und das kann tödlich enden.

»Ein kleiner, aber äußerst wichtiger Teil eures Equipments ist eine Schneebrille«, fuhr der Trainer fort. »Falls ihr keine bei euch habt, müsst ihr eine basteln, zum Beispiel aus einem Stück Rinde oder Pappe.« Daran hatte man offenbar als Erstes zu denken, wenn man sich unvorbereitet in Schnee und Eis wiederfand, andernfalls bestand die Gefahr, in der gleißenden weißen Umgebung schneeblind zu werden.

Nach der theoretischen Einführung lernten Ruby und die anderen Trainees, wie man eine Schutzhütte baut. Mit etwas Glück fand man vielleicht auch eine Höhle; andernfalls musste man sich einen Baum oder einen dicken, herabhängenden Ast suchen und sich darunter einen Unterschlupf bauen.

»Wenn ihr für längere Zeit in der Wildnis seid«, erklärte Sam Colt weiter, »tut ihr gut daran, euch einen Pelzumhang zuzulegen, was einige von euch sicher abstoßend finden. Aber ihr müsst euch unbedingt warm halten, wenn ihr heil in die Zivilisation zurückkehren wollt.«

Doch der schlimmste Teil für Ruby war der Lawinentest. Tapfer legte sie sich in die Vertiefung, doch als sie über ihr mit Schnee zugeschaufelt wurde, wurde sie von einer unkontrollierbaren Panik gepackt.

»Schon gut, Redfort!«, sagte Colt, reichte Ruby die Hand und half ihr heraus. »Daran müssen wir noch arbeiten. Es ist reine Willenssache. Du schaffst es schon.«

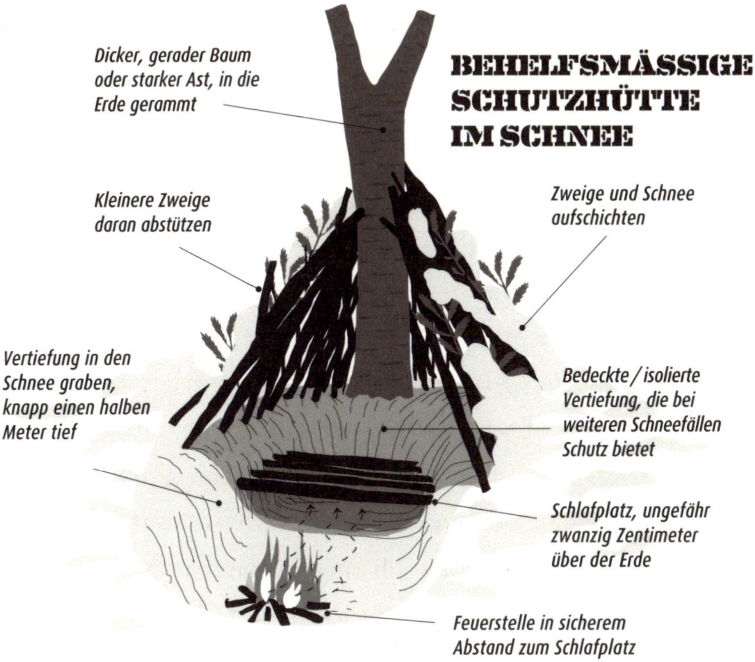

Ruby nickte, aber sie glaubte nicht wirklich, dass jemals der Tag kommen würde, an dem sie ruhig bleiben konnte, wenn sie lebendig begraben war.

Ruby hatte darum gebeten, auf dem Rückweg in der West 7th Street abgesetzt zu werden. Trotz der Kälte und der Tatsache, dass ihr Hirn fast eingefroren war, war ihr nicht entfallen, dass sie ihren Hund bei den Crews abholen sollte.
Sie freute sich darauf, bald wieder zu Hause zu sein. Mrs Digby würde ihr eine leckere heiße Schokolade zubereiten, und bald danach würde sie ihre Füße oder zumindest ihre Beine wieder spüren können.

Nur kurz zu Clancy, Floh abholen und dann ab nach Hause, Ruby!

Im Geiste sah sie sich bereits halberfroren die Stufen zur Haustür hinaufkriechen. Vielleicht war ja Hitch da, um ihren fast leblosen Körper ins Haus zu tragen … Nein, nicht Hitch, *ihn* wollte sie gar nicht sehen, er würde sie nur wieder in die Wildnis hinausjagen, zur nächsten verrückten Trainingseinheit. Was sollte die ganze Tortur überhaupt? Wollte er sie umbringen?

Solch düsteren Gedanken hing sie nach, als sie durch die kleine Gasse zwischen der 72nd und der Flaubert Street ging, die eine Abkürzung zum Haus der Crews war. Sie war so in Gedanken versunken, dass sie das leise Zischen aus der Dunkelheit fast überhört hätte.

Abrupt blieb sie stehen – war da etwas gewesen oder nicht?

Stille.

Nichts – sie musste sich getäuscht haben.

Sie ermahnte sich, nicht in Panik zu geraten, und dachte an ihre REGEL 8: LASS DIE PHANTASIE NICHT MIT DIR DURCHGEHEN, SONST VERLIERST DU LEICHT DIE ORIENTIERUNG.

Ruby ging weiter, vorbei an Müllcontainern und Mülleimern, und schaute nur auf den Weg vor ihr: Alles gut – es gab keinen Grund zu Besorgnis … Doch dann hörte sie eine Flasche auf den Pflastersteinen zerschellen, und ihr Puls begann zu rasen.

»Ist da jemand?«, rief sie.

Eine Katze kam aus der Dunkelheit gerannt und sprang an einer Mauer hoch.

Ruby kniff die Augen zusammen. Mensch, Redfort, bleib cool!,

ermahnte sie sich. Wenn du dich so leicht ins Bockshorn jagen lässt, darfst du gar nicht erst durch dunkle Gassen gehen. Doch dann hörte sie wieder dieses komische Zischen ... oder Flüstern. Da war definitiv ein Mensch!
Sie drückte auf ihre Fluchtuhr, die daraufhin wie eine Taschenlampe einen hellen Lichtstrahl aussandte. Ruby richtete den Strahl in die Dunkelheit und auf die schiefen Kistenstapel und Müllhaufen. Da hörte sie hinter sich ein Geräusch, und als sie herumfuhr, sah sie am Ende der Gasse eine gebückte kleine Gestalt, die einen Einkaufswagen vor sich herschob. Mrs Beesman? Doch in der Dunkelheit sehen alle alten Frauen, die einen Einkaufswagen vor sich herschieben, ziemlich gleich aus. Ruby wollte schon weitergehen und ließ den Lichtstrahl ihrer Fluchtuhr vorsichtshalber noch einmal durch die Gasse vor ihr schweifen, als sie es sah. Es stand mit Kreide auf den Boden geschrieben, noch ganz frisch, wie sie annahm, denn die Kreide begann gerade erst, auf dem feuchten Boden zu zerlaufen. Im Dunkeln waren die Buchstaben schwer zu lesen, doch nachdem Ruby sie entziffert hatte, war ihr klar, dass diese Botschaft für sie und niemanden sonst bestimmt war:

Sei auf der Hut vor dem Kind, das,
getarnt als Fliege, eine Larve werden wollte,
sich jedoch als Spinne entpuppt hat!

Ruby hatte nicht die Absicht, auch nur eine Sekunde länger hierzubleiben, doch ihre Beine waren plötzlich wie aus Gummi. Sie stolperte, landete bäuchlings auf dem Boden, und ihr

Parka verhedderte sich am Maschenzaun auf der einen Seite der Gasse.
Sie versuchte, sich loszureißen, doch es ging nicht.
Kurzentschlossen zog sie den Reißverschluss auf, schlüpfte aus dem Parka und ließ ihn einfach am Zaun hängen.
Dann sprang sie auf und rannte und rannte, ohne sich noch einmal umzublicken.

22. Kapitel

Ein Erinnerungsfetzen

Mit klappernden Zähnen und gefühllosen Füßen kam Ruby an der Botschafterresidenz der Crews an. Die elfjährige Nancy öffnete ihr die Tür.
»Hallo, Ruby, du willst bestimmt Floh abholen!«
Ruby nickte nur, weil ihre Zähne so klapperten, dass sie kaum sprechen konnte.
»Clance!«, rief Nancy. »Ruby ist da.« Dann wandte sie sich wieder an Ruby. »Sag mal, hast du keine Jacke? Es ist doch viel zu kalt!«
»Ja, Nancy. Ich hab's gemerkt.«
Da tauchte Clancy auf, mit Floh im Schlepptau und Dolly, dem kleinen Hund der Crews. Ruby bückte sich, um ihren Husky

zu begrüßen, und merkte, dass ihre Hände so gefühllos waren, dass sie sein Fell nicht spürte.

»Alles in Ordnung? Du hast ganz blaue Lippen«, sagte Clancy.

»Wo ist deine Jacke?«, fragte Olive, die Jüngste der Crews, die gerade durch den Flur hüpfte.

»Ach, hab ich keine an?«, sagte Ruby leicht sarkastisch, doch das entging der kleinen Olive.

»Nein«, antwortete sie todernst. »Meine Mama sagt, es ist dumm, im Winter ohne Jacke rauszugehen.«

»Sei du bloß ruhig!«, fuhr Nancy ihre Schwester an. »Du machst doch selbst dauernd dumme Sachen.«

»Komm rein, Ruby«, sagte Clancy, zog sie ins Haus und schlug die Tür zu.

»Ich habe Finger wie Eiszapfen«, sagte Ruby.

»Willst du einen Ingwertee?«, fragte Clancy. »Der taut dich schnell wieder auf.«

»Gern«, sagte Ruby. »Im Moment ist mir alles recht.«

»Ist etwas passiert?«, fragte Clancy.

»Das kannst du laut sagen«, antwortete Ruby. »Ich weiß nur nicht, womit ich anfangen soll.«

Sie zogen sich mit dem Tee in Clancys Zimmer zurück. Ruby wickelte sich in eine Wolldecke, stellte die Füße auf zwei heiße Wärmflaschen und taute auf diese Weise nach einer Weile langsam auf.

Sie erzählte Clancy von dem Survival-Training und auch, dass sie bei dem Lawinentest total versagt hatte.

»Jetzt sei mal nicht so streng zu dir, Ruby. Du weißt genau, dass diese Angst bei dir ganz tief sitzt.«

»Ach, das interessiert Spektrum kein bisschen – ich muss meine Angst in den Griff kriegen und basta. Was ist, wenn ich mal lebendig begraben oder verschüttet sein sollte und dann feststelle, dass ich nicht damit umgehen kann und ausflippe?« Sie sah ihn sehr ernst an. »Dann bin ich erledigt, verstehst du?«

»Du würdest damit umgehen können, Ruby. Ich weiß es.«

»Danke«, sagte sie trocken. »Aber ich glaube, lieber würde ich einem Bären begegnen, als lebendig begraben zu sein.«

»Haben sie dir beigebracht, wie man mit Bären umgeht?«, fragte Clancy grinsend.

»Was gibt es da beizubringen?«, fragte Ruby zurück.

Es war ein Jux, den die beiden öfter machten. Ruby hatte eine Menge Regeln, und in REGEL 79 ging es um einen Bären. Es war mehr ein Gag als eine richtige Regel, doch sie und Clancy waren sich darin einig: WAS TUN, WENN DU EINEM BÄREN BEGEGNEST? – DIR WÜNSCHEN, DU WÄRST IHM NICHT BEGEGNET! Aber klar: Wenn man vor einem Bären stand, gab es mehrere Möglichkeiten: Man konnte sich überlegen, wie man ihn eventuell überlisten könnte – doch nur der Bär wusste, welches Vorgehen funktionieren würde.

»Ich habe auch gerade an das Bärenproblem gedacht«, sagte Clancy. »Dann musst du deinem Instinkt folgen, auf deinen sechsten Sinn hören – wenn nicht, bist du tot.«

»Und was ist, wenn man keinen sechsten Sinn hat?«, fragte Ruby. »Was dann?«

»Den hat jeder«, sagte Clancy. »Es ist nur so, dass die meisten Leute verlernt haben, auf ihn zu hören.«

»Okay, dann nehmen wir mal an, ich höre auf das, was mir mein Bauchgefühl oder mein sechster Sinn oder wer auch immer rät, folge ihm, und dann entpuppt sich dieses Gefühl als großer Fehler, weil es mich getäuscht hat.«
Clancy zuckte mit den Schultern. »Dann bist du vermutlich tot, aber immerhin stirbst du mit dem Wissen, dass du sowieso gestorben wärst. Mit dem sechsten Sinn hast du nur eine größere Chance; eine Garantie, dass er dir das Leben rettet, kann ich dir nicht geben.«
»Super«, sagte Ruby, »echt spitze. Ich persönlich denke eher, dass man die Zeichen lesen muss.«
»Die *Zeichen*?«, wiederholte Clancy.
»Ja, man muss darauf achten, wie sich der Bär verhält und welche Signale er aussendet.«
»Hä? Du deutest neuerdings Bärensignale?«
Ruby ignorierte den leisen Spott in seiner Frage. »Man muss auf das reagieren, was er aussendet. Ist es Neugier? Oder Angst? Oder hat er einfach nur Appetit auf dich oder etwas, was du zufällig bei dir hast?«
»Was denn? Vielleicht deinen Kopf?«, spottete Clancy.
Einig waren sie sich nur in dem Punkt, wem sie es am ehesten zutrauen würden, sie zu retten, falls sie es je mit einem Bären zu tun hätten.
»Mrs Digby!«, sagte Clancy, ohne lange zu überlegen.
»Ganz ohne Zweifel!«, sagte Ruby.
Das Bärenproblem bezog sich aber nicht nur auf Bären. Es bezog sich auf alle Menschen oder Situationen, die schwer einzuschätzen waren. »Das riecht verdammt nach einem Bären-

problem«, sagte Ruby gern, wenn sie mal nicht wusste, wie es weitergehen sollte.

»Wenn Bären in der Nähe sind, solltest du unbedingt deine Haarspange bei dir haben«, meinte Clancy. »Vielleicht musst du ja gerettet werden.«

»Wieso sagst du das? Ich trage meine Fliegen-Haarspange dauernd – siehst du?« Sie griff sich in die Haare und musste feststellen, dass ihre Spange nicht mehr da war.

»Mist, ich hab sie verloren!«

»Ach was, sie ist da«, erklärte Clancy. »Sie hängt an deinem Pulli fest.«

»Himmel, bin ich froh! Ich dachte schon, ich hätte sie verloren, als ich vorhin hingefallen und am Zaun hängen geblieben bin!«

»Du bist an einem Zaun hängen geblieben?«, hakte Clancy nach.

»Ja«, gestand Ruby. »Mein Parka hat sich daran verfangen, und da habe ich ihn hängen lassen und bin weggelaufen.«

»Wieso denn das?«, fragte Clancy ungläubig.

»Etwas hatte mich erschreckt.«

»Was für ein Etwas?«

»Etwas, das entfernt mit einem Bären zu tun hat«, erklärte Ruby.

Clancy sah sie mit großen Augen an.

»Er hat mir eine Nachricht geschrieben.«

»Er? Du meinst … der Graf?«, fragte Clancy.

Ruby nickte.

»Bist du sicher?«, fragte Clancy.

»Ich konnte sein Rasierwasser riechen«, erklärte Ruby.

»Und wie lautete die Nachricht?«, fragte Clancy.

»Sei auf der Hut vor dem Kind, das, getarnt als Fliege, eine Larve werden wollte, sich jedoch als Spinne entpuppt hat!«, sagte sie.

»Gruselig«, sagte Clancy. »Aber was soll es bedeuten?«

»Keine Ahnung, ich verstehe nur das mit der Fliege, denn das steht für Agent, aber ich vermute, dass die Spinne die Fliege auffressen will.«

»Wo war sie, diese Nachricht?«, wollte Clancy wissen.

»In der kleinen Gasse, die zur Flaubert führt.«

»Wie bitte?! Du bist im *Dunkeln* durch diese Gasse gegangen? Jetzt, am Abend?« Clancy konnte es nicht fassen. »Sag mal, hast du sie nicht mehr alle?! Bist du lebensmüde?«

»So schlimm ist die Gasse nicht«, verteidigte sich Ruby. »Es ist nur eine schmale Gasse, in der Müllcontainer und Schrott rumstehen.«

»Und auch potentielle Mörder, wie es scheint«, brummte Clancy.

»Okay«, sagte Ruby. »Es war vielleicht ein bisschen dumm von mir.«

»Du musst unbedingt herausfinden, wer sein Boss ist«, sagte Clancy. »Ich meine, falls du jemals wieder die Gelegenheit hast, mit ihm zu reden.«

»Klar, ich werde ihn fragen, sobald er mir wieder mal über den Weg läuft.«

»Das war nicht als Witz gemeint«, sagte Clancy. »Du *musst* es rauskriegen.«

»Ach nee!«, sagte Ruby spöttisch. »Solltest du nicht besser sagen: ›Egal, was du tust, sieh zu, dass du diesen Typen nie mehr wiedersiehst?‹«

»Normalerweise ja, aber ich habe das dumpfe Gefühl, dass du es sowieso nicht verhindern kannst. Ich fürchte, du musst den Tatsachen ins Auge blicken – entweder kriegst du es heraus, oder du verkriechst dich für den Rest deines Lebens in irgendeinem geheimen Bunker.«

»Ich sage es nicht gern, Clance, aber ich fürchte, du hast recht.«

Als sie nach Hause ging, die Hände tief in den Taschen von Clancys Parka vergraben, pikste sie etwas in die Hand.

»Au!«, quiekte sie.

Ihr Hund sah sie alarmiert an. Wo lauerte Gefahr?

»Schon gut, Floh.«

Ruby zog ihre Hand aus der Tasche und sah einen kleinen Blutstropfen.

Hä? Wie das?

Sie tastete in der Tasche herum, und ein kleiner Button fiel heraus.

Ein kleines weißes Ding, kaum sichtbar im Neuschnee.

Ihr alter Button!

Als sie ihn nun auf dem Boden liegen sah, rührte sich etwas in den Tiefen ihres Gehirns, und sie sah ein gelbliches Blatt durch die Luft wirbeln. Sie stand reglos da und versuchte, die Erinnerung an das gelbe Blatt mit etwas Realem zu verknüpfen. Diesen Button hatte sie vor langer Zeit auf der Straße in der

Nähe ihres Hauses gefunden. Sie hatte ihn an die Innenseite ihrer Jacke gesteckt und immer mit sich herumgetragen, eine Gewohnheit, die sie nie abgelegt hatte.

Sie hatte ihn von Anfang an versteckt, weil sie nicht wollte, dass ihre Eltern ihr dieses »auf der Straße aufgelesene Ding« wegnehmen würden. Schon mit knapp drei Jahren hatte sie gewusst, dass ihre Eltern ihr den Button wegen der »gefährlichen« Anstecknadel wegnehmen und in den Müll werfen würden.

Später, als Ruby älter war, wurde der Button so etwas wie ihr Talisman. Und dann, im letzten Juni, hatte sie ihn Clancy ausgeliehen, als er am Schwimmathon teilnehmen musste und furchtbar Schiss gehabt hatte. Sie hatte ihm eingeredet, ihr Glücksbringer würde ihn vor Haifischen und Seeungeheuern und Ähnlichem schützen, und er hatte ihr geglaubt. Es hatte funktioniert.

Danach hatte sie ihren Button ganz vergessen, denn inzwischen hatte sie *echte* Glücksbringer in Form von hypermodernen Spektrum-Spezialgeräten: den Stimmenwerfer, die Fluchtuhr, die Fliegen-Haarspange und einiges mehr.

Nun aber betrachtete sie den Metall-Button mit ganz neuem Interesse, den weißen Button, der mit ein paar Ausbuchtungen in Form von Pünktchen versehen war. Ihr Hund sah sie immer noch gespannt an.

Was verloren, was gefunden.

»Komm, Floh! Weiter geht's!«

Im Cedarwood Drive steuerte Ruby nicht gleich ihr Elternhaus an. Sie lief die ganze Straße ab, auf der einen Straßenseite hinauf und auf der anderen hinunter. Dabei versuchte sie sich zu erinnern, wo genau sie den kleinen Button gefunden hatte. Sie ging auf der Straße hoch und auf dem Gehsteig wieder zurück, und vor dem Haus mit dem grauen Schindeldach und dem weißen Lattenzaun machte es *klick!* in ihrem Kopf.

Graues Haus, gelbes Blatt, weißer Button.

Nachdenklich drehte sie sich um, überquerte die Straße und ging die Stufen zum Green-Wood-Haus hinauf. Plötzlich begann Floh zu bellen, und Ruby verlangsamte ihre Schritte, weil sie im Dunkeln undeutlich etwas sah. Was lag da neben der Haustür? Sie konnte nicht gleich erkennen, was es war. Erst als sie noch ein Stück näher war, sah sie es. Es war kein Tier. Es war weitaus merkwürdiger. Rubys Nackenhaare stellten sich auf. Es war ihr Parka!

23. Kapitel

Des Menschen bester Freund

Als Ruby die Haustür hinter sich zumachte, rief Mrs Digby aus der Küche: »Kind? Bist du es?«

»Ja!«, rief Ruby.

Sie hängte ihren Parka an die Garderobe und ging nach oben in die Küche, wo Mrs Digby gerade Äpfel kleinschnitt.

»Haben Sie zufällig gesehen, dass jemand vor dem Haus war?«, fragte Ruby. »In der letzten Stunde oder so?«

Mrs Digby schüttelte den Kopf. »Glaubst du, ich hätte Zeit, mich ans Fenster zu stellen und in die Dunkelheit zu starren?«, sagte sie. »Im Winter mache ich Türen und Fenster zu und alle Lichter an. Ich will gar nicht wissen, was draußen im Dunkeln lauern könnte.«

Ruby ging ans Fenster und starrte hinaus. Einige Häuser waren hell erleuchtet, doch die meisten Vorhänge waren zugezogen. Sie konnte das kleine Haus mit dem grauen Schindeldach sehen.

»Wer hat früher dort gewohnt?«, fragte sie.

»Wo?«, fragte Mrs Digby.

»In dem grauen Haus ein Stück weiter unten, in dem bis vor einer Woche die Jones' gewohnt haben.«

»Na, die Hendons«, sagte Mrs Digby. »Du erinnerst dich doch an ihren grässlichen Papagei, oder? Mr Parker hat ständig damit gedroht, ihn zu erwürgen, und da wären sicher eine Menge Leute froh gewesen.«

»Nein, *vor* den Hendons. Viel früher.«

Die Haushälterin beäugte sie argwöhnisch. »Wieso interessiert dich das?«

»Weiß nicht«, sagte Ruby achselzuckend. »Einfach so. Vielleicht, weil ich an den Tornado dachte und dass das kleine Haus Glück hatte, dass es nicht davongewirbelt wurde.«

Mrs Digby nickte. »Stimmt, dieses Haus hat bisher immer Glück gehabt. Es hat ein Erdbeben *und* einen Tornado überlebt.«

»Waren Sie schon mal drin?«, fragte Ruby weiter.

»Aber ja«, antwortete die Haushälterin. »Ganz oft sogar, als es noch dem alten Gentleman gehörte – ich hab manchen heißen Nachmittag im Schatten seiner Veranda gesessen.«

»Wer war er, dieser alte Gentleman?«

»Er hieß Pinkerton«, sagte Mrs Digby.

»*Pinkerton?*«, wiederholte Ruby ungläubig, und ihre Gedanken überschlugen sich.

»Richtig, Pinkerton. Er war ein freundlicher alter Herr. Wir waren uns in so vielem einig.«

»War er ein Professor?«, fragte Ruby.

»Warum fragst du?« Mrs Digby war etwas irritiert. »Nein, er war einfach nur der nette alte Mr Pinkerton. Aber er war mit Sicherheit so klug wie jeder Professor, den ich in meinem langen Leben kennengelernt habe – obwohl es ehrlich gesagt gar nicht so viele waren. Jedenfalls war er sehr gebildet und ist viel in der Welt herumgekommen, wie er mir erzählt hat. Wenn man bedenkt, was er alles wusste, muss er ein Gedächtnis wie ein Elefant gehabt haben.«

»Und wieso kann *ich* mich nicht an ihn erinnern?«, fragte Ruby.

»Wie auch?«, antwortete die Haushälterin. »Du warst damals ja noch ein Zwerg. Wie solltest du dich da noch an den Tag erinnern, als das alte Fairbanks Haus, in dem wir früher gewohnt haben, bei dem schweren Erdbeben von 1960 zu Kleinholz zerlegt wurde? Mr Pinkerton war so nett, uns für die ersten Nächte bei sich aufzunehmen. Auf diese Weise haben wir uns angefreundet.« Sie schüttelte den Kopf. »Ein Jammer, dass er dann von einem Tag auf den anderen verschwunden ist, wenige Tage vor deinem ersten Schachturnier, du warst noch keine drei. Er hatte versprochen mitzukommen, weil er dir das Schachspielen ja beigebracht hatte.«

»Ach ja?«

»Ja.« Die Haushälterin nickte. »Er hat gesagt, du seiest ungewöhnlich begabt und auch sehr intelligent – kurz: das interessanteste Kleinkind, das er je studiert hat … aber ich glaube, er meinte, *getroffen* hat. Er drückte sich manchmal etwas komisch aus.«

»Und wo ist er hingezogen?«, fragte Ruby.

Mrs Digby stemmte die Fäuste in die Hüften und schaute aus dem Fenster an den mondlosen Himmel. »Da bin ich überfragt«, sagte sie. »Keine Ahnung. Aber ich habe gehört, dass er gestorben ist.«

»Von wem haben Sie das gehört?«

»Vom Sheriff«, erklärte Mrs Digby. »Nach Mr Pinkertons Verschwinden hat die Polizei Ermittlungen angestellt, und eines Tages sind dann wohl Beweise dafür aufgetaucht, dass er tot war. Hat mich nicht groß gewundert.«

»Warum nicht?«, fragte Ruby.

»Er war ein gebrochener Mann«, antwortete Mrs Digby. »Nachdem … Wie hieß er noch gleich? Es war ein komischer Name.«

»Wie hieß wer?«, fragte Ruby.

»Sein Hund, er hieß … etwas wie Nemosine oder so. Ich konnte mir den Namen nie merken.«

»Mnemosyne?«, fragte Ruby gespannt.

»Genau!«, sagte Mrs Digby. »Woher weißt du das?«

»Hab ich geraten.«
Mrs Digby schnalzte mit der Zunge. »Warum manche Leute ihren Tieren so alberne Namen geben, ist mir ein Rätsel.«
»Mnemosyne war die griechische Göttin der Erinnerung«, erklärte Ruby.
»Wie du meinst …«, sagte die Haushälterin. »Ich weiß nur, dass ihn das Verschwinden seines Hündchens unheimlich mitgenommen hat.« Sie seufzte. »Es war, als hätte man ihm das Herz aus dem Leib gerissen – ich hab noch nie einen Menschen erlebt, der wegen eines Tieres so gelitten hat, dabei war es nur ein kleines Hündchen.«
»Ist es weggelaufen? Hat es sich verirrt?«
»Nein, der Hund hing zu sehr an seinem Herrchen, um wegzulaufen, und er war zu klug, um sich zu verlaufen. Er war der klügste Hund, den ich je gesehen habe. Mein Vater hat immer gesagt, wenn man schon einen Hund hat, dann muss er wenigstens klug sein.«
»Wie Floh«, sagte Ruby.
»Klüger«, behauptete Mrs Digby. »Weißt du, ich hab dem Hündchen diesen Trick beigebracht, den ich von meinem Vater kannte und den ich auch Floh beigebracht habe.«
»Den Geh-und-such-Trick?«, fragte Ruby.
»Ja«, sagte Mrs Digby. »Und weißt du was? Mr Pinkertons Hund hat ihn in einem Tag gelernt.«
»Was für ein Hund war er?«
»Na, eins dieser komischen kleinen Dinger ohne Schnauze, wie eine Katze – zotteliges Fell, vorstehende große Augen, schwarze Nase.« Mrs Digby verzog das Gesicht.

»Ein Pekinese?«, schlug Ruby vor.

»Ach, richtig.« Mrs Digby schüttelte den Kopf. »Er hatte immer nur diese eine Rasse – im ganzen Haus hingen Fotos von Mr Pinkerton mit seinen Pekinesen, über Jahrzehnte hinweg, und sie sahen alle gleich aus. Unter uns gesagt: Wenn es eine hässlichere Hunderasse gibt, dann hab ich sie noch nie gesehen!«

»Was ist mit Mnemosyne passiert?«

Die alte Haushälterin seufzte. »Der Hund war nicht weggelaufen, sondern er wurde *entführt* – während sich Mr Pinkerton vor dem Haus mit einem Lkw-Fahrer unterhielt, der sich verfahren hatte.«

Irgendwo in Rubys Hinterkopf blitzte eine vage Erinnerung auf. Wieder sah sie ein gelbliches Blatt unter einem kalten blauen Himmel durch die Luft wirbeln.

»Wann war das?«, fragte Ruby. »In welcher Jahreszeit?«

Mrs Digby blickte auf und tippte sich an die Stirn. »Mal überlegen … im November, glaube ich –, nein, es war im Oktober. Ich weiß es genau, weil ich Kürbisse für Halloween ausgehöhlt habe.«

»War es ein windiger Tag?«, fragte Ruby.

»Daran kann ich mich nun wirklich nicht erinnern«, sagte die Haushälterin und musterte Ruby irritiert. »Aber ich weiß, dass der Hund nicht vom Winde verweht wurde, sondern dass er von einem Umzugswagen gestohlen wurde.«

»Schon komisch?«, sagte Ruby nachdenklich. »Einen Hund zu stehlen, meine ich. Außer es wäre ein preisgekrönter Rassehund mit Stammbaum und allem.«

»Ich vermute, der Hund wurde nur gestohlen, um den armen Mann leiden zu lassen.«
»Inwiefern?«
»Ihm wurde sein größter Schatz genommen. Der Hund war alles, was er hatte.«
»Keine Familie?«, fragte Ruby.
»Nein, niemanden. Aber er war eine Seele von Mensch und der Einzige, der es je geschafft hat, sich mit Mrs Beesman anzufreunden.«
Ruby war baff. »Wie hat er *das* geschafft?« Sie selbst hatte der alten Frau noch nie mehr als ein Brummen entlocken können.
»Charme«, erklärte Mrs Digby. »Mr Pinkerton war sehr charmant. Und ich rede hier nicht von oberflächlichem, nichtssagendem Charme. Ich will damit sagen, dass er ein durch und durch liebenswürdiger, freundlicher Mensch war, ein richtiger Gentleman eben.«
Ruby stellte sich vor, wie schlimm es für den alten Mann gewesen sein musste, seine geliebte Mnemosyne zu verlieren. Wie würde *sie* damit fertig werden, wenn ihr Floh abhandenkäme? Der Husky war für sie mehr als nur ein Haustier. Einen treueren Gefährten würde sie niemals finden, ein Tier, das sein Leben für sie riskieren würde – nein, bereits riskiert *hatte.*
Mrs Digby griff wieder nach ihrem Messer: »Ich kann nicht sagen, dass ich ihn nicht vermisse, diesen Homer Pinkerton. Er war ein höchst interessanter Zeitgenosse, nicht nur klug, sondern auch unglaublich nett.«
»Haben Sie gerade ›Homer‹ gesagt?«, fragte Ruby.

»Ja, so hieß er«, sagte Mrs Digby. »Homer Pinkerton – ein ungewöhnlicher Name, das stimmt.«
Mrs Digby hatte noch nicht ausgeredet, als Ruby schon die Treppe hochrannte.
Es musste einen Zusammenhang geben. Die Wahrscheinlichkeit, dass *dieser* Homer Pinkerton nicht *der* Homer Pinkerton von Spektrum war, über den sie in den Phantom-Akten gelesen hatte, war verschwindend gering.
Oben in ihrem Zimmer setzte sich Ruby an den Schreibtisch, schnappte sich ihr Notizbuch und schrieb Homer Pinkerton und seinen Hund Mnemosyne auf die Liste ihrer Namen.

Homer Pinkerton: hat eine Pilzart entdeckt, die das Gedächtnis enorm verbessert und ein längeres, gesundes Leben ermöglicht.
Im Rahmen seiner Tätigkeit für Spektrum hat er eine Methode entwickelt, um einzelne Erinnerungen aus dem Gehirn zu löschen, ohne dass es dem Patienten schadet.
Frage: Wer wollte diesen Mann leiden lassen?

Nach kurzem Nachdenken fügte Ruby noch hinzu:

Könnte der Graf seine Finger im Spiel gehabt haben?

Ruby starrte auf ihre Notizen und dachte an das Gespräch mit Frederik Lutz zurück. Hatte er nicht ebenfalls einen Mann na-

mens Homer erwähnt? Einen Erfinder, der vor langer Zeit mit dem Grafen van Leyden zusammengearbeitet hatte – zu einer Zeit, als der noch spannende Horrorfilme gedreht hatte und nicht als Mörder unterwegs war.
Sie schlug die Film-Enzyklopädie auf, die Frederik ihr ausgeliehen hatte, und sah im Index nach: N, O, P … P … P!«
Ah, da stand er:

Homer Pinkerton: Requisiten und Spezialeffekte. Hat an etlichen Filmen von Victor van Leyden mitgearbeitet.

Der Kreis hatte sich geschlossen.

Nicht, dass der Junioragent Baker
nicht freundlich gewesen wäre.
Im Gegenteil, er war mehr als nett,
er war supernett …

Er war großzügig und hilfsbereit und ein guter Teamarbeiter gewesen. Er schien keinerlei Charakterfehler zu haben, keinen einzigen. Er war perfekt, schrecklich perfekt, und das Kind von Colwin City konnte nichts dagegen tun, dass es von Neid zerfressen wurde. Es wünschte sich nichts sehnlicher, als ihn von seinem Podest zu stoßen, und je netter Junioragent Baker war, desto mehr hasste ihn das Kind.
Während der letzten Trainingseinheit hatte das Kind eine Vision: Ohne diesen Bradley Baker wäre alles anders. Er müsste nur aus dem Weg geräumt werden – für immer.
Ein Unfall, ein dummer Fehler, Pech, ein bedauerlicher, aber tödlicher Zwischenfall wäre *die* Lösung.

24. Kapitel

Hypocrea asteroidi

Das Letzte, worauf Ruby an diesem Samstagmorgen um vier Uhr in der Früh Lust hatte, war es, wieder in den eiskalten Ozean zu steigen und zu Meteor Island zu schwimmen. Doch wenn sie mehr über LB und Baker herausfinden wollte, über die Beziehung der beiden und die Verbindung zwischen Pinkerton, Spektrum und dem Grafen, hatte sie keine andere Wahl.

Diesmal nahm sie einen Stift und einen kleinen Notizblock mit, sicher verwahrt unter ihrer Superskin.

Sie fuhr mit dem Bus bis nach Desolate Cove, schwamm die kurze Strecke bis zu der kleinen Insel, tauchte dann zu der Unterwassertür hinunter und musste kurz warten, bis die Frage nach dem Zugangscode auf der Glasplatte auftauchte.

KASSIOPEIA

Sie tippte das Sternbild ein, und die Tür glitt zur Seite.

In dem mit Wasser gefüllten Würfel suchte sie nach der winzigen Fliege an der Wand. Kaum hatte sie sie berührt, strömte das Wasser ab, und Ruby kletterte die Leiter hoch.

Oben erwartete sie ein weiterer Fehlerkorrekturcode, den sie im Nu entschlüsselt hatte. Sie erkannte, in welchen Reihen

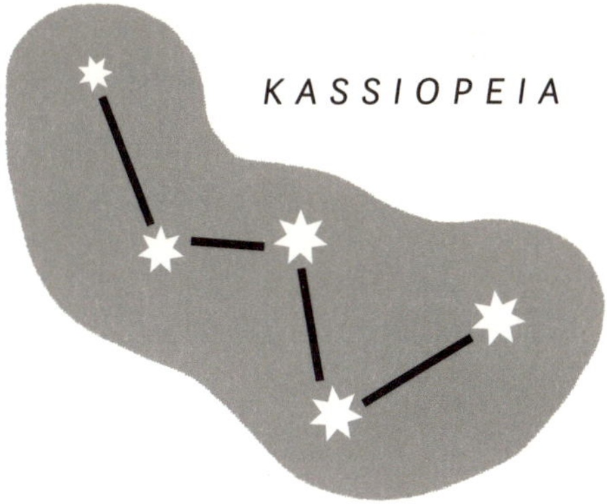

und welchen Spalten die falschen Paritätsbits waren, und tippte die daraus resultierende vierstellige Zahl ein. Schon öffnete sich die Tür, und Ruby war drin!

Sie beschloss, sich zuerst wieder die Pinkerton-Akte vorzunehmen, um zu überprüfen, welche Informationen sie bei ihrem ersten Besuch nicht kopiert hatte. Vielleicht würde sie darin etwas über die Verbindung zwischen dem Professor und Baker erfahren. Doch stattdessen stieß sie auf den Namen der lebensverlängernden Spezies, die Homer Pinkerton entdeckt hatte. Es handelte sich um einen Pilz namens *Hypocrea asteroidi*, den er als Marspilz oder Gedächtnispilz bezeichnet hatte.

Ruby zückte ihren Block, um sich ein paar Stichworte zu notieren, doch als sie den Stift aufs Papier drückte, funktionierte er nicht. Sie konnte nicht mal einen Strich machen. Kein Zufall, dachte Ruby – das war Absicht. Lass dich davon nicht ablenken, mach weiter!

Sie legte Stift und Notizblock weg und wusste, dass sie sich

nun auf ihr Gedächtnis verlassen musste. Sie konnte sich nur so viel wie möglich einprägen und zusehen, dass sie nach den erlaubten dreiunddreißig Minuten wieder hier raus war.
Warum?, fragte sich Ruby. Warum *Marspilz*? Hatte Pinkerton tatsächlich geglaubt, dass der Pilz vom Mars auf die Erde gekommen war? Sie las weiter und merkte: Ja, er war davon überzeugt gewesen. Sie dachte kurz darüber nach. Ganz abwegig war es nicht; eine Menge Wissenschaftler gingen davon aus, dass sich die Lebewesen auf der Erde aus organischer Materie aus dem Weltraum entwickelt hatten. Pinkerton war davon überzeugt gewesen, dass einer der uralten Meteoriten, die vor Jahrtausenden oder vielleicht sogar Jahrmillionen auf der Erde eingeschlagen waren, den Samen für den Fungus mitgebracht hatte.
Was würde Clancy wohl dazu sagen? Was, wenn sie wie Clancy auf ihr Bauchgefühl hören würde? Dann müsste sie sich eingestehen, dass ihr beim Lesen von Pinkertons Akte nicht ganz wohl war.
Hatte Spektrum dem Professor das Leben schwergemacht oder umgekehrt? Der Tonfall und die Formulierungen jedenfalls ließen darauf schließen, dass es eine Art Streit gegeben hatte oder vielleicht sogar ein richtiges Zerwürfnis.
Gespannt las sie weiter, und während sie alles in sich aufsaugte, was in der Akte stand, wurde ihr immer klarer, wie es zu diesem Streit gekommen war – weil Pinkerton nicht verraten wollte, wo dieser Marspilz wuchs. Spektrum hatte ihn bedrängt, er aber hatte eisern geschwiegen.
Warum?, fragte sich Ruby. Warum wollte der Professor eine

so wertvolle Entdeckung mit niemandem teilen? Den Fundort eines Pilzes, der angeblich nicht nur das biologische Alter halbieren, sondern auch die Gedächtnisleistung verdoppeln konnte …

War es möglich, dass Pinkerton die Menschheit vor dieser Wunderpflanze *schützen* wollte? Quälte ihn der Gedanke, wie ungerecht es wäre, wenn ein paar wenige reiche Privilegierte in der Lage wären, sich für Tausende oder Hunderttausende Dollar ein langes Leben und eine höhere Intelligenz zu erkaufen, während der große Rest der Gesellschaft leer ausginge?

Und was war mit seiner zweiten bahnbrechenden Entdeckung, seiner Pionierarbeit, bei der es darum ging, traumatische Erinnerungen zu löschen? Das könnte zum Guten eingesetzt werden, hätte in den falschen Händen aber fatale Folgen. Hatte Pinkerton sich gefragt, was passieren würde, wenn eine seiner Entdeckungen publik werden würde?

Oder war *er* die dunkle Macht, die sich ihre Entdeckungen nicht nehmen lassen wollte, weil er sie selbst gewinnbringend an den Meistbietenden verscherbeln wollte?

Ruby dachte über diese Möglichkeit nach, doch das hätte so gar nicht zu Mrs Digbys Beschreibung eines netten alten Gentlemans gepasst, der auf der Veranda saß und zu allen freundlich war.

Mrs Digby hatte eine hohe Meinung von ihm, und sie war eine gute Menschenkennerin.

Mehr erfuhr Ruby nicht aus dieser Akte … Doch, da war noch etwas, eine weitere Information. Wieder dieses Logo, das sie schon in Bakers Akte gesehen hatte, und diesmal standen noch vier himmelblaue Buchstaben dabei:

J S R P

Darunter stand:

WAR AN DER JSRP-LÖSCHAKTION BETEILIGT

Ruby ließ ihre Finger über die Aktenwand gleiten, bis sie auf eine Akte mit genau derselben Farbe stieß, doch als sie sie aus der Wand ziehen wollte, blitzte eine weitere Glasplatte links von der Tür auf, die besagte, es sei ein Zugriff auf Level 2. Ruby drückte auf den violetten Knopf, und auf der Tafel waren plötzlich Klaviertasten zu sehen.
Aha, Aktencode zwei – chromatisch.
Die Tasten der mittleren chromatischen Tonleiter waren nummeriert.

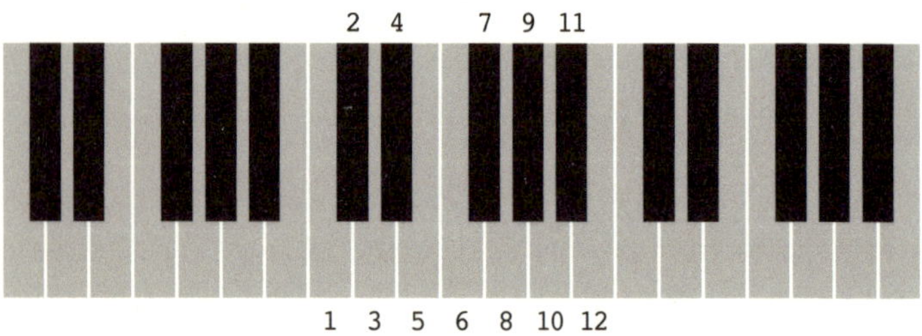

Darunter befand sich ein Knopf, auf dem schlicht ZUGRIFF stand.

Ruby drückte darauf.
Eine Melodie ertönte, gefolgt von einer roboterhaften Stimme, die sagte: »Bitte Code eingeben.«
Ruby stutzte. Hatten bei dieser Melodie Noten gefehlt?
Sie drückte erneut auf ZUGRIFF.
Eine andere Melodie war zu hören. »Bitte Code eingeben«, sagte die Stimme. »Noch *ein* weiterer Versuch gestattet.«
Das war nicht nötig – Ruby hatte sorgfältig zugehört. Nicht zum ersten Mal in ihrem Leben war sie froh, dass sie das absolute Gehör hatte, und sie hatte sowohl die Noten, die sie hörte, als auch die Abfolge erkannt: Es war der *Mongean Shuffle**.
Blitzschnell drückte sie die Tasten der Töne, die sie *nicht* gehört hatte, die letzten vier Noten der Sequenz: 2, 11, 1, 12.
Ein Piepen, ein Zischen – und die Akte wurde freigegeben. Ruby zog sie aus der Wand.
JSRP stand auf dem Deckel, und darunter war wieder dieses Pünktchenmuster, bei dem sich die Pünktchen aus dem Papier wölbten. Kein Logo, dachte Ruby, eine Sprache. Braille, die Blindenschrift!
Sie entzifferte die einzelnen Buchstaben und stellte fest, dass sie das Wort LARVE ergaben.
Als Larven bezeichnete man Insekten, also auch Fliegen, die sich noch im Entwicklungsstadium befanden. Bei Spektrum war die Fliege ein Symbol für aktive Agenten. Wurde das Wort »Larve« hier möglicherweise als Sammelbegriff für Junioragenten verwendet?
Stand das JS von JSRP eventuell für »Juniorspione«? Und was bedeutete RP – vielleicht »Rekrutierungsprogramm«?

* Was Ruby erkannt hat, wird auf S. 521 f. erklärt

Dann dachte Ruby an die Kreidebotschaft in der dunklen Gasse: *Sei auf der Hut vor dem Kind, das eine Larve werden wollte.* War es während der Ausbildung der angehenden Geheimagenten zu Problemen gekommen?
Obwohl ein Großteil dieser Akte verschlüsselt war, konnte Ruby ihr entnehmen, dass Spektrum in früheren Zeiten tatsächlich Kinder angeworben hatte, um sie zu Geheimagenten auszubilden. Das einzige Kind außer ihr, von dem Ruby bisher gehört hatte, war Bradley Baker gewesen. Dass es womöglich aber eine ganze Gruppe von Kinderspionen gegeben hatte – warum hatte ihr das keiner erzählt? Doch wie es schien, waren Bradleys Ausbildung und der Übergang vom kleinen Neuling zum versierten Topagenten im Teenageralter äußerst erfolgreich verlaufen. So erfolgreich, dass Spektrum sechs Jahre nach Bakers Rekrutierung beschlossen hatte, das Programm auszuweiten. Die Bewerber fand die Geheimdienstorganisation durch Preisrätsel, die sie auf den Rückseiten von Müsli- und Milchpackungen abdruckte und die auf den ersten Blick wie die üblichen Preisausschreiben für Kinder aussahen. Doch ein geniales Kind erkannte sofort, worum es ging. Es waren nämlich keine normalen Rätsel, sondern höchst anspruchsvolle, extrem ausgeklügelte und streng geheime Bewerbungsformulare.
Erstaunlicherweise wurde dieses aufregend klingende Programm nur wenige Monate später wieder eingestellt. Und zwar wegen eines Vorfalls bei einer Trainingseinheit in Übersee, die um ein Haar in einer Tragödie geendet hätte. Ruby fand sogar einen Bericht darüber.

Sehr detailreich wurde beschrieben, dass einer der Junioragenten versucht hatte, einen anderen umzubringen. Dieser Vorfall wäre schon schlimm genug gewesen, wenn es sich um Agenten gehandelt hätte, die das schulpflichtige Alter bereits hinter sich hatten, doch die Tatsache, dass es sich um zwei *Kinder* handelte, machte ihn noch schauriger.
Die Sache hatte sich im Norden Australiens zugetragen, in einer Gegend voller Krokodile, und hätte wie ein Unfall aussehen sollen. Die Trainees hatten ihr Nachtlager abgebaut und wollten flussaufwärts paddeln. Das spätere Opfer war gerade dabei, seine Campingausrüstung in sein Schlauchboot zu verfrachten, als sich das Tau löste, mit dem es am Ufer festgemacht war. Der Betroffene wollte zu seinem Paddel greifen, doch es war verschwunden. Das Schlauchboot trieb auf die Stromschnellen zu, füllte sich plötzlich mit Wasser und begann zu sinken – jemand musste es absichtlich beschädigt haben. Ohne fremde Hilfe wäre das sinkende Schlauchboot unweigerlich auf den Wasserfall zugetrieben, und der Junge wäre mit Sicherheit ertrunken oder in dem Fluss, in dem es von Krokodilen wimmelte, zerfleischt worden. Was vielleicht noch schlimmer gewesen wäre.
Während sich dieses Drama abspielte, fand zeitgleich ein weiteres statt: Man hörte die Schreie eines Jungen, der offenbar an einer seichten Stelle ins Wasser gefallen war. Mit letzter Kraft schaffte er es, in eines der Schlauchboote zu klettern – obwohl er bereits von einem fünf Meter langen Krokodil schwer verletzt worden war. Doch dann hatte er Glück im Unglück. Die anderen eilten ihm zu Hilfe und holten ihn gerade noch recht-

zeitig aus dem Wasser, bevor er erneut von dem Reptil attackiert worden wäre. Der Junge hatte jedoch einen so schweren Schock erlitten, dass er hinterher nicht sagen konnte, warum er ins Wasser gefallen war.

Die Namen der Beteiligten wurden in diesem Unfallbericht seltsamerweise nicht erwähnt.

Nur zwei der Junioragenten wurden namentlich genannt.

Das Opfer des Sabotageakts war der dreizehnjährige Bradley Baker. Der zweite Junge, der von dem Krokodil attackiert worden war, hieß Art Hitchen Zachery.

Ruby stutzte kurz. Handelte es sich womöglich um Hitch? Gut, es war unwahrscheinlich, aber nicht ausgeschlossen. Der Name klang verdächtig ähnlich. Aber falls ja, warum hatte er es ihr nie erzählt?

Das Interessanteste an dem Bericht war jedoch die Art und Weise, *wie* Bradley Baker gerettet worden war. Es hatte nicht an seinem Können oder an seiner Erfahrung als Junioragent gelegen, und er war auch nicht von der Strömung an Land gespült worden. Sein Überleben verdankte er einem glücklichen Zufall.

Ein Kind aus der Gegend hatte am Ufer gezeltet, vermutlich, um zu fischen. Dieses Kind hatte alles beobachtet und sofort reagiert: Es war beherzt über die Steine gesprungen, hatte Bakers Schlauchboot zu fassen bekommen und den zu diesem Zeitpunkt bereits bewusstlosen Jungen, der mehrfach gegen Steine gedonnert war, an Land gezogen.

Frage: Wer *waren* diese Kinder gewesen?

Wer wollte Baker töten, und wer hatte ihn gerettet?

Sei auf der Hut vor dem Kind, das, getarnt als Fliege, eine Larve werden wollte, sich jedoch als Spinne entpuppt hat!

In der Hoffnung, auf einen Namen oder einen Hinweis zu stoßen, überflog Ruby auch den Rest der JSRP-Akten.
Zwei Drittel ihrer Zeit waren bereits um, als ihr auffiel, dass sie auf den kleinen Schwarzweiß-Passfotos noch kein einziges Mädchengesicht gesehen und noch keinen einzigen Mädchennamen gelesen hatte.
Okay, das Ganze war gut zwanzig Jahre vor Rubys Geburt passiert. Damals waren noch andere Zeiten gewesen. Keine guten Zeiten für Mädchen, die Action und Abenteuer liebten und einen aufregenden Job haben wollten.
Da fiel ihr Blick auf die Uhr an der Wand.
10.
Himmel, ich muss hier weg!
9.
Sie klappte die Akte zu.
8.
Schob sie an ihren Platz zurück.
7.
Schnappte sich ihren Notizblock.
6.
Wo war noch gleich der Schalter zum Öffnen der Tür?
5.
Nicht in Panik geraten!
4.
Schalter gefunden, Türöffner betätigt.

3.

Stolpern, fast hinfallen …

2.

Durch die Tür rennen, auf den Türschließer drücken …

1.

Rums!

Sie sank auf den Boden und rang nach Luft.

»Geschafft!«

25. Kapitel

Pilze vom Mars

Es war fast sechs Uhr morgens, als Ruby nach Hause kam. Sie hängte das BITTE NICHT STÖREN-Schild außen an ihre Zimmertür und war kaum unter die Decke gekrochen, als ihr Hummer-Telefon läutete.

»Ruby, wir sind's, deine *mère* und dein *père.*«

»*Bonjour*, ich bin's, eure *fille* Ruby.«

»Hallo?«

»Selber hallo!«

»Wir kommen nach Hause!«

»*Quand?*«

»Gesundheit!«

»Nein, ich meine, wann kommt ihr nach Hause?«

»*Mardi.*«

»Am Dienstag?«

»Nein, am Sonntag.«

»Du meinst *dimanche*?«

»*Dimanche*? Heißt das nicht Dinner?«

»Nein, es heißt Sonntag.«

»Oh …«

»*C'est une merveilleuse nouvelle!*«

Schweigen am anderen Ende der Leitung.

»Das ist eine wunderbare Nachricht!«

»*Oui*, finden wir auch. Wir können es kaum erwarten, dich wiederzusehen, bye bye bye!«

»*Au revoir au revoir au revoir!*«

Nach diesem Anruf konnte Ruby nicht mehr einschlafen, denn sie musste dauernd darüber nachdenken, was sie bisher über Bradley Baker in Erfahrung gebracht hatte. Die beiden interessantesten Punkte in seinem Leben waren ihrer Meinung nach die Art, wie er gestorben war und wie er *fast* gestorben wäre. Eine unschöne, dramatische und gewiss schreckliche Begegnung mit dem Grafen, die ihn beinahe das Leben gekostet hätte, war zwar auch interessant, doch das fand Ruby nicht halb so schlimm wie den Mordversuch durch einen anderen Juniorspion. Okay, LB war für den Flugzeugabsturz verantwortlich, bei dem er schließlich starb, aber wer hatte versucht, ihn in Australien aus dem Weg zu räumen? Warum sollte ein Kind ein anderes Kind töten? Eifersucht, Neid, falscher Ehrgeiz? Konnte die Antwort so einfach sein?

Und warum hatte LB beschlossen, Bakers Leben zu beenden? Ruby schauderte: »Sein Leben beenden« klang so harmlos, so leicht – als wäre es um eine Maschine gegangen, die man einfach abschalten konnte. Sehr viel harmloser und einfacher jedenfalls, als jemanden kaltblütig zu ermorden. Doch wie dem auch sei, die Frage blieb: Warum?

Und dann war da auch noch die Frage, welche Verbindung es zwischen Baker und Pinkerton gegeben hatte. Und was hatte Pinkerton mit der »JSRP-Löschaktion« zu tun gehabt? Wenn Ruby das herausfinden wollte, musste sie wohl oder übel noch einmal zum Prismenarchiv schwimmen.

Mannomann, dachte sie.

Aber in der Zwischenzeit würde sie schon einmal versuchen, mehr über diese Gedächtnispilze vom Mars herauszufinden. Und sie wusste, wen sie dazu befragen konnte. Gähnend beschloss sie dann aber, dass das noch einen Tag warten konnte: Am Samstag wollte sie endlich mal wieder richtig lange schlafen.

Als sie am übernächsten Morgen in Little Mountain Side ankam, sah sie schon von weitem, dass auf dem Hügel oberhalb des Daily's helle Aufregung herrschte. Etliche Leute hatten sich dort versammelt und blickten gespannt an den Himmel. Neugierig, wie Ruby war, gesellte sie sich zu ihnen. Ein Mann war auf einen Baum geklettert, der für jeden Kletterer eine eigentlich nicht zu meisternde Herausforderung war. Im Moment war der Kletterer gute fünfundzwanzig Meter über dem Erdboden.

»Er hat sie!«, rief ein Mann.

Wen – *sie*?, dachte Ruby.

Erst als sich der tollkühne Mann wieder dem Erdboden näherte, konnte Ruby sehen, dass er ein Pelzknäuel bei sich hatte.

»Ist das eine Katze?«, fragte Ruby.

»Klar«, meinte die Frau neben ihr. »Es ist Ginger.«

»Und wer ist der Mann?«, fragte Ruby weiter.

»Na, Mo vom Daily's«, sagte die Frau. »Ist er nicht großartig?«

»Stimmt«, meinte Ruby.

Applaus brach aus, als Mo wieder sicheren Boden unter den Füßen hatte, und die Leute schüttelten ihm die Hand oder klopften ihm auf den Rücken. Ruby wartete, bis sich die Menschenmenge verlaufen hatte, und ging dann mit ihm zu seinem Laden.

»Sie sind ja ein richtiger Actionheld«, sagte sie.

»Ginger hat die ganze Nacht miaut«, sagte Mo. »Jemand musste sie dort runterholen.«

Er drückte ihr die Katze in die Hände. »Hier, kannst du sie tragen? Sei so nett. Ich bin kein Katzenfreund. Zu viele Haare, zu viele Krallen.«

»Und trotzdem klettern Sie an einem sechzig Meter hohen Mammutbaum fünfundzwanzig Meter hoch!?«, sagte Ruby beeindruckt.

»Bäume haben mir noch nie Angst gemacht«, sagte Mo und zupfte sich die orangeroten Katzenhaare von seiner Jacke.

»Was waren Sie früher? Dachdecker, Holzfäller oder Trapezkünstler?«, fragte Ruby. »Mit diesen Fähigkeiten könnten Sie glatt beim Zirkus oder bei der Feuerwehr arbeiten.«

»Nein, danke«, antwortete Mo. »Ich mag mein beschauliches Leben.«

»Beschaulich?! Sehr witzig«, sagte Ruby. »Finden Sie es beschaulich, Katzen von wahnsinnig hohen Bäumen runterzuholen?«

Mo ging nicht darauf ein und musterte sie. »Sag mal, was machst du überhaupt hier oben? Ich hatte dir doch gesagt, dass es ein paar Tage dauert, bis die Maitake eintreffen.«

»Ich weiß, aber ich wollte Sie fragen, ob Sie sich auch mit einer anderen Pilzart auskennen«, sagte Ruby. »Da Sie ja Pilzexperte sind.«

»Mykologe«, korrigierte Mo.

»Genau.«

»Schieß los!«, sagte er.

»Haben Sie schon mal von Marspilzen gehört?«

»Klingt wie eine Frage von Walt«, sagte Mo.

»Nein, ich meine es ernst«, sagte Ruby.

»Reden wir hier von Pilzen vom Mars oder Pilzen, die irgendwie außerirdisch aussehen?«

»Sehen nicht alle Pilze irgendwie außerirdisch aus?«

Mo zuckte mit einer Schulter. »Hat er auch einen wissenschaftlichen Namen, dieser Marspilz?«

»Hypocrea asteroidi«, sagte Ruby.

»Klingt irgendwie vertraut«, sagte Mo. »Ich muss schon mal etwas darüber gelesen haben. Wenn du willst, kann ich in meinen Pilzzeitschriften und Büchern nachsehen.«

»Wäre super«, sagte Ruby, obwohl sie keine großen Hoffnungen hegte, dass er etwas finden würde. Wenn Pinkerton so ein

Geheimnis daraus gemacht hatte, war es unwahrscheinlich, dass der Pilz in irgendeinem Buch beschrieben war.
Als Ruby Mos Laden verließ, merkte sie, wie hungrig sie war; sie hatte den ganzen Morgen noch keinen Bissen gegessen. Deshalb überquerte sie die Straße, ging hinüber ins Diner und bestellte sich einen Pluto-Teller, der genau genommen aus ganz normalen Pfannkuchen bestand, mit allem, was dazugehörte.
Walter und Duke saßen am Tresen, auf denselben Hockern wie beim letzten Mal, und aßen auch dasselbe wie letzten Sonntag. Sie unterhielten sich über UFOs, und es machte Spaß, ihnen zuzuhören. Ruby blickte auf, als das Glöckchen über der Tür bimmelte und ein weiteres bekanntes Gesicht auftauchte. Es war Sven, der große Rätselfan. Er hob Spike aus der Babytrage, sah sich um und überlegte, wem er das Baby in die Hände drücken konnte. Bei Rubys Anblick hellte sich seine Miene auf.
»Würdest du ihn bitte mal kurz halten, damit ich meine Jacke ausziehen kann?«
Ruby konnte natürlich nicht ablehnen. »Himmel, dieses Kind wiegt ja eine Tonne«, stöhnte sie.
Sven lächelte voller Stolz. »Ja, Spike ist ein tüchtiger Esser.«
Er wickelte seinen Schal ab, zog die Jacke aus und hängte beides an einen der Haken neben der Tür. Als er sich wieder umdrehte, sah Ruby den Aufdruck auf seinem Sweatshirt: drei sich überlappende Dreiecke.
»Cooles Shirt«, sagte Ruby. »Wo haben Sie es her?«
»Das hier?« Er zeigte auf seine Brust. »Von meinem alten

Herrn. Der hat früher im Kraftwerk auf der anderen Seite des Bergs gearbeitet.«

»Also war es doch kein Weltraumbahnhof?«, sagte Ruby. »Die beiden dort drüben behaupten es.«

»Unsinn«, sagte Sven. »Kannst du mir glauben.«

»Keine Marsmissionen, kein Kontakt zu Außerirdischen?«, sagte Ruby.

»Nur gute alte Elektrizität«, sagte Sven.

»Irgendwie schade«, meinte Ruby achselzuckend.

Als sie ihren Teller geleert hatte, nahm sie den Bus ins Tal. Hundemüde, wie sie war, schlief sie nach einer Weile ein. Doch als der Fahrer abrupt abbremste und einen Schlenker machte, wurde sie unsanft geweckt. Der Fahrer stieß einen Fluch aus und rief: »Mann, das war knapp!«

»Was ist los?«, fragte Ruby verschlafen.

»Bambi hat ganz schön Glück gehabt«, sagte der Fahrer.

»Hä?«

»Wir hätten beinahe ein Reh überfahren«, erklärte ihr die Frau auf der anderen Gangseite.

Rubys Rucksack war vom Sitz gefallen und ein Teil des Inhalts über den Boden gerollt. Nachdem Ruby ihre Sachen wieder eingesammelt hatte, überprüfte sie, ob auch alles da war, und merkte, dass ihr Stift fehlte. Er lag nicht unter den Sitzen, er war verschwunden.

Verflixt, wo konnte er sein?

Auweia, vermutlich im sichersten Tresorraum von ganz Twinford.

Redfort, du dumme Nuss, schimpfte sie sich. Wenn Spektrum merkt, dass du dort herumgeschnüffelt hast, fliegst du hochkant raus. Aber zuerst wird dir deine Chefin den Hals umdrehen. Sie ist vermutlich nicht zimperlich im Umbringen von Agenten, und sie weiß, dass *du* es weißt.

26. Kapitel

Das Trolley-Problem

Als Ruby in Twinford ausstieg, begann ihre Fluchtuhr zu vibrieren, was bedeutete, dass sie eine Nachricht erhalten hatte. Die Nachricht war von Hal, der bei Spektrum für die Spezialgeräte zuständig war.

IM PARKHAUS UNTER DER EISBAHN ERWARTET DICH EINE GROSSE ÜBERRASCHUNG.

Das Parkhaus unter der Eisbahn war zufällig auch das Parkhaus über dem Spektrum-Hauptquartier. Warum muss ich mir die Überraschung in dem Parkhaus abholen?, fragte sich Ruby. Ich könnte das doch genauso gut bei ihm in der Zentrale tun.

Diese Geheimnistuerei nervte sie. Es gab viel zu viel Heimlichtuerei, dabei hätte sie gern Klarheit gehabt.

Sie schickte eine Nachricht zurück.

WARUM KANN ICH NICHT RUNTERKOMMEN UND
DIE ÜBERRASCHUNG ABHOLEN?

Die Antwort ließ nicht lange auf sich warten:

BESSER SO, schrieb er.
PARKBUCHT D 57

»Na schön«, murrte Ruby und machte sich auf den Weg.

Ruby ging die Bowery Street hinunter und dann weiter zur Eisbahn. Sie war noch nie in dem Parkhaus gewesen, sondern immer mit dem Fahrstuhl direkt zu Spektrum hinuntergefahren. Nun aber nahm sie die Treppen und war froh, dass sie das nicht öfter tun musste. Es war irgendwie gruselig hier – und erst der Gestank! Auf der Suche nach Zone D blickte sie sich um.

Platz 57 lag fast am anderen Ende des Parkdecks, und sie sah die große Überraschung schon von weitem.

»Ich glaub, ich spinne«, stöhnte sie. »Rot?! Nicht mal tot möchte ich auf einem roten Rad gesehen werden!«

Himmel, das ging gar nicht! Rot war noch schlimmer als Pink, jedenfalls fast. Es sah so mopsfidel aus, ganz nach »mein erstes Fahrrad«. Warum hatte Hal die Sache nicht auf die Spitze getrieben und gleich noch ein Körbchen und eines dieser quietschbunten kleinen Windräder am Lenker befestigt?

Die Schritte hinter sich hörte Ruby nicht – vielleicht weil sich die Frau fast lautlos bewegte.

Wütend kickte Ruby gegen das Rad. Nie im Leben würde sie dieses scheußliche Ding mit nach Hause nehmen. Hal muss mich *hassen*!, dachte sie.

Da hörte sie ein Hüsteln und gleich darauf eine tiefe Frauenstimme. »Sind wir da nicht ein bisschen undankbar, hm?«

Ruby wirbelte herum und sah sich einer Frau gegenüber, die von Kopf bis Fuß weißgekleidet war und sie streng anschaute. Ruby hatte ihre Chefin noch nie außerhalb der Zentrale gesehen. Falls LB auch ein Leben jenseits der Mauern von Spektrum hatte, so konnte Ruby es sich nicht einmal vorstellen.

»So gehst du also mit unserer hypermodernen Spitzentechnologie um?«

Ruby machte den Mund auf, als wollte sie etwas sagen, doch sie brachte keinen Ton heraus.

»Du wirkst … was wäre das passende Wort …« LB suchte kurz nach dem richtigen Adjektiv. *»Nervös.«* Ruby wich ihrem Blick aus. Es war nicht sehr beruhigend, an diesem einsamen Ort mit einer Agentenkillerin zusammen zu sein.

»Ich mache mir Sorgen, Redfort. Wirklich. Dein Benehmen ist

in letzter Zeit etwas …«, wieder musste sie nach dem richtigen Wort suchen, »… seltsam.«

»Ich bin nur müde«, sagte Ruby.

»Müde? Und was genau macht dich so müde?«

»Oh, ich weiß nicht, vielleicht …« Rubys Kopf war wie leergefegt. »… die Schule?«

»Die Schule?«, wiederholte LB spöttisch. »Die Schule macht dich müde?«

Ruby biss sich auf die Lippen. »Nein, vermutlich ist es eher das Training – nicht dass ich mich beschweren will, ich verkrafte es schon.«

LB sah sie an, ohne zu blinzeln. »Kann ich dich vielleicht irgendwohin fahren?«

»Nein, danke. Ich sollte mich besser auf mein neues Rad schwingen und damit nach Hause fahren. Wenn Spektrum sich schon die Mühe gemacht hat, mir dieses tolle Ding zu besorgen …«

»Ich fürchte, das wirst du nicht tun, Redfort.«

In Rubys Ohren klang es wie eine Drohung. Und was LB dann hinzufügte, klang noch um einiges schlimmer.

»Mal ehrlich, auf einem roten Fahrrad will man doch nicht mal *tot* gesehen werden, oder? Du bestimmt nicht. Also sag: Mit welcher Farbe würdest du denn gern *tot* gesehen werden?« Sie betonte das Wort *tot* so merkwürdig, dass Ruby ein kalter Schauer über den Rücken lief.

LB erinnerte sie zunehmend an einen Jemand, der mit Vorliebe italienische Schuhe mit Ledersohlen trug und altmodische Anzüge.

»Die Farbe ist mir egal, na ja, nicht ganz … Ich meine, Rot ist so auffällig, wie …« Bei dem Wort Rot konnte Ruby plötzlich nur noch an Blut denken.
»Du bist irgendwie durch den Wind, Redfort. Was ist denn los?« So wie LB es sagte, klang es fast wie eine Herausforderung.
»Mir ist kalt«, sagte Ruby. »Ich muss mich nur aufwärmen. Dann kann ich wieder klarer denken.«
»Willst du damit sagen, dass das Survival-Training nichts gebracht hat?«
»Nein, das meine ich nicht, ich bin nur …«
»Nur was?«
Das Licht ging aus, und Ruby zuckte zusammen.
»Entspann dich«, sagte LB. »Das ist normal.« Sie fuchtelte mit den Armen, und das Licht ging wieder an. »Es gibt einen Bewegungsmelder.«
Ruby sah sich um. In welche Richtung konnte sie sprinten? Sie musste von LB weg. Einem Nahkampf mit ihr wäre sie vermutlich nicht gewachsen, aber Flucht war keine schlechte Idee.
»Du hast etwas herausgefunden, nicht wahr?« LB trat keinen Schritt näher, doch es kam Ruby so vor. »Spuck's aus, Redfort. Du weißt etwas, was du mir nicht sagen willst.«
Peng! Das war der entscheidende Moment, in dem die Chefin von Spektrum 8 irgendeine Terminatorwaffe zücken und Ruby keine Chance haben würde.
Aber Ruby hatte ohnehin nichts mehr zu verlieren und konnte genauso gut Klartext reden.
»Sie haben Bradley Baker getötet!« Die Worte hallten durch das verlassene Parkdeck.

Schweigen.

LB schluckte, bevor sie sagte: »Hat das der Graf gesagt?«

»Sie streiten es also nicht ab?«

»Nein.«

»Sie haben ihn ermordet.«

»Könnte man so sehen.«

»Wie konnten Sie das tun? Er war Ihr Freund, noch mehr als das, er war …«

»Es klingt fast, als würdest du dir erlauben, ein Urteil über mich zu fällen!« LB starrte Ruby wieder auf diese irritierende Weise an, ohne einen Wimpernschlag. »Aber was weißt du *wirklich*? Du hast lediglich ein paar Fakten und die Aussage eines Psychopathen, und dennoch nimmst du dir das Recht heraus, mich zu verurteilen?«

Schweigen.

»Stell dir folgende Situation vor, Ruby Redfort: Stell dir vor, du müsstest innerhalb von *Sekunden* die wichtigste Entscheidung deines Lebens treffen, doch egal, wie du dich entscheidest, es wird *immer* falsch sein. Es gibt keine moralisch *richtige* Entscheidung, bilde dir das nicht ein.«

Schweigen.

»Es gibt mehrere Gedankenexperimente zu so einem Dilemma«, fuhr LB fort. »Man nennt es das Weichensteller- oder Trolley-Problem. Schon davon gehört?«

Ruby schüttelte den Kopf.

»Nein? Du Glückliche. Du musst wissen, dass es dabei um Tod oder Leben geht. Als ich bei Spektrum anfing, haben wir während der Ausbildung auch die Frage behandelt, wie man reagiert, wenn man vor der knallharten Entscheidung steht, in welche Richtung man die Sense des Sensenmanns lenkt.« Sie lächelte kühl. »Nein, es ist noch schlimmer. Du selbst wirst zum Sensenmann, *du* entscheidest: Ist *ein* Leben mehr wert als fünf andere? Ist das Leben eines Menschen, an dem du hängst, mehr wert als zwei, die du nicht kennst? Ist das Leben eines Kindes wertvoller als das eines Erwachsenen? Diese unangenehmen Fragen muss jeder für sich beantworten, ehe er einen Beruf ergreift, in dem es mit zum Alltag gehört, über Tod oder Leben zu entscheiden – und man somit zum Sensenmann wird.«

Ruby schwieg.

»Stell dir also vor, ein Zug oder eine Straßenbahn rast über die Gleise, direkt auf fünf unschuldige Menschen zu. Du kannst sie retten, indem du die Weichen umlegst und den Zug auf parallel verlaufende Schienen umleitest. Dort steht nur ein Mensch, der dadurch sterben wird. Frage: Ein Leben opfern für fünf? Was würdest *du* tun?«

Ruby schwieg noch immer.

»In meinem Fall war die Situation noch etwas dramatischer. Ich war zu Hause, als ich ein anonymes Päckchen erhielt. Ich öffnete es und fand einen Sprengzünder vor und die Anweisung, den Fernseher einzuschalten. Auf jedem Sender kam dasselbe: eine tickende Bombe, der Countdown lief und näherte sich der Null. Eine verzerrte Stimme sagte mir, was ich bereits wusste: Eine komplette Anlage würde vernichtet werden, einschließlich der Belegschaft, nämlich 1027 Mitarbeiter. Ich allein konnte dieses Massensterben noch verhindern, indem ich auf den gelben Knopf des Sprengzünders drückte. Die Sache hatte allerdings einen Haken – den gibt es immer in solchen Situationen, man muss immer einen Preis bezahlen. ›Wir könnten einen Tauschhandel machen‹, sagte die Stimme. ›1027 Leben gegen ein einziges.‹ Und auf dem Bildschirm tauchte ein anderes Bild auf: ein kleines silbrig weißes Flugzeug vor einem blauen Himmel. Es sah so ungefährdet aus, so winzig an diesem weiten Himmel, und ich wusste noch im selben Augenblick, dass es Baker war.«

Ihre Augen richteten sich nun wieder auf Ruby. »Das war die Entscheidung, vor die ich mich gestellt sah.«

»Ich …« Doch Ruby wusste nicht, was sie antworten sollte. Sie konnte in LBs Augen lesen, dass sie die Wahrheit sagte.

»Also nichts tun?«, fuhr LB fort. »Dann wäre Baker, der Mensch, der mir mehr bedeutete als jeder andere Mensch auf diesem Planeten, unbehelligt weitergeflogen. Oder sollte ich 1027 Menschen retten, die ich noch nie gesehen hatte und vermutlich nie treffen würde, an die ich bis zu diesem Moment nie gedacht hatte?«

Sie verstummte und sah Ruby unverwandt an. »War ich für *ihr* Leben nicht genauso verantwortlich wie für das von Baker? Wäre es nicht unsagbar monströs, das Todesurteil für so viele Menschen zu unterzeichnen?« Nach einer kurzen Pause fuhr sie mit distanzierter Stimme fort: »Die letzte Frage, die mir der Anrufer ins Ohr zischte, werde ich nie vergessen: ›Die Uhr tickt, LB. Was ist die Liebe wert, was ist ein Leben wert? Sind die Herzschläge von so vielen mehr wert als die des Einen, nach dem dein Herz sich sehnt?‹« LBs Stimme war nur noch ein Hauch. »Neunundneunzig Sekunden haben ausgereicht, um alle Farbe aus meinem Leben fließen zu lassen.«

Ruby fand noch immer keine Worte.

»Bevor du mich also verurteilst, überleg dir, was *du* tun würdest«, fuhr LB fort. »1027 Menschen, die dir nichts bedeuten, oder dein bester Freund Clancy Crew?«

»Ich ...«, stammelte Ruby. »Das geht nicht. Ich meine, es ist nicht möglich, eine richtige Entscheidung zu treffen, wie könnte jemand, wie könnte *ich* ...«

»Richtig: Es *gibt* keine *richtige* Entscheidung«, unterbrach LB ihr Gestammel. »Du musst deinem Instinkt folgen. Ich entschied mich dafür, die über tausend Menschen zu *retten*, doch man kann es drehen und wenden, wie man will, fest steht, dass ich *einen* Menschen getötet habe – meinen *Freund*! Und es war *meine* Entscheidung. *Ich* habe auf den Knopf gedrückt, und das hat den Tod des Menschen bedeutet, den ich ganz zufällig sehr gemocht ...« Ihre Stimme stockte. »... und sogar *geliebt* habe, mehr als jeden anderen Menschen auf diesem traurigen Planeten.«

Nach diesen Worten drehte LB sich um, schritt zu ihrem Wagen, stieg ein und fuhr davon.

Casey Morgan
hörte die Schreie …

… und sah alle zum Fluss rennen. Casey sah, wie der Junge aus dem Wasser gezogen wurde. Er rührte sich nicht mehr. Unter lautem Geschrei wurden Wiederbelebungsversuche gemacht.
»Ich glaube, er ist tot!«, rief jemand. Es wurde still.
Samuel Colt gab nicht auf, wollte nicht aufgeben. »Komm, Kleiner, du musst atmen!«
Dann ein Schrei: »Er lebt! Der Junge lebt noch!«
Da drehte Casey sich um und rannte davon, ohne sich noch einmal umzudrehen.

27. Kapitel

À la mode

Ruby war gerade erst nach Hause gekommen, als sie hörte, wie ein Schlüssel in das Haustürschloss gesteckt wurde.
»Bonsoir!«, rief Sabina von draußen. »Was ist mit unserem Schlüssel los? Kann uns bitte jemand reinlassen?«

Mrs Digby eilte nach unten, um die Tür zu öffnen. »Sieh an, da kommen ja ganz Fremde!«, sagte sie und wischte sich die Hände an ihrer Schürze ab.
»Ich dachte schon, wir wären so lange weg gewesen, dass ihr beschlossen habt, das Türschloss auszutauschen«, sagte Sabina lachend.
»Haben wir auch«, bestätigte Mrs Digby.
»Im Ernst?«, fragte Rubys Mutter.
»Aber nur, weil Hitch seine Schlüssel verloren hatte«, erklärte die Haushälterin. »Ist nicht persönlich gemeint.«
»Na, da bin ich aber froh!«, sagte Brant. »Wenn ein Mann in seinem eigenen Heim nicht mehr willkommen ist, was bleibt ihm dann noch?«
»Hey, Mom! Hey, Dad! Ihr seid endlich wieder da!«, rief Ruby, als sie die Treppe heruntergerannt kam.
»*Je suis désolée*«, sagte Sabina, drückte ihre Tochter an sich und überhäufte sie mit Küsschen. »Wir kamen einfach nicht weg von Paris.«
Es folgten weitere Entschuldigungen von Brant, der Ruby in die Arme nahm und im Kreis schwang.
»Ich bin froh, dass ihr wieder da seid«, sagte Ruby mit erstickter Stimme.
»Wie schön, Sie beide wieder da zu haben, wo Sie hingehören«, sagte die Haushälterin.
»Wie schön, Sie wiederzusehen, Mrs Digby«, sagte Brant Redfort und drückte die alte Frau an seine Brust.
»Meine liebste Mrs Digby!«, rief Sabina Redfort und hauchte ihr ein Küsschen auf jede Wange (eine neue Gewohnheit, die

sie sich in Paris zugelegt hatte. »Es ist so *très bien,* wieder hier zu sein. Ich kann Ihnen gar nicht sagen, wie sehr ich Sie vermisst habe.«

»Das glaub ich gern«, antwortete Mrs Digby trocken. »Sicher nicht zuletzt deshalb, weil Sie sich nach anständiger Hausmannskost gesehnt haben, richtig?«

Brant Redfort schmunzelte und dachte an die vielen exquisiten Diners, die seine Frau und er beim Minister für Kultur und Bildung genossen hatten, in dessen Küche der angesagte Sternekoch Antoine Moreau den Kochlöffel schwang. Doch um die alte Haushälterin nicht zu enttäuschen, nickte er und sagte: »Das können Sie laut sagen, Mrs D.«

»Junge, Junge, ich bin fix und fertig«, stöhnte Sabina.

»Ich mache Ihnen gleich eine schöne Tasse englischen Tee«, sagte Mrs Digby und griff nach dem Teekessel. »Legen Sie ruhig schon mal die Füße hoch!«

»Oh, für mich lieber einen schönen großen *Café au lait, s'il vous plaît.*«

»Kaffee? Um diese Tageszeit? Ich dachte, nur Hitch hätte diese schlechte Angewohnheit!«

»In Paris ist es Morgen«, erklärte Sabina und gähnte.

»Na schön«, sagte Mrs Digby achselzuckend und wandte sich an Rubys Vater. »Wollen Sie auch einen Kaffee?«

»Klar, warum nicht?«, sagte Brant. »Wenn man in Paris ist …«

»Sind Sie aber nicht!«, erklärte Mrs Digby mit Nachdruck.

»Meinen bitte in einer Schale«, sagte Sabina. »Die Franzosen trinken ihren Milchkaffee immer aus einem *bol.*«

Die Haushälterin sah sie an, als hätte sie nicht richtig gehört.

»Warum sollte ein normaler Mensch seinen Kaffee aus einer Schale trinken?«, fragte sie kopfschüttelnd.
»Es ist nun mal *à la mode*«, sagte Sabina.
»Wie meinen Sie das?«, fragte Mrs Digby.
»Das ist bei den Franzosen üblich«, erklärte Brant.
»Ich glaube gern, dass bei den Franzosen einige schräge Dinge üblich sind, aber das bedeutet nicht, dass wir jeden Schwachsinn mitmachen müssen.«
»Versuchen Sie es doch auch einmal, Mrs D. Kaffee, aus einem *bol* getrunken, schmeckt einfach großartig.«
Mrs Digby schnaubte abfällig. »Ich bleibe lieber bei Tassen, wenn's recht ist. Meiner Meinung nach wurden Henkel nicht umsonst erfunden.«
»Ich trinke meinen Kaffee so, wie es Ihnen beliebt«, sagte Hitch, der gerade hereingekommen war.
Sabina klatschte vor Freude in die Hände. »Wie *merveilleux*, Sie zu sehen! Ich habe Sie ja so vermisst!«
Es folgten eine Runde weiterer Wangenküsschen, allgemeine Freude und dann Cocktails. Die zu Hause Gebliebenen bekamen wunderschön verpackte Geschenke, und alle waren glücklich und zufrieden.
»Sie müssen unbedingt mit uns zu Abend essen«, sagte Brant.
»Würde ich schrecklich gern«, sagte Hitch mit einem nervösen Blick auf seine Uhr. »Aber leider werde ich woanders erwartet.«
»O nein, wie schade!«, rief Sabina.
Sie sah so enttäuscht aus, dass Hitch spontan sagte: »Wissen Sie was? Wie wär's, wenn ich wenigstens für die Vorspeise bleibe? Sie sieht wirklich *zu* lecker aus!«

Doch als er gerade die erste Gabel zum Mund führte, blitzte seine Uhr auf. Ein Notfall! Niemand sah es, niemand merkte, wie er die Nachricht las – außer Ruby natürlich. Hitch entschuldigte sich hastig mit einer eleganten Ausrede und versprach, so schnell wie möglich zurückzukommen. Und weg war er!

Das war schade, denn Mrs Digby tischte an diesem Abend ein ausgezeichnetes mehrgängiges Essen auf, und obwohl sie selbst etwas enttäuscht war, dass es ihr nicht gelungen war, Waldhühner aufzutreiben, machte es den anderen nichts aus. Ruby war froh, ihre Eltern wieder zu Hause zu haben und zu wissen, dass ihre Chefin doch keine gewissenlose Killerin war. Die Stimmung war so ausgelassen und gut, dass sie alle vier bis spätabends zusammensaßen, Karten spielten und sich unterhielten. Ruby ging erst nach oben in ihr Zimmer, als ihre Eltern auf der Couch eingeschlafen waren. Mrs Digby hatte sich schon eine Stunde früher in ihr Apartment zurückgezogen.

Die erste Stimme, die Ruby am nächsten Morgen hörte, kam aus dem Telefonhörer. Sie wollte gerade das Haus verlassen, als das Telefon läutete.

»Zentrale Sammelstelle für Jammern und Beschwerden, was ist Ihr Kummer?«

»Kleine?«

»Schießen Sie los, Anrufer!«

»Ich soll die ganze Liste meiner Kümmernisse herunterbeten?«, fragte Hitch. »Nun, es fängt damit an, dass der Kaffee hier, wo ich bin, ein ekliges Gebräu und auch die Küche abscheulich ist. Du kannst deinen Leuten sagen, dass ich es kaum erwarten kann, heute Abend nach Hause zu kommen.«

»Ist das der Grund Ihres Anrufs?«, fragte Ruby.

»Nein, wollte nur hören, wie's geht. Alles in Ordnung?«

»Glaub schon.« Sie konnte ihm ja nichts Wichtiges am Telefon erzählen, das musste ihm doch klar sein!

»Was sagst du zu deinem neuen Fahrrad?«, fragte Hitch.

»Es ist *rot*«, grummelte Ruby.

»Ist das ein Problem?«

»Würden *Sie* mit einem roten Rad durch die Gegend fahren?«, fragte Ruby zurück.

»Kommt auf die Umstände an – aber würdest du mir jetzt bitte die großartige alte Dame an den Apparat holen, die dir jeden Wunsch von den Augen abliest?«

Ruby stellte das Gespräch zum Apartment der Haushälterin durch und machte sich auf den Weg zur Schule.

Die erste Stimme, die Ruby hörte, als sie durch das Schultor radelte, gehörte Del Lasco.

»Redfort, du und ein rotes Rad!?«, rief Del.

»Hab kein anderes«, rief Ruby zurück.

»Habe ich dich nicht erst neulich mit einem pinkfarbenen Rad gesehen?«, hakte Mouse nach.

»War mir nicht auffällig genug«, knurrte Ruby.

»Sieht irgendwie komisch aus«, sagte Del. »Und *du* gleich mit.«

»Ja, aber leider hab ich kein anderes. Das hier oder keins.«

»Okay, aber … *rot*?«, sagte Del.

»Ich lasse es umsprühen!«, sagte Ruby. Daran hatte sie bisher gar nicht gedacht, doch nun, wo sie es ausgesprochen hatte, fand sie es eine sehr gute Idee. Das konnte sie sogar selbst machen.

Ruby war enttäuscht, dass kein Clancy im Klassenzimmer saß. Mit ihm zu reden hätte ihr gutgetan.

»Wo ist er?«, fragte sie Elliot.

»Krank, glaube ich«, antwortete Elliot. »Hat Red von Nancy gehört.«

»Er hat sich wahrscheinlich die Crew'sche Familienkrankheit geholt«, sagte Mouse.

»Das Französischvirus«, sagte Ruby, als sie an den bevorstehenden Französischtest dachte.

»Herrje, das würde ich auch gern kriegen«, stöhnte Mouse.

»Wen?«, fragte Ruby.

»Irgendein Virus«, erklärte Mouse.

»Wieso? Du hast doch kein Französisch«, sagte Ruby.

»Schon, aber ich würde mich gern vor dem Tischtennisturnier morgen drücken«, sagte Mouse. »Ich weiß, dass ich grandios verlieren werde.« Sie seufzte. »Es wird eine einzige Katastrophe.«

»Sag mal, spinnst du, Mouse? Du bist die beste Spielerin, die wir haben, und wirst gewinnen, glaub mir!«, sagte Ruby.

»Wie denn? Ich krieg schon Muffensausen, wenn ich nur daran *denke*!«

28. Kapitel

Absolut glamourös

Nach der Schule radelte Ruby in die Ambassador Row. Ein absolut gesund aussehender Clancy öffnete ihr die Tür.

»Hey, ich dachte, du bist krank«, sagte Ruby.

»Bin ich auch«, sagte Clancy. »Aber komm ruhig rein!«

»Bist du ansteckend?«

»Nur, falls meine Mutter früher als geplant nach Hause kommt. Dann solltest du dich besser schnell verdrücken.«

»Ich habe gewusst, dass du ein Simulant bist!«

Sie setzten sich mit einer Schüssel Popcorn und einer Flasche Limonade ins Wohnzimmer. Es war erstaunlich ruhig im Haus: Alle anderen Crews waren unterwegs.

»Ich finde, du siehst ziemlich fertig aus«, sagte Clancy.

»Warum sagst du das?«

Clancy zuckte mit den Schultern. »Weiß nicht, liegt an deinen Augen. Sie wirken – so unruhig.«

»Wirklich?«

»Ja, und entweder liegt es an deinem neuen roten Rad oder vielleicht an deinen Kontaktlinsen oder … es ist etwas anderes«, sagte Clancy.

»Du bist ganz schön empathisch, denn ich bin tatsächlich ein bisschen durch den Wind«, sagte Ruby. »Weil …« Sie verstummte. »Gestern Abend habe ich LB getroffen.«

Clancy riss die Augen auf. »Wart ihr allein?«
»O ja, unten im Parkhaus.«
»Himmel!«, rief Clancy und begann, mit den Armen zu rudern. »Wie bist du ihr entkommen? Ich meine – hat sie versucht, dich umzubringen?«
»Nein«, entgegnete Ruby.
»Puh«, sagte Clancy. »Da bin ich aber froh.«
»Ja, ich auch irgendwie«, berichtete Ruby weiter. »Ich dachte echt, mein letztes Stündchen hätte geschlagen. Stell dir mal vor: Ich stehe einsam und allein in einem verlassenen, unterirdischen Parkhaus, und plötzlich steht die Mörderin von Bradley Baker hinter mir.«
»Es stimmt also«, sagte Clancy, und seine Stimme war nur ein Flüstern. »Sie hat ihn tatsächlich umgebracht!?«
»Die Sache ist etwas komplizierter«, sagte Ruby.
»Was könnte komplizierter sein, als seinen besten Freund zu ermorden?«
Ruby nickte und erzählte ihm dann Wort für Wort, wie LB den schrecklichen Vorfall geschildert hatte.
»Du meine Güte!«, rief Clancy. »Das ist eine der tragischsten Geschichten, die ich je gehört habe.«
»Mehr als tragisch«, sagte Ruby. »Ich weiß nicht, wie sie mit diesen Gewissensbissen leben kann. Sie musste ihren besten Freund töten, um tausend wildfremde Menschen zu retten!«
»Wahnsinn!«, sagte Clancy. »Aber eins muss man ihr lassen: Sie ist wirklich eine Vollblutagentin. Sie hat ihn und ihr Glück geopfert, *alles* – weil es das kleinere von zwei Übeln war.«
»Die Frau ist unglaublich tough, das steht fest«, sagte Ruby.

Eine Weile saßen sie schweigend da und dachten über das Ausmaß von LBs Entscheidung nach.
Schließlich sagte Ruby: »Weißt du was? Jetzt tut er mir richtig leid.«
»Wer?«
»Bradley Baker«, sagte Ruby. »Bisher habe ich ihn fast gehasst, aber jetzt schaffe ich es nicht mehr, obwohl ich ihn gern weiterhassen würde.«
»Du hast etwas gegen ihn, weil er intelligenter war als du – behaupten zumindest manche Leute – und weil er erfahrener war«, sagte Clancy.
»Da hast du ausnahmsweise mal recht, ich denke auch, dass er intelligenter war als ich«, räumte Ruby ein. »Es ist nur so … Weißt du, wie man sich fühlt, wenn man permanent mit jemandem verglichen wird, der um einiges intelligenter ist als man selbst?«
Clancy sah sie an, als hätte sie etwas wirklich Schwachsinniges gesagt. »Ja, Ruby, ganz zufällig weiß ich, wie man sich da fühlt.«
»Okay, sorry. Aber bei Spektrum wird mir das ständig unter die Nase gerieben. Alle dort loben ihn über den grünen Klee.«
»Du bist es einfach nicht gewöhnt«, gab Clancy zu bedenken. »Ich habe darin viel Erfahrung und bin geübt in der Kunst der Bescheidenheit.«
»Hä?«
»Ich bin nicht so eingebildet wie andere.«
»Soll ich dir jetzt bei deinen Französischhausaufgaben helfen oder nicht?«, fragte Ruby, um das Thema zu wechseln.

Clancy sah sie so erschrocken an, dass sie ihn freundschaftlich an den Arm boxte. »Mann, Kumpel, du weißt, dass meine Hilfe bei Hausaufgaben nicht an Bedingungen geknüpft ist.«

»Weiß ich zu schätzen.« Clancy schluckte. »Immerhin warst du im Prismenarchiv. Ich meine, jetzt kennst du die Wahrheit über LB und musst nie mehr hinschwimmen.«

»Machst du Witze?«, sagte Ruby. »Klar muss ich da wieder hin!«

»Warum das?«, stammelte Clancy. »Wieso willst du noch mal hin?« Seine Arme gerieten wieder in Bewegung.

»Weil ich die Akte in die Finger bekommen muss, in der steht, *wer* Baker schon während der Ausbildung umbringen wollte.«

»Wie bitte?«, fragte Clancy verblüfft.

»Da war ein Kind, das ihn vor langer Zeit mal umbringen wollte und hinterher weggelaufen ist. Das habe ich in einer Akte über dieses Junioragenten-Programm gelesen, das Spektrum früher mal durchgeführt hat, und mein Instinkt sagt mir, dass alles mehr als suspekt ist, denn ein Großteil der wichtigen Informationen darin ist unkenntlich gemacht worden.«

»Du denkst, dass sich jemand an der Akte zu schaffen gemacht hat?«, fragte Clancy.

»Hundert Punkte!«, sagte Ruby. »Laut Blacker ist es unmöglich, die Phantom-Akten zu löschen oder zu entfernen, aber vielleicht ist es möglich, etwas von einer Akte in eine andere zu verschieben, so dass es nicht mehr gefunden wird. Folglich muss ich noch mal hin und gezielt danach suchen.«

»Heute Abend schon?«, fragte Clancy erschrocken.

»Nein«, sagte Ruby. »Zuerst muss ich den letzten Aktencode rauskriegen. Kröte hat ihn sich als Fragezeichen notiert, und folglich kann ich nur raten.«
»Du hast keine Ahnung?«, fragte Clancy.
»Nicht die geringste«, sagte Ruby.

Auf dem Nachhauseweg achtete Ruby darauf, nur durch gutbeleuchtete, starkbefahrene Straßen mit vielen Restaurants und Lokalen zu fahren, aber trotzdem wurde sie das Gefühl nicht los, erneut beobachtet zu werden. Sie war versucht, den Hyperspeed-Turboantrieb einzuschalten – aber es war besser, sich bedeckt zu halten. Denn ein Kind, das wie ein geölter Blitz durch die Amster Street sauste, hätte mit Sicherheit Aufsehen erregt.
Als Ruby in die Lime Street einbog, fiel ihr ein geparkter Wagen auf, der gleich hinter ihr losfuhr. Und er überholte sie nicht, sondern kroch hinter ihr her. Sie beschleunigte und hatte den Eindruck, dass auch der Wagen hinter ihr schneller wurde, doch ganz sicher war sie sich nicht. In der Oakwood Street angekommen, flitzte sie nach rechts und hoffte, der Wagen würde weiter geradeaus fahren – aber nein, er folgte ihr weiterhin. Jetzt wurde ihr wirklich mulmig. Obwohl sie wieder hätte abbiegen müssen, fuhr sie geradeaus weiter und bremste dann so heftig und abrupt, dass ihr Rad seitlich schleuderte und nun in Richtung der Cedar Street zeigte. Sie trat in die Pedale, bog in den Cedarwood Drive ein und war zehn Sekunden später zu Hause. Der Wagen folgte ihr nicht mehr.
Trotzdem rannte sie die Stufen zur Haustür hinauf, tastete

dabei nach ihrem Schlüssel, ließ ihn in der Aufregung fallen, hob ihn wieder hoch, fand das Schlüsselloch, drückte die Tür auf und war drin! Sie warf die Tür hinter sich zu und achtete darauf, dass das Schloss auch richtig einrastete.

»Ruby, bist du's?«, rief ihre Mutter von oben.

»Ja!«, rief Ruby zurück und lief keuchend die Treppe in den ersten Stock hoch. Sabina saß im Wohnzimmer an ihrem Schreibtisch.

»Alles in Ordnung, Schatz?«, fragte sie. »Du bist ja ganz außer Atem.«

»Ich war mit dem Rad unterwegs.«

Sabina musterte ihre Tochter streng. »Sei bloß vorsichtig, jetzt in der Dunkelheit, Ruby. Fahr nur mit Licht und pass immer schön auf!«

»Ich werde es mir merken«, sagte Ruby, denn es klang wirklich nach einem guten Rat.

»Dein Vater kommt heute erst später nach Hause, Mr Cleethorp hat zu einem Geschäftsessen eingeladen. Ich konnte mich zum Glück ausklinken, es klang nicht sehr aufregend«, sagte Sabina. Sie hielt eine Karte hoch. »Aber stell dir vor: Wir haben unsere Einladung zum Augen-Ball erhalten.«

»*Augen-Ball?*«, wiederholte Ruby ratlos.

»Ach, hast du noch nicht davon gehört?«, fragte ihre Mutter. »Wir schon, obwohl wir in Paris waren. Es geht um den Silvesterball in der alten Augenklinik. Sie ist komplett renoviert worden – aber nur bis hoch zum Auge.«

Damit meinte Rubys Mutter, dass sämtliche Etagen des vierunddreißigstöckigen alten Gebäudes renoviert worden waren,

mit Ausnahme des obersten Stockwerks, wo ein riesiges, blinkendes Neonauge an der Fassade befestigt war.
»Sie haben es geschafft, den großen alten Augapfel wieder zum Blinken zu bringen«, wusste Sabina zu berichten. »Im dreiunddreißigsten Stockwerk wird zwar noch am Ostflügel gearbeitet, und wenn sich die Handwerker nicht schwer ins Zeug legen, wird der große Speisesaal bis dahin nicht fertig.«
»Das wäre frustrierend«, sagte Ruby und gähnte, um diese Unterhaltung möglichst bald hinter sich zu haben.
»Ich weiß.« Sabina seufzte. »Dann hätten wir keinen zweiten Büfettbereich.«
»Tragisch!«, sagte Ruby.
»Und eigentlich sollte auch ein Speiseaufzug eingebaut werden, damit man das ganze Essen nicht von der Küche hochtragen muss. Keine Ahnung, was Consuela ohne den Speiseaufzug machen wird. Sie ist bei dem Event natürlich fürs Catering zuständig.«
»Cool«, sagte Ruby, die inzwischen auf Autopilot geschaltet hatte.
Selbst Sabina spürte jetzt, dass sich ihre Tochter herzlich wenig für die Hintergrunddetails des Augen-Balls interessierte, aber sie redete trotzdem weiter.
»Das Motto ist in diesem Jahr Weltraum und Raumfahrt,«, fuhr sie fort. »Das ist total angesagt im Moment, wegen des neuen Observatoriums und des Starts der Raumfähre.«
»Klingt richtig außerirdisch.«
Sabina entging der leicht spöttische Unterton. »Es ist das Mega-Event der Saison und wird sicher absolut glamourös«, sagte

sie voller Begeisterung. »Und du kannst dich auch schon freuen, denn du darfst natürlich mitkommen!«
»Hab ich befürchtet«, murmelte Ruby.
»Wie bitte?«, fragte Sabina.
»Ich kann es kaum erwarten.«
»So ist's recht, Schatz. Jetzt klingst du wie eine Redfort. Weißt du schon, was du anziehen wirst?«
»Muss ich das *jetzt* schon entscheiden?«, stöhnte Ruby, die sich gern auf wichtigere Dinge konzentriert hätte – zum Beispiel darauf, wie sie wieder an ihren verlorenen Stift kam.
»Du kannst nicht *irgendwas* anziehen«, sagte Sabina. »Und auf gar keinen Fall nur Jeans und ein T-Shirt.«
Ruby blickte an sich hinunter auf das T-Shirt, das sie heute trug. »Aber das hier hat doch einen passenden Spruch.«
Darauf stand: IM WELTRAUM UNTERWEGS UND VOLL VERPEILT!
»Das ist jetzt hoffentlich ein Scherz«, sagte ihre Mutter.
»Nein, ich fände es perfekt«, sagte Ruby.
»Zur Not. Aber komm mir ja nicht mit dem schwarzen Overall an!«
»Er ist doch sehr schick«, sagte Ruby.
»Nicht schick genug für einen eleganten Ball«, sagte Sabina. »Und du würdest sicher auch keine Schuhe mit Absätzen dazu anziehen, stimmt's oder hab ich recht?«
»Nö, Sneaker.«
»Allmächtiger, schenk mir Kraft«, stöhnte Sabina, »oder besser einen Martini. Hitch!«
»Er ist vorhin weggegangen«, rief Mrs Digby aus der Küche.

»Warum?«, rief Sabina zurück.
»Woher soll ich das wissen?«, kam Mrs Digbys Antwort. »Vielleicht trifft er sich mit einem alten Freund.«
»Er hat heute Morgen doch angerufen«, sagte Ruby. »Und gesagt, er sei heute Abend da.«
»Herrje, dieser Haushalt fällt noch auseinander«, rief Sabina und ließ sich auf die Couch fallen.
»Heutzutage kann man sich auf keinen mehr verlassen«, sagte Ruby.
Da tauchte Mrs Digby auf, mit einem Tablett, auf dem ein Martini stand.
»Mrs D«, säuselte Sabina, »Sie verwöhnen mich maßlos.«
»Erzählen Sie mir etwas, was ich noch nicht weiß«, antwortete die Haushälterin trocken. Sie ging zum Fenster und blickte hinaus in die Dunkelheit. »Würde mich nicht wundern, wenn wir heute Nacht den ersten richtigen Schnee bekämen«, sagte sie.
»Meinen Sie?«, fragte Sabina. »Mir wäre es lieber, der Schnee würde noch eine Woche warten. Mein schöner warmer Lieblingsmantel ist noch in der Reinigung, und ich habe keine wirkliche Alternative.«
»Wie wär's mit dem Mantel, der in Ihrem Schrank hängt?«, schlug Mrs Digby vor.
»Dem pinkfarbenen?« Sabina schüttelte den Kopf. »Pink ist eigentlich keine Winterfarbe, finden Sie nicht auch?«
»Wen juckt die Farbe? Er ist mit Pelz gefüttert«, gab Mrs Digby zurück. »Und warm ist warm.« Sie dachte daran, wie sie als Fünfjährige in einen Schneesturm geraten war. Was hätte sie

sich da über einen pinkfarbenen Mantel gefreut, *jeden* Mantel – diese Geschichte erzählte sie oft und gern. »Hätte mein Pa das Heulen der Wölfe nicht gehört und wäre ins Freie gekommen, um nach mir zu suchen, wäre ich elendiglich erfroren, das ist so sicher, wie die Nacht finster ist!«

29. Kapitel

Gelbe Notizbücher

Ruby ging nach oben in ihr Zimmer. Sie stellte sich ans Fenster, um zu sehen, ob Mrs Digby mit ihrer Schneeprognose recht hatte, doch keine einzige Schneeflocke war zu sehen, zumindest noch nicht. Ihr Blick fiel auf das Haus mit dem grauen Schindeldach, das stumm und leer dastand. Die neuen Besitzer waren noch nicht eingezogen. Ruby musste an Homer Pinkerton denken.

Wenn Pinkertons Tod mit dem von Bradley Baker zusammenhängt, dachte sie, dann hat das alles schon vor vielen Jahren angefangen, lange bevor ich mein Füßchen auf diesen Planeten gesetzt habe.

Aber welche Verbindung konnte es zwischen Pinkerton und Baker gegeben haben? Was war mit dem Hund passiert, warum war er entführt worden?

Fang ganz von vorne an, Ruby, sagte sie sich. Du hast gesehen, wie Mr Pinkertons Hund entführt wurde, aber du kannst dich nicht daran erinnern. Was könntest du an jenem Tag sonst noch beobachtet haben?

Sie kniete sich auf den Boden und rollte den kleinen Läufer mit dem geometrischen Muster zusammen, der einen Teil ihres Holzfußbodens bedeckte. Mit Hilfe eines Schraubenziehers stemmte sie ein ganz bestimmtes Brett hoch. Darunter befand sich ein Hohlraum, in dem sie ihre 624 gelben Notizbücher aufbewahrte.

In diesen Büchern steckte enorm viel Arbeit. Seit vielen Jahren schrieb Ruby Tag für Tag alles auf, was sie erlebt, gesehen oder auch gehört hatte. Das konnten Gesprächsfetzen sein, seltsame Vorkommnisse, aber auch ganz banale Dinge. Denn sie fand: AUCH HINTER ETWAS BANALEM KANN SICH EIN GEHEIMNIS VERBERGEN. Das war ihre REGEL 16. Die Notizbücher waren eher dünn, doch obwohl Ruby extrem schnell lesen konnte, würde sie es niemals schaffen, sie an diesem Abend vollständig durchzulesen. Und mit welchem sollte sie überhaupt anfangen? Am besten mit dem ersten …

Als sie ungefähr in der Mitte von Notizbuch 46 war, fiel ihr auf, dass sie über ein Ereignis geschrieben hatte, das große Ähnlichkeit mit einem anderen hatte, das sie im Juli zuvor in Notizbuch 22 beschrieben hatte.

Notizbuch 22

Großmutter hätte beinahe Mums Diamantohrringe verschluckt. Sie lagen auf dem Boden ihrer

Teetasse. Da hat sie gesagt: »Ist das ein kostbarer Tee oder nicht?«

Notizbuch 46

Großmutter hat Mums Smaragdohrringe verschluckt, und wir waren fast den ganzen Samstag in der Notaufnahme. Der Doktor hat gesagt: »Tödlich ist es nicht, nur etwas unangenehm.«
Großmutter hat den Arzt gefragt, wie sie die Ohrringe wieder aus ihrem Körper bekommen kann. Und der hat gesagt: »Lassen Sie der Natur ihren Lauf.«
Da hat Großmutter geantwortet, die Lust auf Tee sei ihr vergangen, obwohl sie um dreißigtausend Dollar wertvoller sei als noch vor acht Stunden.
Mom hat gesagt, in Zukunft würde sie beim Anblick der Smaragdohrringe immer daran denken müssen, welchen Weg sie zurückgelegt haben. Deshalb hat sie sie Großmutter geschenkt.
Großmutter hat gesagt: »Die habe ich mir wahrlich hart verdient.«

Dieser kleine Unfall mit den Ohrringen erinnerte Ruby wiederum an einen Punkt, den sie sich neulich auf einer ihrer Listen notiert hatte:

WAS ICH NICHT WEISS:

Wo Moms Schlangenohrringe sind.

Plötzlich war sie sich ziemlich sicher, dass sie es doch wusste. Wahrscheinlich lagen sie in einer der Teetassen in Großmutters New Yorker Apartment. Und hoffentlich war die alte Dame ihrem Vorsatz treu geblieben, in Zukunft nur noch Kaffee zu trinken.

Ruby nahm sich vor, ihre Großmutter anzurufen. Aber nicht jetzt gleich. Sie war auf einmal hundemüde. Deshalb verstaute sie ihre Notizbücher wieder in ihrem Versteck, legte das Brett an seinen Platz zurück und rollte den Läufer wieder aus. Dann ging sie schlafen.

Am nächsten Morgen in der Schule war wenig los. Für ein bisschen Abwechslung sorgte immerhin ein Zwischenfall mit Del Lasco. Mrs Drisco hatte sie dabei erwischt, wie sie mit ihren Rollerskates durch den Hauptkorridor flitzte. Der war herrlich lang, und der Fußboden war erst vor kurzem frisch geschliffen worden und somit ideal fürs Rollerskaten.

Mrs Drisco verdonnerte Del zu drei Stunden Mülleinsammeln und beschlagnahmte ihre Skates. Das nahm Del natürlich nicht ohne Protest hin, und sie argumentierte damit, in den Schulregeln stünde nirgends geschrieben, dass Skaten im Korridor verboten sei.

Mrs Drisco beharrte auf ihrem Standpunkt und sagte, wenn schon das Rennen im Schulkorridor verboten sei, dann wohl erst recht das Skaten.

Del dagegen sagte, wenn sie gewusst hätte, dass es verboten ist, hätte sie es *natürlich* niemals getan.
Mrs Drisco sagte, das könne sie kaum glauben.
Del wiederum empfand diese Aussage als Beleidigung.
Regeln seien Regeln, sagte Mrs Drisco.
Del entgegnete, sie habe absolut kein Problem mit Regeln, wohl aber damit, dass »manche Dinge, die keine Regeln sind, im Nachhinein zu Regeln erklärt werden, nur um eine ahnungslose Unschuldige zum Mülleinsammeln zu verdonnern«.
Den Rest dieses Morgens verbrachte Del im Rektorat. Als sie wieder herauskam, sagte sie, das würde sie sich nicht gefallen lassen. Und so wie Ruby Del kannte, würde sie vermutlich gewinnen – oder aber von der Schule fliegen.

Nach der Schule nahm Ruby den Bus zum Cherry Cup, und während der Fahrt grübelte sie darüber nach, was der Code für die Level-3-Akten sein könnte. Wie sollte sie ihn knacken, wenn sie nicht mal wusste, um welche Art von Code es sich handelte?
Mouse hatte am frühen Nachmittag einen Zahnarzttermin gehabt und wollte sich nun mit Ruby im Cherry Cup treffen. Als Ruby das Lokal betrat, versuchte ihr eine junge Frau einen Flyer aufzudrängen, mit dem für ein Eislauf-Musical geworben wurde.
»Kein Interesse«, sagte Ruby.
»Aber es geht um das Thema Weltall«, sagte die Frau.
»Tut doch alles zurzeit«, sagte Ruby, nahm den Flyer aber netterweise mit und drückte die Tür zum Cherry Cup auf.

Ihre Freundin saß bereits da, in ein Kreuzworträtsel vertieft.

»Hey, Mouse, das sieht aber langweilig aus.«

Mouse verzog das Gesicht. »Ist es auch«, sagte sie. »Aber ich muss mich ablenken.«

»Von was?«

»Na, damit ich nicht an das Turnier denke. Ich werde Penelope Fingelhorn schlagen müssen.«

»Das schaffst du mit links!«

»Ich weiß«, sagte Mouse. »Und danach muss ich auch noch Kitty Kuramara schlagen.«

»Die machst du auch fertig!«

»Schön wär's, Ruby! Ich werde das dumpfe Gefühl nicht los, dass sie *mich* schlagen wird, verstehst du, was ich meine?«

»Reine Kopfsache«, sagte Ruby. »Du kannst es, das weißt du genau. Du hast schon zig weitaus schwierigere Spiele gewonnen. Da ist Kitty Kuramara doch ein Klacks.« Während Ruby ihrer Freundin Mut zusprach, fiel ihr auf, dass Mouse den Musical-Flyer immer dann um ihren Trinkhalm wickelte, wenn der Name Kitty fiel. Und als sie es dann zum vierten Mal tat, hatte Ruby plötzlich eine Eingebung, beziehungsweise *zwei* Erkenntnisse.

Die erste bezog sich auf den Stift, den Groete an einer Schnur um den Hals getragen hatte, als wollte er ihn keine Sekunde aus den Augen lassen. Dieser Stift um den Hals war neu; Ruby hatte ihn noch nie zuvor damit gesehen. Dazu kam Groetes neue Aufgabe als Programmierer sämtlicher Codes des Prismenarchivs. Darauf war er richtig stolz, er hatte es Ruby mit Hochgenuss unter die Nase gerieben.

Die zweite Erkenntnis war, dass Groete, wann immer sie ihn auf die Phantom-Akten angesprochen hatte, mit diesem Stift gespielt hatte, und als er noch nervöser wurde, hatte er angefangen, seine Krawatte um den Stift zu wickeln, genau wie Mouse es im Moment mit dem Trinkhalm und dem Flyer tat.

Ruby war so fasziniert von dieser Erkenntnis, dass sie fast vergessen hätte, Mouse weiter zu motivieren.

»Und was würdest du tun, Ruby, wenn *du* es mit Kitty Kuramara aufnehmen müsstest?«

»Ähm … Ich würde vergessen, dass es sich um Kitty handelt. Ich meine, stell dir vor, sie sei Elliot oder sonst jemand, mit dem du spielend fertig wirst. Du musst anders *denken*, Mouse. Es ist eine Sache des Willens«, versicherte ihr Ruby. »Dein Problem ist, dass du denkst, du würdest *verlieren.* Folglich musst du deine Gedanken anders ausrichten und dir sagen, dass du *gewinnen* wirst.«

Das war Rubys REGEL 12: BRING ORDNUNG IN DEINE GEDANKEN, UND DU HAST BESSERE CHANCEN.

»Du hast gut reden, Ruby«, seufzte Mouse. »Du lässt dich nicht so leicht einschüchtern.«

Ruby dachte kurz nach und sagte dann: »Ich habe neulich im Fernsehen eine Frau gesehen, die meinte, man müsse eine kraftvolle Körperposition einnehmen, sagen wir wie Wonder Woman – du weißt ja, wie sie dasteht: Füße auseinander, Hände auf den Hüften, herausfordernde Haltung. Weißt du, das bewirkt eine chemische Veränderung im Gehirn, und das strahlt man dann aus. Wenn man sich sehr selbstbewusst um

eine Stelle bewirbt, hat man tausendmal bessere Chancen und kriegt den Job viel eher. Und ich wette, das funktioniert auch bei einem Match, und dann gewinnst du.«
»Bist du dir sicher?«, fragte Mouse vorsichtig.
»Klar bin ich mir sicher«, sagte Ruby.

Als sie später das Cherry Cup verließ, sah Mouse um einiges glücklicher aus, während Ruby das euphorische Gefühl hatte, dass sie auf einer neuen, vielversprechenden Spur war.

Wieder zu Hause, ging sie sofort in ihr Zimmer und suchte ihre Regale ab, bis sie die kleine *Indigo-Codeknacker-Bibel* eines anonymen Autors gefunden hatte.
Sie überflog das Büchlein in aller Eile, bis sie auf Seite 101 schließlich fand, wonach sie gesucht hatte: Transpositions-Codes, also Codes, bei denen die einzelnen Zeichen einer Botschaft so umsortiert werden, dass sie auf den ersten Blick keinen Sinn mehr ergeben. Es gab eine ganze Menge dieser Codes, doch der, für den sie sich interessierte, hieß Skytale, ein Verschlüsselungsverfahren, das schon die alten Griechen und besonders die Spartaner verwendet hatten, um bei Feldzügen Nachrichten zu übermitteln. Er funktioniert folgendermaßen: Man nimmt einen Holzstab (griechisch: Skytale) mit einem ganz bestimmten Durchmesser, wickelt ein Lederband wendelförmig darum herum und schreibt die Nachricht darauf. Wenn man den Lederstreifen anschließend abwickelt, sieht man nur einen wirren Buchstabensalat. Der Empfänger der Botschaft braucht einen Stab mit genau demselben Durch-

messer, wickelt den Lederstreifen darum, und *schwupps!*, schon ergeben die Buchstaben oder Zahlen einen Sinn!

Und dieser Gegenstand oder Holzstab konnte auch ein Stift sein, nicht wahr? Oder etwas, das wie ein Stift aussah. Ein Stift an einer Schnur?

Der Streifen des zu entschlüsselnden Texts befand sich vermutlich irgendwo im Prismenarchiv, wie Ruby annahm. Und der Gegenstand beziehungsweise der Stift musste dorthin mitgenommen werden, falls man Zugriff auf eine der gut gesicherten Akten von Level 3 haben wollte.

Okay, dachte Ruby. Dann muss ich also nur Groetes Stift in die Finger bekommen. Das kann nun wirklich nicht allzu schwer sein …

30. Kapitel

Ein Glücksfall

Ruby hatte gerade mal dreißig Minuten lang tief und fest geschlafen, als sie von einem Summen geweckt wurde. Ihre Fluchtuhr blinkte, und auf dem Ziffernblatt war eine Nachricht zu lesen:

HQ, SOFORT!

Ruby eilte ins Hauptquartier und wollte sich pflichtgemäß am Empfang melden, doch Summ ließ sie gar nicht erst zu Wort kommen, sondern hob abwehrend eine Hand. Ruby musste also noch warten.

Sie setzte sich und wartete.

Und wartete.

Nach zehn Minuten wurde sie unruhig.

Nach zwanzig Minuten wurde sie sauer.

»Warum bin ich hier?«, maulte sie. »Haben Sie mich ins HQ gelockt, nur damit ich hier rumsitze? Oder …«

»Ich habe dich nicht hergelockt, sondern lediglich angefunkt, weil ich die Anweisung dazu hatte.« Summ nahm wie immer alles wörtlich.

»Sagen Sie mal, Summ, fühlen Sie sich nicht manchmal wie ein Pilz, wenn sie inmitten Ihrer vielen Schreibtische sitzen?«

»Warum sollte ich mich wie ein Pilz fühlen?«, fragte Summ.

»Ich sehe Sie immer nur in diesem Kreis aus Schreibtischen sitzen, und es sieht fast so aus, als würden Sie daraus herauswachsen«, sagte Ruby. »Und wie Sie wissen, wachsen Pilze im Dunkeln, und die Zentrale hier liegt unter der Erde.«

»Aber dunkel ist es hier nicht«, sagte Summ und sah Ruby verständnislos an. »Unsere Räume sind gut beleuchtet.«

»Summ, haben Sie eigentlich gar keinen Sinn für Humor?«

»War das eben witzig?«, fragte Summ todernst zurück.

»Okay, vermutlich nicht«, sagte Ruby resigniert.

Sie sah ein, dass es völlig sinnlos war, sich mit der Telefonistin und Empfangssekretärin unterhalten zu wollen. Deshalb setzte sie sich wieder auf die Bank, holte ihre *Indigo-Code-*

knacker-Bibel heraus und begann zu lesen. Wenn sie schon warten musste, konnte sie die Zeit auch sinnvoll nutzen und etwas lernen. Dann endlich gab Summ ihr ein Handzeichen. Ruby nahm ihren Parka auf den Arm und ging an Summs Schreibtisch, um zu erfahren, wohin sie gehen sollte und wer sie erwartete. Doch als sie sich dem Schreibtischkreis näherte, geschah etwas Seltsames. Summ wurde kreidebleich.

»Was ist?«, fragte Ruby. »Was ist passiert? Sie sehen aus, als hätten Sie gerade einen Geist gesehen.«

Summ schien keine Worte zu finden. Ruby folgte ihrem Blick und sah, worauf Summ wie hypnotisiert starrte – auf den kleinen weißen Button, der an der Innenseite von Rubys Parka steckte.

»Ist es mein Button?«, fragte Ruby, doch Summ gab keine Antwort. Mit tonloser Stimme sagte sie: »LB erwartet dich.« Dann nahm sie das grüne Telefon ab und sagte: »Spektrum 8, *declare seu divisão**.«

* Portugiesisch: Nennen Sie Ihren Standort.

Die Atmosphäre war frostig, als Ruby LBs strahlend weißes Büro betrat. Diesmal begriff Ruby, was dieses Weiß bedeutete. Die Wände sollten nicht weiß *sein*; sie waren weiß, weil sie *ohne Farbe* waren. Und in ihrem Kopf hörte sie erneut die Worte ihrer Chefin: »Neunundneunzig Sekunden haben ausgereicht, um alle Farbe aus meinem Leben fließen zu lassen.«

»Setz dich!«, befahl LB.

Ruby setzte sich.

»Worüber wir neulich abends gesprochen haben«, begann LB, »bleibt hoffentlich unter uns. Gerüchte und Halbwahrheiten innerhalb von Spektrum 8 wären so ungefähr das Letzte, was ich möchte.«

»Selbstverständlich«, sagte Ruby.

»Es wurde vereinbart, dass die Ereignisse von damals verheimlicht werden sollten, denn die Wahrheit hätte die Moral untergraben.«

»Verstehe«, sagte Ruby. »Und es tut mir leid.«

»Leid? Was?«

»Das, was passiert ist«, sagte Ruby. »Und es tut mir auch leid, dass ich Sie verdächtigt habe. Das war vorschnell von mir. Die Sache mit dem Spektrum-Maulwurf geht mir ziemlich unter die Haut.«

»Doppelagent«, korrigierte LB. »Man sollte die Macht von Paranoia nie unterschätzen.« Sie blickte kurz auf den Aktenstapel vor ihr, dann wieder auf Ruby. »Wenn wir wissen, dass *einem* von uns nicht getraut werden kann, kann *keinem* von uns getraut werden.«

Ruby rutschte auf ihrem Stuhl herum; diese Aussage klang nicht beruhigend.

»Sind wir uns da einig?«, hakte LB nach.

Ruby nickte.

»Also denk daran: Klappe halten!«

»Darauf können Sie sich verlassen«, versprach Ruby.

Da klopfte es an der Tür, und Hitch kam herein. »Sie müssen los – der Hubschrauber wartet«, sagte er zu LB.

Die Chefin von Spektrum 8 wollte Ruby schon zur Tür winken, als Ruby sich plötzlich sagen hörte: »Summ hat mich vorhin so komisch angestarrt.«

»Wie meinst du das?«, fragte LB.

»Normalerweise würde ich es nicht erwähnen, aber das hat sie noch nie getan«, sagte Ruby.

»Ich kann dir nicht ganz folgen«, sagte LB. »Ist das eine Beschwerde oder eine Beobachtung? Hat sie dich in irgendeiner Weise gekränkt? Denn dann könntest du dich ans Personalbüro wenden oder, noch besser, es einfach vergessen.«

»Sie wurde leichenblass, als sie das hier gesehen hat«, sagte Ruby und hielt ihren Parka mit dem kleinen weißen Button am Innenfutter hoch.

Augenblicklich wurde die Atmosphäre noch frostiger. Es war, als habe ein Gespenst den Raum betreten.

»Wo hast du den her?«, fragte LB mit erstickter Stimme.

Hitch streckte die Hand nach dem Parka aus. »Kleine, hast du den Button gefunden oder von jemandem bekommen?«

»Gefunden«, antwortete Ruby etwas verunsichert. »Aber das ist schon lange her. Er lag am Straßenrand in der Nähe unseres Hauses im Cedarwood Drive.«

Hitch inspizierte den kleinen, runden Metall-Button.

»Ist es …?«, fragte LB.

Er nickte. »Ja«, sagte er dann. »Es ist eindeutig das Symbol.«

»Welches Symbol?«, fragte Ruby.

»Das Larven-Symbol«, erklärte Hitch und strich mit einem Finger über die Braillezeichen.

Herrje, ist mir gar nicht aufgefallen, dachte Ruby, sagte aber nichts.

»Wie ist der Button dorthin gekommen?«, sagte LB. »Er ist vor über dreißig Jahren verschwunden.«

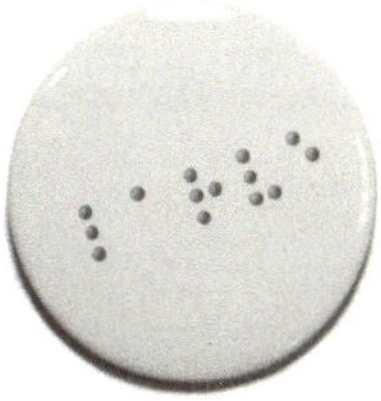

»Was ist damit? Wem hat er gehört?«, fragte Ruby.

Doch sie bekam keine Antwort. LB öffnete die Tür zum Nebenraum ihres Büros – einem Raum, den Ruby bisher nur einmal betreten hatte, sehr zum Ärger ihrer Chefin. Es war ein Raum voller Landkarten und Fotos: Fotos von Agenten, Fotos von formellen Anlässen, andere waren mehr privater Art. Auf einigen der Fotos waren spektakuläre Szenen zu sehen: Agenten, die über tiefe Schluchten sprangen oder steile Felswände erklommen. Andere Fotos zeigten sie in der Freizeit, wie zum Beispiel das Foto von Hitch, auf dem er sich wenige Zentimeter vor einem großen Krokodil befand und diesem in die Augen blickte. Hitch schnitt darauf eine Grimasse und schielte. Doch auf dem Schwarzweißfoto, auf das LB nun zeigte, war ein glücklich lächelnder Junge im Cockpit eines Flugzeugs zu sehen. Hitch holte es von der Wand und reichte es Ruby.

Sie hatte das Foto schon einmal gesehen, damals, als sie sich heimlich in diesen Raum geschlichen hatte und von LB ertappt worden war. Damals glaubte Ruby, auf dem Foto sei der Sohn eines Agenten zu sehen, der sich spaßeshalber auf den Pilotensitz gesetzt hatte. Jetzt aber wusste sie, dass sie den Piloten sah.

»Ist es der, den ich meine?«, fragte Ruby.

»Ich weiß nicht«, sagte LB. »Meinst du, dass es Bradley Baker ist?«

»Ja.«

»Dann liegst du richtig. Es *ist* Bradley Baker.«

Der Junge mochte acht oder neun Jahre alt sein, aber das war nicht das Interessante an diesem Foto. Was Ruby sehr viel interessanter fand, war der kleine weiße Button an seinem Hemd.

»War das sein Abzeichen?«, fragte Ruby.

»Er hatte es bekommen, nachdem er das JSRP-Training absolviert hatte, der Einzige übrigens, der diesen Abschluss machte. Später wurde das Ausbildungsprogramm für Kinder eingestellt.«

Ruby verzog keine Miene. Sie durfte sich nicht anmerken lassen, dass sie das bereits herausgefunden hatte.

»War es das einzige Larven-Abzeichen, das jemals vergeben wurde?«, fragte sie.

»Das einzige, das jemals angefertigt wurde«, bestätigte LB.

»Folglich ist es definitiv seines?«, fragte Ruby.

»Ganz ohne Zweifel«, sagte Hitch.

»Und wieso lag es wenige Meter von unserem Haus entfernt am Straßenrand?«, überlegte Ruby laut.

»Das frage ich mich auch«, sagte Hitch.

LBs Uhr piepte laut, und sie eilte zur Tür.

»Schließt du hier bitte ab, Hitch?« Und schon war sie weg, zusammen mit dem kleinen Button, der so lange Rubys moralische Stütze gewesen war und nun bestimmt in irgendeiner

Schublade enden würde. Ruby fragte sich, ob sie ihn jemals wiedersehen würde. Eher nicht.

Als sie sich ebenfalls zum Gehen wandte, fiel ihr Blick auf eine Reihe von Fotos, die eine junge Frau im freien Fall zeigten. Sie sah umwerfend aus, buchstäblich strahlend, denn ihr hautenger goldfarbener Overall glänzte in der Sonne. Um die Schultern trug sie ein kleines Cape mit Pelzbesatz, und auf den letzten drei Fotos konnte man sehen, wie sie einen Fallschirm auslöste, der sich auf dem nächsten Foto öffnete und wie ein goldener Pilz über ihr aufblähte. Auf dem letzten Bild segelte die Frau mit dem goldenen Fallschirmpilz über sich auf den Erdboden zu.

»Wer ist das?«, fragte Ruby.

»Na, deine Chefin«, antwortete Hitch.

»Sie machen Witze?!« Ruby war baff. »Jetzt sagen Sie bloß, LB hat solche Sachen gemacht!«

»Sicher. Sie war Spektrums erste weibliche Agentin im Einsatz, und sie gehörte mit zu den Besten.«

»Ein toller Overall!«, sagte Ruby.

»Ja, ein Thermo-Skydiver-Anzug, in dem man auch bei niedrigsten Temperaturen überlebt.«

»Was meinen Sie? Besteht die Chance, dass Spektrum mir auch so einen Anzug spendiert?«, fragte Ruby, die ihre Augen kaum von der goldenen Wolke abwenden konnte. »Es ist das coolste Outfit, das ich je gesehen habe.«

»Da musst du schon etwas absolut Bemerkenswertes tun, bevor LB dir ihr Fallschirm-Cape überlässt.« Hitch grinste sie an.

»Etwas absolut Bemerkenswertes?«, wiederholte Ruby. »Wie zum Beispiel die Klappe halten? Das kriege ich hin.«

»Nein, ich denke, es müsste mindestens so bemerkenswert sein, wie einen verlorenen Goldschatz zu finden.«

»Gut, ich werde mich bemühen«, sagte Ruby.

»Träum weiter, Kleine.«

Hitch und Ruby gingen zurück in die Eingangshalle.

»Wissen Sie, was ich mich frage?«, sagte Ruby. »Waren Sie auch im JSR-Programm, zusammen mit Bradley Baker?«

»Wie bitte?«, sagte Hitch überrascht.

»Waren Sie während Ihrer Ausbildung mit ihm zusammen, ich meine, damals, als Junge?«

»Für wie alt hältst du mich eigentlich?«

»Keine Ahnung«, sagte Ruby. »Fünfundfünfzig … siebenundfünfzig vielleicht?«

»Kleine, ich bin zweiundvierzig!« Er schüttelte den Kopf. »Schon klar, man sollte ein Kind nie fragen, wie alt es einen schätzt! Kinder halten jeden über dreißig für einen Greis.«

»Sorry, ich wollte Sie nicht kränken«, sagte Ruby.

»Keine Angst, meine Haut ist dicker als die eines Krokodils«, entgegnete Hitch. »Aber nein, ich war nicht im JSRP.«

Sie musterte ihn – falls er log, dann war er wirklich ein begnadeter Lügner. Er sagt die Wahrheit, dachte sie.

»Apropos Krokodil«, fuhr sie fort, »was war mit diesem Foto? Wie haben Sie es mit Ihrer Krokodilphobie geschafft, sich so nahe an das Reptil heranzutrauen?«

»Das Foto wurde im Disneyland aufgenommen«, presste er heraus. »Es war ein Plastikkrokodil! Kind, du solltest dir wirklich mal eine bessere Brille zulegen.« Er trat in den Aufzug.

»Wo wollen Sie hin?«, rief Ruby. »Ich dachte, wir könnten vielleicht noch einen Donut essen gehen.«

»Würde ich ja gern, Kleine, aber die Pflicht ruft.« Als sich die Tür schloss, rief er noch: *»See you later, alligator!«*

»Lustig«, brummte Ruby. »Wirklich lustig.«

Sie schlüpfte in ihren Parka und zog den Reißverschluss bis zum Hals zu, da sie wusste, dass es draußen bitterkalt war. Als sie schon fast an der Tür war, kam ihr Hal entgegen.

»Danke für das rote Rad«, sagte sie verkniffen.

HAL: »Ist es nicht grün?«

RUBY: »Es ist *rot*!«

HAL: »Ach!«

Pause.

RUBY: »Sagen Sie mal: Sind Sie farbenblind?«

HAL: »Ja.«

RUBY: »Hammer!«

HAL: »Und? Bist du jetzt zufrieden?«

RUBY: »Sehe ich zufrieden aus?«

HAL: »Weiß nicht. Tust du es? So gut kennen wir uns ja nicht. Zufrieden kann bei dir ganz anders aussehen als bei den meisten anderen Kindern.«

RUBY: »Ich bin aber nicht die meisten Kinder, und ich sehe *nicht* zufrieden aus.«

HAL: »Warum nicht?«

RUBY: »Warum sollte ich ein rotes Rad haben wollen?«

HAL: »Vielleicht, weil Rot eine fröhliche Farbe ist?«

RUBY: »Ich bin kein fröhlicher Mensch.«

HAL: »Vielleicht, weil du Ruby heißt?« Er grinste. »Ruby wie Rubinrot?«

RUBY: »Lahmer Gag! Ich hätte mein Rad gern grün. Meine Räder sind immer grün.«

HAL: »Dir ist aber schon klar, dass die Farbe des Fahrrads rein gar nichts damit zu tun hat, wie es sich fährt, oder?«

RUBY: »In meinem Fall schon. In meinem Fall hat es einen enorm großen Einfluss auf meinen Fahrstil.«

HAL: »Okay, lass es hier. Ich spritze es um.«

RUBY: »Wissen Sie was? Ich glaube, das mache ich selbst. Ich habe Angst, dass es sonst am Ende noch violett ist, und das würde ich nun wirklich nicht verkraften.«

HAL: »Ach, magst du Violett nicht?«

RUBY: »Was denken *Sie*?«

»Komm mit!«, sagte Hal und seufzte. »Ich gebe dir eine Dose grünes Farbspray mit.«

Sie ging mit Hal nach unten in den Spezialgeräteraum, und Hal schickte jemanden los, um eine Dose des von Ruby gewünschten Farbtons zu holen.

»Du wirst feststellen, dass es ganz einfach ist; die Farbe tropft nicht und trocknet auch blitzschnell.«

Ruby bedankte sich etwas schmallippig und wandte sich dann zur Tür.

»Moment, ich muss dich bis zum Ausgang begleiten«, sagte Hal.

»Mann, muss das sein? Ich finde auch allein hinaus, und Sie haben sicher massenhaft zu tun, oder?«

»Klar, hab ich«, antwortete Hal.

»Na also. Ich hüpfe ganz allein davon und erspare Ihnen die Mühe.«

»Okay«, sagte er. »Aber mach unterwegs keine Dummheiten!«

»Nein, da können Sie ganz beruhigt sein!« Ruby lächelte ihn an, als könne sie kein Wässerchen trüben.

Und schon marschierte sie brav in Richtung Ausgang, genau wie es von ihr erwartet wurde – doch kaum war sie um die erste Ecke gebogen, machte sie kehrt, flitzte nach links statt nach rechts und huschte zur violetten Tür von Raum 324, dem »Krötenteich«, wie Blacker ihn gern nannte – Groetes Büro. Sie klopfte, aber es kam keine Reaktion. Sie drehte den Türknopf, und wie nicht anders zu erwarten, war die Tür abgeschlossen. Doch dieses kleine Problem hatte Ruby schnell gelöst. Sie kannte Groetes Code noch vom letzten Mal, als sie hier etwas gesucht hatte, und sein Code war herrlich unkompliziert.

Das, wonach sie suchte, würde sie natürlich nicht auf seinem Schreibtisch finden. Vermutlich war es in dem kleinen Safe darunter. Als sie seinen Schreibtisch umrundete, blieb sie mit ihrer Tasche an dem Stiftebecher hängen, dessen Inhalt sich über die ganze Tischplatte ergoss. Sämtliche Stifte rollten davon.

»Verdammt!«, schimpfte Ruby und schaffte es gerade noch, einige der Stifte aufzufangen.

Und da hatte sie ihn plötzlich in der Hand: den Skytale-Stift. Groete hatte ihn an diesem Tag offenbar in seinen hübschen kleinen Stiftebecher gesteckt. Ruby zögerte nur eine Sekunde, bevor sie ihn in ihrer Tasche verschwinden ließ. Danach sah sie zu, dass sie möglichst schnell wegkam. Sie musste umgehend ins Prismenarchiv, bevor Groete das Verschwinden seines Decoder-Stifts bemerken würde.

Der Mann blickte auf
das zerlumpte Kind hinunter
und fragte sich, wie der Knirps
es geschafft hatte, ihn zu finden …

»… und was kann ich deiner Meinung nach für dich tun?«, fragte er. »Außer dass ich den Kinderfänger rufe und dich abholen lasse? Sofern es einen gäbe …«

»Ich will bei Ihnen in die Lehre gehen.«

Darüber konnte er nur lachen. »Ich stelle keine Lehrlinge ein.«

»Sollten Sie aber. Ich bin schlau.«

»Ich bin auch alleine schlau genug«, schnaubte der große, dünne Mann. »Außerdem arbeite ich lieber allein. Gut, wenn ich Hilfe brauche, heuere ich mal den einen oder anderen an. Du würdest staunen, wenn du wüsstest, wie viele redliche Bürger bereit sind, für die Aussicht auf eine Handvoll Dollar ihre Seele zu verkaufen.«

»Ich will kein Geld.«

»Unsinn! Jeder will Geld.«

»Ich nicht.«

»Deine Naivität macht mich neugierig«, sagte der Graf. »Willst du mir etwa weismachen, dass du ohne Gegenleistung für mich arbeiten möchtest?«

»Stimmt, ich will nichts dafür.«

»Erstaunlich. Jeder hat seinen Preis. Was ist deiner?«

»Ich will alles lernen, was Sie wissen.«

»Ich soll dir beibringen, wie es in der Unterwelt zugeht? Und was hätte *ich* davon?«
»Ich weiß Dinge, die für Sie von Interesse sind.«
»Ein Knirps wie du? Das wage ich zu bezweifeln. Nenne mir eine Sache, von der du glaubst, mehr zu wissen als ich!«
»Spektrum.«
Verblüfftes Schweigen, dann sagte der Mann: »Wie heißt du?«
»Ich habe keinen Namen. Ich will meine Vergangenheit abstreifen wie eine Schlange ihre Haut.«
»Wie poetisch«, sagte der Graf.

31. Kapitel
Der Unfallort

Zweiunddreißig Minuten später stand Ruby im Prismenarchiv. Komisch, ihr Stift lag nicht wie erwartet auf dem Fußboden, er war verschwunden. Was bedeutete, dass in der Zwischenzeit jemand hier gewesen war.
Frage: Wenn ihn ein anderer Spektrum-Agent, der offiziell Zutritt zum Prismenarchiv hatte, gefunden hatte, warum war dann die Security nicht informiert? Warum interessierte sich Spektrum nicht dafür, wer sich die Phantom-Akten anschaute?

Das ist im Moment unwichtig, sagte sich Ruby. Such nach dem, was du brauchst, und verschwinde wieder.
Sie tippte den Zugangscode für Level 2 ein und nahm sich sofort die Larven-Akten vor. Darin müsste doch stehen, wer damals am Fluss versucht hatte, Bradley Baker umzubringen. Vielleicht hatte der potentielle Mörder seine Tötungsabsicht ja nicht fallen lassen, sondern weiterhin versucht, Spektrums begabtesten Agenten aus dem Weg zu räumen.
Der Spruch in der Gasse neulich deutete jedenfalls darauf hin.

Sei auf der Hut vor dem Kind, das, getarnt als Fliege, eine Larve werden wollte, sich jedoch als Spinne entpuppt hat.

Vielleicht hatte dieses Kind von damals geduldig auf den richtigen Augenblick gewartet, um seinen finsteren Plan doch noch in die Tat umzusetzen …
Ruby überflog die Seiten und suchte nach näheren Infos über den Zwischenfall bei den Stromschnellen und auch nach den Namen der Kinder, die damals dabei gewesen waren, doch da stand nichts Brauchbares. Etliche Seiten waren verschlüsselt, auf anderen waren viele Wörter durchgestrichen, und dazwischen standen nur nichtssagende Dinge. Enttäuscht schüttelte sie die Akte und schlug sie dann zu, und dabei fiel ein einzelnes Blatt heraus, das offenbar in den Umschlag geschoben worden war.
Es war ein Bericht über den fatalen Tag an den Stromschnellen, und darin tauchten zwei Namen auf, nach denen Ruby bisher vergeblich gesucht hatte.

Der erste Name war der des Kindes, das allem Anschein nach versucht hatte, Bradley Baker zu töten. Es hieß Casey Morgan. Eindeutige Beweise gab es allerdings nicht – auch keine Augenzeugen –, und falls Art Hitchen Zachery etwas beobachtet hatte, dann konnte er sich, traumatisiert, wie er war, vermutlich nicht daran erinnern. Doch die Tatsache, dass Morgan nach diesem Vorfall davongerannt und nie mehr aufgetaucht war, ließ darauf schließen, dass er der Schuldige war.
Der zweite Name in dem Bericht betraf das Kind, das Baker aus dem reißenden Fluss gezogen hatte, jemand namens Loveday – mehr stand nicht da.
Die Sucherei in den Akten hatte so lange gedauert, dass Ruby kaum noch Zeit blieb, auch eine Antwort auf ihre zweite Frage zu finden: Warum hatte Bakers letzter Funkkontakt mit Pinkerton stattgefunden, einem pensionierten alten Herrn, der friedlich im grünen Twinford West lebte? Aber wo sollte sie nach dieser Information suchen? Würde es überhaupt in einer dieser Akten stehen? Es war durchaus möglich, dass Baker und Pinkerton heimlich miteinander kommuniziert hatten. Vielleicht hatten sie gewusst, dass es einen Maulwurf bei Spektrum gab – damals schon? Als letzte Möglichkeit beschloss Ruby, einen Blick in die schwarzen Akten zu werfen. Vielleicht stand Schwarz ja für »tot«. Dann bestand eine klitzekleine Chance, darin etwas über die beiden Spektrum-Angestellten zu finden, zwischen deren Tod es eventuell einen Zusammenhang gab.
Das war natürlich reine Spekulation, doch was blieb Ruby anderes übrig?

Die schwarzen Akten waren durch Level-3-Security gesichert, und Ruby musste zu der Glasplatte rechts von der Tür gehen. Hinter der Platte fand sie einen schmalen Papierstreifen mit einer Reihe von Buchstaben vor, die ganz offensichtlich keinen Sinn ergaben. Doch Ruby wusste, was zu tun war: Sie zog Groetes Stift unter ihrer Superskin hervor und wickelte den Papierstreifen darum, so dass die Buchstaben jetzt nebeneinanderstanden. Das Ergebnis lautete: chl6xAsixhX.

»Mist, das kann nicht stimmen!«, murmelte sie.

Sie machte einen weiteren Versuch, und diesmal ergaben die Buchstaben ein Wort: Archilochos. So hieß der griechische Dichter aus dem 7. Jahrhundert vor unserer Zeitrechnung, der Skytale zum ersten Mal erwähnt hatte.

Typisch Groete, dachte Ruby grinsend.

Sie tippte die Buchstaben in die Tastatur ein, und die Akte sprang problemlos aus der Wand.

Doch was darinstand, haute sie fast um.

Schwarz stand nicht für Tod, sondern für Weltraum, und was sie in dieser Akte las, erklärte so manches.

Baker hatte zum SSEP-Team gehört – dem Spektrum-Space-Encounter-Programm. Dieses Programm genoss höchste Geheimhaltungsstufe, das stand auf jeder Seite, und ein Großteil des Inhalts war immer noch verschlüsselt. Von einem Raumfahrtprogramm hatte Ruby innerhalb der Mauern von Spektrum nicht einmal gerüchteweise gehört, folglich war es ein wirklich gut gehütetes Geheimnis.

Das Spektrum-Space-Encounter-Programm war offiziell 1961 lanciert worden – in dem Jahr, in dem Präsident Kennedy das

US-Weltraumprogramm ins Leben gerufen hatte, mit dem Ziel, bemannte Flüge zum Mond vorzubereiten.
Ruby dachte an Groetes seltsamen Spruch über Baker, der aus einer Höhe von über viertausend Metern abgesprungen war: »Es war kein normales Flugzeug.«
War es eine Art Raumschiff gewesen? Ein Shuttle?
Sie warf einen Blick auf ihre Uhr. Noch drei Minuten, dann würde der Countdown beginnen.
Beim Überfliegen dieses verschlüsselten Inhalts hatte Ruby den Eindruck, dass die Pläne zur Eroberung des Weltalls etliche Jahre lang verfolgt worden waren, nämlich genau zehn.
2!
Spektrum hatte seit Jahren junge Menschen angeworben, sehr junge sogar … Kinder, genau genommen.
Sie blätterte weiter: JSRP, das J, R und P waren hellblau gedruckt, das S schwarz.
Was hat das zu bedeuten?, überlegte Ruby. Tick tack, tick tack, Ruby, denk nach, denk nach!
Hellblau war Groetes Code für Kinder, Schwarz war sein Code für den Weltraum.
1!
Ich hab's!
JSRP stand nicht für Junior-Spion-Rekrutierungs-Programm. Es stand für Junior-*Space*-Rekrutierungs-Programm!
Wo aber hatte Spektrum seinen Raumfahrtbahnhof?
Ruby blätterte weiter, so schnell sie konnte; die Minuten waren aufgebraucht, jetzt ging es nur noch um Sekunden.

51

50

49

48

Unfallort:

An Bord der Delta V DSO

auf dem Weg zur Basis in

Ohne Witz!

44

43

42

Kein Name, nur dieses runde Symbol. Drei sich überlappende Dreiecke. Die Silhouette von Bergen, darüber der Mond.

Genau wie auf Svens Sweatshirt!

Bradley Baker war irgendwo über den Sequoia Mountains gewesen, als jemand LB zu der fatalen Entscheidung gezwungen hatte, entweder sein Flugzeug abzuschießen oder … kein Kraftwerk, sondern den Spektrum-*Weltraumbahnhof* zu zerstören.

10

9

8

7

6

5

4

Verflixt, das hatte alles viel zu lange gedauert. Ein Piepen ertönte, und die Tür begann, sich zu schließen.

3

Ruby sprang auf, schob die Akte an ihren Platz zurück …

2

Sie rannte zum Ausgang …

1

… machte einen Hechtsprung durch die sich schließende Öffnung und …

0

Mit einem dumpfen Knall fiel die Tür hinter ihr zu.

Eine Minute lang lag sie keuchend da, hörte ihr Herz hämmern und war froh, dass sie es gerade noch in letzter Sekunde geschafft hatte. Dann rappelte sie sich auf, drückte auf den Ausgangsknopf, die Tür im Fußboden öffnete sich, und Ruby kletterte in das Reservoir hinunter. Diesmal war es bereits mit Wasser gefüllt. Seltsam, seltsam … Es fühlte sich nicht richtig an.

Die Luke über ihr schloss sich, und Ruby suchte hektisch nach der Fliege an der Wand. Sie schwamm darauf zu, doch als sie die Hand danach ausstreckte, bewegte sich die Fliege weiter. Ruby versuchte es erneut, und wieder entwischte ihr die Fliege. Nach mehreren Versuchen musste sich Ruby eingestehen, dass sie die Fliege nicht zu fassen bekam. Außerdem ging ihr die Luft aus …

Keine Panik! Denk nach!

Sie tastete nach ihrem Atemband. Fünf Minuten Luft, fünf wertvolle Minuten, um herauszufinden, nach welcher Logik sich die Fliege bewegte.

Die Fliege bewegte sich von Wand zu Wand, von der Decke zum Fußboden, und Ruby kam zu dem Schluss, dass tatsächlich ein System dahintersteckte. Sie musste also vorhersehen, wo die Fliege das nächste Mal landen würde, und auf die fragliche Stelle drücken, *bevor* die Fliege dort war – nur dann hatte sie eine Chance.

Beim dritten Versuch schaffte sie es, ihre Hand war rechtzeitig an der richtigen Stelle, und die Wand tat sich auf. Erleichtert schwamm Ruby hinaus in den Ozean und gleich nach oben, wo sie wieder selbständig atmen konnte. Langsam schwamm sie zur Küste und schleppte sich wie ein seltsames und halbtotes Meereswesen aus dem dunklen Gewässer. Am Strand sank sie auf alle viere, um sich kurz auszuruhen, und als sie dann endlich aufblickte, sah sie eine Gestalt auf den nahen Felsblöcken sitzen.

Ihr Puls begann zu rasen.

Nicht er, dachte sie, bitte, nicht *er*!

Zu keiner Bewegung fähig, überlegte sie kurz, ob es nicht am besten wäre, nach Meteor Island zurückzuschwimmen. Würde sie es überhaupt schaffen – erschöpft, wie sie war? Aber lieber würde sie ertrinken, als sich dem auszusetzen, was der Graf eventuell mit ihr vorhatte.

Die Gestalt erhob sich, und an der schmalen, eher kleinen Silhouette erkannte Ruby, dass es nicht der Graf sein konnte. Der

würde außerdem weder eine moderne wattierte Jacke noch eine Mütze mit Ohrenklappen tragen.
Verdammt, Kröte!, dachte sie. Ausgerechnet Sie!?
Ruby hatte geglaubt, ihr kleiner Ausflug sei von niemandem bemerkt worden.
Weglaufen würde nichts nützen, erst recht nicht, solange sie noch ihre Superskin anhatte, die zum Schwimmen perfekt, aber beim Sprinten eher hinderlich war. Langsam richtete sie sich auf, schleppte sich weiter an Land und wappnete sich innerlich dafür, gleich eine Vielzahl von selbstgefälligen, überheblichen Beschimpfungen an den Kopf geworfen zu kriegen.
Doch als sie sich der Gestalt näherte, sah sie, dass sie sich getäuscht hatte: Es war nicht Kröte, sondern …
»Clancy?«, sagte sie verblüfft.

32. Kapitel

Unfall mit Fahrerflucht?

»Hallo, Ruby«, sagte Clancy. Ihm war kalt, seine Zähne klapperten.
»Was machst *du* hier?«, fragte Ruby erleichtert.
»Auf dich warten.« Er schlotterte am ganzen Leib.

»Woher hast du gewusst, dass ich hier bin?«

»Bauchgefühl«, sagte er achselzuckend. »Du hast gesagt, dass du noch mal herkommen würdest, und nachdem ich mehrmals bei dir angerufen hatte und du nicht abgenommen hast, habe ich mir gedacht, dass du vermutlich wieder rausschwimmst. Ich meine, was solltest du auch sonst um fünf Uhr morgens machen?«

Sie radelten zusammen über die Küstenstraße zurück und legten einen kurzen Halt im Green-Wood-Haus ein, damit Ruby sich umziehen und ihre Schulsachen mitnehmen konnte. Sie waren so leise, dass sie keinen im Haus aufweckten, und wenig später saßen sie im Diner in der Amster Street. Ruby bestellte ein doppeltes Frühstück, und Clancy hörte gespannt zu, als sie ihm von ihrem Tauchgang erzählte.

Und irgendwann erwähnte sie, dass sie Hitch dummerweise gefragt hatte, ob auch er einer dieser jungen Trainees am Fluss gewesen sei. »Ich glaube, damit habe ich ihn ziemlich beleidigt.«

»Wieso?«

»Er hat mich gefragt, für wie alt ich ihn halte.«

»Und was hast du gesagt?«

»Fünfundfünfzig.«

»Auweia! Wenn du das zu meiner Mom sagen würdest«, sagte Clancy, »würde sie dich für die nächsten zehn Jahre keines Blickes mehr würdigen.«

In der Schule war es wie immer ziemlich langweilig, doch das war nun mal nicht zu ändern. Aber schon wieder einen Tag zu

schwänzen hätte Mrs Drisco auf die Palme gebracht – und so allmählich gingen Ruby die Ausreden aus.
Als endlich die Schulglocke läutete, wusste Ruby ganz genau, wohin sie gleich gehen würde.
In der Stadtbücherei herrschte viel Betrieb, doch sie konnte noch einen Platz an einem der kleineren Tische im hinteren Teil des Lesesaals ergattern. Sie warf ihren Parka über den freien Stuhl und ging dann die kurze Treppe zum Zeitungsarchiv hinauf, wo sie die Mikrofiches mit den Lokalnachrichten durchsah.
Walter und Duke hatten recht, das wusste sie jetzt. Irgendwo in den Sequoia Mountains und unweit von Little Mountain Side gab es tatsächlich einen geheimen Raumfahrtbahnhof. Sie wusste zudem, dass Bradley Baker in einer Art Raumschiff gesessen hatte, als es zu der Explosion gekommen war.
Und nun wollte sie wissen, ob die örtliche Presse über seinen Absturz berichtet hatte.
Sie hatte eine recht genaue Vorstellung von dem, wonach sie suchte, und auch, was sie zu finden hoffte. Doch nach mehreren Stunden intensiver Suche musste Ruby einsehen, dass keine der Zeitungen auch nur ein Sterbenswörtchen über einen Flugzeugabsturz im Herbst 1962 in den Western Mountains berichtet hatte.
Auch in den großen überregionalen Zeitungen wurde sie nicht fündig, was allerdings nicht weiter überraschend war – der Absturz eines kleinen Flugzeugs war auf Landesebene keine große Sache, umso mehr, als der Pilot keine wichtige Persönlichkeit war. Für die große weite Welt war Bradley Baker ein Niemand.

Doch Ruby gab noch nicht auf. Sie nahm sich auch die ganz kleinen regionalen Zeitungen vor, die *West Mountain Tribune* und die *Ridgepoint Gazette.* In der zweiten Zeitung fand sie immerhin einen kurzen Bericht darüber, dass jemand unweit der Pine-Forest-Passstraße einen hellen Lichtschein gesehen hatte, dem ein donnerndes Geräusch gefolgt war. Am nächsten Morgen wurde festgestellt, dass ein kleines Waldstück zerstört worden war und sich ein kleiner Krater gebildet hatte, doch ansonsten wurde nichts gefunden: keine Trümmer, keine menschlichen Überreste. Es gab Spekulationen darüber, ob hier möglicherweise ein Meteorit eingeschlagen war.
Nur eine einzige Zeitung, der *Sequoia Herald*, erwähnte die Möglichkeit, dass ein Flugzeug in der Luft explodiert sein könnte, doch diese Idee wurde von einem Augenzeugen rasch widerlegt:

»... wenn es ein Flugzeug gewesen wäre, dann müsste es sich in Luft aufgelöst haben, denn es wurden keinerlei Wrackteile gefunden.«

Bei diesem Augenzeugen handelte es sich um ein Mitglied der Sequoia-Mountain-Bergwacht, der zwar in der Nacht der Explosion nichts gesehen hatte, jedoch am nächsten Tag vor Ort gewesen war.
Rubys Suche gestaltete sich erst etwas spannender und auch schräger, als sie sich das vierteljährlich erscheinende *Little Mountain Side's UFO-Journal* vornahm. Es war ein Amateurblättchen, von begeisterten UFO-Fans herausgegeben.

Darin waren hauptsächlich irgendwelche verschwommenen Fotografien abgedruckt mit hellen Lichtern am Himmel, die angesichts der schlechten Bildqualität jedoch alles Mögliche von Hubschraubern bis hin zu Straßenlaternen sein konnten. Es gab auch Artikel über kleine grüne Männchen und unerklärliche nächtliche Begegnungen mit Aliens, doch erst als Ruby Seite 17 aufschlug und das Interview mit einem gewissen Lenny Rivers las, wurde sie hellhörig.
Lenny war über den Pine-Forest-Pass in Richtung Ridgepoint nach Hause gefahren, als er am Straßenrand einen schwerverletzten Mann liegen sah.

»... ich vermute, dass er von einem Holztransporter angefahren worden war, dessen Fahrer anschließend Fahrerflucht beging und den armen Kerl zum Sterben am Straßenrand liegenließ. Mit größter Mühe konnte ich ihn in meinen Truck hieven, um ihn ins Ridgepoint Hospital zu bringen, wo es eine ziemlich gute Notaufnahme gibt. Ich war noch keine Viertelmeile gefahren, als die Straße auf einmal abgesperrt war. Vielleicht ist ein Baum umgefallen, habe ich mir gesagt, aber ich habe immer eine Kettensäge in meinem Truck und könnte mir den Weg schon freimachen. Mir blieb keine andere Wahl: Der Mann, den ich bei mir hatte, lag im Sterben. Ich musste ihn dringend ins Krankenhaus bringen und hatte deshalb wirklich keine Zeit, fünfzig Meilen in die andere Richtung zu fahren ...«

Doch auf dem Weg nach Ridgepoint hatte Mr Rivers in dieser Nacht noch ein weiteres merkwürdiges Erlebnis:

»Es muss ungefähr gegen ein Uhr gewesen sein, und es war stockdunkel, als ich plötzlich Lichter zwischen den Bäumen sehe, mehrere Scheinwerfer und etwas Leuchtendes. Dann sehe ich auch mehrere Gestalten und merke beim Näherkommen, dass sie offiziell aussehen, schwarze Overalls, und mit Walkie-Talkies rumrennen – FBI-Leute vielleicht. Ich habe abgebremst und gefragt, ob sie meinem Beifahrer eventuell helfen könnten, doch sie haben mich zurückgewinkt, schneller als der Mensch spucken kann, die Straße sei abgesperrt und alles. Kam mir so vor, als könnten sie mich nicht schnell genug loswerden. Jedenfalls musste ich eine andere Strecke zum Krankenhaus nehmen, was weiß Gott nicht leicht war. Am nächsten Morgen fuhr ich noch einmal zu der fraglichen Stelle, doch da war außer einer Vertiefung in der Erde nichts mehr zu sehen.«

Als das UFO-Journal Mr Rivers fragte, was seiner Meinung nach der Grund für die Anwesenheit so vieler Uniformierter gewesen sein könnte, sagte er:

»Die Leute im Ort sprechen von einem Meteoriten, aber wenn Sie meine persönliche Meinung hören wollen: Es war ein UFO. Irgendein Raumschiff war abgestürzt.«

Ruby setzte sich auf den Stuhl, den sie sich reserviert hatte. Lenny Rivers hatte sich nicht getäuscht. Wegen eines Meteoriten hätten die FBI-Typen bestimmt keine Straßen abgesperrt. Und wenn ein normales Flugzeug abgestürzt wäre, hätten sie den Unfall nicht unter den Teppich gekehrt.

Ein Raumschiff mit Aliens? Schwer vorstellbar, dachte Ruby.

Ein Raumschiff, zwar nicht voller Aliens, das aber zum Spektrum-Raumfahrtprogramm gehörte? Durchaus möglich.

Nachdem Ruby jeden einzelnen Artikel und Absatz, in dem von dem mysteriösen Zwischenfall die Rede war, aufmerksam gelesen hatte, lehnte sie sich zurück und überlegte, was sie als Nächstes tun sollte.

Ich muss diesen Lenny Rivers finden, sagte sie sich.

Gesagt, getan. Lennys Adresse herauszufinden war ein Kinderspiel: Er stand im Telefonbuch.

Warum nicht gleich?, dachte sie, schnappte sich ihre Schultasche und lief zum Busbahnhof.

Als Ruby am Haus von Lenny Rivers klingelte, öffnete ihr eine ältere Frau. »Entschuldigen Sie die Störung«, sagte Ruby, »aber kann ich bitte mit Mr Lenny Rivers sprechen?«

Die Frau sah sie verdutzt an. »Mein Mann ist vor acht Jahren gestorben.«

»Oh«, sagte Ruby. »Das hab ich nicht gewusst. Ich meine, ich habe nicht … Himmel, das tut mir leid.«

»Schon gut, Kind«, sagte die Frau. »Kann *ich* dir vielleicht weiterhelfen?«

»Vielleicht«, sagte Ruby. Nachdem Ruby sich vorgestellt und

erklärt hatte, was sie nach Ridgepoint geführt hatte, bat die Frau sie ins Haus. »Falls du über unbekannte Flugobjekte reden willst, brauchst du sicher eine schöne Tasse Tee, nicht wahr?«

Dora Rivers war eine nette Frau, bestimmt schon über achtzig, aber immer noch »glasklar im Oberstübchen«, wie Mrs Digby sagen würde.

»Mein Lenny war felsenfest davon überzeugt, dass es UFOs gibt. Ab und zu hat er eines gesehen – oder es sich zumindest eingebildet.«

»Sie persönlich glauben nicht an UFOs?«, fragte Ruby.

»Ich habe in meinem Leben schon die merkwürdigsten Sachen gesehen, das kannst du mir glauben«, sagte Dora. »Doch ich bin der Meinung, dass es für alles eine plausible Erklärung gibt. Ein heller Lichtschein am Himmel ist noch lange keine fliegende Untertasse.«

»Was wissen Sie von dem sonderbaren Vorfall, den Lenny im Herbst 1962 beobachtet hat? Er hat Ihnen doch sicher davon erzählt.«

Dora kratzte sich am Kopf. »Du musst wissen, dass Lenny öfter sonderbare Dinge gesehen hat.«

»Aber der Vorfall, den ich meine, war noch merkwürdiger als andere«, sagte Ruby. Sie holte die Kopie des Zeitschriftenartikels aus ihrem Rucksack. »Er hat sich oben am Pine-Forest-Pass zugetragen.« Dora setzte ihre Brille auf und überflog den Text. »Ach ja«, sagte sie dann, »daran kann ich mich noch ganz genau erinnern, weil Lenny ganz aufgeregt nach Hause kam. Es war schon spät, so gegen drei Uhr …«

»Und was hat er Ihnen erzählt?«, fragte Ruby gespannt.
»Dass er einen schwerverletzten Mann auf der Straße gefunden hatte, der vermutlich von einem Lastwagen angefahren und zum Sterben liegengelassen worden war.«
»Hat er auch ein UFO erwähnt?«, hakte Ruby nach.
»Nein, das nicht. Aber er war sehr beeindruckt von den vielen Männern in den schwarzen Overalls und mit ihren Walkie-Talkies. Er war sehr misstrauisch und hielt sie für FBI-Leute.«
»Waren sie es auch?«
Dora zuckte mit den Schultern. »Woher soll ich das wissen? Kein Mensch hat sich für Lennys Theorien interessiert. Ich auch nicht, muss ich gestehen. Ich habe mich sehr viel mehr für den armen Kerl interessiert, den er ins Ridgepoint Hospital gebracht hat. Lenny glaubte nicht, dass er die Nacht überleben würde.«
»Doch das hat er?«
»Ja«, sagte Mrs Rivers. »Die Ärzte haben gestaunt.« Sie verstummte, um in ihrem Gedächtnis zu kramen. »Doch dann war der Mann plötzlich verschwunden. Die Krankenschwester hat es erst später gemerkt, und er ist auch nie mehr aufgetaucht. Da hat Lenny natürlich gedacht, dass es ein Marsianer gewesen ist, der zu seinem Raumschiff zurückgebeamt worden war.« Sie lachte amüsiert auf.
Ruby lächelte. »Und diese FBI-Leute beziehungsweise die Männer, die Lenny für FBI-Leute gehalten hat, haben sie sich noch mal blicken lassen?«
»Nein«, sagte Mrs Rivers.
»Und die Explosion?«, fragte Ruby weiter. »Hat Ihr Mann je-

mals seine Meinung geändert und vermutet, dass es vielleicht doch kein UFO gewesen war?«

Mrs Rivers schüttelte den Kopf. »Er war felsenfest davon überzeugt, dass an der Sache etwas faul war. ›Wenn es ein Meteorit gewesen wäre, warum dann so ein Wirbel mitten in der Nacht?‹, hat er gesagt. Wenn es jedoch ein Flugzeugabsturz war, dann muss es ein ganz besonderes Flugzeug gewesen sein, weil sie den Absturzort hinterher so gründlich und schnell aufgeräumt haben.«

Ruby seufzte. Das alles war zwar interessant, doch etwas Neues erfuhr sie in diesem Gespräch nicht.

»Weißt du was?«, sagte Dora und erhob sich. »Willst du das hier nicht mitnehmen?« Sie ging zu dem Schreibtisch neben dem offenen Kamin, zog eine Schublade auf und nahm ein kleines cremefarbenes Notizbuch heraus.

»Das ist Lennys UFO-Sichtungsbuch. Darin hat er alles aufgeschrieben, was er in irgendeiner Form sonderbar und ungewöhnlich fand. War ein Hobby von ihm.« Sie reichte es Ruby. »Du kannst bestimmt mehr damit anfangen als ich.«

Gleich im Bus zurück nach Twinford begann Ruby mit der Lektüre.

Lennys Bericht über die fragliche Nacht war recht ausführlich. Er beschrieb die Lichter im Wald, die schwarzgekleideten Männer, die sich benahmen, als müssten sie das Waldstück abschirmen. Er hatte sich auch notiert, was der sterbende Mann gesagt hatte. Er wollte sich noch daran erinnern, falls es helfen würde, die Familie des Verletzten zu finden, oder – wesentlich wahrscheinlicher – um ihnen mitzuteilen, wo sie seine Leiche abholen könnten. Lenny hatte geschrieben:

> Der Mann stammelte etwas über sich, als wenn er schon tot wäre, als wisse er, dass sein letztes Stündchen geschlagen hatte. Als ich ihn nach seinem Namen fragte, sagte er:
> »Loveday ... war Morgan ... Loveday.«

Angestrengt starrte Ruby auf diese Zeilen.
War es ein Zufall, dass sie diese beiden Namen aus den Phantom-Akten kannte?
Das wäre ein enormer Zufall: ein Kind namens Casey Morgan, ein anderes Kind namens Loveday und ein verschwundener Mann namens Morgan Loveday – und alle drei waren in seltsame Vorfälle verwickelt. Der Name des mutmaßlichen jungen Täters, verquickt mit dem Namen des Retters – und genau so nannte sich ein Mann, der aus dem Nichts gekommen und ins Nichts verschwunden war!
Was, wenn der Schwerverletzte nicht Opfer eines Verkehrsunfalls mit Fahrerflucht geworden war, sondern vom Himmel gestürzt war und sich vom Absturzort seines *Fluggefährts* weggeschleppt hatte? Was, wenn er nicht mit einem normalen Flugzeug oder einem Hubschrauber geflogen war, sondern mit einer Art Raumschiff, das mit dem Spektrum-Weltraumprojekt zusammenhing?
Was, wenn das Gerücht von dem Meteoriten nur in die Welt gesetzt worden war, um die lokale Presse zufriedenzustellen

und die Wahrheit zu vertuschen? Was, wenn die schwarzen Männer den Absturzort nur geräumt hatten, um alle Spuren zu beseitigen, damit niemand etwas von den Testflügen ins Weltall erfuhr?

Ruby murmelte die Worte des Schwerverletzten vor sich hin: »Loveday … war Morgan … Loveday.«

Sie wiederholte sie immer wieder, mit anderen Betonungen, bis die Worte wie eine Nachricht klangen: Loveday, es war *Morgan*. Loveday?

Was, wenn der Verletzte Lenny Rivers nicht seinen Namen nannte, sondern ihm etwas ganz anderes mitteilen wollte, zum Beispiel: »Sagen Sie Loveday, es war Morgan!«?

Loveday, der Junge am Fluss, der Baker damals beim Training in Australien das Leben gerettet hatte.

Morgan, das Kind, das versucht hatte, Baker umzubringen.

Was, wenn der Verletzte seinem Retter von damals mitteilen wollte, dass Morgan sein Floß sabotiert hatte, um ihn umzubringen? Vielleicht hatte der heftige Aufprall beim Flugzeugabsturz zu einer Kopfverletzung geführt und diese alte Erinnerung in ihm wachgerufen?

Oder …

Was, wenn er mit Loveday in Kontakt geblieben war und ihm, dem einzigen Menschen auf diesem Planeten, der sich noch an damals erinnerte, sagen wollte, dass Morgan zurückgekehrt und für die Explosion verantwortlich war?

Wenn das zutraf, dann gab es nur *eine* vernünftige, logische Schlussfolgerung. Okay, sie klang äußerst unwahrscheinlich, eigentlich total verrückt, aber nicht völlig unmöglich. Und wie

hatte Sherlock Holmes einst gesagt: *Wenn man das Unmögliche ausgeschlossen hat, muss das, was bleibt, die Wahrheit sein, egal, wie unwahrscheinlich sie klingt.*
Alles deutete darauf hin, dass der Pilot des abgestürzten Flugzeugs, der Mann, der von Lenny gerettet wurde, Bradley Baker gewesen war.

»Ich will jemanden tot sehen«,
sagte Casey Morgan.

Der Graf zuckte mit den Schultern. »Tun wir das nicht alle?«
»Bei mir ist es etwas anderes, dieser Junge …«
»Ein Junge?«
»Sie hören mir nicht zu …«
Mit einem hasserfüllten, eisigen Blick hielt der Mann seinen Zeigefinger so dicht vor das Gesicht von Casey Morgan, dass das Kind unwillkürlich einen Schritt zurückwich. »Warum sollte ich einem Würstchen wie dir helfen? Nenne mir *einen* vernünftigen Grund!«
Casey Morgan holte tief Luft und sagte dann: »Weil es sich nicht um einen gewöhnlichen Jungen handelt, sondern um Bradley Baker. Wer ihn fertigmacht, macht Spektrum fertig!«

33. Kapitel

Ein und derselbe

Ihre Eltern saßen vor dem Fernseher, als Ruby nach Hause kam.

»Hallo, Schatz, du kommst aber spät!«, sagte ihr Vater.

»Warst du noch bei Clancy?«, fragte Sabina.

»Stadtbücherei«, erwiderte Ruby.

»Ruby, du paukst zu viel!«, sagte ihr Vater.

»Dein Vater hat recht«, sagte ihre Mutter. »Du bist viel zu ehrgeizig, was die Schule betrifft.«

»Du kennst doch das alte Sprichwort: *Nichts als Arbeit, niemals Spaß – das macht Jack schnell krank und blass.*«

»Nicht Jack – *Ruby*«, korrigierte Sabina ihren Mann.

»Gut«, sagte Ruby. »Ich werde es mir merken.«

Weil Ruby hungrig war, ging sie in die Küche. Floh lag schlafend unter dem Tisch, doch er hob den Kopf, als sie hereinkam. Sie kraulte ihn hinter den Ohren und dachte erneut über das nach, was sie wusste beziehungsweise zu wissen glaubte.

Die Frage war: Wenn Bradley Baker noch am Leben war, warum hatte er sich dann nie mehr bei Spektrum gemeldet?

Weil er denkt, dass jemand ihn umbringen will?

Nein, daran konnte es nicht liegen. Baker mochte sich zwar ein paar Monate zurückgezogen und sich überlegt haben, wem er

noch trauen konnte, aber doch nicht mehr als ein Jahrzehnt lang.
Ruby musste dringend mit jemandem darüber reden. Allerdings nicht mit LB, das wäre nicht klug.
Blacker? Sie überlegte kurz, verwarf die Idee aber wieder.
Hitch? Okay, es musste sein.
Sie tippte eine Nachricht in ihre Spektrum-Funkuhr.

MUSS SIE DRINGEND SPRECHEN! AM BESTEN SOFORT!

Und wartete auf eine Antwort.
Es dauerte nur sieben Sekunden.

FALLS DU NICHT AN EINEM FINGER VOM SKYLARK BUILDING HÄNGST, MUSST DU DICH NOCH ETWAS GEDULDEN, KLEINE.

»Mann, hat er denn nie Zeit?«, murmelte Ruby.
Sie nahm sich erneut Rivers' Aufzeichnungen über Morgan Loveday vor.

Die Ärzte sagten mir, dass sich der Mann, abgesehen von seinem Namen, offenbar an nichts erinnern kann.

Was, wenn sein Gedächtnisverlust angehalten hatte?
Ruby dachte angestrengt nach. Aber dann würde er doch etwas dagegen tun! Sich zum Beispiel professionelle Hilfe holen!
Und wenn nicht?

Was würde Clancy dazu sagen?, fragte sie sich. Sie konnte die Stimme ihres besten Freundes in ihrem Kopf hören. Er sagte: »Weil ihn sein sechster Sinn davor warnt? Weil er ahnt, dass es für ihn gefährlich wäre, sich wieder blicken zu lassen? Weil Casey Morgan sich noch immer irgendwo da draußen herumtreibt …«

Als Ruby in ihr Zimmer kam, blinkte ihr Anrufbeantworter. Sie drückte auf die Abhörtaste.

Biep: »Hallo, Ruby, ich bin's, Red. Du, es tut mir total leid, aber es gab leider ein kleines Missgeschick …«

Ruby hörte gar nicht richtig hin.

Biep: »Hallo, Ruby, ich bin's, Quent. Ich bin eingeladen worden, zu einer Bring-deinen-Hund-mit-Party, und ich nehme natürlich meinen Hund mit, aber ich darf noch jemanden mit Hund mitbringen, und da habe ich mich gefragt, ob …« – »O nein, jetzt kommt's!«, stöhnte Ruby – »… ob du und Floh nicht mitkommen wollt!«

Biep: »Eine Nachricht für Ruby Redfort. Hier spricht Mo vom Daily Supplies oben in Little Mountain Side: Diese Waldhühner-Pilze sind endlich eingetroffen. Wäre gut, wenn du schon am Morgen kommen könntest, am Nachmittag ist der Laden geschlossen. Ich habe einen wichtigen Termin. Ich kann sie aber auch bei Clara im Buchladen hinterlegen, ins Little Green Diner bringe ich sie lieber nicht, dort würden sie sie aufessen. Sag einfach zu Clara, Mo Loveday hätte einen kleinen Karton für dich abgegeben.«

Aufgelegt!

Mo Loveday.
Morgan Loveday.
Ein und derselbe.

34. Kapitel

Ich kann mich an nichts erinnern

Am nächsten Morgen nahm Ruby in aller Frühe den ersten Bus nach Little Mountain Side.
Als Mo um sieben Uhr ankam, um seinen Laden aufzuschließen, saß Ruby bereits wartend auf der kleinen Holzbank, dick vermummt gegen die Kälte.
Er lächelte sie verwundert an. »Ruby?«
Sie spähte aus der Kapuze ihres Winterparkas hervor.
»Du meine Güte, du musst ja echt scharf auf diese Pilze sein!«
Sie schwieg.
Er schloss die Ladentür auf. »Aber weißt du was? Du bist nicht die Einzige. Ich hatte eine Menge Bestellungen.«
Schweigen.
»Bereitest du sie selbst zu, oder überlässt du das jemand anderem?«
Noch immer keine Reaktion.
»Hey, Mädchen, was ist los? Du machst mir ja fast Angst.«

Ruby holte tief Luft. »Ich muss Ihnen etwas sagen.«
Er blieb auf der Türschwelle stehen und sah sie an. »Klingt nach was Ernstem. Aber willst du nicht mit reinkommen?« Er schaltete das Licht an. »Du siehst halberfroren aus. Lust auf einen Tee, Kaffee oder eine heiße Schokolade?«, fragte er.
Ruby nickte. Ihr war es egal, was sie zu trinken bekam, Hauptsache, es war schön heiß.
Er feuerte den Holzofen an und ging dann ins Hinterzimmer, um Wasser aufzusetzen. Ruby taute ihre Hände auf und wappnete sich für den Moment, in dem sie Morgan Loveday schneller auslöschen würde, als man blinzeln konnte.
Er kam mit Tee und ein paar Muffins zurück, über die sie sehr froh war, da sie am Morgen nur ein Päckchen Kaugummi mitgenommen hatte – und das Kauen hatte ihren Hunger nur noch verstärkt.
Dann setzte er sich ihr gegenüber und fragte: »Also, schieß los! Worum geht's? Was ist der Grund für diesen frühen Besuch?«
»Ich habe etwas herausbekommen«, sagte sie.
»Muss ja etwas sehr Wichtiges sein, wenn du dafür mit dem ersten Bus von Twinford heraufgekommen bist.«
»Es ist sehr wichtig. Immens wichtig.«
»Für dich oder für mich?«, fragte er.
»Für jeden«, antwortete sie.
Er nickte. »Okay, und was ist es?«
Ruby sah ihm in die Augen. »Sie sind nicht Morgan Loveday.«
Ihr Gegenüber lächelte. »Bin ich nicht?«
»Nein«, bekräftigte Ruby.

»Ich würde dir ja gern widersprechen«, sagte er mit einem Achselzucken, »aber ich kann mich nicht an früher erinnern.«

»Und warum nicht?«, fragte Ruby.

»Ich wurde von einem Lastwagen angefahren und bekam einen schweren Schlag an den Kopf.«

»Das *denken* Sie, aber keiner hat's gesehen«, sagte Ruby.

»Okay, es gab wohl keinen Augenzeugen, aber ich habe Narben zurückbehalten, ziemlich beeindruckende sogar.« Er rollte den Ärmel hoch. »Außerdem hatte ich eine Beinverletzung, die mir noch heute zu schaffen macht, und nicht zu vergessen auch ein Loch in der Lunge, da muss es schon ein ziemlich schwerer Unfall gewesen sein, oder?«

RUBY: »Stimmt, aber wieso sollten Sie mitten in der Nacht über diese einsame Waldstraße spaziert sein?«

MO: »Vielleicht habe ich eine Wanderung gemacht.«

RUBY: »Dann ist es doch komisch, dass Sie keinen Rucksack, keine Taschenlampe, keine Mütze, keine Handschuhe oder sonst etwas bei sich hatten. Wann war's noch mal? Im Oktober?«

MO: »Vielleicht war ich auch im Auto unterwegs, hatte einen Unfall, und das Auto ist in irgendeine Schlucht gestürzt.«

RUBY: »Lenny Rivers, der Mann, der Sie gefunden hat, ging noch mal zu der Stelle zurück und hat gesucht, doch er fand weder ein demoliertes Auto noch irgendwelche Reifenspuren – ich habe seinen Bericht sehr gründlich gelesen.«

MO: »Klingt, als hättest du genau recherchiert. Und wie lautet deine Hypothese? Wer oder was hat mich angefahren?«

RUBY: »Ich glaube, es hatte mit einem Flugzeug zu tun.«

Er runzelte die Stirn.

MO: »Du meinst, ich sei mit einem Flugzeug zusammengestoßen?«

RUBY: »Nein, natürlich nicht zusammengestoßen. Ich behaupte, Sie *saßen* in einem Flugzeug, das abgestürzt ist.«

MO: »Aber dann hätten doch sämtliche Fernsehsender im Land darüber berichtet. Sie hätten gewusst, wer dabei starb und wer überlebt hat.«

RUBY: »Es war kein Passagierflugzeug.«

Pause.

MO: »Moment mal! Willst du damit sagen, *ich* hätte das Flugzeug gesteuert?«

Ruby nickte.

MO: »*Ich* kann ein Flugzeug steuern?«

RUBY: »Ja, können Sie.« Pause. »Ich meine, *konnten* Sie, denn inzwischen dürften Sie etwas eingerostet sein. In nächster Zeit sollten Sie sich besser nicht in ein Cockpit setzen.«

MO: »Und welche Art Flugzeug bin ich geflogen, ein Frachtflugzeug oder ein Kleinflugzeug?«

RUBY: »Eine Delta V DSO.«

MO: »Ich weiß ja nicht mal, was das ist.«

RUBY: »Klar, das weiß keiner, zumindest keiner, der nicht zum Spektrum-Weltraumprogramm gehört.«

MO: »Was das ist, weiß ich auch nicht. Spektrum? Klingt irgendwie nach Science-Fiction.«

RUBY: »Das ist es auch ein bisschen.«

Mo legte den Kopf schief und versuchte zu verstehen, was sie meinte.

RUBY: »Hören Sie, es wird Sie vermutlich umhauen, aber das ist noch nicht alles.«

Er nickte, wie jemand, der in Trance war.

RUBY: »Spektrum ist eine Geheimdienstorganisation.«

MO: »Und du arbeitest für Spektrum?«

RUBY: »Ja.«

MO: »Und du behauptest, ich hätte auch für sie gearbeitet?«

RUBY: »Mhmm.«

MO: »Und sind wir die Guten oder die Bösen?«

RUBY: »Wie bitte?«

MO: »Spektrum.« *Pause.* »Sind wir die Guten oder die Bösen?«

RUBY: »Oh, wir sind die Guten.«

MO: »Ich glaube, das denken alle von sich.«

Ruby schmunzelte, weil sie genau dasselbe gesagt hatte, als sie das erste Mal von Spektrum gehört hatte.

RUBY: »Da ist was dran, denn ehrlich gesagt bin ich mir neuerdings nicht mehr ganz sicher.«

MO: »Das klingt nicht gut.«

RUBY: »Stimmt, aber es hat alles mit dem zu tun, was Ihnen zugestoßen ist.« Pause. »Jemand hat Spektrum infiltriert. Der Unfall *war* kein Unfall, der Befehl, Ihr

Flugzeug explodieren zu lassen, kam von jemandem innerhalb der Organisation … ähm, von der Chefin, ehrlich gesagt.«

MO: »Meine Chefin wollte mich töten? Hatten wir Streit?«

RUBY: »Nein, ihr habt euch gut verstanden.« Pause. »Extrem gut sogar. Im Klartext: Ihre Chefin war Ihre Freundin und engste Vertraute.«

MO: »Dann war ich wohl ein schlechter Menschenkenner.«

RUBY: »Das glaube ich nicht.«

MO: »Willst du damit sagen, dass ich es verdient hatte?«

RUBY: »Nein, das war es auch nicht. Die Sache ist etwas komplizierter. Nichts von dem, was ich in den Akten gelesen oder von anderen gehört habe, deutet darauf hin, dass Sie etwas falsch gemacht hätten.«

MO: »Also …?«

RUBY: »Also habe ich mir Infos aus erster Hand eingeholt, von der Chefin persönlich, und plötzlich ergab alles einen Sinn.«

MO: »Inwiefern?«

RUBY: »Schon mal vom Trolley-Problem gehört?«

MO: »Nein, keine Ahnung …«

RUBY: »Okay, also: Ihre Chefin stand vor einem unlösbaren Problem. *Ein* Leben gegen 1027. Also entweder minus eins oder plus 1027.«

MO: »Und sie hat sich für minus eins entschieden?«

RUBY: »Richtig. Und das waren Sie.«

MO: »Dann war ihre Entscheidung richtig.«

RUBY: »Ja, ihre Entscheidung war richtig, falls es so etwas wie eine richtige Entscheidung gab.«

MO: »Okay, sie hat also richtig entschieden.« Pause. »Und wer ist sie? Diese Chefin, die mich so sehr mochte, dass sie beschloss, mich zu töten?«

Ruby sah ihn an.

RUBY: »LB.«

Er blinzelte ein paarmal, als versuche er, eine verschüttete Erinnerung wachzurufen.

RUBY: »Sagt Ihnen das etwas?«

MO: »Nein.«

RUBY: »Glauben Sie mir?«

Er musterte sie lange, dann nickte er. Er glaubte ihr. In ihren großen grünen Augen konnte er lesen, dass alles, was sie gesagt hatte, die Wahrheit war.

RUBY: »Wissen Sie, wenn Sie dieser Mann sind, dann würde es vieles erklären. Zum Beispiel, warum jemand mit einem kaputten Bein praktisch an einem Mammutbaum hochlaufen kann und die schwierigsten Rätsel mit links löst.«

Er sah sie an, sehr eindringlich. Diese Dreizehnjährige hielt den Schlüssel zu seiner Vergangenheit in der Hand und *wusste*, worüber er die letzten elf Jahre nachgegrübelt hatte. Dieses Mädchen kannte die Antwort auf die wichtigste Frage, die er sich seither immer wieder gestellt hatte:

Wer bin ich?

RUBY: »Schon als ich Sie zum ersten Mal sah, fand ich Sie recht untypisch für einen Ladenbesitzer. Aber ich hatte natürlich keine Ahnung, wer Sie wirklich sind. Wie auch?«

»Und wer bin ich denn nun?«, fragte er.

Ruby sah ihm in die Augen. »Sie sind Bradley Baker.«

35. Kapitel

Wem sagen?

Ruby saß im Café Morgenstern und dachte angestrengt nach. Was sollte sie als Nächstes tun? Nach einem Toten zu suchen und dann herauszufinden, dass er noch lebte und in recht guter Verfassung war (abgesehen von einem leichten Hinken und dem Gedächtnisverlust), war eine Sache – nun aber zu entscheiden, wem sie es sagen sollte und wie, stand auf einem ganz anderen Blatt.

Hitch? Klar, ihm sollte sie es natürlich erzählen, aber hatte er nicht geschrieben: *Falls du nicht an einem Finger vom Skylark Building hängst, musst du dich noch etwas gedulden, Kleine.*

LB?

Wie würde ihre Chefin diese Nachricht aufnehmen? Wie erzählt man jemandem, dass der Mann, den er beziehungsweise sie vor über zehn Jahren vom Himmel geschossen hat, in Wirklichkeit lebt und in seinem Lebensmittelladen in den Sequoia

Mountains gerade ein Blaubeermuffin futtert? »Ach, und übrigens, LB, er hat keinen Schimmer, wer Sie sind.«

Nein, wer immer es ihr sagen würde – sie, Ruby, ganz bestimmt nicht!

Natürlich gab es noch andere ranghohe Agenten, doch es gab keinen unter ihnen, dem Ruby sich anvertrauen wollte. Allein schon der Gedanke, wie viel Zeit es sie kosten würde, diesen anderen davon zu überzeugen, dass es kein Witz war, schreckte sie ab.

Außerdem: Wem konnte sie vertrauen? Blacker? Klar, ihm würde sie ihr Leben anvertrauen, doch diese Sache hier würde Blacker überfordern.

Agent Delaware? Mit ihm konnte sie nur über Hitch oder LB Kontakt aufnehmen. Dasselbe galt auch für Agent Trent-Kobie.

Blieb also nur Hitch. Natürlich teilte sie es ihm nicht per Funk mit, sondern sie schickte ihm über ihre Fliegen-Haarspange einen Notruf und beließ es dabei. Er würde schon herausfinden, wo sie war.

Sie ließ die Haarspange im Café liegen, zusammen mit einem Zettel, auf dem lediglich BITTE WARTEN! stand, denn sie wusste, dass Hitch einige Tassen Kaffee brauchen würde, bevor sie ihn mit dieser Neuigkeit und mit seinem alten Kollegen Baker konfrontieren konnte.

Als Ruby mit Baker etwa eine halbe Stunde später ins Café Morgenstern zurückkehrte, saß Hitch bereits an einem der Tische im hinteren Bereich. Er schüttete gerade eine Menge Zucker in seinen Kaffeebecher und rührte dann um und um. Dabei schaute er gedankenverloren zum Fenster hinaus auf das grandiose Panorama. Er war nervös, ließ es sich aber nicht anmerken – nur das leichte Zucken seiner Kiefermuskulatur verriet ihn. Er erblickte Ruby erst, als sie schon fast an seinem Tisch war, und Ruby sah sofort, dass er alles andere als guter Laune war.

»Mal ehrlich, es sieht nicht so aus, als würdest du gerade vom Skylark Building baumeln«, schnaubte er.

»Stimmt!«, sagte Ruby. »Aber was ich Ihnen sagen muss, ist tausendmal dramatischer! Und wenn ich Ihnen alles erzählt habe und Sie anderer Meinung sind, verspreche ich Ihnen, dass ich schnurstracks zum Skylark Building renne und hochklettere.«

»Schon gut, Kleine«, sagte Hitch. »Ich bin ganz Ohr. Warum diese Geheimniskrämerei? Warum lockst du mich mit dem Helikopter in diese Einöde hier und …«

Er führte diesen Satz nicht zu Ende, und das hatte mit dem Mann zu tun, der direkt hinter Ruby stand.

Hitch kniff die Augen zusammen und sah aus, als hätte ihn gerade der Blitz getroffen. Er ließ den Löffel in den Becher fallen, und ein paar Kaffeetropfen spritzten auf seinen Anzug. Dann sprang er so ungestüm auf, dass er seinen Becher vom Tisch stieß, doch das merkte er nicht. Er starrte den Mann, der hier im Café Morgenstern stand, an, als wäre der ein Außerirdischer.

»Bradley?«, stammelte er. »Bradley Baker, bist du es?«

»Das weiß ich ehrlich gesagt selbst nicht«, sagte Mo.

»Du bist nicht tot?«, fuhr Hitch fort.

»Sieht nicht danach aus.«

»Aber wie … warum … wer …?« Hitch rang vergeblich nach Worten.

»Lassen Sie sich diese Fragen von Ihrer jungen Freundin hier beantworten«, sagte Baker. »Ich fühle mich immer noch weitgehend als der Besitzer des Daily Supplies in Little Mountain Side.«

Ruby erklärte Hitch alles, was sie wusste, beziehungsweise alles, was sie sich zusammengereimt hatte.

RUBY: »Ich hatte es gar nicht darauf abgesehen, ihn zu finden. Genau wie alle anderen hielt ich ihn für tot. Deshalb bin ich auch nicht gleich auf die Idee gekommen, dass ich *ihn* kennengelernt hatte.«

HITCH: »Verstehe …«

RUBY: »Ich habe Baker nur zweimal auf Fotos gesehen, und auf keinem sah er auch nur entfernt wie ein Wilder aus den Bergen aus.«

HITCH: »Du spielst auf seine Gesichtsbehaarung an?«

BAKER: »Es ist ein *Bart*, Herrgott nochmal!«

HITCH: »Wieso bist du nicht tot? Kein Mensch hielt es für möglich, dass du den Absturz überlebt haben könntest!«

BAKER: »Hat man denn nach mir gesucht?«

HITCH: »Aber natürlich! Doch als du nicht gefunden wurdest, wurde die Unfallstelle geräumt, denn deine Mission hatte höchste Geheimhaltungsstufe. Und was die Explosion und das darauffolgende Feuer und den Krater oben auf dem Berg betrifft, nun … da durften sich die Leute denken, was sie wollten.«

RUBY: »Die meisten glaubten, es sei ein Meteorit gewesen.«

HITCH: »Aber wie hast du es lebendig aus dem Flugzeug geschafft? Konntest du den Schleudersitz noch auslösen?«

BAKER: »Ich kann mich an nichts erinnern – schon vergessen?«

HITCH: »Sorry, hab ich tatsächlich vergessen.«

RUBY: »Der Schlag auf die Birne hat seine Vergangenheit ausradiert.«

HITCH: »Alles?«

RUBY: »Wie man eine Katze von sechzig Metern hohen Bäumen holt, weiß er noch, aber er kann sich an keinen einzigen Namen der Menschen erinnern, mit denen er einst befreundet war.«

HITCH: »Im Ernst?«

BAKER: »Teste mich!«

HITCH: »Kennen wir uns?«

BAKER: »Bedauere, keine Ahnung.«

HITCH: »Wir haben sieben volle Jahre in derselben Abteilung gearbeitet.«

Baker zuckte mit den Schultern, als wollte er sagen: Siehste?

HITCH: »Und wo kommt der Name Morgan Loveday her?«

RUBY: »Den hat er gemurmelt, als Lenny Rivers, der alte Mann, ihn halbtot auf der Straße gefunden hat.«

HITCH: »Und wer ist der wirkliche Morgan Loveday?«

RUBY: »Den gibt es nicht, ich meine, natürlich kann es

nach den Gesetzen der Wahrscheinlichkeit irgendwo auf der Welt einen Morgan Loveday geben, doch Bradley hat den Namen nicht von einer realen Person übernommen.«

BAKER: »Du meinst also, ich hätte mir willkürlich irgendeinen Namen ausgedacht?«

RUBY: »O nein, das nicht. Morgan und Loveday sind die Namen von zwei verschiedenen Menschen, und die haben Sie einfach miteinander kombiniert.«

BAKER: »Menschen, die ich kannte? Die ich mochte?«

RUBY: »Ja und nein.«

BAKER: »Okay, und wer war Morgan?«

Ruby holte tief Luft.

RUBY: »Ein Kind, das Sie umbringen wollte.«

BAKER: »Ein *Kind*?!«

RUBY: »Ja, aber falls es Sie beruhigt: Das ist über dreißig Jahre her, und Sie waren damals selbst noch ein Kind.«

BAKER: »Und Loveday?«

RUBY: »War das Kind, das Sie gerettet hat.«

BAKER: »Und wo war das?«

RUBY: »In Australien.«

BAKER: »Wie um alles in der Welt bin ich nach Australien gekommen?«

Ruby blickte zu Hitch, weil sie damit rechnete, dass er sie gleich fragen würde, wie sie an so viele vertrauliche Informationen gekommen war, doch da er schwieg, fuhr sie fort.

RUBY: »Sie haben am Junior-Space-Rekrutierungsprogramm teilgenommen. Sie waren das erste Kind überhaupt, das damals rekrutiert wurde, und folglich etwas älter als die anderen. Das Programm wurde jedoch eingestellt, nachdem Casey Morgan, das Kind, das Sie umbringen wollte, desertiert war.«

BAKER: »Aber was hatte ich diesem Morgan getan?«

RUBY: »Sie wurden zur ›Larve‹ befördert, was zur Folge hatte, dass Sie ins Spektrum-Weltraumprogramm aufgenommen wurden. Morgan wollte unbedingt auch in dieses Team, doch soweit ich gelesen habe, hat er das Larven-Abzeichen nicht bekommen – für einen Agenten oder Astronauten war er viel zu selbstsüchtig.«

BAKER: »Und das Kind, das mir das Leben gerettet hat, war im selben Programm?«

RUBY: »Nein.«

BAKER: »Nein?«

RUBY: »Es war ein Kind, das nur zufällig am Fluss war, ein Kind, das dort geangelt oder gezeltet hat und das Ganze mitbekam.«

BAKER: »Wissen wir, ob Loveday ein Vor- oder ein Nachname ist?«

RUBY: »Wir wissen nur, dass Loveday ein Australier war, ungefähr im selben Alter wie Sie.«

HITCH: »Wenn du halbtot warst, Baker, als du aus diesem Fluss gefischt wurdest, woher sollen wir dann wissen, ob du diesen Loveday jemals kennengelernt hast? Warum ist dir ausgerechnet sein Name eingefallen?«

RUBY: »Wer weiß, vielleicht haben sie sich ja kennengelernt. Vielleicht wurden sie später sogar Freunde.«

HITCH: »Ich kann mir nicht vorstellen, dass wir jemals erfahren, was wirklich passiert ist, wenn wir nicht wissen, wer dieses Kind war.«

BAKER: »Die Eine-Million-Dollar-Frage lautet also: Wer ist Loveday?«

Erst da wurden sie auf die Frau aufmerksam, die unbemerkt in die Nähe ihres Tisches getreten war.

»Loveday? Das bin ich«, sagte LB.

36. Kapitel

Loveday

Niemand hatte die Chefin von Spektrum 8 ins Café treten sehen. Sie hatte den Notruf an Hitch mitbekommen und beschlossen, der Sache selbst nachzugehen, denn die Ereignisse der letzten Zeit hatten sie misstrauisch gemacht.

Lautlos war sie hinter die kleine Gruppe getreten und hatte alles mit angehört.

LBs Stimme klang gefasst, ohne eine Spur von Schock, Überraschung oder Emotionen, und Ruby staunte, über wie viel Selbstbeherrschung und innere Kraft ihre Chefin verfügte. Was es sie wohl kostete, nach außen hin kühl wie immer zu bleiben und nicht an Ort und Stelle zusammenzubrechen?

Etliche Sekunden vergingen, in denen keiner etwas sagte, und es war schließlich Ruby, die das Schweigen brach.

»*Sie* sind Loveday?«

»Richtig«, sagte ihre Chefin, ohne den Mann, der Hitch gegenübersaß, aus den Augen zu lassen.

»L steht für Loveday, und B für …?«

»Byrd«, sagte LB.

Baker starrte LB an, als krame er verzweifelt in seinen Erinnerungen.

»Loveday Byrd?«, sagte Ruby etwas skeptisch.

»Meine Eltern hatten einen fragwürdigen Geschmack.«

»Der Name klingt … irgendwie …«, begann Ruby.

»Romantisch?«, schlug Baker vor.

»Loveday Byrd …« LB senkte ihre Stimme zu einem Flüstern. »… *Uggerlimb.*«

»Ah«, sagte Baker.

»Deshalb habe ich mich entschieden, nur die Initialen zu verwenden.«

»Ich kann verstehen, dass Sie Ihren Familiennamen lieber verschweigen«, sagte Ruby. »Aber ich frage mich, wieso kein Mensch Ihren richtigen Namen kennt.«

»Den habe ich vor langer Zeit abgekürzt. Der einzige Mensch, der mich als Loveday kannte, war Baker … von dem ich dachte, er sei tot.«

Sie setzte sich. Ihre Miene war undurchdringlich.

LB hatte nur Augen für Baker, als sie sagte: »Wir haben deinen Körper nie gefunden, deshalb gingen wir davon aus, dass du verbrannt bist. Es gab keinerlei Spuren, weder dass du dich aus dem Wrack befreien noch dass du rechtzeitig abspringen konntest. Wir hatten nicht die Zeit, die ganze umliegende Gegend unter die Lupe zu nehmen. Sämtliche Spuren mussten beseitigt werden, bevor Leute von der Presse oder vom Fernsehen aufgetaucht wären.« Sie verstummte und wandte sich dann an Hitch. »Und übrigens … es war kein Unfall.«

»Was war kein Unfall?«, fragte Hitch.

»Der Absturz.«

»Wie bitte?«, sagte Hitch entgeistert. »Jemand hat Bakers Flugzeug abgeschossen?! Wer?«

»Sie«, antwortete Baker und zeigte mit dem Daumen auf LB.

»Woher weißt du das? Ich dachte, du hast das Gedächtnis verloren«, sagte LB.

»*Sie* hat es mir erzählt.« Nun deutete Baker auf Ruby.

»Hast du das in den Phantom-Akten gelesen?«, sagte Hitch und sah Ruby streng an.

»Wie bitte?! Kann ich das noch mal hören?«, fragte LB.

»Die Kleine ist ins Prismenarchiv eingebrochen«, sagte Hitch.

»Sie ist *was*?!«, zischte LB.

»Woher wissen Sie das?«, wandte sich Ruby an Hitch.

»Jemand hat deinen Stift dort gefunden«, erklärte Hitch und zog ihn aus seiner Tasche.

»Ach? Und warum haben Sie es mir nicht gesagt?«, fragte Ruby.

»Ich hatte meine Gründe«, sagte Hitch.

»Die würde ich gern hören«, sagte LB.

»Und *ich* würde gern hören, warum Sie Baker töten wollten«, sagte Hitch.

»Das werden Sie nicht in den Phantom-Akten lesen«, sagte LB.

»Stimmt«, sagte Ruby. »Mir hat es der Graf erzählt.«
»Er hat dir *was* erzählt?« Hitch starrte sie verblüfft an.
»Dass LB Bradley Baker getötet hat.«
»Hey, wie inzwischen wohl jeder gemerkt hat, bin ich nicht tot«, mischte Baker sich da ein.
»Was ein Wunder ist«, kommentierte Hitch.
LB wandte sich wieder an Baker. »Ich musste mich entscheiden: dein Leben oder das von über tausend Menschen. Da beschloss ich, die 1027 Leben zu retten – und dich zu opfern.«
Baker lächelte. »Das verstehe ich. Dir blieb keine andere Wahl.«
Sie dankte ihm mit einem Blick, in dem all ihr Kummer und ihre Reue mitschwangen.
Es folgte eine Art Report, bei dem Ruby erneut erzählte, was sie zu Baker geführt und wie sie nach und nach alles aufgedeckt hatte.
LB reagierte erstaunlich gelassen auf die drei Einbrüche ins Prismenarchiv. Andererseits: Wie hätte sie es Ruby auch übelnehmen können? Hätte Ruby sich nicht wieder einmal über sämtliche Spektrum-Vorschriften hinweggesetzt, würde Bradley Baker immer noch hinter seiner Ladentheke stehen, mit seinen Kunden plaudern und ihnen dabei helfen, schwierige Kreuzworträtsel zu lösen.
LB war zwar unendlich froh, dass alles so gekommen war, aber trotzdem funkte sie Groete mit dem Befehl an, den Zugang zum Prismenarchiv umgehend mit einem neuen Code zu versehen.
»Und noch etwas, Groete«, fügte sie streng hinzu, »geben Sie sich diesmal etwas mehr Mühe!«

Hitch warf einen Blick auf seine Uhr: Der Wetterdienst hatte Schneetreiben vorhergesagt.
»Kleine, wir sollten los, wenn wir wollen, dass der Helikopter heil unten ankommt.«
Sie ließen die Chefin von Spektrum 8 und Ex-Agent Baker an dem kleinen Tisch im Café Morgenstern sitzen. Die beiden unterhielten sich so angeregt, dass sie das Aufbrechen der beiden Kollegen kaum mitbekamen.
Draußen drehte sich Ruby noch einmal um und schaute durchs Fenster. Sie sah ein Pärchen im warmen Lichtschein des Cafés sitzen, während vor dem Fenster Schneeflocken tanzten. Es sah wie ein typisches Weihnachtskartenmotiv aus.

37. Kapitel

Ein sicherer Ort

Bradley Baker verließ Little Mountain Side gleich am nächsten Tag. Es wäre unpraktisch gewesen, wenn er in diesem kleinen Bergdorf geblieben wäre. Er kehrte seinem bisherigen Leben nur ungern den Rücken, doch ihm war klar, dass die Vernehmungen lange dauern würden – er hatte massive Erinnerungslücken, und niemand wusste, ob sie jemals wieder ausgefüllt werden konnten. LB war der Meinung, dass Spektrum kein sicherer Ort für ihn war, solange noch solche Sicherheitslücken bestanden. Nur eine Handvoll Agenten, denen LB blind vertraute, sollte erfahren, dass Baker noch am Leben war, und sie würden außerhalb der Spektrum-Zentrale mit ihm arbeiten müssen.

Nach längerer Diskussion und Beratung wurde beschlossen, dass Bradley Baker im Green-Wood-Haus am besten aufgehoben wäre. Dort waren zum einen erst neulich hochmoderne Sicherheitssysteme eingebaut worden, und zum anderen wäre es eine ausgezeichnete Tarnung, wenn er bei der Familie Redfort wohnte. Da so gut wie niemand wusste, dass Baker noch lebte, würde auch niemand nach ihm suchen.

»Kein Wort darüber, weder am Telefon noch per Funk, ist das klar?«, sagte LB. »Der Name Baker wird nicht erwähnt, wenn andere in der Nähe sind, und auch nicht im Hauptquartier. Außer den wenigen Eingeweihten darf niemand von seiner Existenz erfahren.«

So kam es, dass Bradley Baker zunächst als Hausgast unter dem Namen Mo Loveday bei Sabina und Brant wohnen sollte. Hitch rief die Redforts im Vorfeld an, um zu fragen, ob sie damit einverstanden wären, und das Gespräch verlief ungefähr so:

»Ich hoffe, Sie haben Verständnis dafür, Sabina …« (Rubys Mutter wollte von ihm mit ihrem Vornamen angesprochen werden.) »Wenn es eine Alternative gäbe, würde ich Sie natürlich gar nicht erst fragen.«

»Aber ja, kein Problem, Hitch, worum geht es denn?«

»Um meinen Cousin vom Lande.«
»Ein Cousin, wie schön!« Pause. »Und was ist mit ihm?«
»Haben Sie meine Nachricht nicht gelesen?«, fragte Hitch, der in Wirklichkeit gar keine geschrieben hatte.
»Nein«, sagte Sabina. »Ich war so mit Weihnachtseinkäufen beschäftigt, dass ich für nichts anderes Zeit hatte. Tut mir leid.«
»Nun, ich habe Ihnen einen Zettel auf den Tisch gelegt, dass mein Cousin Mo eigentlich im Provinzkrankenhaus bleiben müsste, aber ich würde ihn gern herholen, um ein Auge auf ihn zu haben.«
»Ach je, was hat er?«
»Er hatte eine Art Unfall ...«
»O Gott, wie schrecklich. Was für einen Unfall?«
»Es hatte etwas mit einem Waldküken zu tun.«
»Er wurde von einem Waldküken angegriffen?«
»Nein, es handelt sich um einen Speisepilz, nicht zu verwechseln mit dem Waldhuhn, das zu einer ganz anderen Pilzart gehört. Jedenfalls hat er ein Waldküken gegessen und einen allergischen Schock erlitten, das kommt hin und wieder vor.«
»Wie schrecklich«, sagte Sabina, machte eine kurze Pause und fügte dann hinzu: »Ach je!«
»Was ist?«, fragte Hitch.
»Oje, ich glaube, Mrs Digby kocht für heute Abend etwas mit Maitake, ein Schmorgericht mit Waldhühnern; doch Ihr armer Cousin kann sicher keine Pilze mehr sehen, nach dem, was er durchgemacht hat! Nach meiner schrecklichen Austernvergiftung neulich weiß ich nur zu gut, wie elend man sich da fühlt.«

»Es wird ihm nichts ausmachen«, versicherte ihr Hitch. »Er ist noch etwas desorientiert, das stimmt, aber stellen Sie ihm einfach nicht zu viele Fragen. Fragen bringen ihn ganz durcheinander.«

»Gut«, sagte Sabina, »ich werde es Brant sagen. Keine Fragen!«

»Noch etwas, ich würde Mo nicht gern allein lassen, wegen …«

»Wegen seiner Verwirrung?«, warf Sabina ein.

»Richtig«, sagte Hitch.

»Verstehe.« Sabina war nun selbst etwas verwirrt. »Er kann gern kommen und bei uns wohnen, unser Gästezimmer steht sowieso leer, und er ist herzlich willkommen.«

Das Gästezimmer im Hause Redfort war eigentlich mehr ein Gäste-*Apartment*, und wenn der Gast für sich sein wollte, war er dort ungestört und unabhängig und musste keinen Fuß in den Rest des Hauses setzen. Doch das hätte den Redforts gar nicht gefallen; sie hatten gern Gesellschaft und waren auch sehr stolz darauf, die perfekten Gastgeber zu sein.

»Ich freue mich schon darauf, ihn kennenzulernen«, sagte Sabina aufgeregt. »Ich werde mich gut um ihn kümmern.«

»Bitte nicht«, sagte Hitch. »Kein Aufheben. Das mag er gar nicht.«

»Gut, dann eben nicht«, versprach Sabina. »Aber das Abendessen müssen wir noch umplanen.«

Baker traf an diesem Samstag mit dem Stadtbus ein, ohne Fanfaren, ohne Willkommensparty, ganz unauffällig. Ruby und Floh holten ihn an der Ecke zum Cedarwood Drive ab, und sie gingen zu Fuß zum Green-Wood-Haus.

»Schön, Sie so gesund und munter zu sehen«, sagte Ruby zur Begrüßung. »Wie ich hörte, hatten Sie eine Pilzvergiftung.«

»Das ist höchst unwahrscheinlich«, sagte Baker. »Mit Pilzen kenne ich mich wahrlich aus. Aber natürlich spiele ich mit.«

Ruby klärte ihn über die übrigen Bewohner des Green-Wood-Hauses auf.

»Mrs Digby werden Sie mögen. Sie nimmt kein Blatt vor den Mund, aber solange Sie ihre Kochkünste loben und sie nicht stören, wenn sie gerade TV-Bingo spielt, werden Sie gut mit ihr auskommen. Obwohl sie im Moment sauer auf Sie ist.«

»Was, jetzt schon?«, fragte Baker.

»Ja, Sie sind der Grund, warum sie ihre Waldhühner-Schmorpfanne nicht kochen darf.«

»Aber ich *liebe* Waldhühner-Schmorpfanne!«

»Mag ja sein, aber Sie haben doch gerade erst eine Pilzvergiftung hinter sich!«, rief Ruby ihm in Erinnerung.

»Diese Ausrede behagt mir gar nicht«, sagte Baker.

Sie überquerten die Straße, doch dann blieb Baker stehen und sah sich um.

»Was ist?«, fragte Ruby.

»Weiß nicht, ich habe so ein komisches Gefühl.«

»Als wären Sie schon einmal hier gewesen?«

Er schüttelte den Kopf. »Nein, es ist etwas anderes«, sagte er.

Sie gingen die Stufen zur Haustür hinauf, aber noch bevor Ruby ihren Schlüssel aus der Tasche gekramt hatte, wurde die Tür aufgerissen, und Sabina Redfort begrüßte sie mit ihrem strahlendsten Lächeln.

»Hallo, Mo!«, sagte sie. »Immer hereinspaziert! Wie schön, Sie kennenzulernen! Fühlen Sie sich bei uns wie zu Hause! Wie war Ihre Reise? Sind Sie müde? Wollen Sie einen Tee? Oder lieber Kaffee? Oh …« Ihr war eingefallen, was Hitch gesagt hatte: Keine Fragen, bitte. »Treten Sie doch näher, kann ich Ihnen mit Ihrer Tasche helfen, Sie können hier bei uns machen, was Sie wollen … oh!« Kein Aufheben, fiel ihr ein, und sie bremste ihren Redeschwall ab. »Gehen Sie einfach geradeaus und machen Sie es sich gemütlich, ich lasse Sie dann erst mal in Ruhe.« Sie eilte die Treppe hoch und verschwand im Wohnzimmer.

Bradley Baker sah Ruby mit großen Augen an. »Machen Sie sich nichts daraus«, sagte sie achselzuckend und fügte im Flüsterton hinzu: »Meine Mom ist nun mal etwas komisch.«

Mrs Digby rümpfte bei seinem Anblick die Nase, und Mo bekam es mit, doch er war ja vorgewarnt.

»Es tut mir so leid, Mrs Digby. Ich weiß gar nicht, was ich sagen soll, da haben Sie sich solche Mühe gemacht und wollten ein köstliches Abendessen zubereiten, und dann komme ich daher und mache Ihre ganzen schönen Pläne zunichte, nur weil ich beinahe an einer Pilzvergiftung gestorben wäre – ich bin ein lästiger Hausgast, ich weiß«, sagte Bradley.

Und schon war Mrs Digby besänftigt. Zwei Minuten später plauderte sie mit »Mo Loveday«, als würden sie sich schon ewig kennen. Er schnitt die Zwiebeln klein, sie schälte die Kartoffeln. Dabei unterhielten sie sich über Nahrungssuche und Überleben in der Wildnis, und Mrs Digby erzählte, wie ihr Vater ihr beigebracht hatte, wie man sich lautlos an Wild anprescht.

»Allerdings kann ich dieses Wissen nur noch höchst selten einsetzen«, sagte sie. »Aber alle Jubeljahre mal ist es ganz nützlich.«
Als Ruby irgendwann zu Bett ging, saßen Sabina, Hitch, Bradley, Brant und Mrs Digby noch zusammen und stellten sich auf eine lange Pokernacht ein.

38. Kapitel

Verloren und wieder aufgetaucht

Hitch hatte alles bestens eingefädelt: Für den Sonntag hatten Brant und Sabina überraschend eine Einladung zu einer exklusiven Versteigerung von seltenen und bislang nie gezeigten Werken des Künstlers Pietro Tomassini erhalten. Das exklusive Event wurde im Hotel Circus Grande mit einem üppigen Essen mit allem Drum und Dran gefeiert, zu dem das Auktionshaus Mierson geladen hatte. Im Anschluss daran gab es eine Theateraufführung – Hitch hatte es erstaunlicherweise geschafft, zwei Tickets für *L'Amitié est aveugle* zu organisieren.
»Er muss tolle Connections haben«, sagte Sabina. »Tickets für Aufführungen mit Flora Steffanelli sind so rar wie Goldstaub.«
»Ein wundervoller Butler!«, sagte Brant.
»Liebster, Hitch ist *Haushaltsmanager*«, verbesserte Sabina

ihren Mann. »Er mag nicht als Butler bezeichnet werden, in dem Punkt ist er sehr eigen.«

»Na schön, dann ist er eben ein wundervoller Haushaltsmanager«, sagte Brant.

Dabei ging es nur darum, die Redforts aus dem Haus zu haben. Für Mrs Digby hatte Hitch eine vierundzwanzigstündige Pokersession organisiert. Diesen Tipp hatte er von einem Bekannten namens »Bunny mit den zwei linken Händen« bekommen, und wie nicht anders zu erwarten, war Mrs Digby Feuer und Flamme gewesen.

Somit war die Luft rein, und die Spektrum-Leute konnten ungestört kommen und gehen, ohne dass jemand Verdacht geschöpft hätte.

Dr. Harper kam als Erste. Sie sollte Bakers Blutdruck messen, ihm mit einer Taschenlampe in die Augen leuchten, mit einem Hämmerchen an seine Knie klopfen und so weiter.

»Sie sind also der große Bradley Baker«, sagte sie. »Über Sie wird bei Spektrum immer noch viel geredet.«

»Erstaunlich! Wissen Sie, dass ich elf Jahre lang als tot galt?«

»Ist mir bekannt. Ihr Tod wird im HQ mindestens einmal pro Woche erwähnt«, sagte Harper.

»Muss ja lästig sein«, meinte Baker.

»Och, man gewöhnt sich daran«, erwiderte Dr. Harper. »Jedenfalls freue ich mich, dass ich den Mann endlich kennenlerne, von dem alle schwärmen.«

Die medizinische Untersuchung dauerte nicht sehr lange, doch als Ärztin und Patient anschließend in die Küche kamen, hatte sich Harpers Gesichtsausdruck irgendwie verändert, obwohl Ruby nicht hätte sagen können, woran es lag.

»Und, Doc, können Sie meinem Gedächtnis wieder auf die Sprünge helfen?«, fragte Bradley und tippte sich an die Stirn.

»Das müssen Sie SJ fragen. Sie ist unsere Gedächtnisexpertin.«

»SJ?«

»Das bin ich«, meldete sich SJ zu Wort. »Freut mich, Sie wiederzusehen, Sir.« Sie trat einen Schritt vor.

»Freut mich ebenfalls, SJ«, sagte Baker und schüttelte ihr die Hand. »Tut mir leid, dass ich mich nicht an Sie erinnere, aber ich hoffe, dass Sie dem abhelfen können.«

»Ich werde mein Bestes tun, Agent Baker, verlassen Sie sich darauf«, sagte SJ.

Dr. Harper übergab SJ eine Akte und schlüpfte dann in ihren Mantel. »Es war mir eine Ehre, Sie kennenzulernen, Agent Baker«, sagte sie und griff nach ihrem Arztkoffer.

»Ganz meinerseits«, sagte Baker.

Harper ging, und LB kam. Für Ruby war es sehr komisch zu sehen, wie sich die Spitzenleute von Spektrum quasi die Türklinke ihres Elternhauses in die Hand gaben.

»Und, wie sieht es aus?«, fragte LB und setzte sich an den Küchentisch. »Gibt es eine Chance, deine Erinnerungen wieder wachzurufen?«

»Ist es überhaupt möglich?«, fragte Baker.

»Es *könnte* möglich sein, aber nur nach und nach. Wir dürfen keinesfalls zu schnell vorgehen, das könnte Ihnen schaden«, sagte SJ und wandte sich an LB. »Ich muss gestehen, dass wir noch nie etwas ähnlich Drastisches gemacht haben, wie biographische Erinnerungen wachzurufen. Bei Fällen von partieller Amnesie waren wir allerdings schon sehr erfolgreich: Dinge wie …, wie Schnürsenkel zuzubinden zum Beispiel. Doch Bakers Fall ist wesentlich komplizierter. Seine praktischen Fähigkeiten sind nicht eingeschränkt, er erinnert sich daran, wie man was macht, er konnte von Anfang an wieder sprechen …, nur an sein früheres Leben erinnert er sich nicht. Mit Pinkerton habe ich seinerzeit unzählige Stunden darüber diskutiert, wie und wo Erinnerungen im Gehirn gespeichert und wieder abgerufen werden können, doch …«

»Moment!«, rief Ruby da. »Sie *kannten* Pinkerton? Homer Pinkerton?«

»Natürlich«, antwortete SJ. »Ich war seine Assistentin, als ich bei Spektrum anfing. Alles, was ich über das Gedächtnis weiß, habe ich von ihm gelernt.«

SJ ging mit Bakers Akte nach unten ins Gäste-Apartment, um den Versuchsaufbau vorzubereiten. Knappe vierzig Minuten später kam sie zurück.

»Ich bin bereit«, sagte sie und blickte zu LB. »Ich werde behutsam vorgehen, nur so weit, wie es für Baker erträglich ist. Jedes Zuviel an Stress und jede körperliche Überanstrengung könnten gefährlich werden …« Wieder blickte sie auf LB, und ihre Miene wurde noch ernster, »… wenn nicht gar tödlich.«

LB nickte nur. »Bradley, möchtest du es wagen?« Sie berührte seinen Arm, und Baker lächelte sie an.

»Selbstverständlich«, sagte er. »Was ist der Mensch ohne seine Erinnerungen?«

Ruby hatte bei LB noch nie eine liebevolle Geste gesehen,

doch diese kleine Handbewegung ließ erahnen, wie viel Bradley Baker ihr bedeutete.

»Okay«, sagte LB. »Seien Sie vorsichtig. Die Zeit ist nicht auf unserer Seite, aber wir wollen ihn ja auch nicht umbringen.«

Während SJ mit Baker an seinem Gedächtnis arbeitete, ging Ruby nach oben in ihr Zimmer, um sich einmal mehr in ihre gelben Notizbücher zu vertiefen.

Was sie fand, war nicht sonderlich aufschlussreich.

In den neueren Notizbüchern hatte sie lang und breit beschrieben, wie die Lemons versucht hatten, den Kinderwagen von Klein Archie zusammenzuklappen, oder wie sie ihrem Hund Dudley beibringen wollten, einen Ball zu apportieren. Dudley schien den größten Teil des Tages damit zuzubringen, Eichhörnchen anzujaulen.

Ein paar Stunden später kam sie wieder nach unten in die Küche, wo SJ gerade ein paar Notizen in Bakers Akte eintrug.

»Wo ist LB?«, fragte Ruby.

»Wieder im HQ«, sagte SJ.

»Und Baker?«

»Ruht sich aus«, sagte SJ. »Vermutlich schläft er tief und fest: Die Reaktivierung von verschütteten Erinnerungen kostet viel Kraft.«

»Wollen Sie einen Snack?«, fragte Ruby.

»Was hast du denn da?«, fragte SJ zurück.

»Kekse oder Cracker.«

»Kekse«, sagte SJ.

Als Ruby gerade die Packung aufmachen wollte, kam Blacker mit fünf Fertigmahlzeiten an.

»Hitch schickt mich«, sagte er.
»Ach ja, wo steckt der eigentlich?«, fragte Ruby.
»Wieder in der Zentrale«, antwortete Blacker. »Er hat viel um die Ohren. – Also, wer will was haben? Ich habe was Chinesisches, Libanesisches und Japanisches geholt«, verkündete er. »Ich wusste nicht, was ihr mögt, deshalb habe ich von allem etwas genommen.«
Während des Essens unterhielten sie sich über Baker, seine Arbeit, sein Training und darüber, dass er als einziger Agent schon als Kind zu einem vollqualifizierten Larven-Junioragenten ernannt worden war.
»Ja, er war definitiv etwas Besonderes«, sagte Blacker, griff nach einer Serviette und rieb an einem Spritzer Sojasauce an seinem Hemd herum, obwohl der Fleck ohnehin nie mehr weggehen würde. »Doch ich denke, genau das war das Problem. Spektrum war von seinem Können und seinem Charakter so geblendet, dass man glaubte, es müsse möglich sein, eine ganze Reihe von Kindern wie ihn zu finden.«
»Aber das Larven-Programm wurde doch erst eingestellt, nachdem Casey Morgan verschwunden war«, warf Ruby ein. »Morgan war nur *ein* fauler Apfel in dem ganzen Korb, oder?«
»Soweit ich weiß, zeigten sich die ersten Risse schon früher«, sagte Blacker und machte sich wieder über seine Singapur-Nudeln her. »Ich habe gelesen, dass ein Großteil der Spektrum-Leute von vornherein dagegen war, Kinder zu rekrutieren, und als LB vor ein paar Jahren die Leitung von Spektrum 8 übernahm, hat sie sich resolut dagegen ausgesprochen, Kinder als Trainees anzuheuern.«

Und doch bin ich mit dabei, dachte Ruby, aber sie sprach es lieber nicht aus. Stattdessen sagte sie: »Okay, aber was geschah mit den Kindern, als das Programm eingestellt wurde? Ich meine, man hatte sie als Agenten und Weltraumfahrer ausgebildet, und dann wurden sie plötzlich entlassen und ins normale Leben zurückgeschickt. Hatte Spektrum denn keine Angst, dass sie alles ausplaudern könnten?«

SJ legte ihre Essstäbchen weg und trank einen Schluck Wasser. »Na ja, nach der Sache mit Casey Morgan sah Spektrum ein, dass das Ganze keine gute Idee gewesen war. Das Larven-Programm wurde aufgegeben, doch bevor sie die Kinder wieder nach Hause schickten, wurden deren Erinnerungen gelöscht und durch harmlose Kindheitserinnerungen ersetzt. Erst dann wurden die Jungs zu Mami und Papi nach Hause geschickt, und alles war gut.«

»Mit der Spezifischen Memory-Extraktion?«, fragte Ruby.

»So ist es«, sagte SJ. »Mit SME.«

»Das galt aber nicht für Baker, richtig?«, fragte Ruby.

»Nein«, sagte SJ, »das war nicht nötig – Baker war bereits als Agent übernommen worden. Er war älter als die anderen Jungs und hatte schon einige Jahre lang als Larve gearbeitet.«

»Und Morgan?«, fragte Ruby.

»Das war doch das Seltsame: Casey Morgan war verschwunden«, sagte SJ.

»Und Spektrum hat nichts mehr von ihm gehört?«, hakte Ruby nach. »Nie, nie mehr?«

»Laut der Aufzeichnungen ist er spurlos verschwunden«, sagte Blacker.

»Wie war das möglich?«, fragte Ruby.

»Pinkerton hatte da eine Theorie«, sagte SJ. »Die meisten Leute im HQ fanden sie etwas weithergeholt und paranoid.«

»Was war das für eine Theorie?«, fragte Ruby.

»Er war davon überzeugt, dass Morgan zum Grafen gerannt ist und einer seiner Lehrlinge wurde«, sagte SJ. »Er ging davon aus, dass Morgan sich eine komplett neue Identität zugelegt hatte – und wenn das stimmt, dann würde nicht mal seine eigene Mutter ihn noch erkennen, nicht mal, wenn er ihr die Hand schüttelt.«

»Und was meinen *Sie*?«, fragte Ruby.

SJ sah zuerst Blacker, dann wieder Ruby an. »So allmählich schließe ich mich Pinkertons Meinung an.«

»Und warum hat der Professor seine Zusammenarbeit mit Spektrum aufgekündigt?«, fragte Ruby.

»Es gab ein Zerwürfnis«, erklärte SJ. »Pinkerton wollte SME nur zu therapeutischen Zwecken einsetzen. Er hatte die Vision, mit seiner Forschungsarbeit nur belastende Erinnerungen zu löschen, damit traumatisierte Menschen unbeschwert weiterleben konnten. Er war dagegen, dass Spektrum das SME-Programm bei Kindern anwandte – die jüngsten waren gerade mal zehn –, und er befürchtete, dass seine Pionierarbeit für unethische Ziele eingesetzt werden könnte. Er sagte, es sei, als würde man eine Zehe in eine gefährliche Flüssigkeit tunken, und der Gedanke, dass das Wissen über die Anwendung von SME in die falschen Hände fallen würde, belastete ihn.«

»Also hat er seine Forschungsergebnisse vernichtet?«, fragte Ruby.

»Nein, er sagte mir, er habe sie versteckt«, antwortete SJ. »Er hat die Formel in zwei Hälften geteilt. Die eine Hälfte gab er Baker, doch was aus der anderen wurde, hat er mir nicht verraten.«

»Genau genommen hat er den SME-Code gestohlen«, warf Blacker ein.

»Gestohlen?«, sagte Ruby verblüfft. »Wieso das? Er hat ihn schließlich selbst entwickelt.«

»Ja, aber finanziert wurden seine Forschungen von Spektrum, und folglich hatte Spektrum auch ein Anrecht auf die Resultate«, erklärte SJ.

»Hat Pinkerton nach Ihrer Meinung also falsch gehandelt?«, fragte Ruby.

»*Moralisch* gesehen nicht, würde ich sagen. Was Spektrum mit SME vorhatte, war fragwürdig. Doch man kann es drehen und wenden, wie man will, technisch gesehen hat Pinkerton etwas an sich genommen, was ihm nicht gehört hat.«

Nach diesem Gespräch räumten Ruby und Blacker den Tisch ab, und SJ ging noch mal zu Baker, um zu sehen, wie er die Sitzung verkraftet hatte.

»Eines ist mir aufgefallen, als ich die Akten durchgeschaut habe«, sagte Ruby. »Unter den Larven-Anwärtern gab es kein einziges Mädchen.«

»Klar, damals waren noch andere Zeiten«, sagte Blacker. »Früher war im ganzen HQ kein *einziges* weibliches Wesen als Agent im Einsatz tätig. Doch dann kam LB, und alles änderte sich.«

39. Kapitel

Cousin Mo

Am nächsten Morgen frühstückte Ruby mit Bradley Baker, und sie plauderten über alles Mögliche: Basketball, Hunde, Plattensammlungen, Filme, Waldhühner, Skifahren und darüber, was jeder von ihnen am liebsten frühstückte.

»Pfannkuchen ohne Ahornsirup, das geht gar nicht«, sagte Bradley. »Sonst schmecken sie ja nach gar nichts.«

»Das versuche ich meiner Mutter schon ewig zu erklären«, sagte Ruby.

»Gut, ich werde mal mit ihr reden«, sagte Bradley.

Es war wie ein Wunder: Bis vor einer Woche hatte Bradley Baker als tot gegolten; heute war er quietschfidel und diskutierte mit Ruby in der Redfort'schen Küche über Pfannkuchen.

»Sag mal, wer ist der Typ?«, fragte Del, noch bevor Ruby sich im Bus hingesetzt hatte.

»Welcher Typ?«, fragte Ruby.

»Der da«, sagte Mouse und deutete auf den Mann, der vor dem Green-Wood-Haus auf dem Gehsteig stand.

»Ach, der!«, sagte Ruby.

Sie schauten Bradley Baker nach, der mit Floh die Straße überquerte.

»Ist er euer Hundesitter?«, fragte Mouse.

»Nein, er ist Hitchs Cousin Mo, der für ein paar Wochen bei uns wohnt.«
Ruby drehte den Kopf, als der Bus an ihm vorbeifuhr. Bei Mrs Beesman blieb »Mo« stehen, und Ruby sah, wie er der alten Frau half, ihren schwerbeladenen Einkaufswagen auf den Gehsteig zu hieven. Aber was war das? Wechselten die beiden tatsächlich ein paar Worte? Dass Mrs Beesman mit jemandem sprach, war ungewöhnlich, höchst ungewöhnlich.

»Bradley Baker wohnt bei euch zu *Hause*?«, flüsterte Clancy während des Unterrichts. »Im Ernst?«
»Ja«, flüsterte Ruby zurück. »Aber keiner darf seinen richtigen Namen wissen. Er heißt noch immer Mo, nicht Bradley, okay?«
»Okay, aber er *lebt*?! Der berühmte Bradley Baker lebt?« Clancy begann vor Aufregung mit den Armen zu rudern.
»Beruhige dich, Clance. Er ist doch nur ein alter Cousin von Hitch.«
»Aber mal ehrlich?«, zischte Clancy. »Er l-e-b-t?«
»Reg dich wieder ab, Clance!«, zischte Ruby zurück. »Ein Gespenst ist er jedenfalls nicht, falls du das meinst.«
»Wie ist es dazu gekommen?«, fragte Clancy.
»Erzähl ich dir später, fürs Erste musst du nur wissen, dass er Mo Loveday heißt und Hitchs Cousin aus Little Mountain Side ist.«
»Okay«, sagte Clancy. »Ich hab's kapiert.« Pause. »Und warum wohnt er bei euch?«
»Wegen einer Pilzvergiftung«, erklärte Ruby.

»Hä? Er hat giftige Pilze gegessen? Ich dachte, er sei ein Pilzkenner?«

»Ist ja auch nur sein Alibi.«

»Aha, er ist kein Pilzexperte?«, flüsterte Clancy.

»Doch! Er ist ein Pilzexperte, und er hat auch keine Pilzvergiftung. Das hat Hitch meiner Mutter nur erzählt, damit er bei uns wohnen kann.«

»Und welche Art Pilze hat er *nicht* gegessen?«, fragte Clancy.

»Waldküken«, sagte Ruby.

»Aber die sind doch gar nicht giftig«, meinte Clancy.

»Seit wann kennst du dich mit Pilzen aus?«, fragte Ruby.

»Ich habe nachgelesen«, sagte Clancy.

»Egal, meine Mutter glaubt, dass sie giftig sind«, sagte Ruby.

»Aha«, sagte Clancy. »Ich denke, ich hab's … ähm, verstanden.«

»Gut, aber erzähl ja keinem, wie er in Wirklichkeit heißt.«

»Seit wann erzähle ich Dinge herum?«

»Okay, nie! Jetzt reg dich endlich ab.«

»Und wie geht es weiter?«, fragte Clancy.

»Jetzt muss der ganze Untersuchungskram gemacht werden, du weißt schon, sie wollen herausfinden, was Baker noch weiß und woran er sich erinnert.«

»Hat er das Gedächtnis verloren?«, fragte Clancy.

»Ja, aber LB meint, man könne sein Erinnerungsvermögen wiederherstellen oder zumindest einen Teil davon.«

»Mit Hypnose eventuell?«, fragte Clancy.

»Keine Ahnung, das weiß ich nicht genau«, sagte Ruby.

»Meinst du, sie haben eine Art Zeitmaschine wie in dem einen Film, du weißt schon, einen Stuhl, auf dem der Typ zu

all seinen Erinnerungen zurücktransportiert wird?«, fragte Clancy.
»Nein, Clance, das meine ich nicht«, sagte Ruby. »Wie ich schon sagte, weiß ich nicht, wie es funktioniert, aber ich bin mir ziemlich sicher, dass es keinen speziellen Stuhl dafür gibt.«

Nach der Schule saß Ruby in ihrem Zimmer und nahm sich ihre Notizbücher 400 bis 450 vor. Darin standen eine Menge interessanter Dinge, aber nichts, was irgendwie nützlich gewesen wäre.
Da klopfte es an der Tür. »Wer da?«, rief Ruby.
»Ich bin's!«, rief Baker.
»Kommen Sie herein«, sagte Ruby, ohne an die vielen Notizbücher auf ihrem Schreibtisch zu denken.
»Was hast du da?«, fragte Baker.
Ruby zögerte kurz. »Ich mache mir immer Notizen«, sagte sie dann. »Ich schreibe alles auf, was ich tagsüber so erlebt habe.«
Er nickte. »Gute Idee«, sagte er dann. »Auch hinter etwas Banalem kann sich ein Geheimnis verbergen, nicht wahr?«
»Richtig …«, sagte Ruby verblüfft, denn so lautete auch eine *ihrer* Regeln.
Er sah sie an. »Hör mal, Ruby, was hältst du davon, meinem Gedächtnis etwas auf die Sprünge zu helfen? Vielleicht stellen sich meine Erinnerungen dann schneller ein, wer weiß.« Er tippte sich an die Stirn. »Könnte sein, dass es etwas in Gang setzt. Wäre doch einen Versuch wert, was meinst du?«
»Stimmt«, sagte Ruby. »Versuchen können wir es.«

»Also, fang bitte ganz von vorne an«, sagte Baker. »Wie hat das alles angefangen?«
»Mit dem Jadebuddha von Khotan«, begann Ruby. »Er war lange Zeit verschollen, an die tausend Jahre, doch vor einigen Monaten wurde er in einem Eisblock irgendwo nördlich von Alaska wiederentdeckt.«
»Das habe ich in der Zeitung gelesen«, sagte Baker. »Wer hat ihn aus dem Eis geholt?«
»Enrico Gonzales, der Kurator des Städtischen Museums von Twinford.«
»Rein zufällig, oder hat er gezielt danach gesucht?«
»Irgendein anonymer Spender hat die Suche gesponsert. Hat Jahre gedauert.«
»Wie ich hörte, soll dieser Buddha eines der schönsten Kunstobjekte der Welt sein.«
»Das stimmt«, sagte Ruby.
»Die Leute schwärmen so von seinen Augen. Es sind Edelsteine, nicht wahr?«
»Rubine«, sagte Ruby.
»Ich hatte mir überlegt, ob ich in die Stadt fahre, um ihn mir anzusehen, aber in die Stadt fahre ich eigentlich nur, wenn es unbedingt sein muss.«
»Da haben Sie echt was verpasst«, sagte Ruby. »Nicht nur den Buddha, sondern auch die Explosion in der Bank und den Einbruch ins Museum und ein paar ziemlich üble Verbrecher.«
»Genau deshalb gehe ich so ungern nach Twinford.«
»Ja, aber so kriminell geht es hier nicht alle Tage zu.«
»Und wer hat das Chaos damals verursacht?«, fragte Baker.

»Man nennt ihn nur den *Grafen*«, sagte Ruby. »Mit richtigem Namen heißt er Victor van Leyden.«

Sie schlug die Film-Enzyklopädie auf, die Frederik Lutz ihr ausgeliehen hatte.

»Hier«, sagte sie. »Das ist er.«

Bradley Baker beugte sich vor und betrachtete das Foto volle drei Minuten. Dann sagte er: »Ich kenne diesen Mann. Ich kann mich an ihn *erinnern*.«

»Ausgerechnet an *ihn*?«, fragte Ruby verblüfft.

Baker runzelte die Stirn. »Ja, komisch, ich weiß.« Er sah Ruby an. »Er ist ein Killer, richtig?«

»Killer ist noch eine nette Umschreibung für das, was er ist«, sagte Ruby. »*Sie* wollte er auch mal umbringen.«

»Wirklich?«

»Ja, es ist aber beim Versuch geblieben«, sagte Ruby. »Sie sind ihm entkommen. Er ist jedenfalls ein erbarmungsloser Verbrecher. Mich wollte er mal unter Sand begraben, einmal hat er mich mit Quallengift gelähmt, und den Zwischenfall mit dem Riesenkraken werde ich auch nie vergessen …«

»Kann ich mir vorstellen«, sagte Baker.

»In der Nacht damals im Museum ging es ihm nicht unbedingt darum, den Buddha zu stehlen«, sagte Ruby. »Klar hätte er ihn gern mitgenommen, aber noch wichtiger war ihm etwas anderes.«

»Und das wäre?«, fragte Baker.

»Wenn der Graf den Buddha nur hätte stehlen wollen, warum hat er sich dann die Mühe gemacht, ihm zuerst in die Augen zu leuchten?«

»Vielleicht hat er gemerkt, dass der Buddha zu gut gesichert war? Um diesen Buddha ranken sich ja offenbar viele Legenden. Was wird noch mal über ihn gesagt? *Wer ihm um Mitternacht in die Augen schaut, ist auf einen Schlag doppelt so weise und halb so alt.*«

»Aber er hat ihm nicht nur in die Augen geschaut«, sagte Ruby. »Er hat ihm sehr *tief* in die Augen geschaut, und zwar mit einer Art Infrarot-Taschenlampe. Die hatte er mitgebracht, und folglich hatte er das von Anfang an geplant.«

»Okay, aber was hat er genau getan?«, fragte Baker.

Ruby holte tief Luft. »Also«, sagte sie dann, »ich glaube, er hatte den Auftrag, irgendetwas Bestimmtes herauszufinden, und falls er die Statue nicht klauen konnte, sollte er ihr zumindest in die Augen leuchten.«

»Mit anderen Worten: Das Wichtigste an dieser ganzen Operation war es, in den Augen etwas zu *lesen*«, sagte Baker. »War das die eigentliche Beute?«

»Ich denke, schon«, sagte Ruby. »Aber die Krönung wäre natürlich gewesen, die Statue mitzunehmen.«

»Und du denkst, dass der Graf im Auftrag von jemandem gehandelt hat?«, fragte Baker.

»Das wusste ich damals noch nicht, erst jetzt«, sagte Ruby.

»Was meint Hitch zu der ganzen Sache?«, fragte Baker.

»Er findet es auch merkwürdig, weil der Graf früher nur auf eigene Faust gearbeitet hat.«

»Du meinst, er war kein Handlanger, den man anheuern konnte?«, fragte Baker.

»Nein, ganz bestimmt nicht«, antwortete Ruby. »Hitch behauptet, der Graf habe seine Verbrechen immer nur aus Spaß an der Freude begangen.« Sie machte eine kurze Pause. »Und weil er eine Schwäche für Souvenirs hat.«

»Welche Art von Souvenirs?«

»Ach, Sie wissen schon: unbezahlbare Schätze wie Buddhas aus dem 8. Jahrhundert, Rubinhalsketten aus dem 18. Jahrhundert, Tarnanzüge aus dem 20. Jahrhundert«, erklärte Ruby. »Deshalb frage ich mich: Warum vergeudet dieses kriminelle Genie seine wertvolle Zeit damit, für andere Bösewichte die Dreckarbeit zu machen? Um Geld geht es ihm definitiv nicht.«

»Es könnte doch sein, dass sein Auftraggeber etwas gegen ihn in der Hand hat«, sagte Baker nachdenklich. »Entweder der Graf wird erpresst – was, soweit wir wissen, eher unwahrscheinlich ist –, oder aber sein Auftraggeber besitzt etwas, was der Graf haben möchte und nur bekommt, wenn er tut, was ihm befohlen wird.«

»Zu diesem Schluss bin ich auch schon gekommen«, sagte Ruby. »Oh, und da ist noch etwas: Homer Pinkerton hat früher mal mit dem Grafen zusammengearbeitet, aber das ist schon sehr lange her. Es war zu der Zeit, als der Graf noch im Filmgeschäft war.«

»Aha …«, sagte Baker bedächtig. Er schwieg eine Minute lang, blickte dann auf und sagte: »Was weißt du sonst noch?«

Nach und nach sprachen sie jedes einzelne Verbrechen in sämtlichen Details durch, und Ruby schrieb fleißig mit. Schließlich stand alles auf Karteikarten, die sie gemeinsam sortierten, bis am Ende der ganze Fußboden von Rubys Zimmer damit übersät war.

40. Kapitel

Viele, viele Karteikarten

Drei Stunden später hörte Ruby zwar, dass es unten an der Tür läutete und Schritte die Treppe heraufkamen, doch sie war so in Gedanken versunken, dass sie erst aufschreckte, als sie Clancys Stimme hörte.

»Ruby, ich bin's.« Er streckte seinen Kopf zur Tür herein. »Kann ich reinkommen?«

»Klar.«

Er betrat ihr Zimmer und achtete darauf, nicht auf die vielen farbigen Kärtchen zu treten, die auf dem Fußboden ausgelegt waren.

»Mann, ich hab dich Millionen Mal angerufen!«, stöhnte er.

»Ich habe das Telefon ausgestöpselt.«

Er blickte durch ihr Zimmer auf die diversen Apparate. »Wie? Alle?«

»Ja, ich muss mich konzentrieren.«

»Was machst du da?«, fragte Clancy und betrachtete die vielen Karteikarten, die Ruby weiter hin und her schob, als versuche sie, ein schwieriges Rätsel zu lösen.

»Bradley und ich wollen herausbekommen, wie die diversen Verbrechen zusammenhängen«, erklärte Ruby. »Ich habe ihm alles erzählt, was in den letzten zehn Monaten passiert ist. Mann, er kapiert echt schnell.«

»Wundert mich nicht«, sagte Clancy. »Und? Seid ihr schon ein Stück weiter?«

»Ja und nein«, sagte Ruby. »Weißt du, zwischen dem Jadebuddha, dem Wahrheitsserum, der Cyanessenz, dem Schlüsselanhänger und der Schlangenlady *muss* es eine Verbindung geben, aber nach der suchen wir immer noch.«

»Und was meint Baker zum Schlüsselanhänger?«

»Daran kann er sich noch nicht erinnern«, sagte Ruby. »Aber ich habe LB gefragt, und sie sagt, sie habe ihn all die Jahre nur deshalb behalten, weil die Aufräummannschaft ihn damals unweit der Absturzstelle gefunden hatte. Er war voll mit Bakers Fingerabdrücken.«

»Hatte sie ihn davor schon mal gesehen?«, fragte Clancy.

»Nein, du hattest übrigens recht – sie hing nicht aus sentimentalen Gründen daran, nur weil er Baker gehört hatte. Der Anhänger war wichtig, weil er das Letzte gewesen war, das Baker berührt hatte.«

»Und niemand weiß, was er darstellen soll?«, fragte Clancy.

»Nein«, sagte Ruby, »niemand.«

Clancys Blick wanderte durch Rubys Zimmer. »Und wo ist Baker jetzt?«

»Er wollte zu Penny Books«, sagte Ruby, ohne aufzuschauen.

»Das mit dem Wahrheitsserum kapiere ich. Haben wir ja auch schon besprochen. Ein Wahrheitsserum ist immer nützlich. Damit kann man jeden zum Reden bringen, auch Leute, die sonst nichts sagen würden.«

»Leute, die sonst nichts sagen würden – Geheimagenten zum Beispiel?«, fragte Clancy.

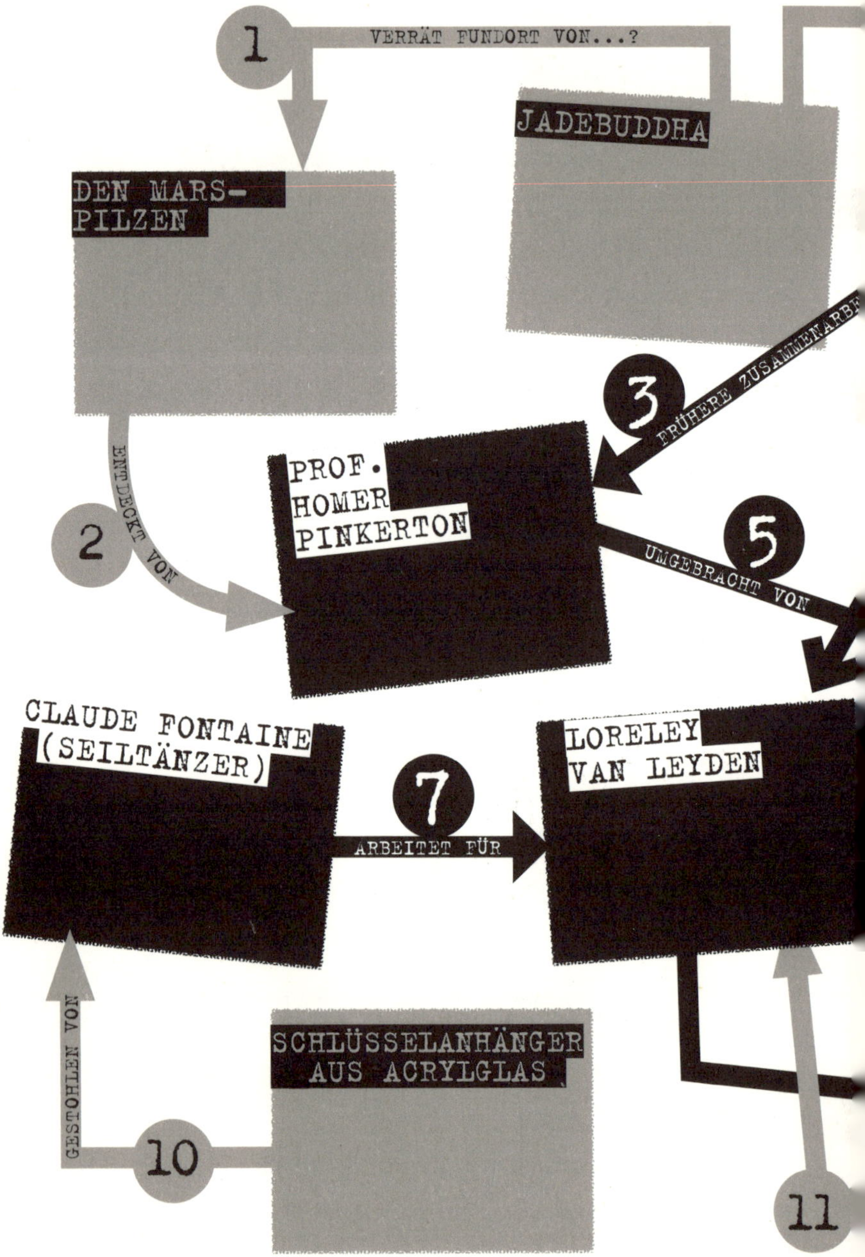
1
VERRÄT FUNDORT VON...?
JADEBUDDHA
DEN MARS-
PILZEN
2
ENTDECKT VON
3
FRÜHERE ZUSAMMENARB
PROF.
HOMER
PINKERTON
5
UMGEBRACHT VON
CLAUDE FONTAINE
(SEILTÄNZER)
7
ARBEITET FÜR
LORELEY
VAN LEYDEN
SCHLÜSSELANHÄNGER
AUS ACRYLGLAS
GESTOHLEN VON
10
11

GESTOHLEN VON
4
DEM GRAFEN
(VICTOR VAN LEYDEN)
8
ARBEITET FÜR
MARNIE NOVAK
(DIE AUSTRALIERIN)
ARBEITET FÜR
MUTTER VON
12
6
GESTOHLEN VON
?
13
ARBEITET FÜR
DAS INDIGO-
WAHRHEITSSERUM
DIE CYAN-
ESSENZ
STOHLEN VON
ARBEITET FÜR
9

»Richtig«, bestätigte Ruby. »Vielleicht ist es der Plan, jemanden von Spektrum zu entführen und zum Reden zu bringen. Aber da keiner von uns weiß, worum es genau geht, kann ich mir nicht vorstellen, dass ein Entführungsopfer etwas Wichtiges sagen könnte.«

Sie nahm eine neue Karte in die Hand. »Und soweit wir wissen, kann die Cyanessenz auch ganz nützlich sein. Damit kann man jeden aus seinem Versteck locken. Das Opfer oder die Beute wird an einen bestimmten Ort gelotst, ohne dass der oder die Betreffende es merkt.«

»Bei mir würde es nicht klappen«, sagte Clancy. »Ich erinnere mich noch ganz genau an den Duft und würde nicht auf ihn hereinfallen.«

»Dito«, sagte Ruby. »Ich bin bestimmt ebenfalls immun dagegen.«

Clancy griff nun auch nach einer Karte – die, auf der OIDOV stand.

»Siehst du in Sachen Amarjargel Oidov etwas klarer?«

Ruby schüttelte den Kopf. »Warum sollte sie sterben? Wenn es nur um die Schlangen ging, dann hätte man die doch einfach *stehlen* können, oder?«

»Und wenn es gar nicht um die Schlangen ging?«, sagte da eine Männerstimme.

Weder Ruby noch Clancy hatten Baker hereinkommen hören.

»Mann, Sie bewegen sich ja leiser als eine Maus«, sagte Clancy.

»Muss das frühere Training sein«, sagte Bradley und stieg vorsichtig über die Karteikarten hinweg. »Diese Schlangen sind zwar sehr selten und schön anzusehen, doch ich glaube nicht, dass es bei den beiden Mordversuchen an Oidov um die Reptilien ging.«

»Worum dann?«, fragte Ruby.

»Darüber hab ich mir natürlich Gedanken gemacht«, sagte Baker. »Vor zwei Wochen bist du in meinen Laden marschiert und hast mich gefragt, ob ich schon mal etwas von den sogenannten Marspilzen gehört hätte, was nicht der Fall war, und später erfahre ich, dass du in geheimen Spektrum-Akten darauf gestoßen bist – eine Entdeckung von diesem Pinkerton, richtig?«

Ruby nickte.

»Und deshalb habe ich SJ danach gefragt, und sie sagte, Pinkerton habe entdeckt, dass diese Marspilze das Erinnerungsvermögen steigern – genauer gesagt, sogar verdoppeln, und sie sollen außerdem die Lebenszeit um viele Jahre verlängern. Aber das weißt du sicher schon.«

Wieder nickte Ruby.

»Und zu welchem Schluss bist du gekommen?«

»Dass jemand, der sie in die Finger bekäme, einen horrend hohen Preis für sie verlangen könnte.«

Baker nickte. »Und das führt uns wieder zu dieser uralten, seltenen Schlangenspezies, die sich von Pilzen ernährt. Ist euch schon aufgefallen, dass irgendwie alles auf diese Pilze hinausläuft?«

Ruby und Clancy sahen ihn fragend an.

»Und da habe ich mich mit Consuela getroffen …«

»Consuela Cruz?«, sagte Clancy verblüfft.

»Ja«, antwortete Baker. »Wir sind alte Freunde.«

»Wann?«, fragte Ruby. »Ich meine, wann haben Sie sie getroffen?«
»Vorhin«, sagte Baker.
»Wollten Sie nicht zu Penny Books?«
»Dort haben wir uns getroffen«, sagte Baker.
»Oh!«, machte Ruby.
»Was hat Consuela mit dieser ganzen Sache zu tun?«, fragte Clancy irritiert.
»Sie untersucht die Schlangenpilze«, sagte Ruby bedächtig.
Baker nickte. »Richtig, und sie hat die Pilze analysiert, die diese gelben Schlangen fressen, und mit Pinkertons Marspilzen verglichen – und wisst ihr, was?«
Ruby wusste, was er gleich sagen würde. »Es sind dieselben Pilze, richtig?«
»Richtig!«, bestätigte Baker. »Also habe ich noch ein Stück weitergedacht und mich gefragt, warum jemand Amarjargel Oidov töten wollte, wenn sie doch offenbar als Einzige weiß, wo diese Schlangenart lebt beziehungsweise wo diese Pilze wachsen.« Er sah Ruby an. »Und da kam mir der Gedanke …«
»… dass jemand die Forscherin deshalb töten wollte, weil sie *nicht* die Einzige ist, die weiß, wo diese Pilze wachsen«, führte Ruby seinen Satz zu Ende.
»Hundert Punkte«, sagte Baker. »Und ich denke – lacht jetzt bitte nicht, sondern denkt erst mal darüber nach –, was, wenn der Jadebuddha auch etwas damit zu tun hat? Was, wenn in seinen Augen eine *Ortsangabe* steht – verschlüsselt oder was weiß ich. Geographische Koordinaten, die einem den Fundort der Marspilze verraten?«

»Das klingt plausibel«, sagte Ruby. »Der Legende nach muss man dem Buddha um Mitternacht in die Augen blicken und ist auf einen Schlag *doppelt so weise und halb so alt.*«

»Zu diesem Schluss bin ich auch gekommen«, sagte Baker. »Der Buddha verrät einem, wohin man gehen muss, um das Geheimnis der Unsterblichkeit zu entdecken – oder etwas in der Art.«

»Ah«, sagte Clancy. »Man wird also nicht automatisch weise oder jünger, nur weil man ihm in die Augen schaut.«

»Das würde auch erklären, warum es bei meinem Vater nichts bewirkt hat«, fügte Ruby hinzu.

Es fühlte sich wie ein Durchbruch an, und als Ruby ihre Karteikarten nun neu ordnete, passten die Puzzleteilchen plötzlich wunderbar zusammen.

Bradley Baker entschuldigte sich. »Ich muss mich ein bisschen hinlegen. Dieses Erinnerungstraining macht einen ziemlich fertig.« Und er ging nach unten in sein Gäste-Apartment.

Nach so vielen Stunden angestrengten Nachdenkens war ohnehin Zeit für eine kleine Stärkung.

»Willst du Mrs Digby nicht fragen, ob sie uns ein paar ihrer berühmten Clubsandwiches macht?«, schlug Clancy Ruby vor.

»Du hast doch auch zwei Beine«, sagte Ruby. »Lauf runter und frag sie!«

»Ich bin fix und fertig«, stöhnte Clancy. »Ich kann keinen Schritt mehr machen.«

»Pech für dich, denn ich habe hier zu tun.«

»Das sehe ich«, sagte Clancy. »Dann schicken wir Floh los. Ich versuche es mit dem Geh-und-such-Trick.«

»Viel Glück!«, sagte Ruby. »Den macht er nur, wenn er in Laune ist.«
Clancy schrieb die Bestellung für Mrs Digby auf einen Zettel, klemmte ihn unter Flohs Halsband und sagte: »Geh und such Mrs Digby!«
Der Hund sah ihn verständnislos an.
»Geh und such Mrs Digby!«, wiederholte Clancy.
Der Hund streckte sich wieder aus und schloss die Augen.
»Warum macht er es nicht?«, stöhnte Clancy.
»Weil du es falsch sagst«, erklärte Ruby. »Du musst es mit etwas mehr Nachdruck sagen.« Sie machte es vor. »Floh, geh und such Mrs Digby!«
Augenblicklich stand der Hund auf, drückte sich durch die Tür und tapste nach unten in die Küche.
Sieben Minuten später war Floh zurück, mit einem Körbchen Mandarinen im Maul.
»Das hatten wir nicht bestellt!«, beschwerte sich Clancy.
»Tja, dann musst *du* jetzt wohl runtergehen und die Sandwiches zubereiten«, sagte Ruby. Doch sie hatte noch nicht ausgeredet, als Mrs Digby mit einem Tablett mit ihren superleckeren Sandwiches ankam.
»Ich habe die Nachricht erhalten«, sagte sie, »und ihr könnt von Glück sagen, dass ich heute meinen großmütigen Tag habe. Morgen könnt ihr euch eure verflixten Sandwiches gefälligst selbst holen!«
Eine Stunde später, als Clancy gegangen war, ging Ruby zu Bakers Gäste-Apartment. Sie hatte das Gefühl, dass sie ihm etwas erklären musste.

»Sie fragen sich sicher, warum ich mit Clancy über diese vertraulichen Dinge rede. Ich weiß, dass es streng verboten ist. Die wichtigste Spektrum-Regel lautet: KLAPPE HALTEN!«

»Ach ja?«, sagte Baker.

»Ja«, bestätigte Ruby. »Ich würde echt im hohen Bogen rausfliegen, wenn Spektrum wüsste, dass ich mit einer außenstehenden Person über unsere Fälle spreche.«

»Und warum tust du es dann?«, fragte Baker. »Ich meine, mit Clancy darüber reden?«

»Weil es nicht anders geht«, erklärte Ruby. »Ich kann ihn nicht anlügen, er merkt immer alles. Fragen Sie mich nicht, wie er das macht, er hat eine Art sechsten Sinn – er braucht mich nur anzusehen und weiß sofort, ob ich lüge. Es ist fast, als könne er meine Gedanken lesen.«

Bradley Baker nickte. »Ja, ich glaube, so jemanden kannte ich auch mal.« Nach einem Seitenblick fügte er hinzu: »Weiß sonst noch jemand davon, dass Clancy eingeweiht ist?«

»Nur Hitch«, sagte Ruby. »Er, ich und Clancy selbst – also wir drei.«

»Dann sind es ab jetzt vier«, sagte Baker. »Und du kannst froh sein, dass ich echt gut darin bin, Geheimnisse für mich zu behalten.«

41. Kapitel

Was wir wissen

Als Ruby am nächsten Tag von der Schule kam, stand die Chefin von Spektrum 8 vor ihrer Haustür.

»Wollen Sie Bradley besuchen?«, fragte Ruby.

»Nun, deine Eltern bestimmt nicht«, sagte LB, »obwohl sie sicher sehr nett sind.«

Noch bevor Ruby ihren Hausschlüssel gefunden hatte, wurde die Tür schwungvoll geöffnet.

»Guten Tag, gnädige Frau, treten Sie ein und geben Sie mir Ihren Mantel.« Das Mantelabnehmen erledigte Mrs Digby so flott und so resolut, dass sie LB fast umriss.

»Keine Sorge, einer meiner Arme ist noch dran«, sagte LB, die sich gerade noch fangen konnte. »Danke.«

»Ich habe etwas gebacken, und die Getränke stehen auf einem Tablett. Ich denke, den Rest kriegst du allein hin«, sagte Mrs Digby zu Ruby. Dann wandte sie sich wieder an LB: »Hat mich gefreut, Ihre Bekanntschaft zu machen, Madam. Fühlen Sie sich wie zu Hause!« Und schon eilte die Haushälterin die Treppe hinunter und verschwand in ihrem Apartment.

»Huch, was ist mit *ihr* los?«, fragte LB verdutzt.

»Heute ist Bingo-Abend im Fernsehen«, erklärte Ruby.

»Keine Ahnung, was das ist, aber es kann nicht gut sein für die Psyche«, sagte LB.

Sie gingen zusammen nach oben in die Küche, wo Hitch gerade Sandwiches zubereitete.
LB musterte ihn von Kopf bis Fuß. »Und dafür werden Sie von Spektrum bezahlt?«
»Ich kann Ihnen versichern, dass es sinnvoll verwendetes Geld ist. Meine Digby-Clubsandwiches können sich inzwischen sehen lassen.«
»Freut mich, dass Sie in diesem Job noch einiges dazulernen«, sagte LB spitz. »Und wo ist Baker? Mit dem Staubsauger im Wohnzimmer zugange?«
»Er ist oben in Rubys Zimmer und sieht sich *Crazy Cops* an«, sagte Hitch trocken.
»Ich kann nur hoffen, dass das ein Witz ist«, schnaubte LB.
»*Crazy Cops* ist eine echt interessante Serie«, warf Ruby ein.
»Dann will ich es mal glauben«, sagte ihre Chefin.
Sie gingen nach oben in Rubys Zimmer. Hitch balancierte wie ein professioneller Kellner mehrere Teller auf einem Arm. Ruby trug das Tablett mit den Getränken, die Mrs Digby bereitgestellt hatte.
Als sie ihr Zimmer betrat, fiel ihr auf, wie schräg diese ganze Situation war: Die drei wichtigsten Spektrum-Leute saßen zwischen ihren Schallplatten, Büchern, Telefonen, allem möglichen Krimskrams und – peinlicherweise – herumliegenden Klamotten.
Baker hing natürlich nicht vor dem Fernseher, um sich Rubys Lieblingsserie anzusehen. Er arbeitete an dem Fall, und das seit geschlagenen zwölf Stunden – ohne Pause.
»Gut, und was wissen wir inzwischen?«, erkundigte sich LB.

Ruby gab ihr eine kurze Zusammenfassung:

»Die Australierin hat früher unter dem Namen Marnie Novak als Schauspielerin gearbeitet; sie stand unter den Fittichen des Grafen und war und ist nur ihm und ihm allein gegenüber loyal. Sie bekam eine Tochter namens Loreley, die beim Grafen in die Lehre ging, bis sie die Kunst der Verkleidung und Tarnung meisterhaft beherrschte. Loreley ist immer noch irgendwo da draußen unterwegs, was allen, einschließlich dem Grafen, Kopfschmerzen bereitet.«

LB: »Denkst du, dass Loreley bei unseren Fällen die Finger mit im Spiel hat?«

RUBY: »Nein, sie ist nur ein Störfaktor – aber ein ganz schön gefährlicher.«

LB: »Und was sind die Motive des Grafen – sehen wir da etwas klarer?«

BAKER: »Wir haben ein paar Hypothesen. Eine davon lautet, dass es um die *Hypocrea asteroidi* geht.«

LB: »Um was bitte?«

BAKER: »Die Marspilze.«

LB: »Ach ja, die Entdeckung des Professors.«

BAKER: »Homer Pinkerton war früher mal mit dem Grafen befreundet, und es ist denkbar, dass Pinkerton ihm von den lebensverlängernden Eigenschaften dieser Pilze erzählt hat, und seither kann der Graf an nichts anderes mehr denken. Das Problem ist nur, dass er dafür die Hilfe von X braucht, dem großen Superhirn, das im Hintergrund die Fäden zieht.«

HITCH: »Aber ganz sicher wissen wir es nicht, richtig?«

BAKER: »Nein, es ist nur eine Hypothese.«

LB: »Und wer könnte dieser große Drahtzieher sein? Irgendeine Idee?«

RUBY: »Ich vermute, dass es das Kind von damals an den Stromschnellen ist.«

LB: »Casey Morgan?«

HITCH: »Warum?«

Ruby erzählte ihnen von der Kreidebotschaft in der dunklen Gasse. »Es passt ins Bild«, sagte sie. »So ergibt alles einen Sinn.«

LB: »Aber niemand weiß, wer Morgan ist, richtig?«

HITCH: »Nein, es gibt nicht die geringste Spur.«

RUBY: »Außer dass es jemand von Spektrum sein muss.«

LB: »Das engt die Suche nicht gerade ein.«

HITCH: »Und dieser Larven-Button – wissen wir immer noch nicht, wie er vor Pinkertons Haus gekommen ist?«

LB: »Baker kann es nicht gewesen sein. Er hat diesen Anstecker vor über dreißig Jahren verloren, als er hilflos auf den Wasserfall zutrieb und beinahe ertrunken wäre.«

RUBY: »Ich glaube nicht, dass er ihn verloren hat. Meiner Meinung nach hat Morgan ihn als Kind gestohlen und später als Erwachsener verloren.«

BAKER: »Das wäre natürlich möglich …«

HITCH: »Wenn der erwachsene Morgan den Button vor Pinkertons Haus verloren hat, dürfen wir davon ausgehen, dass er auch Pinkertons Hund entführt hat.«

BAKER: »Klingt logisch.«

LB: »Und warum hat Morgan den Hund entführt?«

RUBY: »Ich denke, er wollte Pinkerton erpressen.«

LB: »Um was zu bekommen?«

HITCH: »Das kann vieles sein. Kannte Pinkerton viele Spektrum-Geheimnisse?«

BAKER: »Um was immer es dem Entführer ging – wir wissen, dass er es nicht bekommen hat, denn der Graf hat Ruby gegenüber verlauten lassen, dass er noch immer danach sucht.«

LB: »Okay, aber ich hätte noch eine weitere Frage: Warum gab es einen zweiten Anschlag auf Bakers Leben, so viele Jahre nach dem ersten?«

RUBY: »Dafür gibt es zwei Gründe: Der erste ist, Spektrum den Todesstoß zu versetzen.«

HITCH: »LB sollte Baker vom Himmel schießen und somit Spektrums Spitzenagenten töten. Das hätte LBs Ende bedeuten können, und Spektrum wäre ebenfalls am Ende gewesen.«

HITCH: »Ein netter Plan, der allerdings nicht aufging.«

LB: »Und zweitens?«

HITCH: »Der zweite Grund war rein emotionaler Natur. Baker hatte alles, was Casey Morgan sich wünschte: Er war ein erfolgreicher Agent, hatte das Larven-Abzeichen erhalten und war anschließend ins Spektrum-Weltraumprogramm aufgenommen worden – und zwar genau in *dem* Monat, als er vom Himmel geschossen wurde.«

»Wisst ihr was?«, sagte Baker. »Ich glaube, es gibt noch einen weiteren Grund.«

»Und der wäre?«, fragte Hitch.

»Ich denke, dass ich eventuell gewusst habe, wer er war«, sagte Baker.
»Kannst du dich an ihn erinnern?«, fragte LB.
»Nein«, sagte Baker, »doch wenn ich versucht habe, dir eine Nachricht zukommen zu lassen, als dieser Mann mich schwerverletzt am Straßenrand gefunden hat, dann muss ich gewusst haben, dass Morgan hinter allem steckte.« Er sah LB an.
»Also gut, suchen wir nach diesem Morgan«, sagte LB. »Wir müssen herausfinden, woher er stammt, wo er geboren wurde und aufgewachsen ist.« Sie blickte auf Hitch. »Wir können nicht herumsitzen und warten, bis er sich von selbst zeigt.«
»Verstanden«, sagte Hitch.

42. Kapitel

Einem Phantom nachjagen

Hitch wurde sofort aktiv und fragte herum: Ein bereits pensionierter Agent konnte ihm zum Glück etwas mehr sagen. Der erinnerte sich an einen Jungen, der von Colwin City erzählt hatte und wie langweilig es dort unten sei. Zufälligerweise stammte der pensionierte Kollege ebenfalls von dort und erinnerte sich sogar noch an das Viertel, die Straße und das Haus, in dem Casey Morgan gelebt hatte.

Gleich am nächsten Tag flogen Hitch und Ruby mit Hitchs Freund, dem Piloten Agent Zuko, der eigentlich dienstfrei hatte, nach Colwin City. Und obwohl es ein holpriger, unbequemer Flug war, fand Ruby es eine höchst aufregende Art des Reisens.

»Lasst euch Zeit«, sagte Zuko. »Ich habe es nicht eilig und werde nur Däumchen drehen, bis ihr zurück seid.«

Am Flughafen mieteten sie ein Auto und fuhren in die City – eine graue Industriestadt mit Vororten, die sich endlos in die flache Landschaft auszudehnen schienen. Hier gab es wirklich nichts Interessantes zu sehen, nur eine Menge hässlicher Hochspannungsmasten, die sich in geraden Linien bis an den Horizont erstreckten.

Der kleine Ausflug erwies sich allerdings als überflüssig. Vom Haus der Morgans war nichts mehr zu sehen, es gab nicht einmal mehr die Straße, in der es früher mal gestanden hatte. Der ganze Bezirk war offenbar plattgemacht worden, um einem riesigen Autobahnkreuz Platz zu machen. Auch wenn Morgans Eltern vielleicht noch lebten, so wusste niemand mehr von ihnen, und es gab auch keine amtlichen Aufzeichnungen mehr über sie.

Hitch starrte zu den Betonüberführungen hinauf und sagte achselzuckend: »Ich fürchte, wir stehen wieder auf Feld eins.«

Auf der Rückfahrt zum Flughafen funkten sie Blacker im Hauptquartier an.

»Und, was habt ihr ausgegraben?«, fragte der.

»Rein gar nichts«, sagte Hitch. »Kein Mensch konnte uns weiterhelfen, niemand erinnert sich an den jungen Morgan. Es

ist, als hätte er nie existiert. Wir jagen hier einem Phantom nach.«
»Und wie geht's jetzt weiter?«, fragte Blacker.
»Wir kommen zurück«, sagte Hitch. »Ende.«
Da blitzte eine Nachricht auf.

ZUKO AN ANDERER STELLE GEBRAUCHT.
ERSATZMASCHINE WIRD GESTELLT.
SPEKTRUM X WARTET AM FLUGHAFEN COLWIN,
MUSS IN EINUNDZWANZIG MINUTEN ABHEBEN,
EILE IST GEBOTEN.

»Spektrum X?«, fragte Ruby. »Nie gehört.«
»Du wirst es lieben, Kleine.«
Genau neunundvierzig Sekunden vor der angegebenen Zeit kamen sie am Flughafen an und hatten keine Zeit mehr, dem Piloten hallo zu sagen. Sie konnten sich gerade noch anschnallen, und schon waren sie in der Luft.
»Ein tolles Flugzeug!«, sagte Ruby. »Und so viel Stauraum! Da sind ja überall Wandschränke.«
»Du glaubst nicht, was alles an Gerätschaften und Ausrüstungsgegenständen an Bord ist«, erklärte Hitch. »Man ist praktisch für alle Eventualitäten gerüstet.«
»Spitze!«, sagte Ruby begeistert.
»Apropos Ausrüstungsgegenstände«, fuhr Hitch fort. »LB bat mich, dir das hier zu geben.« Er holte das kleine Fallschirm-Cape mit weißem Pelzbesatz aus einer Tasche.
»Ich glaube es nicht!«, rief Ruby entzückt.

»Du hast LB einen Riesengefallen getan und quasi einen verlorenen Schatz gefunden«, sagte er. »Du hast es dir redlich verdient.«
Dieses Cape hatte Ruby bisher nur in einer Glasvitrine im Spezialgeräteraum von Spektrum bewundern können. Als sie es nun in der Hand hielt, merkte sie, dass es nicht nur toll aussah, sondern sich auch unglaublich toll anfühlte: Es war superleicht und superwarm und total unauffällig. Dass darin ein Fallschirm versteckt war, sah man dem Cape nicht an.
»Darf ich es gleich mal anziehen?«, fragte Ruby.
»Tu dir keinen Zwang an«, sagte Hitch. »Und schau dich ruhig an Bord um, Kleine. Genieß den Flug, auch wenn unser kleiner Trip nichts gebracht hat.«
Es kam wahrlich nicht oft – oder besser gesagt *nie* – vor, dass ein hochrangiger Agent einer dreizehnjährigen Nachwuchsagentin den Vorschlag machte, sich die raffinierten Hightech-Geräte anzusehen.
Ruby brauchte nicht lange, bis sie den Raum mit den Flugausrüstungsgegenständen entdeckte – einen langen, schmalen Raum, in dem auf beiden Seiten Fallschirme, Survival-Ausrüstungen und Fliegeroveralls für Minustemperaturen gelagert wurden. Einer dieser Overalls stach Ruby besonders ins Auge: Er war goldfarben und glänzte, als wäre er mit Blattgold überzogen. Er sah aus wie der Overall, den Ruby auf dem Foto an LBs Wand gesehen hatte, und war vielleicht nur etwas kleiner. Kitschig? Definitiv, aber wann hatte man schon die Gelegenheit, sich wie einer der altmodischen Superhelden zu kleiden und ein Outfit zu tragen, in dem man sich auch wie eine Su-

perheldin fühlte? Komm, probier ihn schnell an, Ruby, sagte sie sich. Diese Chance kommt so schnell nicht wieder.
Im Gegensatz zur Superskin konnte man blitzschnell in diesen Overall schlüpfen, und er war auch um einiges angenehmer zu tragen.
In der polierten Aluminiumtür konnte Ruby ihr Spiegelbild sehen. Sie sah umwerfend aus. Noch toller würde es aussehen, wenn sie damit durch die Luft auf die Erde zusausen würde. Sie nahm das kleine Fallschirm-Cape, das Hitch ihr vorhin gegeben hatte, und klickte es an dem goldenen Overall fest.
»Hey, Kleine!«, rief Hitch. »Komm ja nicht auf die Idee, irgendwas von den Sachen dort anzuziehen!«
»Warum sollte ich?«, rief Ruby unbekümmert zurück.
Sie zog ihren Parka darüber und beugte sich halb zur Tür hinaus. »Sehen Sie?«
»Ich glaub dir ja, Kleine. Andere würden es nicht tun!« Er gähnte genüsslich, streckte die Arme aus und erhob sich dann. »Hol dir was zu essen, falls du Hunger hast, die Küche ist im hinteren Teil. Ich gehe mal kurz zum Piloten. Die Wetterlage sieht nicht sehr gut aus.«
Gegen einen kleinen Snack hatte Ruby nichts einzuwenden. Das geplante Hähnchen *à la surprise*, das Mrs Digby an diesem Abend zubereiten wollte, würde vermutlich ohne Hitch und sie verspeist werden.
Als Hitch das Cockpit betrat, stellte er verwundert fest, dass er einen unbekannten Mann vor sich hatte.
»Was ist mit Sasnik?«, fragte Hitch. »Fliegt nicht *er* normalerweise die Spektrum X?«

»Oh, wurden Sie nicht informiert? Wir wurden ausgetauscht, keine Ahnung, warum. Ich bin übrigens Matthews.«

»Freut mich, Matthews«, sagte Hitch.

»Können Sie mal kurz hier übernehmen? Ich muss schnell aufs Klo.«

»Wo ist der Copilot?«, fragte Hitch.

»Sie wollte hinten was nachsehen.«

Sie überflogen gerade die schneebedeckten Gipfel der Northern Mountains, als etwas gänzlich Unerwartetes geschah. Ein Arm legte sich um Hitchs Hals, und ehe er begriffen hatte, wie ihm geschah, hörte er eine Stimme, die definitiv nicht zu dem Arm gehörte und die sagte: »Keine falsche Bewegung, Süßer!«

Die Stimme mit dem australischen Akzent gehörte einer Frau, die neben ihn getreten war und ihm etwas Kaltes, Metallisches an die Schläfe drückte – eindeutig eine Waffe.

»Bedauere, Süßer, aber es gab eine kleine Programmänderung. Ich kann nur hoffen, dass Sie kein Theater machen, sonst muss Mr Matthews Sie an die frische Luft setzen.« Sie blickte demonstrativ aus dem Fenster. »Und ich muss Ihnen wohl nicht sagen, dass Sie ohne Fallschirm relativ schnell unten aufschlagen werden.«

HITCH: »Hat Mr Matthews etwa vor, mich zu erwürgen? Falls nicht, würden Sie sich dann bitte die Mühe machen, ihm zu sagen, er solle seinen Griff etwas lockern? Ich bekomme kaum Luft.«

DIE AUSTRALIERIN: »Aber gern. Allerdings müssen Sie mir zuerst versprechen, keine Dummheiten zu machen.«

HITCH: »Was verstehen Sie unter ›Dummheiten‹?«

DIE AUSTRALIERIN: »Plötzliche Bewegungen zum Beispiel. Wäre sehr unklug von Ihnen, Süßer.«

HITCH: »Ich werde versuchen, mein nervöses Zucken unter Kontrolle zu halten.«

DIE AUSTRALIERIN: »Sehr vernünftig. Ich bin beeindruckt.«

HITCH: »Ich dagegen bin eher beeindruckt von Ihrer Waffe.«

DIE AUSTRALIERIN: »Gut. Klingt, als würden wir uns verstehen.«

HITCH: »Was kann ich also für Sie tun?«

DIE AUSTRALIERIN: »Fliegen Sie einfach brav weiter.«

HITCH: »Und was soll das Ganze?«

DIE AUSTRALIERIN: »Ich will das Mädchen.«

HITCH: »Warum? Was wollen Sie mit dem Mädchen?«

DIE AUSTRALIERIN: »Geht Sie nichts an.«

HITCH: »Ich fürchte, doch. Wissen Sie, ich habe die Aufgabe, auf die Kleine aufzupassen, und – verzeihen Sie mir die Bemerkung – Sie haben wahrlich keine beeindruckende Erfolgsbilanz, wenn es darum geht, Ihre Mitmenschen am Leben zu lassen.«

DIE AUSTRALIERIN: »Ich fürchte, Sie missverstehen meine Beweggründe. Ich werde ihr nichts antun, weit gefehlt. Mein Geschäftspartner will sie gesund und munter sehen.«

HITCH: »Ihr Geschäftspartner? Meinen Sie damit etwa den Herrn, der sich gern als Graf Dracula aufspielt?«

DIE AUSTRALIERIN: »Ich wusste nicht, dass Sie den Herrn kennen.«

HITCH: »*Kennen* wäre zu viel gesagt. Für wen arbeitet er zur Zeit?«

DIE AUSTRALIERIN: »Für jemanden, der sich Casey Morgan nennt. Schon mal gehört oder gesehen?«

HITCH: »Ich hatte noch nicht das Vergnügen, glaube ich zumindest, und ich habe den Eindruck, dass Old Casey sich gern bedeckt hält. Dabei hatte ich immer gehofft, ihm noch in die Augen blicken zu können, bevor ich ihn dem FBI übergebe.«

DIE AUSTRALIERIN: »Mehr als seine Stimme am Telefon ist bei ihm nicht drin.«

HITCH: »Schade. Es gibt nichts Schöneres, als das Weiße in den Augen einer Person zu sehen.«

DIE AUSTRALIERIN: »Genug geplaudert. Ich lasse Sie nun in den bewährten Händen von Mr Matthews zurück und mache mich auf die Suche nach unserer kostbaren kleinen Ruby.«

Von dieser brisanten Unterhaltung hatte Ruby nichts mitbekommen, denn sie war voll und ganz damit beschäftigt, einen Bagel mit Frischkäse zu bestreichen und nebenbei im Radio einen halbwegs passablen Musiksender zu suchen. Mr Matthews ließ Hitch derweil nicht aus den Augen, und Hitch musste sich darauf konzentrieren, das Flugzeug zu steuern – das Wetter wurde zunehmend unbeständiger, und sie waren mitten im Gebirge. Niemand bemerkte, dass plötzlich eine maskierte, im Ninja-Stil in einen hautengen schwarzen Over-

all gekleidete Gestalt lautlos aus einer der vielen Kisten stieg. Erst als diese Person im Cockpit stand und Mr Matthews mit einem gekonnten Karateschlag außer Gefecht setzte, bemerkte Hitch ihre Anwesenheit. Er musste sich vor drei gezielten Fußtritten ducken, und das Flugzeug verlor an Höhe.
»Loreley, bist du das?«, schrie die Australierin.
Ruby, die noch in der Küche war, wandte sich um und stieß gegen etwas Hartes. Mit blutender Nase taumelte sie auf den Gang.
Die Ninja-Gestalt und die Australierin warfen sich alles an den Kopf, was ihnen gerade in die Finger kam.
»Lass das Mädchen in Ruhe, Loreley, tot nützt sie mir nichts!«, brüllte die Australierin.
»Ruby, schnall dir deinen Fallschirm um und zieh Leine!«, rief Hitch aus dem Cockpit.
»Und was ist mit Ihnen?«, rief Ruby zurück.
»Fallschirm an und weg!«, brüllte er. »Ich hab hier alles unter Kontrolle.«
Wusch!
»Sieht aber nicht so aus!«, rief Ruby, doch sie tat wie geheißen.
»Du musst weg, Kleine! Schalte deinen Locator ein, damit ich dich finde!«, schrie er und wich einem weiteren, nicht identifizierbaren Gegenstand aus.
Ruby starrte Hitch an und dachte nur: Das überleben Sie nie!
»Vertrau mir, Kleine.«
Wusch! Ein weiterer Aufprall – diesmal traf ihn ein Metallkästchen aus dem Cockpit an der Schulter, gefolgt von einem Tritt ans Bein.

»Nein!«, schrie Ruby.

»Spring! Redfort, das ist ein Befehl!«

Ruby riss die Flugzeugtür auf.

Doch zu spät. Die Ninja-Frau versperrte ihr den Weg.

»Lass dich von mir nicht stören, Kaugummimädchen! Spring ruhig!«, rief Loreley van Leyden höhnisch. Sie riss sich die Skimaske vom Gesicht und lächelte. »Springen – was rede ich da! Ich meinte natürlich *fallen*!« Dann riss sie Ruby den Fallschirmrucksack vom Rücken und warf ihr die Erste-Hilfe-Tasche zu. »Eine gute Pfadfinderin reist stets mit ihrem Notfallköfferchen – ist sicher auch ein Pflaster drin. Hilft dir bestimmt weiter nach deinem Bauchplatscher!« Loreley lachte wie eine Wahnsinnige. »Oh, und vergiss dein kleines Snurferboard nicht – du kannst dein Grab damit markieren. Adieu, Kaugummimädchen!«

Loreley hielt sich mit beiden Händen an einem der Haltegriffe an der Decke fest, holte Schwung und beförderte Ruby mit einem gezielten Tritt aus der Kabine. Ihr hämisches Lachen war noch zu hören, als Ruby im freien Fall war und ihr Snurferboard über ihr durch die Luft wirbelte.

Ruby zählte während ihres Fallens: 1000, 2000, 3000 …

Was tun, wenn man ohne Fallschirm mit an die fünfzig Meter pro Sekunde vom Himmel fällt?

Antwort: Augen zu und auf ein Wunder hoffen.

Das tat Ruby nicht, und sie geriet auch nicht in Panik. Denn was Loreley nicht wusste: Ruby hatte einen Plan B.

Sie riss sich Rucksack und Parka vom Leib, die alsbald zusammen mit dem Snurferboard vom Wind gepackt wurden und davonwirbelten. Ihr goldener Overall glänzte und glitzerte wie eine Weihnachtskugel. Um die Schultern trug sie das Fallschirm-Cape mit dem weißen Pelzbesatz. Eine weitere Absicherung hatte sie nicht – falls die Schnur riss oder sich der Fallschirm verhedderte, wäre das ihr sicheres Ende. Ruby blickte nach unten auf die schneebedeckten Berggipfel, die rasend schnell auf sie zukamen, und zog an der Schnur des Fallschirm-Capes.

Ein Ruck ging durch ihren Körper, als sich der Schirm öffnete und ihren freien Fall abbremste. Mit der goldenen Fallschirmkappe über sich schwebte sie nun der Erde entgegen und konnte gut lenken, bis ihre Zehen schließlich Boden berührten. Sie war auf einer Bergspitze gelandet. Eine saubere Leistung! Umgehend machte sie den Fallschirm ab und blickte suchend zum Himmel. Das Flugzeug war nicht mehr zu sehen, dafür aber eine kleine Gestalt, die im Zickzackkurs erdwärts segelte … Freund oder Feind? Wie groß war die Chance, dass es Hitch war? Eins zu vier? Nein, so groß nicht. Drei Verrückte gegen einen einzelnen Agenten. Aber vielleicht hatte er ja Glück gehabt …

Such deine Sachen!, sagte sie sich. Sie hatte sie während des Fallens im Auge behalten, wusste ungefähr, wo sie sein mussten, und hatte sie auch bald gefunden. Blitzschnell schnallte sie sich das Brett unter die Füße. Es hatte angefangen zu schneien, und wegen der großen, nassen Flocken fiel es ihr schwer, den zweiten Fallschirmspringer im Auge zu behalten. Ruby klappte die Sichtlinsen des Fernglases auf, das sich am Ärmelbündchen ihres Overalls befand, und suchte den Horizont ab, bis sie die kleine schwarze Gestalt im Sichtfeld hatte. Wer immer sie war, sie schien sich orientieren zu wollen, als würde sie nach jemandem suchen. Nach ihr?

Hitch, bist du es? In der Hoffnung auf ein Signal von ihm blickte sie auf ihren Mini-Locator, aber da war nichts.

Sie richtete den Such-Locator direkt auf die Gestalt, doch es kam noch immer kein Signal zurück. Nichts blitzte auf. Funktionierte der Responder nicht, oder war es doch nicht Hitch, der gerade der Erde entgegenschwebte?

Die kleine Gestalt am Himmel verharrte für einen Moment reglos, dann schien sie Ruby zu erblicken und bewegte sich ganz, ganz langsam auf sie zu.

»Spektrum-Spezialgeräte sind zu 99,999 Prozent zuverlässig.« Hatte Hal das nicht gesagt?

Vertrau deinem Instinkt.

Nicht Hitch, beschloss sie dann. Ich muss von hier verschwinden.

Sie beschleunigte und sauste auf dem Snurferbrett in der Direttissima talwärts.

REGEL 43: WENN DU IM VORTEIL BIST, SIEH ZU, DASS ES SO BLEIBT!

Wer immer auch hinter ihr her war – sie musste ihn oder sie abhängen!

Falls Hitch noch im Flugzeug war, dann …

Würde er das Ganze überleben?

Sie musste nicht lange auf eine Antwort warten. Eine gewaltige Explosion ließ die ganze Bergwelt erbeben, und ein riesiger roter Feuerball schoss über den Himmel.

Das Flugzeug und wer immer noch an Bord war – erledigt!
Ruby stand eine Minute lang da und starrte wie hypnotisiert zum Himmel, bis sie plötzlich ein lautes Donnern hörte. Als sie den Kopf drehte, erblickte sie über sich eine breite Schneeplatte, die sich gerade vom Berg ablöste und abwärtszurutschen begann, genau auf sie zu. Rubys Angst vor einem möglichen menschlichen Killer war wesentlich kleiner als ihre Angst vor der Natur als erbarmungsloser Killerin. Nichts wie weg! Sie musste sich aus dem Bereich der Lawine fortbewegen und so schnell wie möglich zu den Tannen dort drüben gelangen, wenn sie überleben wollte – außer natürlich, sie donnerte gegen eine der Tannen.
Und *los*!
Noch hatte Ruby einen satten Vorsprung, und sie war schnell, sie würde es von hier weg schaffen, sie würde davonkommen … Doch dann war ein zweites Donnern zu hören, ein zweites Schneebrett löste sich ab und rutschte zuerst langsam, dann aber zunehmend schneller ins Tal, und vor dem gab es kein Entrinnen.
Schwimmen, Ruby, schwimmen!, sagte sie sich.
Sie machte hektische Armbewegungen, bekam Schnee in die Nase und verlor die Orientierung; sie saß in der Falle, taumelte, fiel hin und rutschte mit der Lawine bergab. Sie hielt sich die Hände vors Gesicht, um eine Lufttasche zu bilden; es hätte nichts genützt, einen Arm hochzustrecken, damit jemand sie sah – es war keiner da.
Ihre ganze Welt wurde mit einem Mal schneeweiß und dann, genauso plötzlich, pechschwarz.

43. Kapitel

Richtiges Verhalten im Falle einer Lawine

TIPP 1:

Alle schweren Gegenstände loslassen. Damit der eigene Körper so leicht wie möglich ist, muss man sich von seinem Rucksack und allem anderen trennen. Dadurch erhöht sich die Chance, eher an der Oberfläche zu bleiben. Die Überlebensausrüstung sollte man jedoch bei sich behalten, zum Beispiel das Sende-und-Empfangsgerät, das Ortungsgerät sowie eine Schneeschaufel; diese Geräte sind unabdinglich, wenn man unter Schnee begraben ist.

Ich habe aber keine Überlebensausrüstung bei mir, dachte Ruby. Und die Erste-Hilfe-Tasche ist auch weg.

Die Chancen, von einer Suchmannschaft gefunden zu werden, sind größer, wenn sie Teile deiner Ausrüstung auf dem Schnee liegen sieht; deshalb ist es ratsam, einen Handschuh oder einen anderen leichten Gegenstand loszulassen, damit er auf die Schneeoberfläche zu liegen kommt.

Himmel, wer denkt sich solche Regeln aus?, dachte Ruby. Als könnte sie in ihrer Situation einen Handschuh ausziehen! Sie konnte schon froh sein, wenn sie sich das Genick nicht brach! Außerdem musste sie in Betracht ziehen, dass die Person, die sie am ehesten finden würde, vermutlich genau die Person war, der am wenigsten daran lag, dass sie, Ruby, überlebte.

TIPP 2:

Schwimmbewegungen machen. Das ist immens wichtig, um nahe an der Oberfläche der Schneedecke zu bleiben. Der menschliche Körper hat eine größere Dichte als Schnee, und folglich ist die Wahrscheinlichkeit größer, dass man mit der Lawine talwärts geschoben wird. Durch Schwimmbewegungen, also durch Kicken mit den Füßen und ständige Armbewegungen, hat man eine größere Chance, nahe an der Oberfläche zu bleiben.

a) Auf den Rücken legen. Mit dem Gesicht nach oben kommt man eher an Sauerstoff, falls man unter den Schneemassen begraben werden sollte.

b) Den Kopf möglichst in Richtung Berg drehen. Dadurch bleibt man näher an der Oberfläche der Schneedecke.

Ruby versuchte es redlich. Sie wusste zwar nicht, ob es einen großen Unterschied machte und sie durch diese Bemühungen an einer anderen Stelle zum Liegen kommen würde, aber Regeln sind Regeln, und wenn man in einer Notlage steckt und nicht mehr viel zu verlieren hat, sollte man sich besser an sie halten.

TIPP 3:

Sparsam mit Luft und Energie umgehen. Sobald sich die Schneemassen nicht mehr bewegen, sollte man versuchen, sich zu bewegen, aber ohne die Lufttasche zu gefährden.

Mach eine Luftblase, mach eine Luftblase, hol Luft, du brauchst Luft.

Wenn man relativ nahe an der Oberfläche der Schneedecke liegt, kann man sich eventuell selbst ausgraben, andernfalls hat man keine große Chance.

Du hast keine große Chance, sagte sich Ruby.

Den kostbaren Luftvorrat nicht damit verschwenden, dass man versucht, gegen die Schneedecke anzukämpfen. Besser Ruhe bewahren und auf Hilfe warten! Sind Stimmen zu hören, versuch zu rufen, doch falls das Rufen keinen Erfolg zeigt, lass es bleiben. Ein Verschütteter kann die Helfer wahrscheinlich besser hören als umgekehrt, und durch lautes Rufen verbraucht sich der beschränkte Luftvorrat schneller.

Versuch, ruhig zu bleiben und auf Hilfe zu warten!, sagte sich Ruby.

Versuch, ruhig zu bleiben und auf Hilfe zu warten!

Versuch, ruhig zu bleiben …

Versuch …

Versuch …

Versuch …

44. Kapitel

Lebendig begraben

Je länger sie unter den Schneemassen lag, desto klarer wurde Ruby, dass es schlichtweg keinen Unterschied machte, ob sie irgendwelche Regeln befolgte oder nicht.

Wenn sie von gewaltigen Schneemassen talwärts befördert wurde, konnte sie lange Ballast abwerfen, mit den Armen rudern, schreien und brüllen – das alles änderte nichts an der Tatsache, dass sie alsbald unter einer Tonne Schnee begraben sein würde – eventuell auch unter acht Tonnen, wer sollte das nachwiegen? Und wen hätte es interessiert? Hitch war höchstwahrscheinlich tot, Bradley Baker ungefähr hundert Meilen weit weg und in ein Gespräch mit Mrs Digby vertieft, während er ihre frisch gebackenen Lebkuchen mampfte … Ihre Freunde tollten bestimmt gerade im Schnee herum, mit Ausnahme von Clancy vermutlich, der jedoch viel zu weit weg war, um zu spüren, dass seine beste Freundin gerade in größter Lebensgefahr schwebte.

Und außerdem – was nützte einem ein Überlebenstraining in eisiger Kälte, wenn man gar keine Überlebenschance hatte? Wie viele Verschüttete hatten es bisher geschafft, sich selbst aus einer Lawine zu befreien? Eine Handvoll? Nein – es stand fest: Sie würde sterben. All diese Gedanken wären Ruby vermutlich durch den Kopf gegangen, wenn da nicht dieses weiße Rauschen gewesen wäre, das alles überlagerte: das Rauschen von Panik, weißer, eiskalter Panik.

Ich bin lebendig begraben,
ich werde sterben.
Ich bin lebendig begraben.
Ich werde sterben.
Ich bin lebendig begraben
Ich werde sterben …
Ich werde sterben …

Gut möglich, dass sie ein paar Sekunden lang ohnmächtig geworden war, denn mit einem Mal hatte sich etwas verändert: Sie atmete weniger hektisch und sah die Gesichter ihrer Eltern vor sich, die sie liebevoll anlächelten. Und dann war da eine Stimme in ihrem Kopf, die Stimme von Mrs Digby, kristallklar: »Du wirst doch keine Angst haben, Kind, dafür gibt es absolut keinen Grund. Alles halb so schlimm.« Es fühlte sich fast wie eine Erinnerung an, so wie die Stimme zu ihr sprach: »Ich bin da, und ich grabe dich aus, das ist so sicher wie das Amen in der Kirche. Ich hol dich da raus. Ich lasse es nicht zu, dass meine kleine Ruby lebendig begraben wird.«

Ich muss im Delirium sein, dachte Ruby. Doch allein schon das Bild ihrer Eltern in ihrem Kopf und Mrs Digbys Stimme reichten aus, um sie etwas ruhiger werden zu lassen, und als sich ihre anfängliche Panik gelegt hatte, konnte sie wieder klar denken.

Sie schaffte es, ihren Herzschlag herunterzufahren und sich aufs Überleben zu konzentrieren.

REGEL 20: BEIM ÜBERLEBEN KOMMT ES ZU NEUNZIG PROZENT DARAUF AN, DASS MAN DARAN GLAUBT.

Es wird niemand kommen, der mich rettet.

Denk nach!

Folglich muss ich mich selbst retten.

Was habe ich bei mir, das mir weiterhelfen kann?

Denk nach!

Sie tastete nach ihrem Handgelenk – und schöpfte sofort Hoffnung.

Sie hatte sie nicht verloren, sie war noch da: die Bradley-Baker-Fluchtuhr.

Mit der Uhr hast du eine Chance!

Welche der Funktionen der Uhr konnten ihr in dieser misslichen Lage weiterhelfen?

Und wie viel Zeit habe ich?, fragte sie sich.

Dank der Luftblase vor ihrem Gesicht vermutlich eine Viertelstunde. Sie drückte auf den Aufziehknopf, damit das Zifferblatt beleuchtet war, und dann auf den Rettungsknopf. Ein einziges Wort blitzte auf dem Zifferblatt auf, das zugleich ein kleiner Bildschirm war:

NOTFALL

Sie klickte sich durch die diversen Optionen, bis sie bei dem Punkt anlangte:

VERSCHÜTTET UNTER LAWINE

Sie klickte: **JA.**
Die Uhr begann, die aktuelle Tiefe zu berechnen.

CIRCA 1,80 m

»Na klasse«, murmelte Ruby. »Die ideale Tiefe für ein Grab.«

BERECHNUNG DES LUFTVORRATS: 22 Min.
RICHTUNG: SENKRECHT
VORSCHLAG WERKZEUG: SCHNEEBOHRER

»Okay.« Sie holte tief Luft.

Und **LOS!**

Wenige Zentimeter vor ihrem Gesicht öffneten sich die zusammengeklappten Klingen und bildeten eine Art Propeller. Mit einem effizienten und beruhigenden Surren begann der Schneebohrer mit seiner Arbeit und bohrte über Rubys Kopf einen Tunnel durch den schweren Schnee. Keine zwei Minuten später drangen Licht und Luft zu ihr herab. Ruby hievte

sich aus ihrem Grab und gelangte schniefend und Schnee spuckend an die Oberfläche.
Hurra! Sie lebte noch und konnte es kaum glauben.

45. Kapitel

Frostiger Trost

Ruby lag einen Moment lang reglos auf der kalten Schneedecke. Um sie herum wirbelten so viele weiche, dicke, pappige Flocken, dass man kaum sehen konnte, wo die Erde endete und wo der Himmel begann. Sie blinzelte, doch es war, als blicke man ins Nichts.
Was war mit ihrem Verfolger oder ihrer Verfolgerin? Ruby nahm an, dass er oder sie von derselben Lawine begraben wurde und jetzt tot war. Vielleicht hatte er oder sie aber auch gesehen, dass Ruby verschüttet wurde, und glaubte nun, *sie* sei tot, so dass er oder sie wohlgemut in die Höhle des Bösen zurückgekehrt war. Der Faktor Mensch war jedenfalls kein Problem mehr. Das Einzige, wovor sie sich jetzt noch fürchten musste, war die *Natur*.
Ruby musste so schnell wie möglich von diesem Berg runter. Sie war zwar frei, doch wenn sie nicht bald einen Unterschlupf fand, würde sie über kurz oder lang erfrieren. Sie stellte das

Fernglas an ihrem Handgelenk auf SCHNEESTURM ein. Jetzt konnte sie besser durch das Schneegestöber sehen und erblickte in einiger Entfernung Bäume. Und auf die stapfte sie nun zu. Es war sehr mühsam, in dem hohen Schnee voranzukommen, doch sie hielt durch. Bei den Bäumen angekommen, bastelte sie sich ein Paar behelfsmäßige Schneeschuhe. Sie nahm sich vor, sich nach ihrer Rückkehr bei Sam Colt dafür zu bedanken, dass er sie während der Ausbildung in mühseligen Stunden all diesen »dämlichen Quatsch« lernen ließ. Mann, sie hatte ihm ganz schön unrecht getan!

Die Schneeschuhe erfüllten ihren Zweck ganz gut, und Ruby stapfte durch die Tannen in Richtung Westen, bis sie nicht mehr konnte. Der Wald bot zwar einen gewissen Schutz, doch bevor die Nacht hereinbrach, musste sie ein Lager aufbauen, Holz sammeln und ein Feuer machen.

Sie hatte Glück. Sie entdeckte einen schiefgewachsenen Baum, der genau den richtigen Neigungswinkel hatte, so dass sie ein paar herumliegende Äste daran abstützen konnte, um eine Art Schutzhütte zu errichten. Feuerholz gab es in Hülle und Fülle.

Dafür brauchte sie fürs Erste ihre ganze restliche Energie und Kraft. Sie konnte froh sein, dass sie noch lebte. Colt hatte recht gehabt: Genießt das Hier und Jetzt.

REGEL 24: BLEIB LANGE GENUG AM LEBEN, UM DIR DEN NÄCHSTEN SCHRITT ÜBERLEGEN ZU KÖNNEN.

Nach getanem Werk legte Ruby sich in ihren Unterschlupf, zog die Kapuze tief ins Gesicht, schloss die Augen und schlief so tief und fest wie schon lange nicht mehr.

Voller Tatkraft wachte sie wieder auf. Nicht schlecht, lobte sie sich, besonders in Anbetracht der gestrigen Erlebnisse. Der Himmel war strahlend blau, und trotz der zehn Grad minus sah es so aus, als würde es ein schöner Tag werden. Ruby sammelte so viel Feuerholz, dass es auch im Falle eines Schneesturms reichen würde. Dabei versuchte sie, nicht zu oft an Hitch zu denken.

REGEL 21: DENK NICHT ZURÜCK UND NICHT VORAUS, BLEIB EINFACH IM HIER UND JETZT.

Und das bedeutete, sich warm zu halten, etwas Essbares zu finden und sich einen Plan auszudenken. Sie musste Hilfe herbeirufen, sie musste LB informieren über das, was passiert war. Andererseits würde LB sicher bereits wissen, was mit Spektrum X geschehen war. Ihr Team war bestimmt schon auf der Suche nach dem Flugzeugwrack.

Doch von ihrem Schicksal ahnte Spektrum vermutlich nichts; woher sollten sie auch wissen, dass sie noch am Leben war und mutterseelenallein irgendwo in den Northern Mountains saß?

Volle zehn Minuten lang starrte Ruby auf ihre Fluchtuhr, und ihr Zeigefinger schwebte über dem SUCHT-MICH-Knopf, doch dann kam sie zu dem Schluss, dass es nicht klug gewesen wäre. Im Hauptquartier gab es einen Verräter, und auch wenn sie eine Nachricht direkt an Blacker oder LB schickte, bestand die Gefahr, dass diese abgefangen wurde. Jemand musste Marnie Novak einen Tipp gegeben oder irgendwo eine Wanze eingebaut haben. Novak hatte gewusst, dass Hitch und Ruby von Colwin City zurückfliegen wollten – nur *woher*? Wer hatte Zuko für einen anderen Flug eingeteilt? Wer hatte es arrangiert, dass sie mit Spektrum X nach Hause flogen? Was war mit der Spektrum-Crew passiert? Jemand zog im Hintergrund die Fäden. Und wenn es weder LB noch Blacker war – wer dann? Groete? Das konnte sich Ruby nicht vorstellen. Er mochte sie zwar nicht, ganz bestimmt nicht, aber er *hasste* sie nicht, zumindest nicht so sehr, dass er sich zu einem solchen Verbrechen hinreißen lassen würde.

Hitch? Völlig ausgeschlossen, denn Hitch war …

Nicht an Hitch denken!, sagte sie sich. Du musst dich konzentrieren, Redfort!

Ihr Magen knurrte, und sie aß das wenige, was sie in dieser unwirtlichen Gegend hatte finden können, und weil es schon wieder dunkelte, beschloss sie, früh schlafen zu gehen. Schlaf ein bisschen, gleich bei Tagesanbruch musst du losmarschieren.

Sie schürte ihr Lagerfeuer und legte so viel Holz nach, dass am nächsten Morgen noch genügend glühende Asche da sein würde, dann kroch sie in ihr Behelfslager. Es war fast gemütlich. Sie wickelte sich in ihr Fallschirm-Cape und hoffte, dass sie nicht zu sehr frieren würde.

Sie hatte höchstens eine Stunde geschlafen, als sie von etwas geweckt wurde.

Da war ein heißer Atem in ihrem Ohr, ein Schnüffeln … eine warme Zunge an ihrer Wange.

Mit einem leisen Aufschrei sprang sie auf, packte einen Stock und …

»Floh?« Keuchend stand sie da.

Der Husky bellte.
»Wie kommst du hierher, mein Süßer?« Sie fiel auf die Knie und vergrub ihr Gesicht in seinem weichen Fell. »Mein lieber, guter Floh, bist du es wirklich?«
Als sie den Kopf wieder hob, sah sie eine Männergestalt näher kommen, die grüßend die Hand hob.
»Da bist du ja!«, sagte der Mann.
»Bradley Baker?!
»So nennt man mich.«
»Was sind Sie? Ein menschlicher Spürhund?«
»Im Aufspüren bin ich ganz gut«, sagte er schmunzelnd. »Aber ich habe ein bisschen geschummelt.«
»Inwiefern?«
»Ich habe einen Funksender in deinen Rucksack geschmuggelt.«
»Im Ernst?«
Er zog den Reißverschluss an der Vorderseite auf und holte den Larven-Button heraus.
»Das ist ein *Transmitter*?«, sagte Ruby verblüfft. »Aber Sie haben doch gesagt ...«
»War vorher keiner. Habe ich selbst eingebaut.« Er tippte sich an die Stirn. »Also nichts mit Seelenruhe und so weiter. Ich habe mir Sorgen um dich gemacht. Muss das Erbe von Mo Loveday in mir sein.«
»Und warum haben Sie mir Ihr kleines Geheimnis nicht verraten?«
»Ich wollte nicht, dass du dich darauf verlässt. Ich wusste ja nicht, ob es wirklich funktioniert. Mein Wissen über all diesen

Geheimdienstkram ist etwas eingerostet. Ist ja alles schon eine Weile her.«

»Stimmt«, sagte Ruby. »Aber Ihre Kopfverletzung damals hat offenbar doch keinen so großen Schaden angerichtet, wie alle dachten.«

»Inzwischen kommt wieder einiges zurück, langsam, aber sicher.« Er sah sich um. »Hast *du* diesen Unterschlupf gebaut? Ich bin beeindruckt.«

»Ich ehrlich gesagt auch. Erstaunlich, dass ich beim Survival-Training in der Wildnis damals durchgefallen bin, hm?«

»Du musst besser aufgepasst haben, als du dachtest«, sagte Baker. »Hör mal, ich will deinen Unterschlupf zwar nicht schlechtmachen oder so, aber ich bin mir ziemlich sicher, dass es unten im Tal oberhalb des Sees eine Hütte gibt, in der es möglicherweise etwas gemütlicher ist.«

»Sie machen Witze!?«, rief Ruby. »Sie behaupten, ich könnte demnächst in einer Holzhütte an einem schönen, warmen Feuer sitzen?«

Baker löschte das Lagerfeuer, während Ruby ihre Siebensachen zusammenpackte und sich den Rucksack umschnallte. Dann marschierten sie los.

»Spektrum hat den Piloten gefunden«, erzählte Baker unterwegs. »Zuko lebt noch, ist aber etwas mitgenommen. Er wurde am Flugplatz überfallen und gefesselt, konnte die Flugzeugentführer aber leider nicht identifizieren.«

»Marnie Novak«, sagte Ruby. »Loreley van Leyden war auch mit an Bord, aber das gehörte wohl nicht mit zum Plan der Australierin.«

»Aha«, sagte Baker.

Ruby sah ihn an. »Etwas von Hitch gehört?«

Er schüttelte den Kopf. »Nein, nichts. Aber gib die Hoffnung nicht auf, Hitch ist ein absoluter Spitzenagent, er gehört offenbar zu den Besten. Und solange wir nichts Gegenteiliges hören, ist er für uns noch am Leben, okay?« Er sah Ruby eindringlich an.

Sie nickte. »Okay.«

Baker reichte ihr ein Paar Skier und zwei Stöcke, und sie sausten talwärts – während Floh hinter ihnen herkeuchte.

Die Holzhütte war zwar nicht direkt das Grand Twin Hotel, aber sie fanden einen Stapel trockenes Holz vor, und nachdem das Feuer im Kamin brannte, wurde es schnell warm.

»Du musst ziemlich hungrig sein«, sagte Baker.

»Ah, Sie vergessen, dass ich ein Pfadfinderdiplom im Finden von Essbarem habe!« Ruby grinste spitzbübisch.

»Also kein Hunger?«

»Doch«, gab Ruby zu. »Ich bin am Verhungern.«

Erst nachdem sie sich gestärkt hatte und wieder einigermaßen aufgetaut war, merkte Ruby, wie kalt ihr kurz zuvor noch gewesen war.

»Kannst du mir genau erzählen, was passiert ist?«, fragte Baker.

»Eine ganze Menge«, sagte Ruby. »Ich wurde aus einem Flugzeug gestoßen, unter einer Lawine verschüttet und bin fast erfroren, aber immerhin bin ich nicht tot – wie Sie damals.«

»Na, für einen Toten habe ich mich ganz gut gehalten, oder?

Ich habe meinen kleinen Laden aufgebaut, bin Experte für Speisepilze und habe zudem ein paar sehr gute Freunde gefunden. Ist das nichts?«

»Soweit ich weiß, hatten Sie in Ihrem früheren Leben auch gute Freunde.«

»Freut mich zu hören.«

»Weiß eigentlich jemand, dass Sie hier sind?«, fragte Ruby.

»Nur LB.«

»Sind Sie sicher?«

»Meinst du, dass wir abgehört wurden?«

»Ich habe inzwischen das Gefühl, dass sogar die Wände Ohren haben«, sagte Ruby achselzuckend.

»Ich habe LB getroffen, in einer maulwurffreien Zone. Ich kann dir versichern, dass uns niemand belauscht hat. Morgen werde ich sie eine halbe Meile östlich von hier treffen und komme mit ihr hierher.«

»Es gibt etwas, was ich zu gern wüsste ...«, sagte Ruby bedächtig. »Und weil LB es mir sicher nicht sagen wird, wollte ich Sie fragen, ob ...?«

Er zuckte mit den Schultern. »Schieß los!«

»Okay. LB hat Sie damals ja aus dem Gewässer voller Krokodile gerettet und so weiter, aber wieso ist sie später ausgerechnet *hier* gelandet? Ich meine, was hat sie aus dem Norden Australiens nach Twinford, USA, geführt? Wie ...« Sie verstummte mitten im Satz. »Ach je, das haben Sie vermutlich vergessen, stimmt's?«

»Stell dir vor, die Erinnerungsarbeit mit SJ hat tatsächlich zu ersten Erfolgen geführt. Ich kann mich wieder an einiges erinnern – und ganz zufällig kenne ich die Antwort auf deine Frage.«

»Und? Dürfen Sie es mir sagen?«, fragte Ruby gespannt.

Wieder zuckte er mit den Schultern. »Nun ja, es ist nicht direkt ein Geheimnis, LB ist nur ein eher verschlossener Mensch. Hast du sicher schon gemerkt.« Er grinste. »Ich glaube nicht, dass es mehr als eine Handvoll Menschen gibt, die viel über sie wissen.«

Er starrte eine Weile ins Feuer. »Sie war ein wildes, aufgewecktes Mädchen, diese Loveday Byrd, und sie hat mir mehr als einmal das Leben gerettet. Doch damals, beim ersten Mal, bei den Stromschnellen, gab es drei Möglichkeiten, wie ich ums Leben hätte kommen können: Ich hätte gegen die Felsen donnern und tot sein können, ich hätte im Fluss ertrinken können, oder aber die Krokodile hätten mich gefressen. Deshalb war Casey sich seiner Sache ziemlich sicher.«

»Aber Sie wurden gerettet.«

»Zum Glück war Loveday da, ein Mädchen aus der Gegend, das sich bestens auskannte und alles beobachtet hatte.«

»Sie ist Australierin?«, fragte Ruby verblüfft. »Das hört man nun wirklich nicht.«

»Ich denke, sie hat ihren Akzent im Laufe der Jahre abgelegt. Sie lebt schließlich schon lange in den USA«, sagte Baker. »Jedenfalls hat sie damals unglaublich schnell reagiert. Bevor ich wieder ohnmächtig wurde, habe ich noch gesehen, wie ein großes, schlaksiges Mädchen über sechs Meter tief auf ein Felsband sprang, das kaum zwei Handbreit war, und dann hüpfte sie über die großen Steine im Fluss bis zu mir hin. Ich kann dir nicht sagen, wie sie es geschafft hat, mich aus dem Wasser zu ziehen, weil ich irgendwann mit dem Kopf gegen einen Felsen gedonnert war. Doch ohne sie wäre ich den Wasserfall hinuntergesaust, und man hätte vermutlich nicht mal mehr meine Leiche gefunden – dafür hätten die Krokodile schon gesorgt!«

»Können Sie sich noch an Casey erinnern? Wie er als Kind aussah?«

Baker schüttelte den Kopf. »Leider nicht, und wie ich gehört habe, gibt es auch im Prismenarchiv keine Aufzeichnungen, stimmt das? Du hast dich ja dort umgesehen.«

»Casey wird nur einmal erwähnt, in Zusammenhang mit Ihrem Beinahe-Ableben in Australien. LB hat ihn nie getroffen, und Samuel Colt sagte, er würde ihn nicht mal bei einer Gegenüberstellung wiedererkennen.«

»Nicht zu vergessen, dass er sich inzwischen verändert haben dürfte. Das Ganze ist schließlich sehr lange her«, gab Baker zu bedenken.

»Und falls SJ recht hat und Casey tatsächlich zum Grafen übergelaufen ist, dürfte er gelernt haben, sich meisterhaft zu tarnen.«

»Das würde erklären, warum kein Mensch weiß, wer er ist«, sagte Baker.

»Außer vielleicht …«, sagte Ruby und sah ihn an. »Sie?«

46. Kapitel

Lauf weg!

Ruby hätte hinterher nicht sagen können, an welchem Punkt sie eingeschlafen war und ob sie gerade etwas gesagt hatte oder Baker, doch als sie wieder aufwachte, war er fort.
Sie sah sich um, doch es war niemand da, und sie entdeckte einen Zettel an der Tür.

Treffe mich mit LB. Warte hier, bin bald wieder zurück.

Ruby gähnte, streckte sich und schlüpfte dann in ihre Stiefel, um ins Freie zu gehen und den neuen Tag zu begrüßen. Floh lag bereits draußen in der Sonne, um sich zu wärmen, sprang aber sofort auf, als er Ruby sah.
Er blieb ihr dicht auf den Fersen, während sie etwas Feuerholz sammelte. Sie überlegte gerade, ob sie Wasser für einen Tee kochen sollte, als sie in einer Ecke der Hütte etwas aufblitzen sah. Und zwar in der Vordertasche ihres Rucksacks. Ruby wühlte darin herum, bis sie den Mini-Locator ertastete. Das Signal blitzte violett auf.
Hitch!, dachte sie, bist du es? Du lebst noch?!
Was sollte sie jetzt tun? Losmarschieren und nach ihm suchen? Oder besser auf Baker und LB warten?
Eine Minute lang dachte sie angestrengt nach. Was, wenn es

ihm so schlechtging, dass er keine weitere Stunde durchhielt? Besser, sie machte sich gleich auf die Suche …

Hastig kritzelte sie auf einen Zettel, wohin sie gehen wollte, und da es keine Möglichkeit gab, Baker anzufunken, befestigte sie den Larven-Button-Transmitter an ihrem Overall, damit er sie bei Bedarf orten konnte. LB schickte sie keine Nachricht, da sie ihrem Fluchtuhr-Transmitter nicht mehr traute.

Sie nahm nur das Notwendigste mit: Handschuhe, Mütze, Schutzbrille und den Verbandkasten. Dann schnallte sie sich die Skier an die Füße und checkte den Locator, der ihr sagte, sie solle nach Nordwesten gehen. Sie pfiff nach Floh, doch der rührte sich nicht von der Stelle.

»Mann, komm schon!«, rief sie. »Hitch ist vielleicht in Lebensgefahr.«

Floh bellte nur.

»Okay, dann eben nicht, Floh. Aber ich muss los!«

Sie war noch keine fünfzig Meter weit gekommen, als ihr Husky sie einholte.

»Ich hab's gewusst!«, sagte sie schmunzelnd.

LB stieg aus dem Hubschrauber und schnallte sich ihre Skier an. Wegen der Wetterlage war sie eine Meile östlich des vereinbarten Treffpunkts gelandet, doch das letzte Stück könnte sie mühelos auf Skiern zurücklegen. Sie sah durch ihr Fernglas und suchte den Horizont ab. Baker war fast schon an ihrem Treffpunkt angelangt, doch dann stutzte sie. Was sah sie da? Eine kleinere Gestalt, ganz in Gold gekleidet … und was rannte hinter ihr her?

»Ist das etwa ein Hund?«, murmelte sie. »Mensch, Redfort, wo willst du nun wieder hin?«
LB sah, dass Ruby und Floh eine kleine Anhöhe unweit des zugefrorenen Sees ansteuerten.
Was soll das?, fragte sie sich.
Sie schwenkte das Fernglas nach links und nach rechts, um zu sehen, warum es Ruby dorthin zog. Da sah sie drei Gestalten unter den Bäumen kauern. Sie vergrößerte den Bildausschnitt und entdeckte plötzlich noch eine vierte Person – eine Frau auf einem Hundeschlitten. *Marnie Novak*?
LB begriff sofort, was vor sich ging.
Sie funkte Baker an. »Bradley, wir haben einen Notfall! Die Kleine ist in Richtung Nordwesten unterwegs, geradewegs in ihren sicheren Tod.«
»Wie viele Personen?«
»Vier.«
»Ich komme.«
Doch LB erreichte noch vor ihm die Anhöhe.
Ruby war noch ein gutes Stück entfernt, als plötzlich ein Schuss fiel. Vor Überraschung verlor sie das Gleichgewicht, plumpste auf den Boden und verlor einen Ski.
Weitere Schüsse.
Hinter den Bäumen bewegte sich etwas, Ruby konnte vage Menschen sehen, die aufsprangen und im Zickzack durch den Wald rannten. Dann hörte sie eine Stimme aus der Ferne.
»Lauf weg!«, rief LB. Sie war allem Anschein nach auf der anderen Seite des Tals, und Ruby musste nicht lange überlegen. Sie rannte so schnell wie noch nie in ihrem Leben. Floh blieb auch

an ihrer Seite, als sie durch das dichte Gehölz rannte, wo weniger Schnee lag. Ohne sich noch einmal umzublicken, rannten Mädchen und Hund bergab, auf den zugefrorenen See zu.

Baker war inzwischen auf der Anhöhe angelangt und fand drei bewusstlose Männer vor, während LB zwischen den Bäumen nach der Frau Ausschau hielt.

»Wo ist sie hin? Ich habe sie aus den Augen verloren.« Ihr Blut tropfte in den makellos weißen Schnee.

»Du bist getroffen worden!«, rief Baker und legte eine Hand an ihr blutendes Bein.

»Ich bin noch am Leben!«, stöhnte sie. »Lauf los und rette das Kind!«

Bradley blickte ihr in die Augen und drückte ihre Hand. »Du kannst dich auf mich verlassen.«

Dann küsste er sie und rannte los.

»Sieh zu, dass du nicht stirbst!«, rief LB ihm nach.

Er drehte sich ganz kurz noch einmal um. »Tu ich doch nie!« Und schon wurde er von den Bäumen verschluckt.

»Ich komme wieder!«, rief er zurück.

»Ich weiß!«, stammelte LB, doch in ihrem Gesicht war etwas ganz anderes zu lesen, und ihre Augen wurden glasig. Sie versuchte, die dumpfe Vorahnung, dass das hier böse ausgehen würde, zu verdrängen.

»Sieh zu, dass du nicht stirbst!«, flüsterte sie.

Doch ihre innere Stimme sagte ihr, dass er nicht zurückkommen würde.

47. Kapitel

Auf dünnem Eis

Das Mädchen und der Hund stolperten aus dem Wald, rannten den rutschigen, verschneiten Weg weiter und kamen schlitternd am Ufer des Sees an. Da sah Ruby aus dem Augenwinkel einen Hundeschlitten durch die flache Schneelandschaft in hohem Tempo auf das Wäldchen und somit auf sie zufahren. Ruby richtete sich auf. Sie war inzwischen auf dem See. Eine etwa zehn, zwölf Zentimeter dicke Eisschicht trennte sie von dem tödlichen eiskalten Wasser unter ihr. Ihr blieb keine andere Wahl, als über die ausgedehnte Eisfläche zu gehen, wo sie ungeschützt und weithin sichtbar war. Aber es gab kein Zurück, sie musste weiter! So schnell sie konnte, hastete sie über die glatte Eisfläche, rutschte immer wieder aus und fiel hin, in dem grässlichen Wissen, dass Marnie Novak mit ihrem von sechs Hunden gezogenen Schlitten erschreckend schnell aufholte.

»Ich sehe dich, Herzchen, du entkommst mir nicht, du kannst dich nicht mehr verstecken!«, gellte ihre Stimme über den See.

Ruby blickte nach hinten, stolperte erneut und rutschte auf der Eisfläche aus. Es gab keine Hoffnung mehr.

»Selbst dein Hund hat dich im Stich gelassen!«, rief Marnie höhnisch.

Ruby blickte sich um. Es stimmte. Wo war Floh? In ihrer Hektik hatte sie gar nicht bemerkt, dass er nicht mehr bei ihr war. Schließlich sah sie ihn in einiger Entfernung näher humpeln.

Marnie Novak, von Kopf bis Fuß in Pelz gekleidet, kletterte aus dem Schlitten, und ihr Schatten fiel auf die hilflos am Boden liegende Ruby.

»Ich glaube, du hast etwas für mich«, sagte die Frau.

»Was wollen Sie von mir hören? Was soll ich Ihrer Meinung nach wissen?«

»Mehr, als du ahnst«, sagte die Frau. »Du musst mit mir kommen. Casey Morgan kann es kaum erwarten, dir in die Augen zu schauen und zu erfahren, was du weißt.«

»Warum schauen Sie *mir* nicht in die Augen?«, ertönte da eine männliche Stimme.

Marnie wirbelte herum, doch ihr wuterfüllter Blick wich rasch einem ratlosen Blinzeln.

»Wer … wer sind Sie?«, stammelte sie. »Wie …?«

»Hallo, Marnie«, sagte er. »Lange nicht gesehen, hm?«

Langsam breitete sich ein Lächeln auf ihrem Gesicht aus. »Von den Toten auferstanden, Bradley? Wie originell!«

»Geht ganz leicht. Man darf nur nicht aufhören zu atmen.«

»Stimmt, Süßer, aber damit ist es gleich vorbei!«

Ohne Vorwarnung schoss sie auf seine Füße, die Eisdecke öffnete sich mit einem hässlichen Knirschen, und Baker versank mit einem lauten Platscher im eiskalten See.

»Neiiiin!«, schrie Ruby.

Und plötzlich war Floh da. Wie aus dem Nichts war er aufgetaucht, machte einen gewaltigen Sprung und stieß die Frau um. Sie verlor den Halt, und mit einem stummen Schrei und vor Schreck geweiteten Augen verschwand sie fast wie in Zeitlupe ebenfalls in dem schwarzen Schlund.

Das Wasser schwappte über ihr zusammen.

Sie würde erst im Frühjahr gefunden werden.

Ruby ging auf die Knie und schrie Bakers Namen.

»Bradley! Bradley! Das können Sie nicht machen!« Sie hörte erst auf, als Floh zu bellen begann und auf das Eis unter seinen Pfoten stampfte.

Da wusste sie, was sie zu tun hatte.

Dank der Laserfunktion ihrer von Bradley Baker geerbten Fluchtuhr hatte sie die Eisdecke recht schnell durchschnitten, und in weniger als dreißig Sekunden zerrten Ruby und Floh Bakers reglosen Körper aus dem ölig schwarzen Wasser. Das Wissen, dass es um Leben und Tod ging, verlieh Ruby fast übermenschliche Kräfte. Doch kaum hatte sie ihn der Unterwelt entrissen, ließ sie seine Hand los und sackte erschöpft in sich zusammen. Sie hatte Bradley Baker gerettet, genau wie er sie! Und die Australierin? Die war verschwunden.

»Sie müssen sich wärmen«, keuchte Ruby und begann, ihn aus seiner Jacke zu schälen. »Sonst sterben Sie, Sie müssen unbedingt wieder trocken werden.« Sie riss die Rentierfelle aus dem Hundeschlitten. »Hier, wickeln Sie sich darin ein.«

Er rührte sich nicht.

»Es *muss* sein!«, sagte sie drängend und mit einem so ernsten Gesicht, dass er schmunzelte.

»Das ist nicht lustig!«, schimpfte sie. »Sonst sterben Sie!«

»Ich weiß«, murmelte er.

Er sah nicht gut aus. Ganz und gar nicht.

»Es ist meine Schuld«, sagte Ruby. »Wenn ich nicht versucht hätte, Hitch zu finden, wären Sie jetzt nicht hier.«

»Red keinen Unsinn, Ruby«, flüsterte er. »Mit dir hat das nichts zu tun. Das weißt du doch, oder?«

Sie schwieg.

»Mein Tod ist schon lange fällig, und wenn mein letzter Atemzug dazu gedient hat, dich zu retten, dann war es die Sache wert.«

Ruby wollte etwas sagen, doch Bradley ließ es nicht zu.

»Hör mal, Ruby«, sagte er, »diese Leute, sie sind keine Menschen, sie sind Monster, und sie werden dich jagen, bis sie haben, was sie wollen – und zwar *dich.*«

Ruby sah ihn an, als würde sie ihn nicht verstehen.

Und sie verstand ihn tatsächlich nicht.

Seine Finger krallten sich um ihr Handgelenk.

»Wach auf, Ruby! Du *musst* es sehen, mach die Augen auf! Wenn du anfängst, die Schuld für das hier bei dir zu suchen, kannst du nicht gewinnen. LB hat getan, was sie tun musste, und das war richtig. Ich hätte dasselbe getan.«

Sein Blick schweifte ab. Er schien etwas hoch über sich zu sehen, und seine Augen folgten diesem nicht existierenden Gegenstand, als würde der am blauen Himmel entlanggleiten.

Ruby hob den Kopf, doch da war nichts zu sehen.

»*Du* hast die Antwort. Du bist die Einzige, die das alles begreifen kann.«

Er war erschreckend blass, alles Blut war aus seinem Gesicht gewichen. Ruby begriff, dass er im Sterben lag.

»Ich weiß nicht, was Sie meinen«, sagte sie. »Sagen Sie es mir!«

Sie schüttelte ihn, den Sterbenden, den einstigen Spitzenagenten, den Einzigen, der den Schlüssel zur Vergangenheit in der Hand hielt und die Zukunft erahnen konnte.

»Was ist der Mensch ohne sein Gedächtnis?«, stammelte Baker. »Wer sein Gedächtnis verliert, verliert sich selbst.«

»Was reden Sie da?«, rief Ruby verzweifelt.

»Es ist in dir verborgen«, war alles, was er antwortete.

»*Ich* habe die Antwort? Ich, Ruby Redfort? Ist es das, was Sie meinen? Bitte nicht sterben, sagen Sie es mir!« Sie schüttelte ihn. »Welche Antwort?«

»Du«, sagte er. »*Du* bist die Antwort.«

Fassungslos starrte sie ihn an, sein Atem wurde schwächer und schwächer.

»Sie dürfen nicht sterben!«, flehte Ruby ihn an. »LB würde es mir nie verzeihen.«

»Doch«, hauchte er. »Sie wird.«

»Aber *ich* werde es mir nie verzeihen!«

»Es gibt nichts zu verzeihen.« Ein schwaches Lächeln umspielte seine Lippen. »Ruby Redfort, du hast mein Leben besser gemacht, als es war«, flüsterte er. »Schließ die Augen und sieh die Wahrheit.« Dann schloss er seine eigenen Augen und starb.

Ruby legte ihren Kopf auf Bradley Bakers Brust und begann zu schluchzen.

48. Kapitel

Große Trauer

Sie kauerten zusammen auf dem Eis, das Mädchen, die Frau und der Hund. Vor lauter Kummer waren sie zu keiner Bewegung mehr fähig.

Die Frau hielt Bakers Hand in ihrer und legte sie dann an ihre Wange, um sie ein letztes Mal zu spüren. Eine einzelne Träne rollte über ihr Gesicht und tropfte auf das Gesicht des Toten, und sie waren in ihrem Kummer vereint, der tote Mann und die lebende Frau – zwei Menschen, deren Liebe zum zweiten Mal jäh zerstört wurde.

Erst nach einer geraumen Zeit hob die Frau den Kopf, sah das Mädchen an und sagte: »Ich muss mich bei dir bedanken, Ruby Redfort, für zwei Dinge. Zum einen, dass du mir Baker zurückgebracht hast, und zum anderen, dass du mir eine schwere Last vom Gewissen genommen hast.«

Ruby sagte nichts dazu. Sie schlang ihre Arme um die Frau und drückte sie ganz fest.

49. Kapitel

Frohe Weihnachten!

Dass Ruby jemanden bewunderte, war schon öfter mal vorgekommen, doch die Bewunderung, die sie an diesem Tag für LB verspürte, übertraf alles. LB hatte Baker, ihren Freund und Kollegen und Vertrauten, nun schon zum zweiten Mal verloren, doch sie suchte nicht nach jemandem, dem sie die Schuld dafür geben konnte. Resolut tat sie, was zu tun war, gab Anweisungen über Funk und flog seinen leblosen Körper nach Hause. Doch am bemerkenswertesten fand Ruby, wie sie sich ihr gegenüber verhielt. Zwei Tage nach der Tragödie am See trafen sie sich.

In einem weißen Kapuzenmantel saß LB auf der Bank unter der Eiche im Amster Green Park. Es war kurz vor Sonnenuntergang, und es hatte gerade zu schneien begonnen. LB hatte Ruby angerufen und diesen Treffpunkt vorgeschlagen. »Nicht in der Zentrale«, hatte sie gesagt.

Als Ruby näher kam, blickte LB auf, lächelte und hob grüßend eine Hand.

»Wie geht es Ihnen?«, erkundigte sich Ruby.

»Ich bin unsagbar traurig«, sagte LB.

Danach saßen sie eine Weile da und beobachteten die Schneeflocken, bis LB das Schweigen brach.

»Ich werde ewig in deiner Schuld stehen«, sagte sie leise. »Du hast Bradley Baker gefunden.«

Er ist tot, dachte Ruby betrübt, und das ist meine Schuld.
»Es ist nicht deine Schuld«, sagte LB, als hätte sie Rubys Gedanken gelesen. »Baker ging in die Northern Mountains, um nach dir zu suchen, weil du zu seinem Team gehört hast. Er hat nur getan, was jeder Agent tun würde. An seinem Tod ist Novak schuld. Wir wissen, dass Novak im Auftrag des Grafen gehandelt hat, der seinerseits für Morgan arbeitet. Wenn du also jemandem die Schuld zuweisen willst, dann diesen drei Personen, und vor allem den beiden, die sich noch irgendwo da draußen herumtreiben. Vergeude deine Energie nicht mit Selbstvorwürfen, das nützt Baker nichts mehr, und er würde es auch nicht gutheißen.«
Sie sah Ruby entschlossen an: Widerspruch war zwecklos.
Was Hitch betraf, so war die Chefin von Spektrum 8 ebenso resolut. »Bis wir etwas anderes hören, gilt Hitch als verschollen, nicht als tot, und wir konzentrieren uns auf das, was getan werden muss.«
Und das, was getan werden musste, war eine teilweise Stilllegung von Spektrum 8. Nur eine kleine Stammbelegschaft hatte weiterhin Zutritt zu dem unterirdischen Hauptquartier – und Ruby gehörte noch immer nicht dazu.

Doch auf Ruby waren nach ihrer Rückkehr ohnehin ganz andere Sorgen zugekommen; Sorgen, die nichts mit Spektrum, Casey Morgan, dem Grafen oder sonstigen unsichtbaren Gegenspielern zu tun hatten. Das Wichtigste war gewesen: Würde sie zu Hause wegen ihrer langen Abwesenheit mit Fragen gelöchert werden, die sie unmöglich beantworten konnte?

Würden ihre Eltern sie fragen, wo sie so lange gesteckt hatte? Hatte Mrs Digby sie bei Sheriff Bridges womöglich schon als vermisst gemeldet? Und in der Schule? Wie sollte sie dort ihr dreitägiges Fehlen erklären? Würde Rektor Levine sie zur Strafe tagelang nachsitzen lassen?

Doch ihre Sorgen erwiesen sich als unbegründet. Als sie ihr Elternhaus betrat, spürte sie sofort, dass Hitch wieder einmal ganze Arbeit geleistet und ihr ein hieb- und stichfestes Alibi verschafft hatte. Ruby war angeblich auf einem Snurferboard-Ausflug gewesen, den ihre Eltern komplett vergessen hatten. Hitch hatte an alles gedacht, so dass Ruby sich keine Erklärungen hatte ausdenken müssen. Auch für sich selbst hatte Hitch Vorsorge geleistet und ihren Eltern seine eigene Abwesenheit in einem kurzen Brief erklärt.

Aufgrund unvorhergesehener persönlicher Umstände muss ich leider für unbestimmte Zeit verreisen, doch ich habe mich bereits um eine vorläufige Vertretung gekümmert. Sollte es mir wider Erwarten nicht möglich sein, meinen Job als Haushaltsmanager erneut anzutreten, wird Ihnen die Agentur einen dauerhaften Ersatz schicken. Ich bedauere diese Unannehmlichkeit und auch, dass sich alles so kurzfristig ergeben hat.

Er hatte auch eine kurze Liste von Punkten für Mrs Digby hinterlassen, eine lange Liste für Sabina, nähere Infos über das neue Alarmsystem und ein beruhigendes PS:

Sie werden feststellen, dass mein Stellvertreter eine sehr tüchtige und fleißige Person ist.

Hitch war nicht nur ein toller Haushaltsmanager, sondern auch ein großartiger Geheimagent und überhaupt ein sehr bemerkenswerter Mensch.
Flohs gebrochenes Bein war etwas schwerer zu erklären, denn wie hätte Hitch auch ahnen sollen, dass der Hund bei der Rettung in den Bergen ebenfalls mit von der Partie sein würde? Doch Ruby war ja nicht auf den Kopf gefallen und hatte schnell eine passende Erklärung parat gehabt.

Als sie am letzten Tag vor den Weihnachtsferien das Green-Wood-Haus betrat, nach oben ging und das Wohnzimmer betrat, saß Sabina an dem riesigen Panoramafenster und betrachtete die großen Schneeflocken, die gemächlich vom Himmel fielen. Im Kamin brannte ein anheimelndes Feuer, der Weihnachtsbaum war bereits geschmückt, auf dem Klavier waren die Weihnachtskarten aufgereiht, die sie per Post erhalten hatten – alles in allem ein schöner, friedlicher Anblick.
Vielleicht war es diese gemütliche Szene, vielleicht auch die Tatsache, dass Ruby vor wenigen Tagen erst einem legendären Mann in die Augen geblickt hatte, während er starb. Vielleicht war es auch die erstaunliche Tapferkeit, mit der LB seinen Tod verkraftete, vielleicht hatte es damit zu tun, dass Ruby von einer Lawine verschüttet worden war oder dass sie, als sie unter den Schneemassen begraben war, die Gesichter ihrer Eltern vor sich gesehen hatte. Vielleicht lag es auch daran, dass in

der Stunde größter Not Mrs Digbys Stimme sie im Geiste aufgemuntert hatte, oder vielleicht waren es all diese Punkte zusammen – doch wie dem auch sei: Als Sabina Redfort nun eine Hand ausstreckte und sagte: »Rubylein, hast du Lust, mit ins Pollo's zu kommen und ein schönes Hähnchengericht zu essen?«, hörte Ruby sich »o ja, gern« sagen. Und sie meinte es auch so.

Pollo's war das perfekte Lokal für den Abend vor Weihnachten. Eine Menge Leute hatten dieselbe Idee gehabt, und es herrschte Hochbetrieb. Floh hatten sie zu Hause gelassen, er schlief unten in Mrs Digbys Apartment. Sein gebrochenes Bein war inzwischen eingegipst worden. Es war ein komplizierter Bruch, doch er würde wieder heilen.

»Hat Floh dir wirklich das Leben gerettet?«, fragte Sabina.

»Mhmm«, sagte Ruby. »Ich bin mit dem Snurferboard in ein Loch gefallen, und wenn er mich nicht herausgezogen hätte, wäre ich jetzt mausetot.« Sie sah ihre Mutter an. »Das mit seinem Bein tut mir schrecklich leid. Es ist allein meine Schuld.«

»Ich fand schon immer, dass diese Snurferboards gefährlich sind«, sagte Sabina. »Warum jemand Lust haben sollte, sich ein Brett unter die Füße zu schnallen und damit einen Hang hinunterzusausen, werde ich wohl nie begreifen!«

Dann redeten sie über die Schule und Mrs Drisco, die es wohl nie verwinden würde, dass Del Lasco in Sachen Regeln für Schulkorridore gesiegt hatte. Del konnte nicht zum Müllaufsammeln verdonnert werden, weil Rollerskaten tatsächlich *nicht* auf der langen Liste der Dinge stand, die im Schulkorridor verboten waren. Sollte sie es allerdings erneut tun, würde der Rektor sie für den Rest ihres Lebens Müll einsammeln lassen.

»Ich bin froh, dass der Rektor so vernünftig war. Diese Mrs Drisco sollte allmählich daran denken, in den Ruhestand zu gehen«, sagte Sabina mitfühlend. Dann unterhielten sie sich über Vapona Begwell, die beim Weihnachtskonzert in der Schule ein Solo singen wollte, »sie hat doch eine Stimme wie eine Autohupe«, und über Clancy, der wieder mal Bammel vor der nächsten Französischarbeit hatte. »Ich könnte ihm Nachhilfestunden geben«, sagte Sabina. »Mein Französisch ist inzwischen ganz gut. *Est-ce que vous avez la taille en dessous?*«

»Stimmt«, meinte Ruby und musste sich ein Grinsen verkneifen. »Es würde Clancy sicher viel nützen, wenn er in einem Geschäft nach einer kleineren Kleidergröße fragen könnte.«

Irgendwann traf Rubys Vater ein, und die Unterhaltung drehte sich dann um die bevorstehenden Weihnachtsferien und den großen Silvesterball, der in der frisch renovierten Augenklinik stattfinden würde.

»Ich habe eine wahnsinnig aufregende Nachricht für dich, Ruby-Schatz«, sagte Brant und zerzauste ihre Haare. Ruby wollte sie wieder glattstreichen, da bemerkte sie, dass etwas fehlte – ihre Fliegen-Haarspange war weg! Das hatte sie in der ganzen Aufregung noch gar nicht gemerkt. Sie hätte gewettet, dass sie sie noch hatte, als sie vom See zurückgekehrt war, ja, definitiv, Clancy hatte sie ja gefragt, ob Hitch noch nicht versucht habe, sie über den kleinen Transmitter anzufunken. Wo war die Haarspange also?

»Alles okay mit dir, Schatz?«, fragte ihr Vater.

»Ja, klar. Ich habe nur gerade gemerkt, dass meine Haarspange weg ist«, sagte Ruby. »Was hast du eben gesagt?«
Die aufregende Nachricht war, dass Brant Redfort, dem die Gastgeber der Party mehr als nur einen Gefallen schuldig waren, noch ein paar zusätzliche Einladungen bekommen hatte.
»Was bedeutet, dass du und Clancy das neue Jahr mit uns zusammen begrüßen könnt! Du kannst auch Mouse, Elliot, Red und Del mitbringen, ihr werdet sicher viel Spaß haben!«
»Sag ihnen, sie sollen sich schon mal überlegen, was sie anziehen wollen«, warf Sabina ein. »Es ist ein Kostümball.«
»Es soll für dich und deine Freunde ein unvergessliches Erlebnis werden«, sagte Brant. »Das hast du dir redlich verdient. Ich habe mir deine Noten angeschaut und festgestellt, dass du in allen Fächern absolute Spitze bist!«
»Ich weiß gar nicht, wo sie ihre Intelligenz herhat«, sagte Sabina. »Wahrscheinlich eher von dir als von mir, Brant!«
»Unsinn, Liebste«, sagte Brant. »Du bist so klug wie Weinstein!«
»Einstein«, korrigierte Ruby. Dass sie an Silvester am liebsten zu Hause geblieben wäre, die Tür verriegelt und sich unter ihre Bettdecke verkrochen hätte, verschwieg sie ihren Eltern. Stattdessen zauberte sie sich ein Lächeln ins Gesicht und sagte: »Wow, danke, Dad!«
Als sie fast fertiggegessen hatten, seufzte Sabina und sagte: »Wie schade, dass Hitch nicht da ist.«
»Ja, jammerschade«, sagte Brant. »Aber er wird bestimmt zurückkommen.«
»Und wisst ihr, was?«, fuhr Sabina fort. »Mo fehlt mir auch. Er

war so was von sympathisch, dass man sich einfach gewünscht hat, er würde für immer bleiben.«

»Finde ich auch«, sagte Brant. »Ich könnte mir keinen netteren Menschen vorstellen.«

»Ich hatte gehofft, er würde über die Feiertage bei uns bleiben«, sagte Sabina. »Meint ihr, dass er eventuell zurückkommt?«

Ruby schüttelte den Kopf. »Kann ich mir nicht vorstellen.«

»Schade«, sagte ihr Vater.

»Aber ich weiß mit Sicherheit, dass er gern noch länger geblieben wäre«, sagte Ruby.

»Immerhin hat er mir einen sehr netten Abschiedsbrief geschrieben«, sagte Sabina.

»Wirklich?« Ruby war plötzlich ganz Ohr.

»Ja.« Sabina holte ein Blatt Papier aus ihrer Handtasche. »Hier, schau!«

Liebe Familie Redfort,

ich weiß gar nicht, wie ich mich für Ihre Gastfreundschaft bedanken kann. Ich habe jede Minute in Ihrer Gesellschaft genossen. Es tut mir sehr leid, dass ich nun darauf verzichten muss. Bitte verzeihen Sie mir, dass ich mich nicht persönlich verabschieden konnte, aber ich habe einen sehr wichtigen Termin, der keinen Aufschub duldet.

Ganz herzliche Grüße von Mo

PS: Passen Sie gut auf Ihre Tochter auf, sie ist etwas ganz Besonderes!

»Und weißt du was, Ruby?«, sagte ihre Mutter. »Er hat recht. Du bist wirklich ein einzigartiges Kind.«
»Finden wir alle!«, stimmte ihr Vater zu.

Es gab eine Menge Gründe dafür, warum Hitch von den Redforts so sehr vermisst wurde. Und das, obwohl er einen Ersatz geschickt hatte, Haushaltsmanager Luke Philips (für Eingeweihte: *Agent* Philips von Spektrum 1), der in der Tat sehr kompetent war. Im Hause Redfort lief alles wieder wie am Schnürchen. Sämtliche Aufgaben wurden erledigt, und keiner der Familie oder Mrs Digby merkte, wie ausgezeichnet für ihre Sicherheit gesorgt wurde. Trotzdem war es ohne Hitch irgendwie langweilig. Sein Ersatzmann ging nicht auf Sabinas Ticks und Launen ein, Brant gab es rasch auf, ihm von seinem Tag im Büro zu erzählen, und Mrs Digby war etwas eingeschnappt, weil dieser Mann bei ihren liebevoll zubereiteten Abendessen nie einen Nachschlag haben wollte. Ruby hoffte inständig, dass Hitch sie alle überraschen und noch vor Weihnachten fröhlich zur Tür hereinmarschieren würde, und sie drückte beide Daumen und schließlich auch noch ihre großen Zehen.
Doch die einzige Überraschung vor Weihnachten hatte Ruby an der Twinford Junior Highschool erlebt. Niemand hatte wirklich damit gerechnet, dass sich Vapona Begwell vor der ganzen Schule auf die Bühne stellen würde, doch das tat sie. Sie sang ein Solo – und die größte Überraschung war, dass sie eine wunderbare Stimme hatte, die das Publikum zu Tränen rührte.

»Dabei möchte man bei ihrem Anblick am liebsten Reißaus nehmen«, kommentierte Sabina hinterher. »Aber wie sie die hohen Töne trifft, ist schon erstaunlich.«
Dann kam Weihnachten, und Mrs Digby briet ihre alljährliche Gans und servierte sie mit fünf verschiedenen Gemüsesorten, und zum Abschluss des Weihnachtsmenüs gab es Eierpunsch, selbstgebackene Plätzchen, diverse Kuchen und so weiter. Doch Hitch kam noch immer nicht zur Tür hereinmarschiert.
Nach und nach gab Ruby alle Hoffnung auf, ihn jemals wiederzusehen.

50. Kapitel

Auch hinter etwas Banalem kann sich ein Geheimnis verbergen

Zwischen den Jahren stieß Ruby auf etwas sehr Kleines, das auf den ersten Blick nicht besonders interessant aussah. Als sie ihr Notizbuch mit der Nummer 114 aus dem Hohlraum unter dem Fußboden zog, fiel der ganze Stapel ihrer gelben Büchlein in sich zusammen, und sie landeten wild durcheinander zwischen den Stützbalken.
»Mist!«, schimpfte Ruby. Sie hatte im Moment weder Zeit noch

Lust, sie wieder numerisch zu ordnen; deshalb hob sie sie mit beiden Händen heraus und schichtete sie auf dem Fußboden auf, wobei sie versuchte, die chronologische Ordnung einigermaßen einzuhalten. Folglich legte sie sie verkehrt herum ab, so dass die neueren Büchlein unten zu liegen kamen und die älteren oben. Als sie das letzte Büchlein aus dem Hohlraum zwischen den Holzbalken holte, entdeckte sie ein weiteres, an das sie sich im ersten Moment gar nicht erinnerte. Es hatte keinen gelben, sondern einen blauen Umschlag, und auf der Vorderseite war ein kleiner, zotteliger Hund mit großen Augen abgebildet, der treudoof dreinschaute und wie eine Comicfigur aussah. Den hatte sie früher sicher mal süß gefunden. Sie schlug das Büchlein auf und überflog die ersten Seiten, obwohl sie nicht sonderlich gespannt darauf war, was sie sich damals als Kleinkind notiert hatte.

Sie entdeckte ein Datum, November 1962, das sie in ihrer krakeligen Kinderschrift fälschlicherweise als »Nowember 1962« geschrieben hatte, doch das war kein Wunder – sie war damals noch keine drei Jahre alt gewesen. Das Schreiben hatte sie sich selbst beigebracht, mit Hilfe eines Kalligraphiebuches aus der Bibliothek ihres Vaters. Auf den ersten paar Seiten hatte sie nur das Alphabet geübt, um die Buchstaben wenig später dann in Schönschrift zu ganzen Wörtern zu verbinden. Und schon nach wenigen Seiten tauchten kleine Sätze auf.

Wir haben eine noie weise kautsch, und Mom sagt, darauf darf man nicht essen.

Misses Beesman hat 50 Katzen und jetzt 3 noie.

Bin mit Mom bei Misses Humbert gewesen, sie hat ein noies Baby. Es heißt Quent und ist ganz rosig und schreit nur.

Mom und Dad sagen, wir können keinen hund haben. Du bist noch zu klein.

Misses Digby hat fannkuchen gebaken und ich hab 12 gegessen.

Es war ziemlich langweiliges Zeug, und es ging offenbar so weiter.

Hab Bananenmilch auf der kautsch verschütet und wollte es abwaschen, aber es ging nicht. Da hab ich kissen drübergelegt und jetz ist der fleck weg.

Doch dann wurde es etwas interessanter:

Mr Pinkoton ist weg und er hat mir nicht mal auf wiedersehen gesagt.

Aha, das Verschwinden des alten Mannes war ihr schon als fast Dreijährige aufgefallen!
Und nun kam ein Satz, der noch interessanter war:

Misses Beesman hat einen hund in ihrem Garten, ich hab ihn bellen gehört.

Der arme hund hat die ganze woche und noch ein tag gebellt.

Was? Die schrullige alte Frau, deren Garten immer voller Katzen war, hatte auch mal einen Hund gehabt? Seltsam, seltsam. Seltsam deshalb, weil Mrs Beesman bekanntlich keine Hunde mochte und eigentlich immer nur Katzen gehabt hatte. Ruby blätterte weiter, um zu sehen, was sie sich sonst noch notiert hatte.

Mom hat die kissen weggemacht und da hat sie den fleck von der bananenmilch gesehen. Sie ist sehr böse geworden und hat mit mir geschimft.

Mehr stand nicht da.
Ruby wurde zum Abendessen nach unten gerufen, und beim Kauen des etwas zu lange gebratenen Lammkoteletts fragte sie Mrs Digby, ob sie sich daran erinnern könne, dass Mrs Beesman jemals einen Hund gehabt hatte.
»Es muss schon länger her sein«, sagte Ruby, »über zehn Jahre, als ich noch nicht ganz drei war.«
»Unsinn, Kind! Die alte Frau kann Hunde nicht ausstehen; sie wechselt schon die Straßenseite, wenn sie auch nur einen Hund *sieht.*«

»Bei Floh tut sie das nicht«, widersprach Ruby. »Ich habe nicht den Eindruck, dass sie ihn nicht mag.«
»Das ist etwas anderes«, sagte Mrs Digby. »Jeder mag Floh. Er ist ja auch kein normaler Hund, sondern viel mehr.«
Doch ihre Notiz vom Bellen in Mrs Beesmans Garten ließ Ruby keine Ruhe. Es mochte vielleicht nur ein nebensächliches Detail sein, ein bellender Hund im Garten der Katzenlady, aber AUCH HINTER ETWAS BANALEM KANN SICH EIN GEHEIMNIS VERBERGEN. So lautete ihre REGEL 16. Welches Geheimnis konnte also hinter *dieser* banalen Notiz stecken?

Am nächsten Morgen beschloss Ruby, dass sie sich unbedingt Klarheit verschaffen musste. Sie spielte sogar mit dem Gedanken, sich notfalls in den Garten der Katzenlady zu schleichen – und genau das tat sie dann auch.
Das Tor zu ihrem Garten war schon vor langer Zeit zugenagelt und zugeschraubt worden, um ungebetene Besucher abzuschrecken, und damit war in Mrs Beesmans Fall wirklich *jeder* gemeint. Doch ein aufmerksamer Beobachter wusste, dass es einen Weg hinein gab, und den kannte Ruby, weil sie seit Jahren beobachtet hatte, wie die Katzen heraus- und hineinschlüpften. Ein paar Latten des Zauns hingen nur lose an einem Nagel, und wenn man sie zur Seite drückte, entstand eine Lücke, durch die sich eine Katze schieben konnte – und notfalls auch eine zierliche und eher kleine Dreizehnjährige. Doch nachdem sich Ruby durch diese Lücke im Zaun gequetscht hatte, stand sie vor dem nächsten Problem: Wonach suchte sie überhaupt?

Ruby war bisher nur einmal in Mrs Beesmans Garten gewesen, damals im April, als sie und Clancy der alten Frau angeboten hatten, den ganzen Trödel und Müll wegzuräumen, von dem sich so viel angesammelt hatte, dass es fast schon eine Gesundheitsgefährdung darstellte. Sie hatten tatsächlich eine Menge entsorgt, allerdings nur den Trödel in unmittelbarer Nähe des Hauses, wo er wirklich am gefährlichsten war.

Aber inzwischen war der Müllberg wieder angewachsen, und es würde nicht lange dauern, bis es hier so wie früher aussah. Ruby blickte sich um. Eine richtige Müllhalde, dachte sie, wo haben ihre Katzen da überhaupt noch Platz zum Liegen? Die armen Tiere. Doch wo waren die 74 Katzen, die Mrs Beesman angeblich besaß? Ruby sah keine einzige. Erst als sie ein bisschen herumstöberte, entdeckte sie zwischen aufgestapelten Kisten einen schmalen Durchgang und zwängte sich hindurch in der Erwartung, gleich auf den nächsten Trödelberg zu stoßen. Doch sie kam nur zu einem zweiten Tor, das nicht abgeschlossen war, und als Ruby es aufstieß, gelangte sie in einen weiteren Garten. Er sah alles andere als gepflegt aus, aber es war immerhin ein Garten – mit Bäumen, an denen farbige Flaschen hingen, mit Blechskulpturen und einem gepflasterten Weg, dessen Steinplatten allerdings größtenteils zerbrochen waren. Es war ein wunderschöner, romantischer Ort, selbst jetzt im Winter. Fasziniert ging Ruby über den gewundenen Mosaikweg, der sich um die Bäume und Hecken schlängelte. Das Grundstück hinter dem Haus war wesentlich größer, als Ruby vermutet hatte: Es war hinter dem Müllberg schlichtweg nicht zu sehen gewesen.

Am anderen Ende dieses Gartens erwartete Ruby noch eine weitere Überraschung: mehrere Reihen von farbigen Brettern, die aus dem Boden ragten und mit Worten und Zahlen beschriftet waren. Beim Nähergehen erkannte Ruby, dass es sich um Namen handelte: Fred, Billy, Giggles, Fluff, Bertrude, Rolly, Puddle …

Katzengräber!, dachte Ruby. Hier beerdigt Mrs Beesman ihre Katzen …

Sie schritt von einem Brett zum nächsten: Hubert, Flip, Fester, Kimble, Mnemosyne …

Wie angewurzelt blieb Ruby stehen. Hatte Mr Pinkertons Hund nicht so geheißen? Ein Zufall?

Doch Ruby glaubte nicht an Zufälle – nicht, wenn sie einen förmlich ansprangen.

Sie starrte auf den Namen. Es *musste* Mr Pinkertons Hund sein! Es gab bestimmt keine zwei Tiere mit dem Namen Mnemosyne, nicht in derselben Straße und vermutlich nicht mal in derselben Stadt.

Unter dem Namen stand als Datum: November 1962. Das passte: Dies musste der Hund gewesen sein, den sie als kleines Kind bellen gehört hatte, das Datum passte. Aber wie war der Hund hierhergekommen, und warum hatte Mr Pinkerton ihn nie abgeholt?

Ruby war so in Gedanken versunken, dass sie die leisen Schritte nicht hörte, die sich näherten. Sie zuckte zusammen, als jemand sie am Arm berührte.

»Wie ich sehe, hast du deine Jacke wieder.«

Ruby stieß einen leisen Schrei aus. »Himmel, Mrs Beesman!«

»Ich habe sie neulich in der Gasse gefunden, als du so schnell davongelaufen bist«, sagte Mrs Beesman. »Es sah aus, als hättest du einen Schreck bekommen.«

Aus dem Mund der alten Frau hatte Ruby noch nie so viele Wörter auf einmal gehört. Und die Stimme klang auch nicht so, wie sie erwartet hatte, kein bisschen barsch und mürrisch, sondern weich und deutlich.

»Sie sah so warm aus«, fuhr Mrs Beesman fort. »Zu schade zum Wegwerfen.«

»*Sie* haben mir den Parka nach Hause gebracht?«, fragte Ruby verblüfft. »*Sie* haben ihn vor unsere Haustür gelegt?«

Die alte Frau schien sie nicht gehört zu haben. »Du bist also das Kind«, sagte sie.

»Ähm … ja«, sagte Ruby. »Ich bin Ruby Redfort.« Sie deutete überflüssigerweise auf ihr Elternhaus auf der anderen Straßenseite, als wenn die alte Frau sie in den vergangenen dreizehn Jahren nicht Tag für Tag dort ein und aus gehen gesehen hätte. Doch Mrs Beesman nickte nur.

»Danke«, sagte Ruby. »Für den Parka.« Sie zögerte. »Sie fragen sich vermutlich, was ich hier mache?«

»Du suchst nach Spuren von Homer Pinkerton.«

Ruby nickte. »Stimmt«, sagte sie dann.

»Er hat sich lange Zeit versteckt, viele Jahre, doch eines Tages haben sie ihn doch gefunden – sie kamen und haben seinen Hund entführt«, sagte die alte Frau.

»Wer?«

»Das weiß ich nicht«, sagte Mrs Beesman.

»Warum wollten sie seinen Hund haben?«, fragte Ruby.

»Sie wussten, dass Mr Pinkerton alles tun würde, um ihn zurückzubekommen«, sagte Mrs Beesman. »Und er besaß etwas, was sie haben wollten.«
»Und was war das?«, fragte Ruby.
Die alte Frau zuckte mit den Schultern. »Er hat mir nur gesagt, dass eines Tages jemand kommen würde.«
»Wirklich?«, fragte Ruby.
»Ja, weil er etwas besitze, das gewisse Leute haben wollen, und wenn sie herausfinden würden, dass er es noch hatte, würden sie kommen und ihn zwingen, es herauszugeben.«
»Und? Hat er?«
»Ich weiß es nicht, er ist nie mehr zurückgekommen«, sagte Mrs Beesman.
»Sein Hund dagegen schon. Mnemosyne kam zu Ihnen zurück. Warum?«, fragte Ruby.
»Mr Pinkerton hatte den Hund darauf trainiert, Menschen zu finden – er war ein kluges Tier. Pinkerton hat es den ›Geh-und-such-Trick‹ genannt. Wenn er dem Hund sagte, wohin er gehen sollte, ist Mnemosyne losgelaufen.«
Ruby dachte an Floh. Floh beherrschte diesen Trick ebenfalls, aber nur, wenn er in der richtigen Stimmung war.
»Waren Mr Pinkertons Hunde alle so klug wie Mnemosyne?«
»Er hatte nur den einen«, erklärte Mrs Beesman. »Und er hat ihn abgöttisch geliebt. Er hatte ihn schließlich über vierzig Jahre lang, weißt du.«
»Was?!«, sagte Ruby. »Das ist unmöglich. Hunde leben im Schnitt zwölf, maximal fünfzehn Jahre.«
Wieder ein Schulterzucken. »Ich weiß, was ich weiß«, sagte

Mrs Beesman. »Dieser Hund wurde vierzig Jahre alt. Mr Pinkerton sagte, er achte sehr darauf, ihn gesund zu ernähren, aber ich denke, es hatte mit diesen Pilzen zu tun, mit denen er ihn täglich gefüttert hat.«

»Pilze?«, wiederholte Ruby lautlos.

»Pilze!«, bestätigte Mrs Beesman.

»Was für Pilze?«, hakte Ruby nach.

»Er hat gesagt, sie kämen vom Mars«, sagte die alte Frau, »aber dazu kann ich nichts sagen. Der Hund ist zwei Wochen nach Mr Pinkertons Verschwinden gestorben, vermutlich an gebrochenem Herzen. Du kannst es nennen, wie du willst, aber dieser Hund konnte nicht ohne sein Herrchen leben.«

Und dann, ohne ein weiteres Wort, griff Mrs Beesman nach einem Spaten, bog mit ihren knotigen Händen einen Rosenbusch zur Seite und begann, ihren Garten umzugraben.

War es das gewesen? Ruby wusste nicht recht, ob sie noch bleiben sollte, und schließlich wandte sie sich ab und ging auf den Zaun zu.

Sie war schon mit einem Bein durch die schmale Lücke gestiegen, als sie plötzlich eine Hand auf der Schulter spürte. Es war Mrs Beesman mit ihren schmutzigen Händen. Sie hielt Ruby ein Hundespielzeug hin, einen erdverkrusteten blauen Gummiknochen. Als sie ihn Ruby in die Hand drückte, sah sie sie mit einem Gesichtsausdruck an, den Ruby noch nie an ihr gesehen hatte und nie mehr sehen würde.

»Er hat gesagt, dass du möglicherweise kommen würdest«, sagte sie, drehte sich um, schlurfte wieder von dannen und schien mit ihren Müllbergen zu verschmelzen.

Langsam ging Ruby mit dem schmutzigen Knochen in der Hand nach Hause. In der Küche goss sie sich ein Glas Bananenmilch ein und setzte sich damit an den Tisch. Dort schrieb sie alles auf, was Mrs Beesman gesagt hatte. Erst als sie Mrs Digby hereinkommen hörte, blickte sie auf.

»Wo hast du *das* her?«, fragte die alte Haushälterin beim Anblick des schmutzigen Gummiknochens angewidert.

»Das werden Sie mir nie glauben«, sagte Ruby.

»Durchaus möglich«, sagte Mrs Digby, »aber lass es darauf ankommen.«

»Von Mrs Beesman.«

Mit spitzen Fingern griff Mrs Digby nach dem Knochen. »Die arme alte Frau, jetzt hat sie ganz den Verstand verloren.«

Ruby dagegen begann sich zu fragen, ob Mrs Beesman nicht vielleicht die Einzige war, die eine Ahnung hatte, worum es wirklich ging.

51. Kapitel

Die Fliegen-Haarspange

Ruby ging in ihr Zimmer hoch, setzte sich an ihren Schreibtisch und betrachtete den Knochen.

Was hatte er zu bedeuten? War er ein Indiz? Eine Spur?

Da läutete es, und Ruby griff nach dem Hummer-Telefon.
»Hallo?«, sagte sie.
»Ruby, wo bist du?« Es war Del.
»Was soll diese Frage? Du rufst mich gerade an – folglich bin ich zu Hause, du Dödel.«
»*Du* bist der Dödel, du Dödel.«
»Warum das?«
»Weil du längst hier bei Red sein solltest! Wir wollten doch unsere Kostüme für den Augen-Ball anprobieren. Schon vergessen?«
Herrje, das hatte Ruby tatsächlich vergessen.
»Oh«, sagte sie.
»Dachte ich mir«, sagte Del. »Ist dir an Halloween auch schon passiert, weißt du noch?«
»Sorry«, sagte Ruby.
»Wir warten alle auf dich.«
»Noch mal sorry«, sagte Ruby.
»Kommst du endlich?«, fragte Del.
»Klar«, sagte Ruby. »Gib mir fünf Minuten, dann bin ich da.«
»Redfort, das schaffst du nie!«
»Okay, dann eben sechs. Bis gleich!« Kaum hatte Ruby aufgelegt, nahm sie den blauen Hundeknochen und stopfte ihn in den Wäschekorb. Ihr fiel auf die Schnelle kein besseres Versteck ein. Dann schlüpfte sie in ihre Stiefel und den Parka und rannte aus dem Haus.
Sie schwang sich auf ihr Fahrrad und kam – dank des Hyperspeed-Turboantriebs – genau sechs Minuten später vor Reds Haus an.

Sadie Monroe, Reds Mutter, die als Kostümbildnerin bei einer Filmproduktionsgesellschaft arbeitete, hatte eine Auswahl an Weltraumkostümen mit nach Hause gebracht, und einige davon waren richtig cool. Deshalb dauerte es eine Weile, bis jeder ein paar Kostüme anprobiert und sich entschieden hatte. Danach kam Sadie mit Stecknadeln an und nahm ein paar nötige Abänderungen vor. Die Freunde warteten gerade auf den Pizza-Lieferdienst, als Clancy plötzlich auf seine Uhr schaute, einen leisen Schrei ausstieß und mit den Armen ruderte. »Viertel nach sechs, Hilfe! Ich muss los!«, rief er. »Ich habe Mom versprochen, kurz nach sechs zu Hause zu sein und auf Olive aufzupassen.«

Und schon schlüpfte er in seine Jacke und rannte zur Tür. »Ich komme zu spät!«, stöhnte er und klang mehr als nur ein bisschen panisch.

»Ich würde dich ja gern nach Hause fahren, Clancy«, sagte Sadie, »aber mein Wagen hat eine Reifenpanne. Soll ich dir ein Taxi rufen?«

»Ist schon okay«, sagte Ruby. »Ich bringe ihn mit dem Rad nach Hause. Schwing dich auf den Gepäckträger, und du bist in vier Minuten zu Hause, Clance, glaub mir!«

Als sie gerade mal drei Minuten und neununddreißig Sekunden später in der Ambassador Road ankamen, war Clancy sichtlich beeindruckt.

»Mann, das ist ja ein tolles Rad!«, sagte er und sah nicht nur beeindruckt, sondern auch erleichtert aus. Seine Mutter war eine große Pünktlichkeitsfanatikerin.

»Ja, wenn es nur nicht rot wäre. Ausgerechnet *rot*!«, sagte Ruby. »Aber ich sprühe es um, sobald ich mal eine Minute Zeit habe.«
Ruby wollte schon weiterfahren, als Clancy etwas einfiel.
»Oh, ich hab ganz vergessen, dir zu sagen, dass ich deinen Schal gefunden habe, den gestreiften«, sagte er. »Komm schnell mit rein, dann kannst du ihn gleich mitnehmen.«
Gemeinsam betraten sie das Haus, und sofort ertönte eine Stimme aus dem oberen Stockwerk: »Clancy, bist du es?«
»Ja, Mom. Komme gleich!«, rief er.
»Nein, *sofort*!«, befahl seine Mutter.
Clancy verdrehte die Augen und sah Ruby entschuldigend an.
»Kein Problem, Clance. Ich hole ihn selbst«, sagte Ruby. »Wo ist er?«
»An der hinteren Garderobe«, sagte Clancy hektisch und lief zur Treppe. »Wir sehen uns morgen, Ruby, okay?«
»Klar«, sagte Ruby.
Sie fand ihren Schal auf einem Stuhl am anderen Ende des Flurs und wandte sich gerade wieder zum Gehen, als Olive auf sie zukam. Sie schob ihre Puppe Buttercup in einem Puppenwagen herum und redete auf sie ein.
»Buttercup, wenn du auch nur einen Pieps von dir gibst, musst du ins Bett und kriegst keine Tomaten.«
Olive trug eine (zweifellos sehr teure) pinkfarbene Bluse ihrer Mutter, die ihr bis weit über die Knie reichte. Ihre Füße steckten in einem Paar hochhackiger Schuhe, die ihrer großen Schwester Lulu gehörten und in denen sie nur schlurfen konnte. Doch das war noch nicht alles: Zur Krönung ihres schrägen Outfits hatte sie eines der Haarteile ihrer Mutter mit ungefähr dreißig

Haarklemmen und Haarspangen in ihrem Lockenschopf befestigt. Einige der Haarspangen hatte sie offensichtlich von ihrer Schwester Minny stibitzt, denn darauf standen Wörter wie KOTZ, oder sie waren mit Totenschädeln und anderen skurrilen Symbolen verziert. Andere mussten von Lulu sein, wie Ruby annahm, weil sie glitzerten und funkelten, und Lulu war ein großer Fan von Bling-Bling.

»Interessanter Look«, sagte Ruby. »Hast du dir die Haarspangen deiner Schwestern ausgeliehen?«

»Es sind keine Haarspangen!«, sagte Olive entrüstet. »Es sind J-u-w-e-l-e-n!«

»Klar«, sagte Ruby und versuchte, an der Kleinen vorbeizugehen.

»Das hier ist ein Smaragd und die andere bestimmt ein Diamant«, erklärte Olive todernst und deutete zuerst auf eine rotzgrüne Spange, dann auf eine, die mit goldfarbenen Pailletten besetzt war.

»Oje«, sagte Ruby. »Ich glaube, du hast auch eine Fliege im Haar!«

»Das ist keine Fliege!«, erklärte Olive resolut. »Es ist eine Spinne!«

»Moment mal«, sagte Ruby und bückte sich. »Das ist ja *meine* Haarspange!«

Und so war es auch.

»Olive, ich muss meine Haarspange zurückhaben!«

»Es ist *keine* Haarspange!«, sagte Olive. »Es ist ein *Haarjuwel*!«

»Meinetwegen«, seufzte Ruby.

»Du kriegst es nur, wenn du dafür bezahlst!«, erklärte Olive.

»Mann, warum sollte ich für etwas bezahlen, das mir sowieso gehört?«
»Was man gefunden hat, darf man behalten!«, sagte Olive im Brustton der Überzeugung.
Ruby seufzte. »Okay, und was willst du dafür haben?«
»Fünfhundert Dollar«, erklärte Olive.
»Fünfhundert Dollar!? Nie im Leben!«
Olive verzog das Gesicht. »Fünfundzwanzig …?«
Ruby sah sie streng an.
»… Cent?«, sagte Olive kleinlaut.
Ruby holte einen Vierteldollar aus ihrer Tasche. »Du bist eine harte Nuss, Olive Crew.«
Mit einem zufriedenen Grinsen zog Olive die Fliegen-Haarspange aus dem Haarteil und riss dabei gleich noch ein Büschel Kunsthaare heraus. Auweia, Olive würde Ärger bekommen, wenn Mrs Crew es sah.
Ruby steckte sich die hart erkämpfte Fliegen-Haarspange ins Haar und verließ das Haus der Crews.

Sie schwang sich auf ihr Rad und versuchte erst unterwegs, sich den Schal um den Hals zu wickeln. Das war nicht leicht, weil es ziemlich windig war: Der Schal flatterte, und die Tüte mit dem Weltraumkostüm knallte dauernd an ihre Hüfte. Irgendwann gab Ruby auf und hielt in der Everglade Street an. Sie lehnte das Rad an eine Mauer und versuchte, den Schal zu entwirren. Da legte sich plötzlich eine Hand auf ihre Schulter und zog sie resolut aus dem Licht der Straßenlaternen in eine dunkle Ecke.

Ohne die Hand, die ihr den Mund zuhielt, hätte Ruby bestimmt geschrien.
»Nicht schreien!«, zischte eine Stimme. »Ich will keinen Mucks hören.«
Die Hand ließ sie los.
»Schauen Sie nicht so erschrocken drein, meine liebe Miss Redfort, ich bin nicht der Sensenmann – zumindest heute nicht.«
»A-ha …«, stammelte Ruby und wich einen Schritt zurück. »Was wollen Sie von mir?«
»Den Schlüsselanhänger«, sagte der Graf.
»Den Schlüsselanhänger?«, wiederholte Ruby verblüfft. »Aber den haben Sie doch schon. Sie haben ihn sich auf dem Dach des Hotels Circus Grande gekrallt, erinnern Sie sich nicht mehr?« Rubys Herz klopfte zum Zerspringen.
»Ich habe ihn aber weitergegeben«, sagte er verbittert. »Ein großer Fehler, wie sich herausgestellt hat.«
»Wem haben Sie ihn gegeben?«
Der Graf ging nicht direkt auf diese Frage ein. Stattdessen sagte er: »Jemandem, der als kleine Fliege anfing, im Laufe der Jahre aber immer mehr zu einer Spinne wurde. Dieser Jemand ging dereinst bei mir in die Lehre, doch er war so clever, dass er über sich selbst hinauswuchs und mich überflügelte. Inzwischen hat er mich in der Hand.«
»Zu blöd«, sagte Ruby.
»Es ist vor allem ärgerlich«, sagte der Graf mit einer unwirschen Handbewegung. »Der kleine Casey Morgan kam zu mir gelaufen, als er noch ein kleines Würstchen war, und flehte

mich an, dass ich ihn in die dunklen Künste der Tarnung und Verwandlung einführe. Ganz professionell, verstehen Sie. Eine Kunstform, bei der man Gesicht und Stimme so stark verändert, dass einen nicht mal die eigene Mutter mehr wiedererkennt.«

»Und *Sie* haben es von Homer Pinkerton gelernt …«

»Ah, Sie wissen von dem guten Homer? Was war er doch für ein guter Freund … bis zu dem Tag, an dem er zum Feind wurde.«

»So sehr, dass Sie ihn ermorden mussten?«

»Aber nein, warum hätte ich das tun sollen, wo er doch ein großes Geheimnis hütete? Nein, es war Casey Morgan, der Narr!«

»Sind Sie dann nicht ebenfalls ein Narr?«, fragte Ruby. »Sie haben ihm vertraut.«

»Ich gebe zu, dass mich meine Menschenkenntnis da im Stich gelassen hat«, räumte der Graf ein. »Ich habe ihm vertraut und ihn gebeten, etwas für mich zu finden, hinter dem ich seit Jahren her bin.«

»Eine Seele?«

Der Graf klatschte in die Hände. »Sehr witzig, Miss Redfort … Nein, an Seelen bin ich nicht interessiert; die gibt es zuhauf. Was mich interessiert, sind ein langes Leben und Weisheit.«

»Aha, die Marspilze?«

»*Hypocrea asteroidi*, genau!«, sagte der Graf. »Ich habe den jungen Casey Morgan damit beauftragt, herauszufinden, wo sie wachsen, und dreiunddreißig Jahre später ist es ihm dann endlich gelungen. Die Angabe des Fundorts war in einem Eisberg nördlich von Alaska verborgen.«

»In den Augen des Jadebuddhas von Khotan«, warf Ruby ein.

»Oh, gratuliere! Haben *Sie* es herausgefunden, oder war es der arme tote Bradley? Herrje, was für ein Spitzenagent er doch war! Ein Jammer, dass er erneut sterben musste.« Der Graf machte kurz ein betroffenes Gesicht, ehe er den Faden wieder-aufnahm.

»Morgan hat mich hintergangen, unseren Vertrag gebrochen, und nun bin ich ihm ausgeliefert.« Bedauernd schnalzte der Graf mit der Zunge. »Wenn ich Ihnen einen Rat geben darf … Sollten Sie jemals weise werden – was aber natürlich nicht der Fall sein wird –, geben Sie Ihr Wissen niemals an jemanden weiter, der Sie damit zu Fall bringen kann.«

»Aber *Sie* waren es doch, der dem Buddha in die Augen geblickt hat«, sagte Ruby. »Warum haben Sie das, was Sie gesehen haben, an Casey Morgan weitergegeben?«

»Bedauerlicherweise habe ich kein Talent für das Entschlüsseln von Codes«, sagte der Graf. »In den Augen des Buddhas war ein Code verborgen, den nur Morgan knacken konnte.« Betrübt sah er Ruby an. »Und somit bin ich zum Opfer meines früheren Schützlings geworden.«

»Erwarten Sie bitte kein Mitleid von mir«, sagte Ruby. »Das ist allein Ihr Problem.«

Er sah sie kopfschüttelnd an.

»Ich habe nicht den Eindruck, dass Sie die Zusammenhänge begreifen«, sagte der Graf. »Legen Sie Ihre Scheuklappen ab, Miss Redfort! Sie sollten vor Angst schlottern, denn Casey Morgan ist auch *Ihre* Spinne, und Sie haben sich längst in ihrem Netz verfangen. Die Spinne kommt näher und näher, und verzeihen Sie mir, dass ich Sie darauf aufmerksam mache, aber Ihre Flügel scheinen sich bereits im Spinnennetz verfangen zu haben.«

»Dann sagen Sie mir doch bitte, wer Morgan ist«, bat Ruby.

Er musterte sie amüsiert von Kopf bis Fuß. »Sie haben es noch immer nicht begriffen, nicht wahr, meine kleine Miss Redfort?« Eine kalte Wut lag in seiner Stimme, und Rubys Herz begann zu pochen. »Was begriffen?«, fragte sie, ebenfalls gereizt. »Was soll ich begreifen?«

»Dass ich keine Ahnung habe, wer Casey Morgan ist.«

Zu ihrer eigenen Überraschung musste Ruby an dieser Stelle lachen – eine unfreiwillige Reaktion.

»Statt sich an meinem Unglück zu ergötzen, sollten Sie besser an Ihr eigenes denken.« Der Graf suchte Rubys Blick und sagte dann: »Vergessen Sie nicht, dass Morgan es auf *Sie* abgesehen hat. Die Spinne ist schon sehr dicht an Ihnen dran.«

Der Graf drehte sich auf dem Absatz um und verschwand in der Dunkelheit, und seine Schritte verhallten mit seinen letzten Worten: »Mein Rat wäre: Suchen Sie nicht allzu weit weg, die Spinne ist näher, als Sie denken.«

52. Kapitel

Düstere Gedanken

Erst als Ruby ihr Rad seitlich am Haus abstellte, bemerkte sie, dass ihre Tüte mit dem Weltraumkostüm fehlte. Sie musste sie verloren haben – wann und wo, wussten die Götter. Sie war einfach nur froh, zu Hause zu sein, und hatte keine Lust, den weiten Weg noch einmal zurückzufahren. Am liebsten wäre sie für immer hiergeblieben. Sie ging die Stufen zur Haustür hinauf, die aufgerissen wurde, noch bevor sie oben angelangt war. Und da stand Hitch!

»Hallo, Kleine, lange nicht gesehen.«

Sie starrte ihn an, von Kopf bis Fuß und wieder zurück.

»Sie sind nicht tot?«, stieß sie schließlich hervor. »Ich dachte …«

»Und selbst wenn, scheine ich mich inzwischen komplett erholt zu haben«, sagte Hitch.

»Und der Flugzeugabsturz?«

»Ich bin rechtzeitig abgesprungen.«

»Und wo haben Sie die ganze Zeit gesteckt?«

»Hatte viel zu tun«, sagte er nur.

»Hey, das ist gut«, sagte Ruby. »Ich meine, dass Sie nicht tot sind. Super!«

»Warum sollte er tot sein?«, fragte ihre Mutter, die gerade aus ihrem Zimmer trat. Sie schüttelte den Kopf, küsste Ruby auf

die Wange und ging dann mit Hitch zusammen nach oben ins Wohnzimmer.
»Toll, dass Sie wieder da sind!«, sagte Brant und hob sein Champagnerglas. »Mrs Digby hat Ihnen zu Ehren ein superleckeres Hähnchen *à la surprise* zubereitet, weil Sie das letzte ja verpasst haben.«
Hitch wandte sich an Mrs Digby. »Und was macht Ihr Hähnchen zu einer Überraschung, Mrs Digby?«
»Die Tatsache, dass Sie sich die Mühe gemacht haben, uns mit Ihrer Anwesenheit zu beehren«, sagte Mrs Digby etwas säuerlich und sah ihn streng an. Doch als er ihr einen Kuss auf die Wange drückte, war sie augenblicklich besänftigt.
Das Essen an diesem Abend war in der Tat sehr lecker, und eine angeregte Unterhaltung kam in Gang.

SABINA: »Wo haben Sie diesen Anzug her?«

HITCH: »Aus London.«

SABINA: »Sehr schick!«

BRANT: »Warum London?«

HITCH: »Mein Schneider wohnt dort. Seine Anzüge sind sehr strapazierfähig, und darauf lege ich großen Wert.«

SABINA: »Verstehe. Als Butler braucht man strapazierfähige Kleidung, die so manches aushält, nicht wahr?«

HITCH: »O ja! Sie würden sich wundern.«

SABINA: »Das glaube ich gern.«

HITCH: »Ein Anzug, dessen Nähte schnell aufreißen, wäre das Letzte, was man braucht.«

BRANT: »Sie müssen mir unbedingt den Namen Ihres Schneiders verraten.«

Und nachdem Rubys Eltern Hitch fast ein Loch in den Bauch gefragt hatten, erzählten sie ihm, was es in Twinford Neues gab.

SABINA: »Der Augen-Ball wird ein Riesenevent werden, Sie kommen doch mit uns, oder?«

HITCH: »Ich werde es mir überlegen.«

BRANT: »Was gibt es da zu überlegen? Es ist das einzige Event in der Stadt.«

SABINA: »Nein, Schatz, es ist nicht das *einzige* Event in der Stadt, es ist nur das *beste*!«

BRANT: »Das hab ich doch gemeint, Schatz, das *beste.*«

Ruby hatte keine Gelegenheit, Hitch unter vier Augen zu sprechen, und obwohl sie ihm natürlich von der Begegnung mit dem Grafen hätte erzählen sollen, war der Abend so perfekt, und alle waren so glücklich und zufrieden, dass Ruby es nicht über sich brachte, diese Idylle zu zerstören.

Ich erzähle es ihm morgen, nahm sie sich vor. Morgen kriege ich es hin, aber jetzt nicht.

Sie ging ins Bett und knipste das Licht aus.

Dann lag sie eine geraume Weile da und dachte über alles nach. Hitch war wieder da – es grenzte an ein *Wunder.* Dann dachte sie an Marnie Novak und Loreley, an den Flugzeugabsturz, und sie bekam fast eine Gänsehaut. Dass Hitch den Absturz überlebt hatte, war ein unglaubliches Glück. Kaum zu glauben.

Ruby starrte auf die Schatten der Bäume vor ihrem Fenster, deren dürre Arme sich im Wind bewegten. Was war es nur, was an ihr nagte? Da war etwas, doch sie bekam es nicht zu fassen. Etwas Hässliches lauerte ganz weit hinten im dunkelsten Teil

ihres Gehirns, doch sobald sie versuchte, es ans Licht zu zerren, schob sich ein anderer Gedanke dazwischen.
Um genau 3.33 Uhr wachte Ruby auf. Sie war schweißgebadet und bekam kaum Luft. Schlaftrunken setzte sie sich auf, tastete nach ihrer Nachttischlampe und stieß dabei ein Glas Wasser um. Seufzend stieg sie aus dem Bett. Da wachte auch Floh auf und sah sie gespannt an. Unbeholfen richtete er sich dann auf, und sein Gipsbein klopfte auf den Boden, als er ihr ins Badezimmer folgte.
Ruby klatschte sich ein paar Handvoll kaltes Wasser ins Gesicht. Floh stand neben ihr und spitzte wachsam die Ohren.
Ruby murmelte etwas vor sich hin.
Wie hatte Hitch diesen Flugzeugabsturz überleben können?, fragte sie sich.
Wer hatte das Flugzeug gebucht? Nun, Spektrum natürlich. Wer hatte ihr befohlen zu springen? Hitch! Hatte er gewollt, dass sie im freien Fall auf dem Boden aufprallte? Seltsam, seltsam. Ohne ihr Fallschirm-Cape wäre sie mitten in den Bergen auf den Boden geknallt und mausetot gewesen.
Andererseits hatte er ihr zuvor das Fallschirm-Cape gegeben, ein Geschenk von LB, und folglich hatte er *nicht* gewollt, dass sie starb.
Ruby grübelte und grübelte. Nein, er hatte nicht gewollt, dass sie bei dem Sturz aus dem Flugzeug starb, aber hatte er das, was dann kam, arrangiert?
Was, wenn Hitch Zuko abgezogen, den Spektrum-X-Jet angefordert und der Australierin einen Tipp gegeben hatte, die gleich noch ihren eigenen Handlanger mitgebracht hatte?

Nein, das ist dumm, sagte sich Ruby. Hitch war von den Flugzeugentführern überwältigt und zusammengeschlagen worden. Auch darüber dachte Ruby ausgiebig nach, doch dann kam ihr ein neuer, schrecklicher Gedanke: Was, wenn das nur inszeniert worden war? Vielleicht hatte alles mit zum Plan gehört – bis Loreley aufgetaucht war, die den schönen Plan zunichtegemacht hatte.

Loreley ist nicht eingeplant gewesen, dachte Ruby, Loreley wollte mich *umbringen*, während Marnie mich aus irgendeinem Grund *lebend* haben wollte.

Hatte Hitch ihr deshalb den Sprung befohlen? Er wusste, dass sie einen Fallschirm hatte und den Absprung überleben würde. Das Flugzeug hätte sicher landen sollen, doch dem war nicht so.

Ich bin zwar heil gelandet, aber ich hätte genauso gut sterben können, mutterseelenallein irgendwo in den Bergen. Niemand hatte vorhersehen können, dass sie das überleben würde. Nicht nur das, dachte Ruby, es hatte auch niemand vorhersehen können, dass sie mich finden würden. Genau genommen hatten nicht *sie* sie gefunden, es war genau umgekehrt gewesen, reiner Zufall, eine grausame Laune des Schicksals. Wenn sie das Signal von Hitchs Locator nicht mitbekommen hätte, wenn Marnie Novak Hitch den Locator nicht abgenommen hätte, dann hätte ich mich nie allein auf den Weg gemacht …

Oh, noch ein schlimmer Gedanke: Was, wenn Hitch der Australierin seinen Locator freiwillig gegeben hatte, wohl wissend, dass sie Ruby damit zu sich locken konnte? Er hatte ganz genau gewusst, dass Ruby sich auf den Weg machen würde, wenn sie

sein Signal empfing. Was, wenn Hitch alles haarklein geplant hatte? Wenn er seinen eigenen Tod nur inszeniert hatte und dann für eine Weile abgetaucht war, um sonst was zu machen und damit ihm keiner unangenehme Fragen stellte?
Ruby schlief anschließend sehr unruhig, was kein Wunder war, wenn man bedachte, dass drei Stockwerke tiefer eventuell ein Mörder schlief.
Doch das erste Licht des neuen Tages, das in ihr Zimmer kroch, vertrieb Rubys düstere Gedanken, und die Vorstellung, dass Hitch etwas mit dem schrecklichen Ereignis in den Bergen zu tun haben könnte, kam ihr geradezu lächerlich vor.

Als Ruby zum Frühstück nach unten kam, saßen ihre Eltern bereits am Tisch, tunkten – ganz französisch – Croissants in ihre Kaffeeschalen und lasen derweil *Paris Match.* Hitch war nirgends zu sehen.
»Vielleicht ist er noch unten«, sagte Sabina, »aber er hat gestern Abend erwähnt, dass er heute aus dem Haus gehen muss, und deshalb hast du ihn möglicherweise verpasst.«
Ruby ging die zwei Treppen ins Souterrain hinunter und klopfte an Hitchs Tür. Weil keine Reaktion kam, klopfte sie erneut, etwas lauter diesmal. Beim zweiten Klopfen ging die Tür von selbst einen Spaltbreit auf. Ruby spähte ins Zimmer. Sie wusste, dass sich das nicht gehörte, doch sie konnte einfach nicht widerstehen.
»Hitch?«, rief sie.
Keine Antwort.
Sie trat ein; das Apartment war wie immer ordentlich auf-

geräumt, doch an diesem Tag lag ein Ordner auf dem Schreibtisch. Es sah Hitch gar nicht ähnlich, etwas auf dem Schreibtisch herumliegen zu lassen; dort befanden sich normalerweise nur ein Briefbeschwerer aus Glas, ein schwarzer Füllfederhalter und ein kleiner weißer Notizblock. Ruby ging zum Schreibtisch, um nachzusehen, was für ein Ordner es war. Er hatte aber nur mit dem Redfort'schen Haushalt zu tun, mit dem neuen Alarmsystem und den Sicherheitsmaßnahmen – also nichts Aufregendes. Als sie den Ordner wieder in die Mitte des Schreibtischs schieben wollte, entdeckte sie Hitchs Brieftasche auf dem Fußboden. Sie musste vom Stuhl gefallen sein, und dabei war ein Teil des Inhalts herausgerutscht. Ruby hob ein kleines Metallkärtchen auf. Es war eine Magnetstreifenkarte, auf der Name, Geburtsdatum und Agentencode aufgedruckt waren.

»Kind? Wo steckst du?«

Ruby flitzte zur Tür und die Treppe hinauf.

»Hier!«, rief sie. »Ich bin hier.«

Mrs Digby sah sie streng an. »Ich frag lieber nicht, ob du wieder Unfug gemacht hast, denn ich ahne, dass mir die Antwort nicht gefallen würde.« Sie drückte Ruby einen Stapel Briefumschläge in die Hand. »Die kannst du einwerfen, wenn du nachher aus dem Haus gehst!«

53. Kapitel

Absolut sicher ist gar nichts

Ruby ging ins Double Donut, wo sie mit Clancy verabredet war. Sobald sie saßen, erzählte sie ihm, dass Hitch wieder da war und schon auf sie gewartet hatte, als sie nach Hause gekommen war.

»Ist ja toll!«, sagte Clancy.

»Ich weiß«, sagte Ruby.

»Und warum schaust du dann drein, als hätte dir jemand deine Sneaker geklaut?«

»Ach, Clance, wenn ich das wüsste!«

Dann erzählte sie ihm von ihrem zunehmenden Verfolgungswahn.

»Ist doch verständlich«, sagte Clancy.

»Ja, aber das Schlimmste kommt noch …«, sagte Ruby.

»Oje, was?«

»Ich war in seinem Apartment.«

»Als er nicht zu Hause war?«, fragte Clancy im Flüsterton.

Ruby nickte. »Schlimm, nicht wahr?«

»Du kannst froh sein, dass er nicht Minny ist«, sagte Clancy. »Minny würde dich umbringen, wenn du auch nur einen *Fuß* in ihr Zimmer setzen würdest.«

»Er vermutlich auch«, sagte Ruby kleinlaut. »Ich wette, er hat irgendwo einen unsichtbaren Stolperdraht ausgelegt oder so.«

»Und was hast du entdeckt?«, fragte Clancy. »Eine gebrauchte Teetasse oder Kekskrümel auf dem Fußboden?«

»Nee, ganz so extrem war es nicht«, sagte Ruby. »Nur seinen Spektrum-Ausweis.«

»Und was stand da drauf?«

»Nur Name, Agentencode und Geburtsdatum«, sagte Ruby.

»Ach? Und wie alt ist er?«, fragte Clancy.

»Zweiundvierzig, genau wie er gesagt hat.«

»Und – was ist daran so aufregend?«

»Nichts. Nur die Tatsache, dass ich seinen Ausweis aus Versehen mitgenommen habe und dringend zurücklegen muss, bevor er etwas merkt.«

»Machst du Witze?«

»Ich weiß, das war blöd. Ich dreh noch durch, echt!«

»Du drehst nicht durch, Ruby Redfort!«, sagte Clancy mit Nachdruck. »Du versuchst nur, ein Puzzle zusammenzusetzen, und siehst dir alle Teilchen genau an. Und manche von ihnen passen, andere nicht.«

»Du hast recht«, sagte Ruby.

»Und ein paar Puzzleteile fehlen«, fügte er hinzu.

»Wieder hast du recht«, seufzte Ruby.

»Und vielleicht gehören einige der Teilchen zu einem ganz anderen Puzzle«, gab Clancy zu bedenken. »Denk auch darüber mal nach.«

»Okay, hör auf mit deiner Puzzlemetapher, du übertreibst, Clance!«

»Das Problem ist, dass du mit mehreren Bällen gleichzeitig jonglierst.«

»Stimmt«, sagte Ruby. »Aber wie passt Hitch ins Gesamtbild? Er hat mich aus dem brennenden Wald geholt und vor Babyface Marshall und vor der Katze Capaldi gerettet. Herrje, wenn ich daran denke, wie *oft* er mir schon das Leben gerettet hat, ist es total unfair von mir, mir auch nur *vorzustellen*, dass er mich umbringen will«, sagte Ruby. »Ich an seiner Stelle würde mir für so viel Undankbarkeit eine scheuern.«

Clancy zuckte mit den Schultern. »Ich glaube, Hitch hätte Verständnis dafür. Wie ich ja gern sage, sollte man sich manchmal erlauben, auch an das Schlimmste zu denken …« Nach einer kurzen Pause fügte er hinzu: »Seien wir ehrlich, die Sache ist die, dass er … in letzter Zeit …« Wieder verstummte er abrupt, als wollte er seinen Gedanken nicht zu Ende führen.

»Was?«, fragte Ruby.

»Nun ja, er war in letzter Zeit schon etwas komisch. Ich meine, wo hat er die ganze Zeit gesteckt? Warum hat er nicht versucht, mit dir Kontakt aufzunehmen?« Clancy sah sie mit großen, besorgten Augen an. »Du warst in einer gefährlichen Situation, und er war nicht für dich da.«

»Halb so wild, Clance, wirklich.« Sie konnte ihm nicht erzählen, dass sie den Grafen getroffen hatte, nicht jetzt. Sonst hätte er sich nur noch mehr aufgeregt.

»Aber du bist sehr nervös«, sagte Clancy. »Du weißt nicht, ob du der Person noch trauen kannst, der du am meisten vertrauen können *müsstest.*«

Sie sah ihm in die Augen. »Und was sagt dein Bauchgefühl, Clance?«

Er schwieg lange, bevor er schließlich sagte: »Du musst auf

dein Bauchgefühl hören, Ruby. Vertrau *deinem* sechsten Sinn, denn tief in deinem Inneren kennst du die Antwort.«

Als Ruby nach Hause kam, war Hitch noch immer nicht zurück, und das war gut, denn so konnte sie noch mal schnell in sein Apartment schleichen und den Ausweis dorthin zurücklegen, wo sie ihn gefunden hatte. Als sie sich bückte, um ihn wieder neben dem Stuhl auf den Boden zu legen, erblickte sie aus dem Augenwinkel etwas, was halb versteckt war, aber nicht ganz. Es lugte unter dem Sideboard hervor, und neugierig, wie Ruby nun mal war, zog sie es hervor. Es war ein Pass. Gespannt schlug sie ihn auf. Darin befand sich, wie zu erwarten war, ein kürzlich aufgenommenes Foto von Hitch und sein Geburtsdatum, das dem auf dem Ausweis entsprach. Es war jedoch der Name, der Ruby irritierte: Art Hitchen Zachery. *Er* war also doch der Junge von den Stromschnellen!

Ruby konnte es kaum glauben.

Hitch war also *auch* im Larven-Programm gewesen!

Warum hatte er dann behauptet, er sei *nicht* dabei gewesen?

Doch wenn er anschließend der SME unterzogen worden war, wie sollte er sich da noch erinnern?

Stimmt, SJ hatte ihr erzählt, dass sämtliche Junior Space Trainees der SME unterzogen worden waren – »einige von ihnen waren gerade mal zehn Jahre alt«.

Ruby sah auf das Geburtsdatum … komisch.

Zweiundvierzig jetzt, im Jahre 1973, und das bedeutete …

… dass er mit *sieben* im Larven-Programm gewesen war.

Und folglich waren seine Erinnerungen *nicht* gelöscht worden!

Aber warum konnte er sich dann nicht mehr daran erinnern, dass er beim Junior Space Training war?
Weil er gelogen hat, deshalb!
Ruby schob den Pass schnell unter das Sideboard zurück, eilte aus dem Zimmer und zog die Tür leise hinter sich zu. Als sie sich umdrehte, um zur Treppe zu gehen, hörte sie plötzlich:
»Hey, du warst in meinem Apartment!«
Ruby brachte keinen Ton heraus.
»Mann, Kleine, du kannst doch bestimmt mit irgendeiner Erklärung aufwarten – oder hast du keinen triftigen Grund für dein Herumschnüffeln?«
Ruby brachte noch immer kein Wort über die Lippen.
»Nein?«, sagte er höhnisch. »Muss ich mich fragen, auf wessen Seite du stehst?«
»Ich habe Ihren Pass gesehen«, sagte Ruby. »*Sie* sind Art Hitchen Zachery, Sie waren im Larven-Programm. Und neulich haben Sie mir erzählt, Sie seien *nicht* dabei gewesen!«
»Ich konnte mich nicht daran erinnern. Ich habe dir die Wahrheit gesagt, das, was ich damals für die Wahrheit hielt.«
»Ach, *wirklich*? Das ist komisch, weil Sie nämlich nicht der SME unterzogen wurden – das wurden nur Kinder, die zehn oder älter waren –, das weiß ich von SJ.«
»Und hat SJ dir auch den Grund dafür genannt?«
»Weil Sie zu jung waren?«, schlug Ruby vor.
»Ich hatte einen Schock erlitten – von einem Krokodil angeknabbert zu werden, kann schon mal einen Schock auslösen. Ich erinnere mich an rein gar nichts, noch nicht einmal an die Trainingswoche, die ich gleich zu Beginn meiner Ausbildung

bei Spektrum absolviert habe. Ich weiß es nur, weil ich gestern Abend einen Blick in meine Personalakte geworfen habe, und es war keine erfreuliche Lektüre, das kannst du mir glauben. Ich weiß jetzt, dass es Casey Morgan war, der mich den Krokodilen zum Fraß vorwerfen wollte; offenbar hatte ich ihn dabei beobachtet, wie er sich an Bakers Schlauchboot zu schaffen machte.«

»Oh«, sagte Ruby.

»Ja«, sagte Hitch. »Mehr als ›Oh!‹ fällt mir dazu auch nicht ein.«

»Sorry«, sagte Ruby, »aber es war eine anstrengende Woche.«

»Das kannst du laut sagen«, bestätigte Hitch.

Sie sah ihn zerknirscht an. »Tut mir leid«, sagte sie.

Er seufzte. »Schon gut.« Dann streckte er seine Hand aus.

»Verzeihen Sie mir?«, fragte sie.

»Es gibt nichts zu verzeihen«, sagte er.

Das besiegelten sie mit einem Handschlag.

»Kommen Sie heute Abend mit zum Augen-Ball?«, fragte Ruby.

»Ich weiß noch nicht, Kleine. Hängt davon ab, ob ich nicht woanders gebraucht werde.«

»Ich dachte, Sie hätten heute Abend frei?«, sagte sie.

»Butler haben nie einen freien Abend, weißt du das nicht?«

»Aha! Sie sind also doch ein Butler, und ich habe Sie die ganze Zeit für einen Geheimagenten gehalten.« Ruby grinste ihn an.

»Geheimagenten haben definitiv *nie* einen freien Abend – könnte sie ihr Leben kosten.«

Sie sah Hitch an. »Ich weiß auch nicht, ob ich hingehen will.«

»Ist etwas passiert?«, fragte er.

»Der Graf. Er hat mir gestern Abend aufgelauert.«

»Und du bist nicht auf die Idee gekommen, es mir zu erzählen?« Hitch war sichtlich irritiert.

»Doch, ich erzähle es Ihnen jetzt«, sagte sie. »Er hat nur das übliche Zeug erzählt, es war so unheimlich wie immer, aber noch unheimlicher war das, was er sagte, als ich ihn fragte, wer Morgan denn nun sei.«

»Was hat er geantwortet?«, fragte Hitch, und seine Stimme klang etwas anders als sonst, weniger gelassen vielleicht.

Ruby blickte zu ihm hoch. »Er sagte, er habe keine Ahnung, wer Casey Morgan ist.«

Hitch hielt ihrem Blick etliche Sekunden lang stand. Dann erst sagte er: »Du kannst nicht hierbleiben. Du musst zu diesem Ball gehen. Unter vielen Menschen bist du sicherer, und das gilt für euch *alle.*«

»Wäre ich hier nicht sicherer?«, fragte Ruby. »Mit der neuen Alarmanlage und den vielen Sicherheitsvorkehrungen? Sie haben selbst gesagt, dass unser Haus jetzt absolut sicher ist.«

»Absolut sicher ist gar nichts, Kleine. Geh mit deinen Leuten zum Augen-Ball, amüsier dich und vergiss für einen Abend mal sämtliche Spinnen und anderes Ungeziefer.«

Als wenn das möglich wäre, dachte Ruby.

»Ich werde auch da sein«, sagte Hitch.

Sie lächelte. »Wirklich?«

»Natürlich. Darauf kannst du dich verlassen«, versprach er.

Ruby ging nach oben ins Wohnzimmer, wo ihre Eltern sich gerade unterhielten – über das Auto und den Chauffeur, ihr Outfit und anderes mehr. Als Sabina ihre Tochter unter der

Tür stehen sah, sagte sie: »Du solltest dich langsam umziehen, Schatz, in einer Stunde wollen wir los.«

Ruby lief nach oben in ihr Zimmer und staunte nicht schlecht, als sie sah, dass der Inhalt ihres Wäschekorbs im ganzen Zimmer verstreut war.

Was ist hier passiert?, dachte sie. Dann hörte sie ein merkwürdiges Knacken aus dem Badezimmer. Es war Floh, der genüsslich auf etwas herumkaute.

»Hey, was hast du da?«

Sie ging in die Hocke.

»Floh! Aus! Sofort loslassen!«

Er ließ den blauen Gummiknochen auf den Fußboden fallen.

»Verflixt, Floh, was ist in dich gefahren?!« Sie hob den Knochen mit spitzen Fingern hoch und sah, dass ihr Husky ihn glatt entzweigebissen hatte.

Und etwas war darin verborgen: ein Stück Papier.

Was ist das?, fragte sich Ruby. Sie holte eine Pinzette und zog das Papier heraus.

54. Kapitel

Alle Leitungen sind tot

Ruby strich das Papier glatt und sah, dass es mit zittrigen Buchstaben beschrieben war:

Liebe Ruby Redfort,
ich habe dich ausgewählt, weil du das klügste Kind bist, dem ich je begegnet bin, und weil ich das sichere Gefühl habe, dass du eines Tages Großes vollbringen wirst.
Vor vielen Jahren habe ich ein Verfahren entwickelt, mit dem man Erinnerungen löschen kann. Ich wollte es nur zum Wohle der Menschheit einsetzen, doch in letzter Zeit wird mir immer klarer, dass es auch missbraucht werden kann. Aus diesem Grund habe ich die Formel verschlüsselt, halbiert und an zwei verschiedenen Orten versteckt. Der eine Ort ist ein kleines Acrylglas-Viereck, als Schlüsselanhänger getarnt. Bei Temperaturen unter dem Gefrierpunkt werden darin zwei Augen sichtbar.
Der zweite Teil der Formel ist in der Iris deiner Augen verborgen. Ich muss dir nicht erklären, dass alle Augen, ähnlich wie Fingerabdrücke, ein-

zigartig sind. Hält man die Acrylglas-Augen nun direkt vor deine Augen, kann man den darin eingeschlossenen Code ganz genau erkennen.
Bitte merke dir: Sollte der codierte Anhänger in falsche Hände fallen, musst du den Code sofort deaktivieren – und das geht nur, indem du die Kontaktlinsen trägst, die ich diesem Schreiben beigelegt habe.
Dann kann dir jeder den Schlüsselanhänger vor die Augen halten, solange er will: Er wird zwar ein klares Bild sehen, mit dem er jedoch nichts anfangen kann. Es ist immens wichtig, dass du schon bei dem leisesten Verdacht, dass der Anhänger gestohlen worden sein könnte, diese Kontaktlinsen einsetzt. Das kann ich nicht genug betonen.

Ruby schaute in die beiden Hälften des blauen Gummiknochens und schüttelte sie, doch da war nichts, sie waren leer. Als ihr Blick auf ihren Husky fiel, dämmerte ihr, dass er sie vermutlich verschluckt hatte.
»Toll, Floh. Superleistung!«
Als Floh seinen Namen hörte, stupste er sie mit der Schnauze an, und Ruby sah, dass ein Papierfetzen aus seinem Maul hing. Vorsichtig nahm sie ihn heraus, faltete ihn auseinander und sah, dass es sich um eine weitere Nachricht handelte. Sie lautete:

`Achtung: Für den Fall, dass die Kontaktlinsen nicht funktionieren oder verlorengehen, gibt es ein Ersatzpaar. Ich habe SJ gebeten, sie in die Phantom-Akten zu legen, in einen Ordner mit der Aufschrift »Blinzeln«.`

Ruby rannte zur Tür und flitzte, so schnell ihre Beine sie trugen, zu Hitchs Apartment im Souterrain, doch ihr Beschützer war leider nicht da.

»Falls du nach Hitch suchst, er hat vor zehn Minuten das Haus verlassen«, rief ihre Mutter. »Er sagte, er habe eine dringende Nachricht erhalten und müsse weg – mehr hat er mir nicht verraten.«

Rubys Puls begann zu rasen. »Er ist einfach weggegangen?«

»Schade, finde ich auch«, sagte Sabina. »Aber lass dir dadurch nicht den Abend verderben. Du wirst bestimmt viel Spaß haben.«

Ruby war anderer Meinung. Welcher Bodyguard ließ einen einfach im Stich? Was für ein lausiger Agent war er nur! Ohne ihn war sie komplett auf sich allein gestellt.

Bloß keine Panik, Ruby!, sagte sie sich. Sie musste jetzt schnell handeln und mit jemandem von Spektrum Kontakt aufnehmen. Sie rannte in ihr Zimmer hoch und drückte auf den Transmitterknopf ihrer Fluchtuhr – vielleicht würde Hitch ja zurückkommen. Doch als sie KONTAKTAUFNAHME anklickte, passierte nichts. Sie bekam keine Verbindung.

Sie versuchte es mit SJ, erfolglos.

Das darf nicht wahr sein!, dachte Ruby.

Auch mit LB, Blacker und Gill hatte Ruby kein Glück. Hektisch begann sie, der Reihe nach auf alle Knöpfe zu drücken, doch vergebens.

In ihrer Verzweiflung drückte Ruby schließlich auf das SOS-Fliegensymbol, das nur im allergrößten Notfall betätigt werden durfte – wieder nichts. Ihr Locator war deaktiviert worden!

Ruby zog sich die Fliegen-Haarspange aus den Haaren und wollte auf die Funktaste drücken, die jedoch klemmte. Beim näheren Betrachten merkte Ruby auch, warum: Die Haarspange war leicht verbogen, und daran konnte nur Olive Crew schuld sein.

Clancys kleine Schwester ist echt das Letzte!, dachte sie wütend.

Doch dann hatte Ruby eine Idee. Sie wusste nicht, ob es eine geniale oder eine total bescheuerte Idee war, doch etwas anderes fiel ihr auf die Schnelle nicht ein. Sie würde es über die Zentrale versuchen!

»Ja?«, meldete sich Summ.

»Ich bin's«, sagte Ruby.

»Ja«, sagte Summ.

»Ich brauche Ihre Hilfe«, sagte Ruby.

»Warum?«

»Weil ich keinen der anderen erreichen kann«, erklärte Ruby.

»Klar, unsere Leitungen sind zusammengebrochen.«

»Dacht' ich mir«, sagte Ruby. »Deshalb rufe ich Sie ja an – Sie sind die Einzige, die mir helfen kann.«

Schweigen.

»Hören Sie, ich weiß, dass wir beide uns nie besonders gut verstanden haben … ich meine, Sie mögen mich vermutlich nicht und alles, aber mögen Sie überhaupt jemanden? Egal, sei's drum. Aber wie wär's, wenn Sie heute, *nur heute*, versuchen würden, sich dafür zu interessieren, was ich sage? Ab morgen können Sie mir gegenüber dann wieder total gleichgültig sein. Okay?«

Schweigen.

»Hören Sie, ich flehe Sie an. Ich brauche Ihre Hilfe. Also, ganz schnell: Was ich brauche, befindet sich in einer Akte mit der Aufschrift ›Blinzeln‹, und die wiederum liegt im Prismenarchiv.« Ruby musste kurz Luft holen. »Nun ist es so, dass ich im Moment nicht dort reinkomme, weil ich mit keinem Kontakt aufnehmen kann. Aber *Sie* kommen da rein!«

»Ich bin nicht befugt, das Prismenarchiv zu betreten. Dafür bräuchte ich eine schriftliche Genehmigung oder einen triftigen Grund.«

»Einen triftigen Grund habe ich!«, keuchte Ruby. »Wenn wir nicht herausbekommen, wie ich einen bestimmten Code verbergen kann, den ich habe, besteht die Gefahr, dass er in die falschen Hände fällt. Falls Sie eine schriftliche Begründung brauchen, reiche ich die gerne nach. Aber jetzt bitte: Können Sie nicht wenigstens mal *versuchen*, mir zu helfen?«

Ruby war zunehmend panischer geworden, sie bettelte die Empfangssekretärin in der Zentrale förmlich an, und weil keine Reaktion kam, fuhr sie fort: »Es geht ja nicht nur um mich, sondern auch um Sie, es geht um Spektrum und um Twinford und vielleicht um *alles*! Wenn Casey Morgan diesen Code in die Finger bekommt, dann …«

»Wer ist Casey Morgan?«

»Weiß ich nicht!«, schrie Ruby. »Das ist es ja! Das weiß keiner. Wie kann man jemandem aus dem Weg gehen, wenn man gar nicht weiß, wie er aussieht?«

Schweigen am anderen Ende.

»Sind Sie noch da? Werden Sie mir helfen?«

Kurze Pause. »Na, schön«, kam dann die Antwort. »Ich werde nach dieser Akte suchen. Sobald ich sie habe, werde ich dich anfunken. Wo wirst du sein?«

»Auf dem Augen-Ball«, sagte Ruby.

»Gut, dann komme ich dorthin.«

»Danke«, sagte Ruby. »Vielen Dank, Summ!«

Augenblicklich fühlte sie sich nicht mehr so schrecklich allein.

55. Kapitel

Auf in den Kampf!

Sie hörte ihre Mutter rufen.

»Ruby! Bist du umgezogen? Wir wollen gleich los. Mouse und Elliot sind schon da.«

Ruby schaute an sich hinunter, auf ihre Jeans und ihr T-Shirt mit dem Aufdruck SELTEN SO GELACHT!

Ihr Weltraumkostüm hatte sie irgendwo zwischen der Ever-

glade Street und dem Cedarwood Drive verloren – sie musste sich dringend eine Alternative überlegen, sonst bekäme sie Ärger mit ihrer Mutter. Sie schlüpfte kurzerhand in ihren schwarzen Overall, wohl wissend, wie ihre Mutter reagieren würde. Als sie nach unten kam, musterte Sabina sie kopfschüttelnd und sagte: »Ruby, was um alles in der Welt hast du da an?«
»Sie meinen sicher: Was um alles im *Weltraum* hast du da an?«, rief Elliot.
»Egal, ich weiß trotzdem nicht, als was Ruby gehen will«, sagte Sabina und beäugte ihre Tochter, die von Kopf bis Fuß schwarzgekleidet war, kritisch.
»Ich stelle die Unendlichkeit des Weltraums dar«, erklärte Ruby. »Sieht man das nicht?«
»Ich sehe es nicht«, antwortete ihre Mutter. »Deshalb frage ich mich, ob du a) wirklich die Unendlichkeit des Weltraums darstellen willst, oder ob b) die Unendlichkeit des Weltraums nur eine Ausrede für diesen schwarzen Overall ist, den ich auf den Tod nicht ausstehen kann, wie du weißt.«
»Eine knifflige Frage«, sagte Ruby, »aber es ist Option a), ich schwör's!« Ruby hatte keine Lust auf diese Diskussion; ihrer Mutter zu gefallen, rangierte auf der Liste ihrer Prioritäten ziemlich weit hinter Sachen wie Maulwürfen, Psychopathen und Pilzen.
Mrs Digby hatte sich »in Schale geworfen«, wie sie sagte, und sich einen Haarschmuck ihrer Cousine Emily ausgeliehen. Es handelte sich um eine lange, mit Steinchen besetzte silberne Nadel, etwa so lang wie eine Stricknadel, die beängstigend schief aus ihrem Dutt ragte und fast gemeingefährlich aussah.

»Als was gehen *Sie*, Mrs D?«, erkundigte sich Brant.
»Als Erdling«, erklärte Mrs Digby. »Als Erdling, der jede Stunde arbeitet, die der Herr werden lässt, und der keine Zeit hat, sich wegen eines verrückten Kostüms den Kopf zu zerbrechen.« Als sie sich abrupt umdrehte, um nach ihrem Mantel zu greifen, hätte sie Ruby mit ihrer Haarnadel beinahe das linke Auge ausgestochen.
»Hey! Passen Sie auf, Mrs Digby! Sie hätten mich mit Ihrer Killer-Haarnadel beinahe aufgespießt!« Doch Mrs Digby hörte es nicht, sie überprüfte gerade das Rouge auf ihren Wangen.
»Vielleicht solltest du besser deine Brille aufsetzen«, meinte Mouse. »Dann kann sie dir nicht so leicht ein Auge ausstechen.«
»Geht nicht, ich will Mom eine Freude machen«, sagte Ruby. »Sie mag meine Brille nicht.«
»Ja, weil du so wunderschöne grüne Augen hast«, sagte Sabina. »Ein Mädchen, das wunderschöne Augen hat, muss sie auch zeigen, und es ist ein Jammer, sie hinter einem dicken schwarzen Brillengestell zu verstecken.«
»Was soll das?«, rief Ruby. »Sind wir plötzlich wieder im viktorianischen Zeitalter? Mom, du weißt schon, dass wir gleich das Jahr 1974 einläuten? Was ist aus deinen feministischen Ansichten geworden? Müssen Frauen nur *schön* sein?«
Sabina seufzte. Ruby hatte nicht ganz unrecht. »Du hast vermutlich recht. Also zieh an, was du willst.«
»Mrs Redfort, mir gefällt Rubys Brille«, mischte sich Elliot wieder ein. »Damit sieht sie total cool aus. Die Brille unterstreicht ihren Charakter, verstehen Sie, was ich meine? Sie macht ihre

Augen ganz groß – es ist fast, als würde man Fische in einem Aquarium betrachten.«

»Danke«, sagte Ruby, »du bist ja ein richtiger Charmeur. Aber ich glaube, ich bleibe bei meinen Kontaktlinsen.«

Mr Redfort klatschte in die Hände. »Was ist, Leute? Können wir endlich los?«

»Wo sind Red und Del?«, fragte Sabina.

»Die gabeln wir unterwegs auf«, erklärte Mouse.

»Okay, dann nichts wie auf in den Kampf!« Brant rieb sich voller Vorfreude die Hände.

»In den Kampf?«, wiederholte Sabina irritiert.

»Ist nur eine Redewendung«, sagte Brant. »Gehen wir!«

»Moment noch!«, rief Ruby. »Ich muss Floh holen.«

»Zum ersten und letzten Mal, Ruby: Wir können Floh nicht mitnehmen. Mrs Hassensack hat eine Hundeallergie«, sagte Sabina.

»Ich lasse ihn aber nicht allein!«, sagte Ruby. »Die Tierärztin hat gesagt, er brauche viel Zuwendung, und ich müsse dafür sorgen, dass er sich in nächster Zeit nicht aufregt.«

»Warum sollte er sich aufregen?«, fragte Brant.

»Wir haben Silvester«, erklärte Ruby nachsichtig. »Weißt du, was das bedeutet?«

»Champagner und Kaviar«, warf Sabina ein.

»Feuerwerk«, sagte Ruby. »Floh hasst Böller und Feuerwerkskörper. Wir können ihn heute Abend nicht allein lassen, er würde Panik kriegen.«

»Aber er war doch schon öfter allein«, gab Sabina zu bedenken.

»Ja, aber seit diesem Unfall hat er ein Trauma«, argumentierte

Ruby. »Er ist nervös, und wenn er mit seinem Gipsbein ausrasten würde, könnte das böse ausgehen.«

»Ich weiß, dass Floh ein gebrochenes Bein hat«, sagte ihre Mutter. »Das ist natürlich schlimm, aber ich wüsste nicht, was das mit Feuerwerkskörpern zu tun hat.« Sie war sichtlich verwirrt. »Floh hat laute Geräusche noch nie gemocht, aber er wird sich bestimmt wie immer einfach unter den Tisch verkriechen.«

Ruby hätte ihrer Mutter wirklich gern erzählt, was der arme Floh neulich durchgemacht hatte. Doch dann hätte sie ihr auch von dem Drama an dem zugefrorenen See in den Northern Mountains erzählen müssen, und das ging nun wirklich nicht. Deshalb sah sie ihre Mutter mit großen, flehentlichen Augen an und sagte: »Du weißt schon, dass Floh mir das Leben gerettet hat, oder?«

Sie wusste, dass ihre Mutter nun nicht mehr nein sagen konnte.

»Brant, was meinst *du*?«

»Gut, ich werde es mit den Hassensacks klären«, sagte Brant. »Du darfst Floh mitnehmen, Ruby, aber unter einer Bedingung – er muss den ganzen Abend an deiner Seite bleiben, versprochen?«

»Versprochen!«, sagte Ruby.

Was vor elf Jahren geschah …

Er konnte nur die Stimme hören. Wegen der Augenbinde konnte er die Person nicht sehen, die ihn entführt hatte, doch er hatte schon davor gewusst, wer sie war – sein sechster Sinn hatte es ihm gesagt.

»Sie?!«, stammelte er. »Ausgerechnet *Sie*? Von ganz Spektrum?«

»Sind Sie überrascht?«

»Ja, das hätte ich Ihnen nicht zugetraut«, sagte der alte Mann.

»Mord, meinen Sie?«, sagte die Stimme spöttisch.

Der alte Mann schüttelte den Kopf. »Nein, diese Täuschung. Ich habe Sie schon so viele Male bei Spektrum gesehen, aber als gefährlich habe ich Sie nie eingeschätzt. Was für eine clevere Tarnung.«

»Sie haben eben keine Phantasie«, höhnte die Stimme.

»Damit könnten Sie recht haben«, sagte der Professor. »Oder ich habe jemanden gesehen, dem man vertrauen kann.«

»Menschen sehen immer das, was sie sehen *wollen.*«

»Das stimmt«, sagte der alte Mann. »Manchmal muss man die Augen schließen, um die Wahrheit zu sehen.«

»Und manchmal muss man durch ein Gesicht hindurchblicken, um einen Menschen wirklich zu sehen. Sie haben sich ebenfalls gut getarnt«, sagte die Stimme. »Ich habe Jahre gebraucht, um Sie zu finden.«

»Hat Victor van Leyden Sie beauftragt?«

»Der Graf – ja, es war seine Idee, Sie ausfindig zu machen, doch die Entführung des Köters ging auf mein Konto.«

»Wo ist mein Hund? Wo ist Mnemosyne?«, fragte der alte Mann voller Besorgnis.

»Ah, so heißt er, wie spitzfindig! Sie haben Ihren Köter nach dem Forschungsprojekt Ihres Lebens benannt! Wie alt ist er übrigens – dreißig, vierzig? Sie haben ihn schon sehr, sehr lange und hängen sicher sehr an ihm.«

Der Professor verspürte einen Stich im Herzen.

»Geht es Ihnen nur darum? Sie wollen wissen, wo die *Hypocrea asteroidi* wachsen? Das kann ich Ihnen leider nicht mehr sagen, ich habe die Erinnerung an den Fundort gelöscht, doch Sie finden die Antwort in den Augen des Jadebuddhas von Khotan.«

»Es ist Victor, der so versessen ist auf die lebensverlängernde und intelligenzsteigernde Wirkung; mich interessieren die Marspilze nur, damit ich ihn in der Hand habe. Der Arme wird auch nicht jünger, und er will unbedingt länger leben.«

»Und worum geht es *Ihnen*?«, fragte der Professor.

»Oh, ich interessiere mich dafür, wie man Erinnerungen löschen kann«, sagte die Stimme. »Denn sie sind das Einzige, was einen Menschen ausmacht.«

»Richtig«, sagte der alte Mann bedächtig, »was wären wir ohne unsere Erinnerungen?«

»Nichts!«, sagte die Stimme. »Ohne Erinnerungen sind wir nichts, völlig verloren.«

»Ach, Casey Morgan, hat Ihnen das Leben so übel mitgespielt?«

»Sagen Sie mir einfach, was ich wissen will, und Sie retten Ihrem Köter das Leben«, zischte die Stimme. »Ich fürchte, für Ihres kann ich nicht garantieren.«

»Ich sage Ihnen, was Sie wissen wollen, aber zuerst müssen Sie Mnemosyne freilassen.«

Der Kidnapper lachte. »Ihr Wunsch ist mir Befehl, Alter! Was sollte ich mit einem elenden Köter anfangen?«

Der Hund wurde gebracht, und der alte Professor streichelte ihm über den Kopf und flüsterte ihm ins Ohr: »Geh und such Mrs Beesman.«

Der Hund leckte die Tränen vom Gesicht des alten Mannes, drehte sich an der Tür noch einmal um und rannte dann davon.

»Wie ergreifend«, sagte die Stimme. »Und jetzt sagen Sie mir endlich, wo er ist, dieser SME-Code!«

»Er besteht aus zwei Hälften. Die eine befindet sich in einem Acrylglas-Anhänger. Die zweite ist in den Augen eines Kindes verborgen.«

»Und wie finde ich dieses Kind?«

»Sie müssen den Mann finden, der den Anhänger hat.«

»Und wer ist dieser Mann?«, fragte die Stimme.

»Es ist der Mann, den Sie umgebracht haben«, sagte Professor Pinkerton. »Ihr Erzfeind – Bradley Baker.«

56. Kapitel

Der Augen-Ball

An die zweihundert Autos schoben sich zweispurig durch die 3rd Avenue in Richtung der Städtischen Augenklinik. Obwohl Rubys Mutter von einem »exklusiven Event« sprach, hatte Ruby den Eindruck, dass die ganze Stadt eingeladen worden war. Man hätte glauben können, der Augen-Ball sei die einzige Silvesterveranstaltung in ganz Twinford. Man sah phantastische Roben und interessante, zum Motto passende Kostüme. Einige der Gäste hatten das Motto Weltraum sehr, sehr ernst genommen, Freddie und Marjorie Humbert zum Beispiel, die als das Sternbild der Zwillinge kamen. Die Grundfarbe von Freddies Anzug und Marjories Abendkleid war ein elegantes Schwarz, doch bei beiden war der Stoff mit Glasfasern durchwebt, und wenn sie vor einem dunklen Hintergrund standen, sah man nur die kleinen silbrig weißen Lichtpunkte, die die »Zwillinge« nachbildeten. Andere Gäste hatten sich auf Details beschränkt, die sie mit einem raffinierten Haarschmuck, dem Muster ihrer Krawatte oder einem Schmuckstück präsentierten.

Brant und Sabina hatten komplett auf Glamour gesetzt. Er trug einen eleganten silberfarbenen Smoking, sie verblüffte in einem mit silbrigen Pailletten besetzten Abendkleid – jeder Lichtstrahl ließ es so funkeln, dass Sabina, wenn sie am Nachthimmel geschwebt wäre, sogar den Planeten Venus überstrahlt hätte.

»Ich wette, hier drin gibt es mehr als Sterne verkleidete Menschen als im ganzen Universum«, sinnierte Sabina.

»Das ist schlichtweg einfach unmöglich«, sagte Ruby trocken. »Denn schließlich gibt es mehr Sterne am Himmel als Sandkörner am Strand.«

Doch ihre Mutter hörte gar nicht zu, sie konnte sich nicht sattsehen an der ganzen Pracht.

»Wieso *weißt* du das?«, fragte Elliot.

»Sie liest viel«, erklärte Mouse.

»Ja, aber woher wissen es die Leute, die solche Sachen schreiben? Ich meine, ist schon mal jemand durch das Universum gereist und hat jeden einzelnen Stern gezählt?«

Ruby verdrehte die Augen. »Mann, ist doch nur eine Schätzung«, sagte sie. »Jede Galaxie besteht aus ungefähr hundert bis vierhundert Milliarden Sternen. Und in unserem Universum gibt es schätzungsweise hundert Milliarden Galaxien, und das bedeutet, dass es allein in unserer Galaxie mindestens zehn Trilliarden Sterne gibt. Ein Kubikzentimeter Sand besteht aus ungefähr achttausend Sandkörnern, und zehn Trilliarden Sandkörner würden eine Kugel mit einem Radius von 10,6 Kilometern ergeben. Manche behaupten, dass es an die siebenhundert Billionen Kubikmeter Sand auf unserem Planeten gibt, die in etwa aus fünf Trilliarden Sandkörnern bestehen. Und das bedeutet, dass es im Prinzip doppelt so viele Sterne am Himmel gibt wie Sandkörner auf unserem Planeten – Pi mal Daumen.«

Ihre Freundinnen und Elliot glotzten Ruby an, als sei sie gerade vom Planeten Zuton heruntergebeamt worden.
»Wie dem auch sei«, sagte Mouse, »an dem, was deine Mutter sagt, ist was dran. Es gibt unglaublich viele Sterne auf diesem Ball.«
Die kleine Gruppe stieg in einen der acht Aufzüge, um ins 33. Stockwerk hinaufzufahren.
Als sich die Aufzugtüren öffneten, wurden sie von einer Frau in einem goldfarbenen Kleid und mit einer kunstvollen brünetten Lockenmähne empfangen, aus der ein winziger Satellit ragte. Sie überprüfte ihre Namen auf einer Liste und schickte sie zur Garderobe, wo sie ihre Mäntel und Jacken abgeben konnten, bevor sie zum großen Ballsaal weitergingen. An den großen Ballsaal grenzten etliche andere Räume, die ihrerseits zu Balkonen und Terrassen führten. Es war eine »imposante Party«, wie Brant Redfort absolut treffend anmerkte.
Ruby war nicht sonderlich überrascht, dass sie als Erstes ausgerechnet den Jungen traf, auf den sie an diesem Abend liebend gern verzichtet hätte, aber so war es nun mal bei öffentlichen Veranstaltungen – man wusste nie, wer einem über den Weg lief.
»Hallo, Ruby!«
Als Ruby den Kopf drehte, fiel ihr Blick auf eine lächelnde Scheibe Emmentaler.
»Ich bin's, Quent! Ich gehe als Mondkäse, wie in dem alten Märchen.«
»Verstehe«, sagte Ruby, ohne eine Miene zu verziehen.
»Ist das dein Hund?«, fragte Quent.

»Na, meine Großmutter ist es jedenfalls nicht«, sagte Ruby trocken.

»Er hat ja ein Gipsbein!«, sagte Quent.

»Ist mir auch schon aufgefallen«, sagte Ruby.

»Ich wollte meine Dorothy auch mitbringen, aber Mom hat gesagt, hier seien nur Menschen eingeladen. Das ist schade, denn ich wollte Dorothy als Laika verkleiden. Hast du schon von Laika gehört? Sie war der erste Hund im Weltall.«

»Ach je, eine tragische Geschichte«, sagte Ruby.

»Warum?«, wollte Quent wissen.

»Weil Laika es nie zurück zur Erde geschafft hat.«

Quents Gesicht wurde lang. »Oh, das hab ich nicht gewusst.«

»Sorry, dass ich deinen Traum zerstört habe, Quent, aber für das arme Tier ging die Sache nicht gut aus. Laika ist einfach in der Erdumlaufbahn geblieben und herumgerast und herumgerast, bis …«

Ruby verstummte mitten im Satz, als sie sah, dass Quents Unterlippe zu beben begann.

»Hör mal, Quent, ich glaube, ich hab da was verwechselt. Ich habe an was anderes gedacht, vermutlich an den Film *Mondköter* oder *Space-Spaniel* oder was weiß ich.«

Quent fuhr sich mit seinem Käseärmel übers Gesicht und lächelte. »Da bin ich aber froh.« Er blickte auf Floh hinunter. »Und als was ist dein Hund hier?«, fragte er.

»Keine Ahnung«, antwortete Ruby und blickte ebenfalls auf ihren Husky. »Als Pluto, nehme ich an.«

»Hat Pluto nicht diese großen Schlappohren?«, sagte Quent.

»Okay, dann als Hundestern«, sagte Ruby.

»Müsste er dann nicht silbrig sein, wie ein Stern?«, hakte Quent nach.
»Na schön, dann ist er eben ein Marsianer«, antwortete Ruby gleichgültig.
»So sieht er aber nicht aus«, beharrte Quent.
»Woher willst du das wissen? Warst du schon mal auf dem Mars?«
»Nö, aber die Marsianer sind doch alle grün.«
»Mann, glaubst du alles, was die Leute sagen?«, fragte Ruby.
»Nö, alles nicht«, antwortete Quent. »Aber dass die Marsianer grün sind, sagen *viele* Leute!«
Diese Unterhaltung war so unterirdisch, dass Ruby heilfroh war, als Red sich zu ihnen gesellte. Sie war von Kopf bis Fuß grüngekleidet, und auf ihrem Kopf wippte eine Antenne.
»Und was bist du?«, fragte Quent.
»Na, ein Marsianer«, sagte Red. »Sieht man das nicht?«
»Doch, du siehst *genau* wie ein Marsianer aus«, sagte Quent.
»Das will ich meinen!«, sagte Red. »Das hier ist das Originalkostüm aus dem Film *Die vermisste Marsianerin von Manhattan*!«
Quent sah Ruby triumphierend an. »Siehst du?! Ich hab dir doch gesagt, dass sie grün sind!«
»Ach je! Apropos vermisste Marsianerin – hat jemand von euch Clancy gesehen?«
»Ich ja«, sagte Quent. »Als wir angekommen sind, habe ich ihn gesehen. Er war von ganz vielen Mädchen umgeben.«
»Seine Schwestern«, erklärte Ruby.
»Sie sahen alle irgendwie mürrisch aus«, sagte Quent.

»Seine Schwestern«, wiederholte Ruby.

»Hey, schaut, da sind sie ja!« Quent deutete auf die Familie Crew, auf die viele Kameras gerichtet waren. Die Pressefotografen schossen Foto um Foto, während die Familie des Botschafters ein ums andere Mal »Cheese« sagte, als würde sie es auch meinen. Doch wer genau hinsah, merkte schnell, dass der Botschafter und seine Gattin die Einzigen waren, die sich über das Blitzlichtgewitter zu freuen schienen. Amy hatte das künstlichste Grinsen aufgesetzt, das man sich nur vorstellen konnte. Nancy guckte ganz komisch, Minny schaute definitiv sauer drein, Lulu gelangweilt, während Olive sich ihr Jäckchen über den Kopf gezogen hatte. Von Clancy dagegen fehlte jede Spur.

»Entschuldige, Quent. Ich lass dich jetzt mal für ein Lichtjahr allein deine Umlaufbahn ziehen. Muss mich bei der Bodenkontrolle melden.«

Ruby schlängelte sich zu den Crew-Töchtern durch.

»Hey, Minny, wo ist Clancy?«

»Bis eben war er noch da«, sagte Minny. »Aber dann hat Olive gemerkt, dass sie beim Aussteigen ihre blöde Puppe verloren hat, und Clancy sagte sofort, er würde noch mal runtergehen und sie holen.«

»Weil er so nett ist«, ergänzte Amy.

»Nicht weil er *nett* ist«, stellte Nancy richtig. »Sondern weil er keinen Bock hatte, fotografiert zu werden.«

»Verständlich«, schnaubte Lulu.

»Ich sehe absolut nicht ein, warum er sich immer drücken darf«, maulte Minny.

»Ich wette, er wollte auch zu diesem Astronauten, wie heißt er noch gleich?«, sagte Lulu.

»Dave Scott Mackintosh«, sagte Ruby wie aus der Pistole geschossen.

»Ja, genau«, sagte Lulu. »Er hat echt 'nen Tick mit diesem Weltraumkram. Damit kann er einen stundenlang anöden.«

»Nun, dann ist er hier am richtigen Ort«, meinte Ruby. Sie sah, dass Del ihr zuwinkte. »Lulu, falls dein Bruder es jemals wieder in den 33. Stock schaffen sollte, sag ihm doch bitte, er solle nach mir suchen. Ich bin wahrscheinlich drüben beim Schokoladenbrunnen.«

»Es gibt einen Schokoladenbrunnen?«, fragte Lulu.

Ruby nickte.

»Erzähl das bloß nicht Nancy«, sagte Lulu. »Die würde glatt reinspringen!«

Clancy begann sich allmählich zu fragen, ob er nicht doch lieber in die Kameras lächeln würde. Buttercup zu holen dauerte wesentlich länger als geplant, und er wollte dringend wieder zu dem Fest hoch – das viel Spaß versprach. Außerdem wollte er Ruby sehen, und wenn er ganz ehrlich war, noch lieber diesen berühmten Astronauten, Dave Scott Mackintosh. Er hatte extra seinen silbrigen Permanentstift mitgebracht, mit dem man auf praktisch jede Oberfläche und jede Unterlage schreiben konnte. Und Clancy wollte unbedingt ein Autogramm von Mackintosh auf seinem Shirt haben. Er hatte sich gegen das Jupiterkostüm entschieden und trug Schwarz: schwarzes Hemd, schwarzer Anzug, alles schwarz – es fühlte sich irgendwie weltraummäßiger an. Eigentlich war es nicht Clancys Art, sich ein Shirt signieren zu lassen, doch hier handelte es sich um Dave Scott Mackintosh. Und wie oft war man mit einem leibhaftigen Astronauten im selben Raum? Okay, für Clancy wäre es nun schon das zweite Mal.

Mist, dachte er während des Suchens, ich verliere wertvolle Minuten.

Er hatte nicht erwartet, dass es so schwierig sein würde, die Limousine seines Vaters ausfindig zu machen, aber es war wirklich nicht leicht: Der unterirdische Parkplatz war voller Limousinen, die allesamt recht ähnlich aussahen. Als Clancy dann endlich den Wagen seines Vaters und Olives Puppe auf dem Boden entdeckt hatte, schnappte er sie sich, klemmte sie in seine Jackentasche und sah zu, dass er zum Aufzug zurückfand. Er war nur noch wenige Meter davon entfernt, als ihn mit einem Mal ein äußerst komisches Gefühl beschlich – ein Unbehagen, als würde ihm jemand oder etwas hier in dieser Tiefgarage auflauern. Er duckte sich hinter eines der glänzenden dunklen Fahrzeuge, wo er mit angehaltenem Atem wartete, um herauszufinden, was er da eben gespürt hatte. Da hörte er, wie sich nur wenige Reihen weiter eine Autotür öffnete, und gleich darauf war das leise Klacken von teuren italienischen Schuhen mit Ledersohlen zu hören. Zielgerichtet schritten sie durch die Tiefgarage. Warum wurde Clancy plötzlich so mulmig? Warum bekam er eine Gänsehaut, als ihm der Duft eines bestimmten Rasierwassers in die Nase stieg? Clancy verharrte absolut reglos. Er wagte nicht einmal zu blinzeln, bis er hörte, wie sich die Aufzugtüren öffneten und gleich darauf wieder schlossen. Auf der kleinen Anzeigetafel über dem Aufzug sah er die Zahlen des jeweiligen Stockwerks aufblitzen: 1, 2, 3 … 14, 15, 16 … und schließlich 34.

Eine Welle von widersprüchlichen Gedanken überflutete ihn.

Verschwinde von hier, Clancy, nichts wie weg. Geh nach Hause!

Du musst ihm folgen!

Weißt du was? Vielleicht hast du dich getäuscht, und er war es gar nicht …

Spinnst du? Klar war er es!

Soll sich doch jemand anderer darum kümmern. Ich bin nur ein Junge …

Sei kein Feigling, Clancy Crew, du musst herausfinden, was der Kerl vorhat. Also folge ihm, verflixt nochmal!

Au Mann, ich hasse mich …

Clancy hatte einen sechsten Sinn für solche Situationen, hatte er immer gehabt.

Und jetzt sagte ihm seine innere Stimme: Hier wird gleich etwas Schlimmes passieren – und zwar deiner Freundin Ruby.

Manchmal wünschte sich Clancy, er hätte diese Vorahnungen nicht; er würde sich viel Ärger ersparen, wenn er mehr wie Del wäre, ohne Intuition und ohne Feingefühl … Wenn du Del wärst, würdest du den Ärger sehen, unbeirrt darauf zurennen und einfach zuschlagen. Doch zu seinem Leidwesen war er nicht Del. Deshalb rannte er nun zum Aufzug, drückte auf den Knopf mit der 34, und als sich die Türen mit einem leisen Zischen schlossen, lehnte er sich an die Wand und holte tief Luft.

Was tun, was tun, was tun?
Er sah die Zahlen aufblinken: 30, 31, 32, 33 …
34.

Pling!

57. Kapitel
Was redet Hitch da von einem Hund?

Sabina und Brant nippten an ihren grünen *Mars-tinis* und plauderten mit den Humberts.
»Zu schade, dass der Dachgarten nicht rechtzeitig fertig geworden ist, von dort oben hat man einen absolut phänomenalen Blick.«
»Jetzt lassen sie einen leider nicht hochgehen«, sagte Freddie.
»Schade, aber nicht zu ändern«, meinte Marjorie.
Sabina sah ihren Gatten wehmütig an. »Oh, ich hatte mich schon so darauf gefreut, dort oben, im Schein des Riesenauges, ein paar Korken knallen zu lassen und Champagner zu schlürfen.«
»Ich weiß, Schatz«, sagte Brant sanft.
»Warum ausgerechnet oben auf der Dachterrasse?«, fragte Marjorie.

»Weil wir uns dort oben verlobt haben«, erklärte Sabina. »Wir saßen auf dem großen Augapfel und wussten, dass wir zusammengehören.«
»Wie ist es dazu gekommen?«, fragte Freddie.
»Das ist eine lange Geschichte …«, sagte Brant.

Clancy stand vor Victor van Leyden, dem Grafen der Finsternis.
»Wie reizend von Ihnen, Master Crew, mir die Sache so leichtzumachen. Ich muss gestehen, ich hatte es mir wesentlich schwieriger vorgestellt, doch nun werden Sie mir helfen, Miss Redfort zu mir zu locken. Der Großteil meiner Arbeit ist also bereits getan.«
»Wie meinen Sie das?«, stammelte Clancy. »Wieso ist Ruby für Sie so wichtig?«
»Wieso?«, wiederholte der Graf. »Sie ist der Köder, eine kleine Fliege, die sich im Spinnennetz verheddert hat. Sie wird die Spinne aus ihrem Schlupfwinkel locken; wenn ich Ruby vom Dach baumeln lasse, wird sich die Spinne zeigen.« Er lächelte süffisant. »Wissen Sie, Ruby trägt in ihren Augen ein Geheimnis mit sich herum, und ich kenne jemanden, der *sehr* daran interessiert ist.«
»Wer?«, fragte Clancy.
»Diese Frage hat mich auch lange beschäftigt«, antwortete der Graf. »Doch als ich dann begriff, wer es ist, wusste ich sofort, dass ich recht hatte. Der ganze Plan ist tückisch perfekt eingefädelt.«
»Wer?«, wisperte Clancy, obwohl er sich vor der Antwort fürchtete.

»Ihr sogenannter Schutzengel«, sagte der Graf. »Blindes Vertrauen macht einen verletzbar und führt direkt ins Unglück. Sie sind ja auch gerade in eine Falle getappt, aber zumindest für *Sie* gibt es einen Ausweg. Holen Sie Ruby Redfort her, und ich lasse *Sie* am Leben.«

»Niemals!«, sagte Clancy im Brustton der Überzeugung. »Das tue ich nicht. Auch wenn Sie mich einem Rudel Wölfe vorwerfen oder meine Zehen einen nach dem anderen an Krokodile verfüttern: Ich werde Ruby nicht verraten!«

Der Graf fixierte ihn mit seinen schwarzen Haifischaugen. »Es wäre mir ein Vergnügen, wenn Wölfe oder Krokodile greifbar wären, doch dem ist leider nicht so. Aber Sie sollen wissen, dass ich keine Skrupel hätte, Sie vom Dach zu stoßen, falls Sie sich weigern.«

»Meinetwegen!«, fauchte Clancy und hielt dem Blick des Grafen ungerührt stand. »Ich werde Ruby Redfort nicht verraten!«

Der Graf lächelte.

»Das glaube ich Ihnen sogar.« Er schritt um den Jungen herum, ohne ihn aus den Augen zu lassen. »Es kommt höchst selten vor, dass ich einen Menschen bewundere – doch *Sie* rühren mich fast zu Tränen. Diese Loyalität, diese Freundschaft – ein Jammer, dass sie Ihnen gleich nichts mehr nützt.«

Mit diesen Worten zog er ein Röhrchen mit einer indigoblauen Flüssigkeit aus der Tasche seines schwarzen Mantels, schraubte es auf und füllte die Pipette.

»Erkennst du es wieder?«, fragte er höhnisch und hielt die Pipette ins Licht.

Clancy kniff die Lippen zusammen, denn er hatte sofort erkannt, worum es sich handelte – etwas, wovor er sich mehr fürchtete als vor Krokodilen oder Wölfen.
»Das Wahrheitsserum«, sagte der Graf triumphierend. »Es wird dich zum Reden bringen, und was immer du sagst, wird die Wahrheit sein, nichts als die Wahrheit, die reine Wahrheit, also, wohl bekomm's, du Unglückswurm! Mund auf!«
Er umklammerte Clancys Hals und drückte so heftig gegen die Luftröhre, dass Clancy unwillkürlich den Mund aufriss, um nach Luft zu schnappen. Und schon hatte der Graf sechs Tropfen der indigoblauen Flüssigkeit auf Clancys Zunge geträufelt. Dann zog er seine goldene Taschenuhr aus der Tasche und wartete, bis der Sekundenzeiger eine Runde um das Zifferblatt gedreht hatte.
Nach einem tiefen Seufzer zischte er: »So, und jetzt sag mir, wie ich deine beste Freundin zu mir locken kann.« Seine Worte waren hasserfüllt. »Du wirst es mir sagen, weil du nicht anders kannst.«
Clancy schüttelte trotzig den Kopf, doch der Graf lachte nur.
»Ich warte.« Er schnippte mit den Fingern. »Und schau, es geht auch ohne Krokodile und obwohl du noch alle Zehen an den Füßen hast!«

Die Silvesterfeier war in vollem Gange, und alle schienen sich bestens zu amüsieren – mit Ausnahme von Ruby, die zunehmend nervöser wurde. Wo war Clancy? Er konnte doch nicht mehr unten in der Tiefgarage sein, oder? Sie drehte mit Floh eine schnelle Runde durch den Großen Ballsaal und erkundigte sich dann an der Garderobe und bei dem Mann am Eingang, ob jemandem ein einzelner Junge aufgefallen sei, doch beide Male erntete sie nur ein Kopfschütteln.

Ruby und ihr Husky gingen zu ihren Freunden am Schokoladenbrunnen zurück. Elliot konnte sich nicht sattsehen an der blubbernden Masse.

»Keine Spur von Clancy?«, fragte Ruby.

»Nein«, antwortete Mouse. »Aber vorhin hab ich Hitch gesehen.«

»Wann?«, fragte Ruby. »Wo ist er?«

»Er hat gesagt, er müsse einen Mann wegen eines Hundes etwas fragen«, sagte Red.

»Keine Ahnung, was er damit sagen wollte«, ergänzte Del.

»Das ist eine britische Umschreibung dafür, dass man jemanden in Ruhe lassen soll«, meinte Elliot.

»Hä?! Ich dachte, die Briten sind immer so höflich«, sagte Mouse.

»Das ist ein Mythos«, behauptete Elliot.

»Ach? Ist Hitch Brite?«, fragte Red.

»Wo ist er genau hingegangen?«, fragte Ruby ungeduldig. »Kann mir das jemand sagen?«

»Hey, da ist er ja!«, rief Mouse.

Tatsächlich – Hitch schlängelte sich gerade zielgerichtet und mit sehr ernster Miene an den Partygästen vorbei.

Wo will er hin?, fragte sich Ruby.

Sie rief ihn, doch er konnte sie nicht hören und schob sich weiter durch die Menge.

Kurzentschlossen lief sie ihm nach, doch irgendwann verlor

sie ihn aus den Augen. Trotzdem lief sie im Zickzack weiter und spähte in alle Richtungen.
»Mist!«, murmelte sie. »Ich brauche Sie doch!« Und dann hatte sie plötzlich eine Idee.
»Floh! Geh und such Hitch!« Sie beugte sich nach unten, um den Hals des Huskys zu tätscheln, und merkte erst jetzt, dass ihr Hund nicht mehr neben ihr war.
»Au Mann! Das darf jetzt nicht wahr sein!«

Der Graf deutete auf das Telefon an der Wand. »Sie rufen jetzt die Rezeption an und sagen, sie sollen Miss Redfort ans Telefon holen. Und wenn Sie sie am Apparat haben, wird sie fragen, wo Sie stecken, und dann sagen Sie: ›Hilfe! Ich hänge aus einem Fenster im 34. Stock, kannst du bitte kommen und mir helfen, so schnell deine kleinen Beinchen dich tragen?‹«
»Ich hänge aber nicht aus einem Fenster im 34. Stock!«
»Oh, das lässt sich schnell arrangieren«, sagte der Graf und grinste. »Also, was werden Sie sagen?«
»Okay«, sagte Clancy.
»Okay was?«
»Okay, mach ich gern«, sagte Clancy.
»Warum?«, fragte der Graf und zog eine Augenbraue hoch. »Warum *gern*?«
»Weil sie sofort merken wird, dass etwas nicht stimmt«, sagte Clancy *wahrheitsgetreu*, denn er konnte gar nicht anders. »Sie weiß, dass ich sie nie absichtlich in Gefahr bringen würde. Sie würde den Braten sofort riechen.«
Stirnrunzelnd dachte der Graf über dieses kleine Problem

nach und sagte dann: »Gut, Master Crew, dann sagen Sie mir, *wie* ich Miss Redfort herlocken kann. Verraten Sie mir ihre sogenannte *Achillesferse.* Wie kann man sie überlisten?«

»Floh!«, sagte Clancy, ohne zu zögern.

»Floh?«, fragte der Graf. »Wer ist Floh?«

»Ihr Hund«, erklärte Clancy. »Wenn Ruby heute Abend hier ist, dann ist Floh garantiert auch da. Sie würde ihn an Silvester nicht allein zu Hause lassen. Und wenn Floh plötzlich verschwunden wäre, würde sie sofort nach ihm suchen.«

»Aber warum sollte sie wegen eines Hundes Umstände machen, erbärmliche Kreaturen, die sie sind?«

»Floh ist nicht erbärmlich. Ruby ist total vernarrt in ihn, sie würde *alles* für ihn tun. Außerdem hat er ein Gipsbein, da fühlt sie sich doppelt für ihn verantwortlich und würde ihn keine Sekunde aus den Augen lassen.«

Der Graf klatschte in die Hände. »Das ist Musik in meinen Ohren! Gut, dann müssen wir jetzt diesen Hund herlocken!«

»Ruby würde sofort nachkommen«, bekräftigte Clancy erneut. »Ganz bestimmt.«

Ruby hatte gehofft, Floh sei inzwischen wieder bei ihren Freunden, doch da war er nicht.

»Mouse, hast du meinen Hund gesehen?«

»Nein, ich dachte, er sei bei dir«, sagte Mouse. »Vielleicht hat er das Büfett im großen Saal erschnüffelt.« Sie sah sich suchend um.

»Pass bloß auf, dass Mrs Hassensack ihn nicht sieht!«, sagte Elliot. »Sie hat's nicht so mit Hunden.«

»Weil sie allergisch ist«, steuerte Quent bei. »Bin ich auch, aber weil ich Hunde so liebe, ist es mir egal.«
»Ich glaube eher, dass sie eine richtige Phobie hat«, sagte Red.
»Gibt es überhaupt so etwas wie eine Hundephobie?«, fragte Elliot.
»Ja, heißt Kynophobie!«, erklärte Quent.
»Wow! Das ist aber ein großes Wort für einen kleinen Jungen«, staunte Del.
»Ich weiß alles über Hunde«, sagte Quent stolz.
»Und woher willst du wissen, dass Mrs Hassensack diese Kyno-noch-was hat?«, fragte Mouse.
»Meine Mom hat ihr Kostüm geschneidert«, sagte Red, »und bei der Anprobe haben sie sich natürlich über alles Mögliche unterhalten. Mrs Hassensack hat echt ein Problem mit Hunden.«
Plötzlich fand Ruby es keine gute Idee mehr, dass sie Floh mit hierhergebracht hatte. Ihren Eltern wäre es äußerst peinlich, wenn es eine Szene gäbe, und sie, Ruby, bekäme Ärger. Das wäre kein guter Start ins Jahr 1974.
»Dann geh ich ihn besser schnell suchen, bevor sie uns beide zur Strafe ins Tierheim stecken.« Ruby seufzte. »Hört mal, falls ihr Clancy seht, sagt ihm bitte, dass er tierisch spät dran ist.«
»Und wo bist du, wenn er fragt?«, wollte Elliot wissen.
»Keine Ahnung, sagt ihm, ich sei auf dem Planeten Mars – wo ich übrigens echt gern wäre.«
»Okay«, sagte Elliot.
»Soll ich mitkommen und dir suchen helfen?«, bot Mouse an.

»Nein, dauert sicher nicht lange. Ich wette, Floh ist bei Consuela. Die beiden mögen sich.«

Ruby begann, sich durch die Menge zu schieben, machte aber vorsichtshalber einen großen Bogen um ihre Eltern, die sich gerade angeregt mit dem Planeten Neptun und einer fliegenden Untertasse unterhielten.

»Floh!«, zischte Ruby. »Wo steckst du nur, du schrecklicher Hund?« Sie schaute in alle Räume, die links und rechts vom Korridor abgingen. Überall standen elegant gekleidete Menschen in Gruppen oder Grüppchen herum, einige saßen auch, und alle unterhielten sich angeregt. Doch weit und breit kein Floh!

»Hat jemand einen Husky gesehen?«, rief sie.

Barbara Bartholomew drehte sich um. »Oh, hallo, Ruby. Ja, Floh trottete vorhin hier vorbei, und du solltest ihn besser schnell einfangen, bevor Mrs Hassensack ihn sieht. Sie ist alles andere als eine Hundefreundin. Sie ist allergisch und hat eine … wie heißt es noch mal?«

»Kynophobie«, sagte Ruby.

»Genau!«

»Danke, Barbara. Würdest du Floh bitte festhalten, falls du ihn siehst?«

»Du kannst dich auf mich verlassen, meine Süße!«

Ruby zögerte noch. »Übrigens: Es wäre besser, wenn meine Mutter es nicht erfahren würde …«

Barbara zwinkerte ihr zu. »Verstehe. Ich werde dichthalten. Kein Grund, ihr den Abend zu verderben.«

»Danke, das weiß ich zu schätzen«, sagte Ruby.

Sie ging weiter und kam schließlich ins Treppenhaus. Sie hätte später nicht sagen können, warum, es war vermutlich ihr Instinkt, der ihr sagte, lieber nach oben als nach unten zu gehen. Als sie die Treppe hinaufstieg, wurden die Partygeräusche leiser, und als sie oben im 34. Stockwerk ankam, war es nur noch ein leises Hintergrundsummen. Ruby legte den Kopf schief und lauschte. Was war das? Hatte sie da eben Flohs Gipsbein auf dem Marmorfußboden gehört? Sie beschleunigte ihre Schritte, bog um die nächste Ecke und tatsächlich – da war er!

»Floh! Mann, was machst du hier?« Der Hund blieb stehen, drehte den Kopf und sah sie kurz an, doch dann ging er unbeirrt weiter.

»Floh, bei Fuß!« Warum hörte er nicht auf sie? Das war seltsam, höchst seltsam. Floh war ein sehr gut erzogener Hund, der aufs Wort gehorchte – zumindest war er es bisher immer gewesen.

»Hey, was ist in dich gefahren? Verflixt, Floh, musst du ausgerechnet jetzt deinen eigenen Kopf durchsetzen?«

Plötzlich stieg Ruby ein merkwürdiger Duft in die Nase. Es roch nicht nach Kerzen, Parfüms oder Essen. Es roch intensiver, penetranter. Dieser Geruch unterschied sich deutlich von den anderen angenehmen Gerüchen, die sonst überall in der Luft hingen. Dieser Duft hier war betörend, exotischer als Jasmin, berauschender als Rosen, mehr wie …

Cyan!, dachte sie plötzlich.

Sie kannte diesen Duft. Oben auf dem Wolf Paw Mountain hatte sie ihn zum letzten Mal gerochen, als sie den gefürchteten Blauen Alaskawolf, der diesen Duft produzierte, direkt vor sich gehabt hatte. Die Cyanessenz! Das seltenste Parfüm auf der Welt, ein Duft, der so verlockend war, dass niemand ihm widerstehen konnte.

»Floh, komm sofort her!«, zischte sie. Doch ihr Hund ließ sich nichts mehr sagen.

Als Ruby um die nächste Ecke bog, war Floh bereits am Ende des langen Korridors angelangt. Er blieb ganz kurz stehen, dann war er wieder verschwunden.

Rubys erster Impuls war es, ihm zu folgen, doch sie wusste genau, dass es eine Falle war. Wer immer Floh zu sich lockte, wollte in Wirklichkeit *sie* haben.

Nicht weitergehen!, befahl sie sich. Wer immer dich hinter der nächsten Ecke erwartet, will dich umbringen, und danach auch deinen Hund. Solange du am Leben bleibst, bleibt auch Floh am Leben.

Da hörte sie Schritte. Sie wich zurück, schlüpfte eilends durch die nächstbeste, halbgeöffnete Tür. Im Raum dahinter war es dunkel.

Die Schritte kamen rasch näher.

Ein Mann? Und dann hörte sie eine Stimme. Sie klang gedämpft, doch Ruby erkannte sie sofort: *Hitch!* Sie wollte schon aus ihrem Versteck kommen, als sie plötzlich verstehen konnte, was er sagte. Er sprach offenbar in eine Art Funkgerät.

»Ich werde sie finden«, flüsterte er. »Sie ist hier im Gebäude. Ich sah sie ankommen, und jetzt hat sie sich vermutlich in irgendeiner dunklen Ecke versteckt. Sie ist clever, aber ich kann

sie austricksen.« Fast direkt vor der Tür, hinter der Ruby sich versteckte, blieb er stehen.
»Ich weiß, dass wir sie lebend haben wollen«, fuhr Hitch fort, »aber es hängt alles davon ab, ob ich sie kriege, bevor unser Freund, der Graf, mir zuvorkommt.« Er schnüffelte. »Verflixt, hier riecht es nach Cyan – er ist also bereits hier. Und er wird sie umbringen, falls er die Gelegenheit dazu hat.«
Erstaunlich, wie nüchtern und sachlich er das sagte, völlig emotionslos.
»Aber immerhin hätte die Sache ein Ende, wenn es sie nicht mehr gibt.«
Ruby hörte ihn weitergehen, seine Schritte verhallten hinten im Korridor.
Ruby rührte sich nicht. Warte, bis du ganz sicher bist, dass die Luft rein ist! War das nicht eine ihrer Regeln? Sie wusste es nicht mehr.
Während sie noch wie erstarrt dastand, blinkte ihre Fluchtuhr plötzlich rot auf.
Eine Botschaft aus dem HQ.

DU BIST IN GEFAHR!

Dieser Textnachricht folgte ein Bild auf dem kleinen Zifferblatt. Es war das Schwarzweißfoto eines Jungen von sechs oder sieben Jahren.
Ruby wich einen Schritt zurück, als hätte sie Angst, von den kleinen weißen Zähnen des Jungen gebissen zu werden. Denn sie hatte den Jungen an seinen Augen auf Anhieb erkannt: Es

waren die Augen des Haushaltsmanagers der Redforts, die Augen von Spektrum-Agent 192.

Das Bild löste sich auf, und es folgten die Worte:

EIN ALTES FOTO
VON CASEY MORGAN.

58. Kapitel

Keine Regel 81

Diese Nachricht war von Summ, die auch noch schrieb:

ICH KOMME JETZT ZU DIR. BLEIB, WO DU BIST, UND HALTE DICH VON IHM FERN.

Das klang nicht gerade beruhigend, wie Ruby fand.

Es war gut zu wissen, dass jemand unterwegs war, um sie zu retten. Doch wenn Ruby ihren Lebensretter selbst hätte auswählen können, hätte sie sich bestimmt nicht für die Frau entschieden, die den lieben langen Tag wie ein Riesenchampignon in der Zentrale am Empfang inmitten ihrer Schreibtische mit den vielen Telefonen saß, Nachrichten entgegennahm und Anweisungen weitergab. Vom ganzen Team von Spektrum 8 traute sie Summ am wenigsten zu. Aber vielleicht lag sie ja falsch, musste Ruby sich eingestehen, denn sie hatte ja auch von Hitch am wenigsten erwartet, dass er sie umbringen wollte.

REGEL 81: WAS TUN, WENN SICH HERAUSSTELLT, DASS JEMAND SICH ALS DEIN GEGNER ENTPUPPT, DEN DU FÜR DEINEN VERBÜNDETEN GEHALTEN HAST?

Weder die Frage noch die Antwort standen in Rubys pinkfarbenem Regelbuch, denn die meiste Zeit ihres Lebens war Clancy Crew ihr engster Verbündeter gewesen, und deshalb hatte sie sich darüber nie Gedanken machen müssen.

Clancy Crew versuchte derweil, sich jede einzelne von Rubys Regeln in Erinnerung zu rufen – in der vagen Hoffnung, eine davon könnte ihm sagen, was er in seiner Lage tun sollte. Floh war hinter einer Tür eingesperrt worden, da der Graf sich nicht ganz sicher zu sein schien, ob der Husky mit dem Gipsbein nicht doch zubeißen würde, und folglich stand Clancy nun allein vor den kalten Haifischaugen des Grafen von Klapperstein.

»Tja, Master Crew, den dämlichen Köter konnten wir herlocken, aber das clevere Mädchen leider nicht.«

»Mhmm«, brummte Clancy.

»Wie kommt das?«, fragte der Graf.

»Sie ist ihrem Hund nicht gefolgt«, sagte Clancy.

Der Graf beäugte ihn verächtlich. »Nein, ist sie nicht.«

Clancy schwieg.
»Du hast mich belogen«, fauchte der Graf. »Du hast *gelogen*!«
Seine Finger krallten sich um Clancys Oberarm.
Clancy hielt seinem empörten Blick ungerührt stand. »Wie könnte ich? Sie haben mir das Wahrheitsserum eingeflößt, und ich habe die Wahrheit gesagt.«
Die Augen des Grafen bohrten sich in seine; er konnte es fast körperlich spüren. »Wofür halten Sie mich? Für einen Narren?«
»Nein, für einen Bären«, antwortete Clancy.
Der Graf sah ihn irritiert an.
»Hast du eine Ahnung, wozu ich fähig bin?«, zischte er.
»Zu allem«, wisperte Clancy. »Sie sind zu allem fähig.«
Doch der Graf hörte es nicht. Er hatte auf einmal etwas ganz anderes gehört – eilige Schritte, die Schritte von zwei Personen, die jedoch nicht zusammen waren. Er stieß Clancy so heftig nach hinten, dass dieser stolperte und mit dem Kopf an die Fensterbank knallte, was ein sehr hässliches Geräusch erzeugte.
»*Sie* nehme ich mir später vor«, sagte der Graf. »Bleiben Sie vorläufig, wo Sie sind. Ihnen kann niemand mehr helfen, Master Crew.«
Das könnte stimmen, dachte Clancy und blickte benommen dem Mann nach, dessen Schuhe auf den kalten Marmorplatten klackten.

WAS TUN, WENN DU EINEM BÄREN BEGEGNEST?
DIR WÜNSCHEN, DU WÄRST IHM NICHT BEGEGNET!

Zu keiner Bewegung fähig, lag Clancy auf dem Boden und dachte über das unlösbare Problem nach – Bären. Er und Ruby waren sich immer einig darin gewesen, dass es vermutlich keine Rettung gab, wenn man das Pech hatte, einen Bären zu treffen.

»*Mrs Digby*«, konnte er gerade noch wispern, bevor er das Bewusstsein verlor.

Als Ruby um die nächste Ecke bog, erblickte sie ihn, oder genauer gesagt … erblickte er *sie*.

»Ruby!«, rief Hitch.

Sie machte auf dem Absatz kehrt und lief davon.

»Kleine, wo willst du hin?«

Sie blieb ihm die Antwort schuldig und rannte, als würde sie von einem Monster verfolgt. Im hinteren Treppenhaus angekommen, düste sie die Stufen zum 33. Stock hinunter. Sie wollte nur schnell wieder unter Menschen sein. Ruby rannte durch einen leeren Korridor bis zu den breiten Holztüren, die zum Großen Ballsaal führten. Sie konnte das Stimmengewirr auf der anderen Seite hören, drückte die Klinke hinunter und wollte die Tür aufstoßen, doch die war abgeschlossen. Verflixt! Mit beiden Fäusten hämmerte Ruby an die Tür, doch wegen des Lärms und der Musik konnte sie auf der anderen Seite niemand hören.

Wo bleibt Summ? Mann, wann kommt sie endlich?!, dachte Ruby entsetzt. Vor lauter Panik zerrte sie an ihren Haaren und schlug sich mehrmals an den Kopf. Ruhig bleiben!, ermahnte sie sich. Konzentriere dich, du darfst nicht ausflippen!

Sie schloss die Augen und holte tief Luft. Und auf einmal fiel ihr etwas ein. Als ihre Mutter von diesem Fest hier erzählte, hatte sie da nicht einen Speiseaufzug erwähnt, der eingebaut werden sollte und mit dem das Geschirr und das Essen aus der Küche bis hoch in die Säle im 33. Stock befördert werden konnten? Ruby musste nur diesen Speiseaufzug finden und hineinklettern – klein, wie sie war, wäre das sicher möglich – und könnte damit ganz nach unten fahren, wo sie sicher einen Polizisten oder einen Passanten fände, der ihr helfen würde. Eine andere Wahl blieb ihr nicht.

Hätte sie ihrer Mutter nur besser zugehört! Dann hätte Ruby gewusst, dass dieser Fluchtplan nichts taugte. Zwei Minuten später sah sie es dann mit eigenen Augen. An der Stelle, wo der Speiseaufzug hätte sein sollen, gähnte nur eine Öffnung. Es gab keinen Speiseaufzug, nur *sie* – ein verzweifeltes Mädchen.

Da hörte sie Hitchs Schritte auf dem Marmorboden. Woher wusste er, dass sie hier war? Konnte er ihre Gedanken lesen? War es Intuition? Hatte es ihm irgendein Spektrum-Gerät verraten? Instinktiv griff sie sich an den Kopf: ihre Fliegen-Haarspange! Sie musste den Locator eingeschaltet haben! Die Haarspange war nicht kaputt, wie sie gedacht hatte, nur verbogen. Damit hatte sie Hitch ihren Standort quasi selbst verraten! Hektisch begann sie, die Tür mit sämtlichem Handwerkszeug und mit Leitern und Brettern zu verbarrikadieren – kurz: mit allem, was ihr in die Finger kam, nur um etwas Zeit zu schinden.

REGEL 44: WENN DU IN DIE ENGE GETRIEBEN BIST, VERSUCH, ZEIT ZU SCHINDEN; SCHON EINE EINZIGE MINUTE KANN DEIN SCHICKSAL WENDEN.

Was nun? Auf Hilfe warten? Summ, du wandelnder Champignon, wo bleibst du?, dachte sie.
Nun rüttelte Hitch von außen an der Tür.
»Kleine, ich weiß nicht, was in dich gefahren ist, aber du musst etwas in den falschen Hals bekommen haben.«
Ruby blieb stumm; als wenn das etwas genützt hätte. Er wusste ganz genau, dass sie hier drin war.
Sie hatte keine Chance.

Clancy kam wieder zu sich und merkte, dass er in einer sehr unbequemen Position auf dem Fußboden lag. Etwas Hartes drückte ihm gegen die Hüfte. Er tastete danach.
»Buttercup?«, flüsterte er, als er die Puppe aus seiner Jackentasche gezogen hatte. »Mann, dich hab ich total vergessen. Olive wird ganz schön sauer sein, Mom und Dad auch, und was mache ich? Liege faul hier herum.« Traurig schaute er die Puppe an. »Warum läufst du nicht los und holst Hilfe, Buttercup? Ich mache mich derweil auf die Suche nach Ruby, und du musst jemanden finden, der uns hilft.« Jetzt fiel ihm auch wieder ein, was sein letzter Gedanke gewesen war, bevor er ohnmächtig wurde. Er hatte an Mrs Digby und an Bären gedacht und sich gefragt, ob die resolute Haushälterin Ruby nicht retten könnte.
Er tastete nach seinem Permanentstift, den er immer in seiner Gesäßtasche hatte, und kritzelte in silbernen Buchstaben eine Nachricht quer über das Gesicht der Puppe.
Die Nachricht lautete:

Dann schleppte er sich mit größter Mühe taumelnd zu der Tür, hinter der Floh eingesperrt war.
Froh darüber, dass er befreit wurde und dass der große schreckliche Mann in dem langen schwarzen Mantel weg war, wedelte der Husky mit dem Schwanz. Clancy tätschelte seinen Kopf.
»Floh, hör gut zu! Du musst etwas für mich tun, okay?«
Der Hund wedelte noch eifriger mit dem Schwanz.
Clancy hielt ihm die Puppe vor die Schnauze. *»Geh und such Mrs Digby!«*
Der Hund spitzte die Ohren.
»Geh und such Mrs Digby!«, wiederholte Clancy. Doch Floh stand nur da und starrte auf Clancys blutverschmierte Wange.
»Floh, lauf los! *Geh und such Mrs Digby!*«
Der Husky rührte sich nicht vom Fleck.
»Floh, du kennst dieses Spiel. Du kannst es echt gut.« Clancy warf die Puppe ein Stück weit weg und wiederholte energisch: »Floh, *geh und such Mrs Digby*!«
Der Hund stand reglos da.
Clancy wurde immer verzweifelter, seine Stimme klang fast hoffnungslos, als er es noch einmal versuchte: »Verdammt, Floh, du musst sofort zu Mrs Digby laufen, verstanden? Sonst wird Ruby sterben! Du musst mir helfen!«
Nun endlich schien der Hund kapiert zu haben. Er schnappte sich Buttercup, drehte sich um und flitzte in Richtung Treppenhaus.

»Kleine, mach die Tür auf! Du *musst* die Tür aufmachen!«

»Ich muss gar nichts! Ich höre nicht auf Sie! Bradley Baker hat auf Sie gehört, und was hat es ihm gebracht? Er ist tot!«

»Was redest du da, Ruby?«

»Ich habe ein Foto von Ihnen gesehen! Es wurde in den Akten gefunden, den Akten, die Sie verstecken wollten!«

»Kleine, du redest Unsinn.«

»Sie haben mich belogen!«, schrie Ruby. »Aber das ist ja Ihre Spezialität, nicht wahr? Sie sind der größte Lügner aller Zeiten!«

»Du bist völlig durch den Wind, Kleine. Mach die Tür auf, dann können wir reden.«

»Ich soll Ihnen öffnen? Sie müssen verrückt sein! Ach, fast hätte ich es vergessen – Sie *sind* verrückt!«

»Lass mich endlich rein, Ruby!«

»Niemals!«

Als Nächstes hörte sie einen dumpfen Schlag – Hitch, der sich mit seinem ganzen Gewicht gegen die Tür warf. Wie lange würde ihre notdürftige Barrikade standhalten? Nicht sehr lange. Sie saß in der Falle! Halt, da war ja noch das Fenster. Aber sie war ganz schön weit oben, wo genau? Im 33. Stock? Darüber gab es noch ein weiteres Stockwerk und dann die Dachterrasse.

Sie rannte ans Fenster. Der Griff war abgebrochen, das Fenster ließ sich nicht öffnen.

»Ruby?« Eine leise Stimme kam aus ihrer Fluchtuhr. »Ruby? Bist du da?«

»Summ, sind Sie es? Wo sind Sie?«

»Ich habe dich aufgespürt. Ich bin auf der anderen Seite der Wand. Schaffst du es bis zu mir?«

»Wie?«, stammelte Ruby. Sie wurde immer panischer.

»Es gibt einen Mauervorsprung. Traust du dir das zu?«

»Nur wenn ich dieses verflixte Fenster hier aufkriege!« Ruby sah sich um und entdeckte in einer Ecke einen Feuerlöscher. Mit aller Kraft riss sie ihn von der Wand und rannte damit zum Fenster zurück. Sie warf den Feuerlöscher gegen die Scheibe, und das Glas zersplitterte in tausend kleine Teilchen.

Mann, Ruby, willst du wirklich auf diese Weise sterben?, dachte sie.

Sie lehnte sich aus dem Fenster und schaute nach unten.

Au Backe, dachte sie.

»Es ist ganz schön tief!«, rief sie.

»Ich weiß«, rief Summ zurück, »aber du kannst es schaffen! Ich bin ja hier.«

Ruby sah Summs Hand, die sie zu sich winkte. Sechs oder sieben Meter, dann wäre sie in Sicherheit.

»Du schaffst es, Ruby!«, rief Summ.

Summ hatte recht, sie würde es schaffen, sie hatte es ja schon einmal geschafft, vor ein paar Monaten, als sie sich an der Fassade des Sandwich Building entlanggetastet hatte. Allerdings wehte damals kein eisiger Wind, es hatte kein Glatteis gegeben und – noch wichtiger – weit und breit keinen Psychopathen, der versuchen wollte, sie in die Tiefe zu stoßen.

Nicht daran denken!, ermahnte sie sich.

Ruby kletterte aus dem Fenster und stellte sich auf den schmalen Mauervorsprung.

Hinter ihr war ein Krachen und Poltern zu hören, als die Tür endlich nachgab und Hitch ins Zimmer taumelte. Kaum hatte er sich wieder aufgerichtet, sah er sich um und stellte fest, dass Ruby nicht mehr da war. Wo konnte sie sein? Er rannte zu der kaputten Fensterscheibe, beugte sich hinaus und sah sie.
»Nein!«, schrie er. »Tu das nicht!«
»Verschwinden Sie!«, schrie Ruby. »Ich weiß, wer Sie sind. Endlich weiß ich es!«
»Was immer du zu wissen glaubst, du irrst dich!«, sagte er mit erstaunlich fester Stimme.
»Ich weiß, was Sie getan haben! Ich weiß, wer Sie sind!«
»Und wer soll ich sein?«, fragte Hitch.
»Sie sind Casey Morgan!«, rief Ruby.

59. Kapitel

Mitkommen!

Mrs Digby spürte einen Stupser am Knie, und als sie nach unten blickte, sah sie Floh.
»Was in Dreikönigsnamen machst *du* hier?«, sagte sie verblüfft. »Du solltest doch bei Ruby bleiben.«
Der Hund stupste sie erneut an, diesmal so ungestüm, dass das Getränk der alten Frau, ein gefährlich rot aussehender

Cocktail, überschwappte und ein paar Tropfen auf ihr Kleid spritzten. »Schau nur, was du angerichtet hast!«, schimpfte sie und ging zum nächstbesten Tisch, um die Flecken mit einem Zipfel des eleganten weißen Tischtuchs wegzuwischen. Floh folgte ihr und stupste sie erneut an. »Lass das!«, zischte Mrs Digby. »Was soll das?« Sie bückte sich, und erst jetzt sah sie, dass Floh etwas im Maul hatte.

»Was hast du da Widerliches?« Sie nahm ihm Buttercup aus dem Maul. »Wo hast du die her?« Der Hund sah die alte Frau mit großen Augen an, während diese im Gesicht der Puppe die silbrigen Worte entdeckte, die quer über deren Gesicht geschrieben standen:

Komm mit mir zu Clancy!

Verdutzt starrte Mrs Digby zuerst in die runden grünen Augen der Puppe, dann auf Floh.

»Du willst mir etwas sagen, Hundchen, nicht wahr?«

Floh wedelte mit dem Schwanz, weil er spürte, dass sie endlich begriffen hatte.

»Na schön«, sagte sie seufzend. »Dann bring mich zu Clancy!«

Ruby verlor immer mehr die Nerven. Sie war noch lange nicht in Sicherheit, denn sie war noch etliche eiskalte Schritte von dem Fenster entfernt, an dem Summ stand und ihr Mut zusprach.

»Vorsichtig! Nicht ausrutschen, Ruby, konzentrier dich!«, feuerte sie sie an. »LB ist schon auf dem Weg hierher.«

Ruby versuchte, nicht daran zu denken, was sein würde, wenn LB nicht kam.

»Kleine, du machst einen großen Fehler, den größten deines Lebens«, kam Hitchs Stimme von der anderen Seite. »Wer hat dir diesen Mist erzählt?«

»Ist doch egal, von wem ich es weiß!«, keuchte Ruby. »Ich habe Sie vorhin mit einem Komplizen reden hören. Ich weiß, dass Sie mich töten wollen! Sobald Sie Ihren Code haben, murksen Sie mich ab.«

Ihre Finger tasteten nach dem nächsten Halt.

»Kleine, da hab ich nicht über *dich* geredet! Es ging um …«

»Er wird dich umbringen, Ruby!«, kam da Summs warnende Stimme. »Genau wie er auch versucht hat, Bradley Baker zu töten, an jenem Tag bei den Stromschnellen, oder den kleinen Art Zachary.«

»Unsinn!«, brüllte Hitch. »Der Junge, der fast von einem Krokodil gefressen wurde, war *ich*!«

»Oh, selten so gelacht! Ich glaube Ihnen kein Wort!«

»Ruby, willst du die Narbe sehen? Ist ziemlich hässlich, denn es hat eine Menge Stiche gebraucht, um mich wieder zusammenzuflicken.«

Ruby merkte, dass einer ihrer Füße auf der vereisten Kante auszurutschen drohte, und sie krallte sich an die Mauer.

»Ruby!«, schrie Summ. »Festhalten! Einfach weitergehen! Konzentriere dich auf mich!«

»Das wäre dein sicherer Tod!«, rief Hitch warnend.

»Hör nicht auf ihn, Ruby! Er hat sich einen falschen Namen zugelegt und ist ein Mörder!«

»Apropos Namen ...«, rief Hitch. »Weißt du, wie Summ in Wirklichkeit heißt?«

»Ja!«, schrie Ruby zurück. »Brenda Ulla Zane. Was spielt das jetzt für eine Rolle?«

»Eine große!«, rief Hitch. »Wichtig sind nur die ersten Buchstaben, und die stehen für **B**aker, **U**ggerlimb und **Z**achery – die drei Agenten, die Summ tot sehen will. Baker, der Junge, der besser war als sie; LB, die Baker gerettet hat, und mich, weil ich die Szene mitangesehen habe. Und deinen Namen kannst du auch mit auf die Liste setzen – sobald Summ den Code hat, wird sie dich umbringen. Darauf kannst du deinen Kopf verwetten!«

»Sie wollen mir allen Ernstes weismachen, dass eine kleine Telefonistin in das Komplott verwickelt ist?«

»Nicht nur *verwickelt* – sie ist die große Drahtzieherin!«

»*Summ* soll Casey Morgan sein? Sie spinnen ja total!«, schrie Ruby.

Vor ihr ragte ein Stein aus dem Mauerwerk, und Ruby überlegte sich, wie sie daran vorbeikommen sollte. Da fiel ihr plötzlich siedend heiß ein, dass Casey durchaus auch ein *weiblicher* Vorname war.

»Hitch lügt, und das weißt du, Ruby!«, rief Summ. »Frag ihn doch mal, wo er heute Abend die ganze Zeit gesteckt hat und warum er nicht auf deinen Funkruf reagiert hat!«

»Wo ich war?« Hitchs Stimme überschlug sich fast. »Jemand hat mich auf eine falsche Fährte gelockt und außerdem meine Verbindung gekappt.«

»Das waren *Sie*! Sie haben die ganzen Systeme lahmgelegt!«, brüllte Summ.

»Warum haben Sie das getan?«, rief Ruby Hitch zu.
»Du kennst die Zusammenhänge nicht, Kleine!«
»Komisch, als ich diesen Satz das letzte Mal hörte, kam er aus dem Mund des Grafen! Der ist ein Freund von Ihnen, richtig?«
Ruby suchte verzweifelt nach Halt für ihre Hände, ihre Füße waren ständig am Rutschen.
»Der Graf ist niemandes Freund, das weißt du. Frag Summ, sie ist früher mal bei ihm in die Lehre gegangen, stimmt's, Summ?«
»*Sie* sind der Mörder!«, schrie Summ. »*Sie* haben Ruby in das Flugzeug gelotst! *Sie* haben sie Marnie Novak überlassen! Danach waren Sie tagelang verschollen, ohne Funkkontakt! *Sie* haben Ruby im Stich gelassen! *Sie, Sie, Sie*!«
»Ich lag verletzt irgendwo im Nirgendwo!«, brüllte Hitch.
»Hör nicht auf ihn! Er versucht nur, seinen Kopf zu retten!«
»Glaub mir, Ruby, wenn du weitergehst, bekommst du die Hand von Casey Morgan zu fassen!«
»Wie könnte Summ Casey Morgan sein? Casey Morgan war ein *Junge*!«, schrie Ruby.
»Nein, Kleine. Casey Morgan war ein Mädchen, sie gab sich als Junge aus, weil sie eine Larve werden wollte – damals waren Mädchen bei Spektrum noch nicht zugelassen. Das war der kleinen Casey ein Dorn im Auge, weil es definitiv unfair war, richtig, Casey? Doch statt sich durchzubeißen und sich zu beweisen, hat Casey beschlossen, es als Junge mit den Jungs aufzunehmen und ihre Konkurrenten auszuschalten!«
»Wenn ich so clever wäre, dass ich all die tollen, bestens ausgebildeten Spitzenagenten überflügeln könnte, wie kommt es

dann, dass ich den lieben langen Tag am Empfang sitze, Telefonate entgegennehme und Anweisungen weitergebe?«

»Das stimmt!«, rief Ruby. »Wie könnte ein Champignon wie Summ eine böse Verbrecherin sein?«

»Weil sie kein Champignon ist, sondern ein Giftpilz, der dasitzt und Fliegen anlockt.«

»Er redet Unsinn! Er würde dir *alles* erzählen, nur damit du ihm seine Lügen abkaufst!«

Wer lügt, wer lügt, wer lügt hier?, fragte sich Ruby.

REGEL 29: NUR WEIL EIN LÖWE SAGT, ER SEI EINE MAUS, IST ER NOCH LANGE KEINE!

Nur weil ein Geheimagent sagt, er sei ein Butler, ist er noch lange keiner!, dachte Ruby.

Nur weil ein Geheimagent sagt, er sei einer der Guten, muss es noch lange nicht stimmen.

Nur weil ein Giftpilz wie ein Champignon aussieht, ist er noch lange nicht weniger gefährlich.

Wer lügt?

Ruby stand genau in der Mitte zwischen Hitch und Summ, auf glitschigem Untergrund und in großer Höhe, inmitten von Schneegestöber und völlig unschlüssig, für welche Richtung sie sich entscheiden sollte.

»Er spielt mit dir, Ruby!«, rief Summ. »Du hast für ihn gearbeitet und ihm Informationen zugespielt.«

»Und die ganze Zeit saß Summ seelenruhig am Empfang von Spektrum inmitten ihrer Schreibtische, so unauffällig, dass wir sie gar nicht mehr wahrnahmen, wie eine Spinne in ihrem

Netz, die Fliegen fängt – doch in ihrem Fall waren es Agenten.«

In Rubys Kopf ging es drunter und drüber …

Sie blickte hoch und sah das große blinkende Neonauge oben an der alten Augenklinik.

Wer lügt?

Wer lügt?

Wie kann ich das wissen?

Wer könnte es wissen?

Clancy!

Sie schloss die Augen. »Clancy, wo bist du?«, schrie sie in ihrer Verzweiflung. Und zu ihrer großen Überraschung hörte sie plötzlich seine Stimme.

»Ich bin hier, Ruby. Hier oben!«

Sie sah Clancys Kopf über die Brüstung ragen.
»Klettere zum Auge hoch!«, rief er. »Komm hoch! Ich warte auf dich!« Nach oben?
Ohne lange zu überlegen, begann Ruby zu klettern. Sie wollte nur weg von Summ, weg von Hitch und nach oben zu Clancy, wo sie in Sicherheit sein würde. Sie warf einen Blick nach unten: Summ konnte sie nicht mehr sehen, doch aus dem Augenwinkel sah sie Hitch. Er kletterte am anderen Ende des Gebäudes ebenfalls nach oben.
»Weiterklettern, Ruby!«, rief Clancy. »Komm, ich warte!«
Ruby kletterte flink und doch vorsichtig. Trotz des Schneegestöbers und der rutschigen Fassade kam sie gut voran und hatte schon die halbe Strecke bis zum Auge zurückgelegt.
»Gleich hast du's geschafft!«, rief Clancy von oben. »Greif nach dem Auge, dann bist du fast oben!«
»Geht nicht, ich stecke fest!«, kreischte sie. »Mein Schuh steckt fest!«
»Keine Panik, Ruby. Ganz ruhig. Beweg deinen Fuß ein bisschen hin und her!«
»Ich weiß nicht, wem von beiden ich trauen kann, Clance!«
»Was machst du, wenn du einem Bären begegnest?«
»Mir wünschen, ich wäre ihm nicht begegnet …«, wisperte Ruby.
»Nein!«, rief Clancy. »Du hörst jetzt endlich mal auf dein Bauchgefühl, deinen sechsten Sinn!«
»Ich hab aber keinen!«
»Doch, den hat jeder! Was sagt er dir? Wem kannst du vertrauen?«

Ruby schloss die Augen.
»Hitch«, stammelte sie dann.

60. Kapitel

An einer Wimper hängend

Es war Hitch, der als Erster oben auf dem Dach ankam. Als er sich suchend nach Ruby umsah, erblickte er im Halbdunkel eine schmale Gestalt, die sich über die Brüstung beugte.
»Clancy, bist du es?«
Clancy richtete sich auf. »Ja, ich bin's.«
»Wo ist sie?«, fragte Hitch hektisch.
»Fast beim Auge«, sagte Clancy. »Ihr Schuh steckt fest.«
Hitch rannte zur Brüstung. »Bleib ganz ruhig, Kleine. Ich komme dich holen.«
»Sie *müssen* sie retten!«, sagte Clancy. »Der Graf – sobald er weiß, dass Ruby hier ist, wird er kommen. Sie müssen sie retten!«
»Verlass dich auf mich, mein Junge. Aber du musst dich sofort verstecken. Keine Alleingänge, hast du verstanden?«
Clancy nickte und tat wie geheißen, und Hitch schickte sich an, über die Brüstung zu steigen.
Zu spät erst hörte er das Klacken von italienischen Schuhen.

Zu spät drehte er den Kopf und sah die Silhouette von Victor van Leyden.

Und es war zu spät, um ihm zu entkommen.

Der Graf zögerte keine Sekunde. Er zielte und schoss – keine Kugel, sondern einen Pfeil mit dem lähmenden Gift des Knollenblätterpilzes, und Hitch spürte, dass er getroffen wurde. Taumelnd fiel er rückwärts über die Brüstung und ruderte hektisch mit den Armen, doch seine Arme griffen ins Leere.

Der Graf schritt langsam an den Rand der Dachterrasse und spähte über die Brüstung auf Hitch hinunter, der buchstäblich an nur einer Wimper hing, einer der großen eisernen Wimpern, die den riesigen Neon-Augapfel einrahmten.

»Sie können nur hoffen, dass das Auge nicht gleich blinzelt«, sagte der Graf schmunzelnd und warf einen Blick auf seine Uhr. »Erst in fünf Minuten.« Mit einem fiesen Lachen fügte er hinzu: »Wenn es blinzelt, sind Sie tot.«

Hitch versuchte, sich auch mit der zweiten Hand festzuhalten, doch er konnte den Arm nicht mehr bewegen, da die lähmende Wirkung des Gifts bereits eingesetzt hatte.

»Wollen wir einen Deal machen, Casey, mein Lieber?«, rief der Graf zu ihm nach unten. »Ich gebe Ihnen das Mädchen – wenn Sie mir verraten, wo diese Marspilze wachsen.«

»Ich fürchte, damit kann ich nicht dienen!«, rief Hitch zurück.

»Viel Zeit bleibt Ihnen nicht«, warnte der Graf. »Sobald die Lähmung durch das Gift vollständig eingetreten ist, werden Sie nicht mehr dazu in der Lage sein – dieses Gift ist ziemlich tödlich.«

»Verdammt, ich kann Ihnen nichts sagen!«, brüllte Hitch.

»Diese Marspilze nützen Ihnen sowieso nichts mehr, wenn Sie gleich fallen, und das werden Sie mit Gewissheit!«
»Ich weiß nicht, wo sie wachsen!«, rief Hitch.
»Lügen Sie mich nicht an. Sie haben mich hintergangen, Casey Morgan, und ich will haben, was mir zusteht!«
»Ich bin nicht Casey!«, rief Hitch nach oben. »Sie haben den Falschen erwischt!«
»Natürlich sind Sie Casey!«, zischte der Graf.
»Drehen Sie sich mal um!«, hörte er da eine Stimme hinter sich. »Casey ist die Frau, die hinter Ihnen steht!«
Noch während der Graf herumwirbelte, kickte ihn Summ so heftig in die Kniekehlen, dass er das Gleichgewicht verlor, nach vorne kippte und kopfüber in die Tiefe stürzte.
Und genau in diesem Moment verlor Hitch endgültig den Halt: Die volle Wirkung des Gifts hatte eingesetzt. Seine Hand rutschte von der Eisenwimper ab, doch er hatte Glück im Unglück und blieb mit dem Ärmel daran hängen. Ab diesem Moment war es nur noch der dunkelgraue Stoff seines Savile-Row-Anzugs, der ihn vor dem Sturz in den gähnenden Abgrund bewahrte.
Da war plötzlich Clancys Stimme aus der Dunkelheit zu hören.
»Ich bin hier, hier drüben!«
Dieses Intermezzo verschaffte allen etwas Zeit. Summ rannte ins Halbdunkel, doch sie konnte den Jungen nicht sehen: In seiner dunklen Kleidung verschmolz er vollkommen mit der Nacht. Sie machte wieder kehrt.
»Ruby!«, schrie Hitch. »Lass deinen Schuh stecken und sieh zu, dass du wegkommst!«

»Und was ist mit Ihnen? Summ wird Sie umbringen!«
»Verschwinde! Das ist ein Befehl!«, rief er.
Ruby zwängte ihren Fuß aus dem Schuh und kletterte, Hand um Hand, vorsichtig nach oben. Als sie ihren Arm endlich nach der rettenden Brüstung ausstrecken konnte und dachte, sie würde wieder den kalten Stein berühren, bekam sie jedoch eine Hand zu fassen.
»Summ?!«
»Du kannst mich Casey nennen!«

61. Kapitel

Einmal blinzeln, und du bist tot

Die Frau, bisher bekannt als Summ, war wesentlich stärker, als Ruby vermutet hätte. Ihr Griff war so kräftig, dass jeder Widerstand zwecklos war.
Casey Morgan drückte den Anhänger des 8er Schlüssels, der einst Bradley Baker gehört hatte, in den Schnee, und ganz langsam wurden die eingeätzten Augen sichtbar, die Casey Morgan jetzt vor Rubys Augen hielt.
»Einmal blinzeln, und du bist tot!«, zischte sie.
Sie starrte auf das grüne Muster und versuchte, etwas zu erkennen. Doch es funktionierte nicht, sie konnte das, was sie

sah, nicht deuten … und dann dämmerte ihr, warum dem so war.

»Du trägst Kontaktlinsen!«, zischte sie. »Nimm sie sofort raus, sonst bringe ich deinen Freund um!«

Ruby konnte sehen, wie Clancy sich in der Dunkelheit langsam von hinten an Summ heranschlich. Er müsste ihr nur einen Stoß versetzen …

Doch da holte Summ plötzlich mit ihrem freien Arm aus, und Clancy flog im hohen Bogen rückwärts über die Dachterrasse.

»Ich glaube nicht, dass er so bald wieder aufsteht«, schnaubte Summ. »Linsen rausnehmen, sonst reiße *ich* sie dir heraus!«

Ruby blieb nichts anderes übrig, als zu gehorchen.

Du musst Zeit schinden, schon eine Minute könnte dein Schicksal wenden!, sagte sie sich immer wieder.

Und während Casey Morgan sie weiterhin mit eisernem Griff festhielt und versuchte, den Code in Rubys Augen zu lesen, glaubte Ruby auf einmal, eine Gestalt, nein, zwei Gestalten zu sehen – die eine war ein Mensch, die andere ein Tier … ein Hund.

Die menschliche Gestalt schlich langsam und lautlos näher.

Casey Morgan hörte nichts, rein gar nichts, bis die Gestalt etwas aus ihrer Frisur zog – etwas sehr Spitzes, das im Mondschein glänzte.

Und mit einer blitzschnellen Bewegung rammte die Gestalt den spitzen Gegenstand in Casey Morgans Hinterteil. Vor Schreck ließ Casey Ruby los und wirbelte herum, um zu sehen, wer sie angegriffen hatte; doch dabei verlor sie das Gleichgewicht und stürzte über die Brüstung in die Dunkelheit.

Ihr gellender Schrei verhallte unerhört, denn genau in diesem Moment begannen sämtliche Glocken zu läuten und verkündeten die Ankunft des Jahres 1974.

62. Kapitel

1974

Die Gestalt bückte sich, um Ruby auf die Beine zu helfen, und Ruby erkannte die silbrige Haarschmucknadel in ihrer Hand.

»Mrs Digby?!«, sagte sie verblüfft. »Was machen *Sie* hier?«

»Auf dich aufpassen«, sagte die alte Haushälterin.

»Sie wissen schon, dass Sie mir gerade das Leben gerettet haben?«

»Gehört mit zu meinem Job«, erklärte Mrs Digby trocken. »Wer sich an meiner Ruby vergreift, bekommt es mit mir zu tun!«

Sie eilten zu Clancy, der immer noch auf dem Rücken lag, während Floh ihm eifrig das Gesicht leckte.

Ein Suchscheinwerfer schwenkte über die Dachterrasse, und mit einem Mal war eine silbrige Lichtquelle zu sehen, heller als die Venus und so grell, dass man fast blind wurde.

Ruby sah, wie sich das silbrige Ding mit großer Geschwindigkeit auf sie zubewegte.

»Ruby!«, ertönte gleichzeitig eine Stimme. »Schau mal, Brant, da ist Ruby!«

Sabinas Abendkleid war zu einer Discokugel geworden, und wenn sie sich bewegte, glitzerte und glänzte es wie tausend Sterne.

»Ruby-Schatz, was stehst du so dicht am Rand, du könntest fallen!«, rief Brant warnend.

»Ja, hab ich mir auch schon gedacht«, sagte Ruby und griff nach der ausgestreckten Hand ihres Vaters.

»Oh, Mrs Digby, Sie sind ja *auch* hier!«, rief Sabina.

»Hallöchen«, sagte die alte Frau.

Clancy schlug endlich die Augen auf. »Frohes neues Jahr, Mrs Redfort«, stöhnte er.

»Alles klar mit dir, mein Junge?«, fragte Brant.

»Wie schön, dass wir uns alle hier oben treffen!«, trällerte Sabina entzückt. »Wie *tout à fait joyeux*! Unsere eigene kleine Party! Welch charmante Art, das Jahr 1974 zu begrüßen!«

»Wäre zufällig jemand so nett, mir seine Hand zu reichen?«, kam da eine Stimme von knapp unterhalb der Brüstung.

Mr und Mrs Redfort spähten über die Dachkante und sahen ihren Haushaltsmanager über dem Abgrund baumeln, nur an einer einzelnen Wimper des riesigen Augapfels hängend.

»Hitch, was machen Sie da unten?«, rief Sabina entgeistert.

»Hab einen Manschettenknopf verloren – und als ich ihn aufheben wollte, bin ich runtergefallen.«

»Manschettenknöpfe!«, schnaubte Brant. »Auf diese Dinger ist einfach kein Verlass!«

»Ein Glück, dass Sie Ihren guten Anzug tragen«, sagte Sabina.

»Ja, die von Savile Row sind einfach die besten«, sagte Hitch.
»Ich finde, ihr solltet Hitch jetzt hochholen!«, schlug Ruby vor.
»Ja, meine Arme sind schon ganz lahm«, sagte Hitch.
»Muss die Kälte sein«, meinte Sabina. »Hilf ihm doch hoch, Brant, mein Schatz, bevor noch die Nähte reißen.«
Und genau in dem Moment, als Hitch wieder auf die Dachterrasse gezogen wurde, schwebte ein Hubschrauber heran, und zwei Menschen stiegen aus, ein Mann und eine Frau.
»Endlich!«, knurrte Hitch.
Es waren LB und Agent Blacker.
»Haben wir etwas verpasst?«, rief LB.
»Nein, nein«, rief Ruby zurück, »ich würde sagen, Sie kommen genau richtig.«
»Herrje, wie aufregend!«, seufzte Sabina.
»Was für eine Show!«, rief Brant.
»Oh, ist es eine Show?«, fragte Sabina.
»Schwer zu sagen«, meinte Ruby.
»Hier muss doch etwas passiert sein, oder etwa nicht?«, sagte Sabina und sah sich hilfesuchend um. »Was meinen *Sie*, Mrs Digby?«
»Wissen Sie was, Mrs R?«, antwortete die Haushälterin und musterte ihre glitzernde Arbeitgeberin gelassen. »Es ist, wie ich immer sage: Stellen Sie mir keine Fragen, und ich erzähle Ihnen keine Lügen.«

Zweimal Glück gehabt

Offenbar war Casey Morgan während der ganzen letzten elf Jahre auf der Suche nach dem Kind mit dem Code in den Augen gewesen. Sie hatte ausgeklügelte Fallen gestellt, um das Mädchen zu sich zu locken, doch nur zweimal wäre es ihr beinahe geglückt.

Die erste Falle bestand aus einem Preisrätsel auf einer Cornpops-Packung, das Ruby gesehen und auch gelöst hatte. Sie hatte den Coupon ausgefüllt, in einen Umschlag gesteckt und die Anschrift daraufgeschrieben, doch er war nie angekommen. Das lag an der Vergesslichkeit ihres Vaters: Er hatte den Umschlag seiner Tochter nicht eingeworfen und ihr damit zweifellos das Leben gerettet.

Die zweite Falle war ein gelber Ballon mit einem Smiley an einer langen pinkfarbenen Schnur gewesen, an der ein brauner Zettel befestigt war, der wie ein altmodischer Kofferanhänger aussah. Hätte Ruby genauer hingesehen, hätte sie bemerkt, dass in dem lächelnden Luftballon etwas versteckt war, doch das war ihr entgangen, weil sie den Anhänger interessanter fand als den Ballon selbst. Sie hatte ihn von der Schnur befreit und den Ballon dann losgelassen und ihm nachgeschaut, als er zum herbstlichen Himmel emporstieg, bis er schließlich verschwand.

Heldentaten

Aus dem *Twinford Echo*

AUFREGUNG BEIM AUGEN-BALL

Am gestrigen Abend kam es beim Augen-Ball zu mehreren ungeplanten Zwischenfällen. Die spektakuläre Silvesterfeier, als DAS Event der Stadt Twinford angesehen und organisiert von den Mäzenen Mr und Mrs Gerald Hassensack, fand ein frühes und jähes Ende, nachdem ein »ungebetener Gast« beim Erklimmen des Gebäudes entdeckt worden war.

Die Polizei vermutet, dass es die Fassadenkletterin, Brenda Ulla Zane, auf die Schmuckstücke und andere Wertgegenstände der Anwesenden abgesehen hatte. Doch sie hatte nicht mit dem beherzten Eingreifen der dreizehnjährigen Ruby Redfort gerechnet, die nicht lange zögerte und ihr einen Strich durch die Rechnung machte. In einer haarsträubenden Aktion musste die Jugendliche schließlich um ihr Leben klettern, um der gemeingefährlichen Einbrecherin zu entkommen.

Art »Hitch« Zachery, Haushaltsmanager der Familie Redfort, wollte dem Mädchen zu Hilfe eilen, doch dabei wurde er von einem bislang nicht identifizierten Mann im Laufe eines Handgemenges über die Brüstung der Dachterrasse gestoßen. Mr Zachery hatte jedoch Glück im Unglück: Er stürzte nicht in die Tiefe und damit in den sicheren Tod, weil er mit dem Ärmel seines Jacketts an einer Wimper des blinkenden Neonauges hängen blieb, dem Wahrzeichen der Augenklinik. Dazu befragt, sagte er lediglich: »Ich möchte meinem Londoner Maßschneider Savile Row danken.«

Nur dem entschlossenen Eingreifen der betagten Haushälterin Mrs Myrtle Digby ist es zu verdanken, dass das Chaos nicht noch mehr ausartete. Mit bewundernswerter Tapferkeit stellte sie sich Zane in den Weg, als diese die Flucht ergreifen wollte, dabei ausrutschte und 34 Stockwerke tief in den sicheren Tod stürzte.

Brant und Sabina Redfort, ihres Zeichens Eltern von Ruby und Arbeitgeber von Mr Zachery und Mrs Digby, sagten, sie seien »heilfroh, dass sie alle drei Beteiligten in drei Teilen mit nach Hause nehmen konnten«.

Die Eiche im Amster Green Park

Die sechs Freunde hatten den Nachmittag im Double Donut Diner verbracht, wo sie sich Pfannkuchen schmecken ließen und sich über die Ereignisse der Silvesternacht unterhielten. Doch jetzt war es an der Zeit, wieder nach Hause zu gehen.

»Sag mal, Ruby, bist du dir sicher, dass euer Butler wirklich ein Butler ist?«, fragte Elliot, während er seine Mütze aufsetzte.

»Er ist *Haushaltsmanager*«, warf Red ein.

»Ja, aber so wie er sich benimmt, könnte er auch ein Geheimagent sein, finde ich«, sagte Del Lasco.

Mouse sah Ruby an. »Hey, du könntest übrigens auch Geheimagentin werden«, sagte sie. »Du hättest echt das Zeug dazu.«

»Was?! Mit meinen schlechten Augen?«, entgegnete Ruby.

Nachdem die anderen weg waren, beschlossen Clancy und Ruby auf dem Nachhauseweg, noch einen Abstecher zur alten Eiche im Amster Green Park zu machen. Sie kletterten in ihr Versteck hoch und saßen eine Weile da, beobachteten den Verkehr und unterhielten sich über dies und jenes.

»Und wie hat Olive reagiert, als sie gesehen hat, dass du im Gesicht ihrer Puppe herumgekritzelt hast?«, fragte Ruby.

»Erstaunlich gut«, sagte Clancy. »Sie findet es richtig aufregend und denkt, dass Buttercup versucht, mit ihr zu kommunizieren.«

»Weil jetzt ›Komm mit mir zu Clancy!‹ auf ihrem Gesicht steht?«
»Richtig«, sagte Clancy.
»Was manche Leute alles glauben …«, sagte Ruby kopfschüttelnd.
»Das kannst du laut sagen.« Clancy seufzte. »Jetzt läuft sie mir auf Schritt und Tritt nach, als wäre ich eine Art Superheld.«
»Wenn du es nicht mehr aushältst, kannst du jederzeit bei uns einziehen«, bot Ruby an.
»Super«, sagte Clancy. »Ich rufe nachher gleich bei einer Umzugsfirma an und lasse mein Zeug zu euch bringen.«
Sie saßen da, bis die ersten Sterne am Himmel auftauchten und es an der Zeit war, sich zu verabschieden.
»Du, Clance!«, rief Ruby ihm noch nach. »Danke übrigens, dass du mir das Leben gerettet hast!«
»Jederzeit gern wieder!«, rief Clancy zurück.
»Und ich verzeihe dir auch, dass du alles ausgeplaudert hast!«, rief sie.
»Bestimmt nicht freiwillig!«, schrie Clancy. »Es lag an dem Wahrheitsserum!«
»Ich weiß! Jetzt reg dich mal nicht künstlich auf – war nur ein Scherz!«
»Du könntest mich über einem Rudel Wölfe aufhängen …«
»Oder deine Zehen an Krokodile verfüttern …«, ergänzte Ruby.
»Und trotzdem würde ich dich nie verraten!«, rief Clancy.
»Und weißt du auch, warum?«, rief Ruby. »Weil du ein richtig toller Freund bist!«
»Danke für das Kompliment, tausendmal zurückgeschenkt!«, rief Clancy zum Abschied.

Eine Art Verdienstmedaille

Als Ruby das Hauptquartier von Spektrum 8 betrat, winkte ihr ein freundlicher junger Mann zu, der in der Mitte der im Kreis aufgestellten Schreibtische saß.

»Du kannst gleich durchgehen, Ruby«, sagte er. »LB erwartet dich.«

Ruby klopfte an die Tür zum strahlend weißen Büro ihrer Chefin, die wie üblich keine Schuhe trug. Die einzigen Farbtupfer im ganzen Raum waren ihre kirschrot lackierten Zehennägel.

Und wie üblich kam LB gleich auf den Punkt.

»Spektrum ist dir sehr dankbar, dass du den Code nicht hergegeben hast.«

»Das ist nicht ganz mein Verdienst«, sagte Ruby. »Eigentlich ist es unserer Haushälterin zu verdanken.«

»Ja, aber wie kam es, dass sie im richtigen Moment zur Stelle war?«

»Da müssten Sie Floh fragen«, sagte Ruby.

»Du meinst, ich soll mit deinem Hund reden?!«

Ruby zuckte nur mit den Schultern.

»Und eure Haushälterin – können wir ihr vertrauen?«

»Ich würde behaupten, dass Sie ihr Ihr Leben anvertrauen können«, antwortete Ruby.

»Sie wird nichts verraten?«

»Niemals!«, sagte Ruby im Brustton der Überzeugung. »Aber es würde sicher nicht schaden, wenn Sie ihr ein Jahresabo für das *Poker Magazin* spendieren.«

Anschließend redeten sie über den Fall, die einzelnen Ereignisse und den Ausgang.

Der Acrylglas-Anhänger war sichergestellt worden, war aber inzwischen nichts weiter als ein einfacher Schlüsselanhänger; er war bei Summs Sturz von der Dachterrasse irreparabel beschädigt worden. Vom Grafen fehlte merkwürdigerweise jede Spur. Er war wie vom Erdboden verschwunden.

»Ist er am Leben, oder ist er tot?«, fragte LB nachdenklich. »Um diese Frage beantworten zu können, müssen wir wohl noch abwarten.«

Und als Ruby dachte, die Einsatzbesprechung sei zu Ende, sagte LB überraschend: »Es scheint dir sehr schwerzufallen, dich an unsere Regel Nummer eins zu halten. Wie kommt das, Redfort?«

Darauf war Ruby nicht vorbereitet. »Ähm ... meinen Sie ... wegen Clancy?«

»Ich meine in der Tat den jungen Crew.«

»Die Sache ist die ...«, begann Ruby verlegen. »Clancy merkt immer alles, ohne dass man es ihm sagt. Er hat eine Art sechsten Sinn.« Sie sah LB an. »Wissen Sie, was ich meine?«

»Ja«, antwortete LB. »Das weiß ich zufällig.«

»Soll das heißen, dass Sie die ganze Zeit von ihm wussten?«, fragte Ruby. »Dass ich ihm alles erzähle? Wieso haben Sie dann nie etwas gesagt?«

LB hielt ihrem Blick ungerührt stand. »Ich hatte auch mal einen besten Freund, ich weiß, wie es ist.«

»Aber *Sie* haben sich an die Regeln gehalten«, sagte Ruby.

»Schau mich nicht an wie ein Hündchen, das seinen Knochen verloren hat, Redfort.« Sie zog eine Schublade ihres Schreibtisches auf und nahm einen kleinen weißen Metall-Button heraus. »Hier, er gehört dir. Du hast es verdient.«

»Was verdient?«, fragte Ruby.

LB streckte die Hand aus. »Du bist jetzt Larve, Kind, das zweite Kind, das es jemals geschafft hat.«

»Aber ich habe doch gegen Regel Nummer eins verstoßen?«, stammelte Ruby.

»Spiel hier nicht die Drama-Queen, Redfort. Regeln sind nur Regeln, und ich denke, wir wissen alle, dass Regeln nur aufgestellt werden, damit man gegen sie verstoßen kann.«

Teamplayer

Als Ruby die Eisbahn in der Bowery Street verließ, stand Hitch da und wartete auf sie.

»Na, wie lief's?«, fragte er.

»Ich habe ein Abzeichen bekommen«, sagte Ruby.

»Für gutes Benehmen?«, fragte er spöttisch.

»So ähnlich«, antwortete Ruby. »Tut mir übrigens leid, dass ich Sie für einen Psycho gehalten habe.«

»Vielleicht war dir mein Rasierwasser zu Kopf gestiegen.«

Hitch zeigte sich erstaunt, dass Ruby nicht gemerkt hatte, wie massiv er sie unterstützt hatte, damit sie ins Prismenarchiv kam. Er hatte sie damals in Groetes Codierraum gelotst, wo sie sich unerlaubterweise seine Verschlüsselungsunterlagen angesehen und den Skytale-Stift entdeckt hatte. Und er hatte ihr immer wieder Hinweise zugespielt.

»Was meinst du, wieso ich dich damals ins Planetarium bestellt habe?«, fragte er.

»Weil es Ihnen dort gefällt, habe ich mir gedacht«, meinte sie achselzuckend.

»Kleine, ich fürchte, du verlierst allmählich den Biss.«

Ruby wunderte sich. »Warum diese ganze Heimlichtuerei?«

»Das musste sein, wegen des Maulwurfs. Aber ich habe dich ständig im Auge behalten.«

»Ach?! Ich hatte tatsächlich öfter das Gefühl, beobachtet zu werden«, sagte Ruby.

Eine weitere Überraschung war, *wie* Hitch erfahren hatte, dass Summ in Wirklichkeit Casey Morgan war.

»Es war Groete, der dahinterkam. Wenn er an jenem Abend nicht sämtliche Akten durchgeschaut und eins und eins zusammengezählt hätte, wärst du jetzt mausetot.«

»Dann habe ich Old Kröte offenbar die ganze Zeit unterschätzt«, sagte Ruby. »Ich denke, ich bin ihm einen Gefallen schuldig.«

»Denke ich auch«, sagte Hitch. »Sei in Zukunft einfach ein bisschen netter zu ihm, okay? Wie wär's, wenn du ihm mal einen Donut mitbringst oder so?«

»Stimmt, kann ich machen«, sagte Ruby. »Vielleicht sogar eine ganze Tüte voll.«

»Das lob ich mir«, sagte Hitch.

Und als sie vor dem Green-Wood-Haus anhielten, sagte Ruby: »Wissen Sie was, Hitch? Sie sind ein toller Agent!«

Er grinste sie an und sagte augenzwinkernd: »Danke gleichfalls, Kleine.«

Verbrechen zahlen sich aus

Aus dem *Twinford Echo*

Der Auftritt von Mrs Myrtle Digby und Ms Ruby Redfort bei der Quizshow *Dreißig Minuten Mord* hat sich für die beiden wahrlich bezahlt gemacht. Zum ersten Mal in der Geschichte dieser Quizshow konnten die beiden Kandidatinnen sämtliche Fragen richtig beantworten und erzielten damit die maximale Punktzahl.

»Ich bin mit Thrillern und Krimis groß geworden«, erklärte die dreizehnjährige Ruby ihr erstaunliches Faktenwissen. »Ich habe mir *TV-Crime-Night* schon angeschaut, bevor ich überhaupt laufen konnte.«

Vor einem begeisterten Studiopublikum überreichte ihnen der Moderator Jovis van Straubenzee den dicken Scheck mit dem Preisgeld. Myrtle Digby kommentierte es mit: »Wie mein guter alter Pa immer sagte: Verbrechen zahlen sich aus!«

Eine Anmerkung zu den Codes im Prismenarchiv

Von Marcus du Sautoy, Rubys Super-Berater

Um sich Zutritt zum Prismenarchiv zu verschaffen, musste Ruby etliche Codes knacken – allesamt ausgetüftelt von ihrem Erzfeind bei Spektrum, Miles Groete.

Die Pünktchen-Quadrate

Ruby hat es mit zwei Quadraten mit jeweils 10 × 10 schwarzen und weißen Pünktchen zu tun. Wie kommt sie dahinter, dass darin ein vierstelliger Code versteckt ist? So sahen die Quadrate aus:

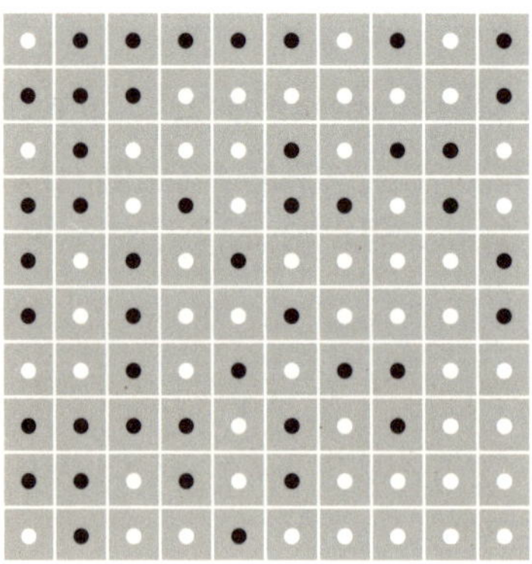
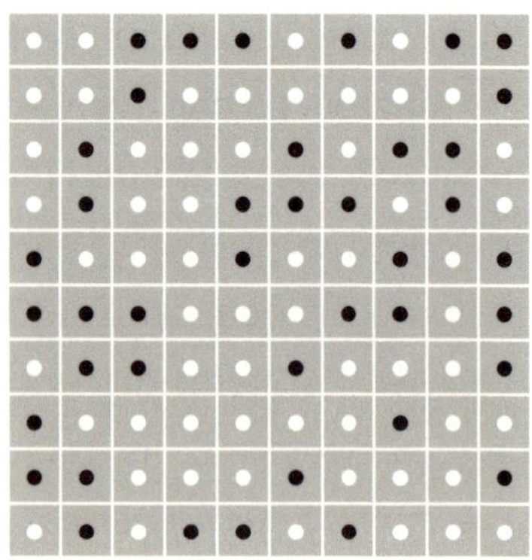

Ruby bemerkt schnell, dass die Quadrate eine ziemlich interessante Eigenschaft aufweisen, und sie erinnert sich an ein Buch, das sie in Groetes Büro gesehen hat und in dem es um Fehlerkorrekturcodes ging. Ruby fällt auf, dass das letzte Pünktchen immer dann schwarz ist, wenn in den Kästchenreihen eine *ungerade* Anzahl von schwarzen Punkten vorkommt. Bei einer *geraden* Anzahl von schwarzen Punkten ist der letzte Punkt weiß. Dasselbe gilt auch für die senkrechten Spalten. Bei einer *ungeraden* Anzahl von schwarzen Punkten in den senkrechten Reihen befindet sich im untersten Kästchen ein schwarzer Punkt. Bei einer *geraden* Zahl von schwarzen Punkten ist das Pünktchen im letzten unteren Kästchen weiß.

Diese Art Code wird *binärer Fehlerkorrekturcode* genannt. Er gehört zur Gruppe der Codes, mit denen Computer Fehler aufspüren, die sich eingeschlichen haben können, wenn Nachrichten zum Beispiel übers Internet oder per Satellit gesendet werden. Solche fehlerkorrigierenden Codes werden für vieles angewandt, vom Verschlüsseln von Digitalfotos bis hin zu Kommunikationen mit deinen Freunden im Internet.

Du hast vielleicht auch schon mal die Erfahrung gemacht, dass man beim Telefonieren nicht immer ganz genau versteht, was der Gesprächspartner sagt. Wenn Computer miteinander kommunizieren, kann dasselbe Problem auftreten, doch dank cleverer Formeln, die sich Informatiker ausgedacht haben, sind wir heute in der Lage, Daten so zu codieren, dass diese »Interferenzen« nicht mehr auftreten.

Im realen Leben wird bei der Kommunikation zwischen Computern, bei der oft riesige Datenmengen übertragen werden, hauptsächlich der binäre Fehlerkorrekturcode verwendet, weil er relativ einfach ist.

Das liegt daran, dass Computer die meisten Informationen in Form von binären Daten übertragen – eine Abfolge von 1 und 0. Diesen Datenmengen werden sogenannte Prüfbits angehängt, die dem empfangenden Computer sagen, ob in der Nachricht eine ungerade oder gerade Anzahl von Einsen oder Nullen vorkommen soll. Wenn das Paritätsbit ›ungerade‹ sagt, obwohl eine gerade Anzahl enthalten ist, oder umgekehrt, weiß der empfangende Computer, dass etwas schiefgelaufen ist.

Ruby kann den paritätischen Bitcode nur knacken, weil sie das weiß. Wie ein Computer, der eine Übertragung empfängt, merkt sie, dass in dem linken Quadrat Fehler auftauchen, und zwar jeweils waagrecht und senkrecht. Findest du heraus, in welcher Reihe der Fehler steckt?

Sieh dir die erste Reihe an. In den ersten neun Kästchen befindet sich eine gerade Anzahl schwarzer Pünktchen, doch im letzten Kästchen ist ein schwarzer Punkt. Er müsste aber weiß sein! Auch die zweite Spalte stimmt nicht, weil es eine gerade Anzahl schwarzer Punkte gibt, und wieder ist im letzten Kästchen ein schwarzer Punkt.

Ruby merkt, dass diese Fehler absichtlich eingebaut wurden und ihr die ersten zwei Zahlen des vierstelligen Codes mitteilen, nämlich 1 und 2.

Findest du im zweiten Quadrat die beiden weiteren Zahlen? Welche Reihe und welche Spalte stimmen nicht?

Der chromatische Code

Wenig später bekommt Ruby es mit einem Code zu tun, bei dem es darum geht, sich eine Abfolge von Tönen anzuhören und auf einem Keyboard eine Antwort darauf zu spielen.
Das Keyboard sieht folgendermaßen aus:

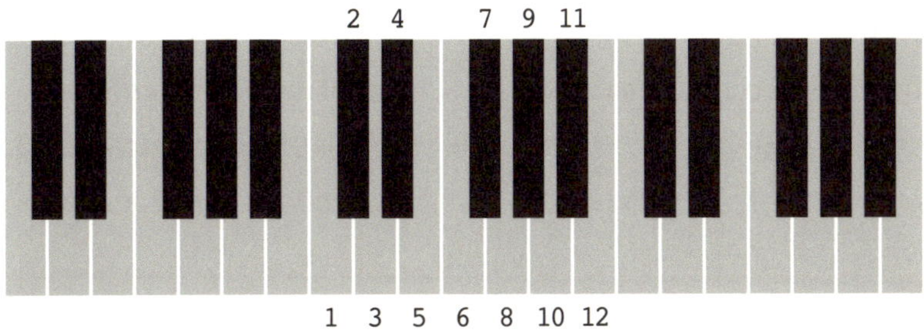

Dieser Code beruht darauf, dass eine sogenannte chromatische Tonleiter aus zwölf Tönen besteht: einer Abfolge von zwölf weißen und schwarzen Tasten auf dem Klavier, die sich wiederholen.
Werden sie von eins bis zwölf durchnummeriert, hört Ruby folgende Töne:

6 7 5 8 4 9 3 10

Sie stellt fest, dass folgende vier Töne fehlen:

2 11 1 12

Diese vier Töne muss sie auf dem Keyboard spielen, um Zugriff auf die Akten zu haben.

Aber woher weiß Ruby, welche Noten sie spielen muss? Nun, in diesem Fall ist ihr aufgefallen, dass die Töne, die sie gehört hat, zu einer berühmten mathematischen Sequenz gehören und dass die letzten vier fehlen.

Die Vertauschung von Zahlen kennt man auch von einer sehr bekannten Art des Kartenmischens, dem *Monge's Shuffle.* Wenn du ein Kartenspiel aus zwölf von eins bis zwölf durchnummerierten Karten in der rechten Hand hast und jeweils die oberste und die unterste Karte wegnimmst und daraus einen Stapel in der linken Hand bildest, kommen die Karten in folgender Reihenfolge zu liegen:

6 7 5 8 4 9 3 10 **2 11 1 12**

Nachdem Ruby gemerkt hat, was sie gehört hat, muss sie nur die vier noch fehlenden Töne spielen, die oben fettgedruckt sind.

Diese Tonfolge stammt aus dem Klavierstück *Ile de Feu 2* des französischen Komponisten Olivier Messiaen. Interessanterweise war Messiaen wie Groete Synästhetiker – das heißt, für ihn hatten Töne und Akkorde immer eine spezielle Farbe, und das setzte er beim Komponieren seiner Musikstücke um. Es kann gut sein, dass Groete an ihn gedacht hat, als er seinen chromatischen Code generierte.

Dank

In den vergangenen sieben Jahren habe ich an den sechs Ruby-Büchern gearbeitet und hatte das riesige Glück, die ganze Zeit viele großartige und motivierende Menschen um mich zu haben. Ich möchte mich zuerst bei einigen von ihnen bedanken, mit denen eine enge Zusammenarbeit bestand, um die sechs Bände zu konzipieren und herzustellen, zu promoten und zu verkaufen:
AD, Ruth Alltimes, Carla Alonzi, Martin Brown, Mary Byrne, Kate Clarke, Emily Faccini, Rachel Folder, Thomas Gardner, Nick Lake, David Mackintosh, Kerrie McIlloney, Lily Morgan, Phil Perry, Tanya Brennand-Roper, Alice Lee und dem ID Audio Team, Alison Ruane, Sandro Sodano, Marcus du Sautoy, Rachael Stirling, Geraldine Stroud, Sam Swinnerton, Nicola Way, Danny Webb, Sam White und das ganze Team von HarperCollins.
Außerdem möchte ich den vielen Buchhändlern, Bibliothekaren, Lehrern und Rezensenten danken, die mich so sehr unterstützt haben.
Viele meiner Freundinnen und Freunde haben Ideen beigesteuert, mir Feedback gegeben oder mir bei anderen Dingen weitergeholfen. Ich kann an dieser Stelle unmöglich alle aufführen, aber einige von ihnen möchte ich doch nennen –

in keiner bestimmten Reihenfolge. Danke, Marcia, Natalka, Neyla, Ilona, Aneta, Abi, Cress, Maisie, Jo, Quincy, Pete, Trisha, Simon, Ben, Richard, Conrad und Enzo.

Ein spezielles Dankeschön geht an folgende Personen dafür, dass sie meine Leser waren: Lucy Grosvenor, Lucy Lardle, Georgie, John, Molly, Delfina, Bay, Louis, Lorelei, Matilda, Alice, Peps, Innara, Beatrice, Isaac, Sarah, Stanley, Claudia, Albie, Vincent, Hal, Sasha, Josey, Sophia, Nell, Rachel W. Jenny, Cousine Lucy, Cousine Phoebe, meinen Vater, meine Mutter und insbesondere Tuesday, die zwar noch zu klein ist, um sich die Geschichten anzuhören oder sie zu lesen, mir aber immer sagt, dass sie sie liebt.

Doch am allermeisten danke ich euch allen, die ihr meine Bücher gelesen habt, worüber ich mich sehr freue. Ich habe etliche entzückende Briefe zu Ruby erhalten und auch T-Shirts mit ihren Sprüchen, Zeichnungen und Ausdrücken gesehen. Und ich erhielt auch Anregungen für weitere Abenteuer – daher: herzlichen Dank euch allen.

Und schließlich geht selbstverständlich auch ein großes Dankeschön an meine Verlegerin: AJM, die LB bei HarperCollins.

Wenn dir ›Ruby Redfort – Tödlicher als Verrat‹ gefallen hat, magst du bestimmt auch ›Ruby Redfort – Giftiger als Schlangen‹. Hier kannst du schon mal reinlesen …

1. Kapitel

Falsche Zeit, falscher Ort

Als Ruby Redfort an diesem Morgen aufstand, hätte sie sich nicht träumen lassen, was für ein schlimmer Tag vor ihr lag. Dass sie wie eine Verrückte durch die Straßen hinter dem Amster Green Park rennen würde, hatte sie bestimmt nicht geplant, und auch nicht, wie froh sie über den Anblick eines Müllcontainers vor der Five Aces Poker Bar sein würde. Aber so war es gekommen. Manchmal passieren einem Dinge, mit denen man nie gerechnet hätte.

REGEL 1: MAN WEISS NIE GANZ GENAU, WAS ALS NÄCHSTES PASSIERT.

Als Ruby das Haus verließ, glaubte sie noch, einen friedlichen Samstag vor sich zu haben. Und sie hoffte es auch. Sie schlief in letzter Zeit schlecht und fühlte sich nicht in Hochform. Sie wollte nur rasch ins Antiquariat gehen, dem Inhaber, Ray Penny, freundlich zunicken und sich eventuell nach seinem Hund Jake erkundigen, der im Moment in der Tierklinik lag, weil er eine ganze Tafel Schokolade gefressen und sich dadurch fast vergiftet hätte. Dann wollte sie die Regale nach einem guten Krimi absuchen und es sich damit zu Hause gemütlich machen. Ihr war an diesem Tag nicht nach viel zwischenmenschlichem Kontakt.

Wie es der Wetterbericht vorhergesagt hatte, war es immer noch sehr windig, und als Ruby den Cedarwood Drive hinunterging, riss ein besonders heftiger Windstoß an ihrer Haarspange und wehte ihr die Haare ins Gesicht und vor die Brille, so dass Ruby kaum etwas sehen konnte.

Die »Lüftchen«, wie die Einwohner von Twinford diese heftigen Böen nannten, hatten die Stadt nun schon seit gut vierzehn Tagen fest im Griff, genauer gesagt seit dem Abend des *Scarlet Pagoda Filmfestivals* – ein Abend, den Ruby vermutlich nie vergessen würde. Denn obwohl sie nicht zum ersten Mal von einem Hochhaus gefallen war, so war es doch das erste Mal, dass sie mit voller Absicht hinuntergestoßen wurde.

Bei dem fraglichen Hochhaus hatte es sich um das Hotel Circus Grande gehandelt, und hinuntergestoßen wurde sie von der Psychopathin und Killerin Loreley van Leyden. Dabei hatte die es gar nicht persönlich auf Ruby abgesehen gehabt, die nur zur falschen Zeit am falschen Ort gewesen war. Doch da Loreley mittlerweile im Hochsicherheitstrakt eines Frauengefängnisses saß und auf ihren Gerichtsprozess wartete, konnte Ruby wieder beruhigter schlafen. Denn sie ahnte, dass Loreley zu den Menschen gehörte, die ziemlich nachtragend sein konnten.

Als Ruby nun um die Ecke bog und auf die Hauptstraße kam, sah sie Del Lasco gerade etwas überstürzt aus dem neulich eröffneten Slush Store kommen – eine Eisdiele, die sich auf halbgefrorene Erfrischungsdrinks spezialisiert hatte –, in der linken Hand einen blauen Slushy. Ihr rechtes Handgelenk war verbunden, weil sie es wieder mal verstaucht hatte. Sie wirkte alles andere als fröhlich. Normalerweise hätte sich Ruby gefreut, ihre Freundin zu sehen, doch an diesem speziellen Nachmittag spürte sie, dass sich etwas zusammenbraute. Und tatsächlich – genau elf Sekunden später bestätigte sich diese Vorahnung, denn gleich nach Del stürmte auch Vapona Begwell, die größte Giftschlange an Rubys und Dels Junior Highschool, in Begleitung einiger ihrer Bewunderinnen aus dem Store. Selbst ein unbeteiligter Zuschauer hätte gespürt, dass Vapona Del nicht einfach nach der Uhrzeit fragen wollte.

»Kannst du das bitte noch mal sagen, Lasco?«, rief Vapona empört. »Ich glaube, ich habe mich verhört.«

»O nein, du hast es ganz genau gehört, Pupswell!«, rief Del zurück.

»Dann sag's mir ins Gesicht, wenn du dich traust!«

»Gern, aber bei dir weiß man nie, ob dein wahres Gesicht nicht *hinten* ist!«, rief Del.

Jetzt reichte es Vapona. Sie holte aus, um Del mit voller Wucht ins Gesicht zu schlagen. Doch Del, kampferprobt, wie sie war, reagierte blitzschnell und duckte sich, so dass Vaponas Faust auf der zugegebenermaßen süßen Stupsnase ihrer besten Freundin Gemma Melamare landete.

Der Schrei, der aus Melamares Mund kam, war so laut, dass alle Umstehenden erstarrten – alle außer Ruby. Die war inzwischen bei der kleinen Gruppe angelangt und zog Del kurz entschlossen an der Kapuze ihres Hoodies über die Straße und in eine Seitengasse der Amster Street. Vaponas Clique war noch so erschüttert von dem Unerhörten, dass es eine Minute dauerte, bis alle gemerkt hatten, dass Del Lasco den Ort des Geschehens verlassen hatte.

»Hey! Komm sofort zurück, Lasco! Du feiges Huhn!«

»Lauf!«, rief Ruby.

Del ließ ihren blauen Slushy fallen und gab Fersengeld. Ruby natürlich auch.

Sie flitzten an der Rückseite des Minimarts vorbei zur Gasse, die zur Maize Street führte, überquerten sie (unter Reifenquietschen und lautem Gehupe), rannten weiter durch die nächsten zwei Gassen über die Maple, die Larch und die Fortune Street und von dort aus dann in östlicher Richtung in die belebte Crocker Street, wo es nur schäbige Bars gab und Secondhandläden, die nichts im Angebot hatten, was ein normaler Mensch gern kaufen würde.

Die Pupswell mit ihrem Gefolge verfolgte sie, und bedauerlicherweise hörten sie sie immer näher kommen. Del und Ruby liefen weiter und weiter, doch leider gab es nirgends einen Ort, an dem sie sich hätten verstecken können. In der Crocker Street gab es keine Seitengassen mehr, nur die lange, breite, gerade Straße mit Bars, Pfandleihern und Spielcasinos – also keinen Ort, an dem zwei Mädchen unauffällig hätten verschwinden können. Kurz vor der Five Aces Poker Bar wurde Ruby klar, dass sie ernsthaft in der Klemme steckten, denn die Pupswell würde nicht aufgeben. Ruby hätte dank ihres Parkour-Trainings durch Hitch zwar problemlos an einem Haus hochrennen und über die Dächer fliehen können, doch für

Del mit ihrem verstauchten Handgelenk und ohne jede Parkour-Erfahrung war das natürlich keine Option.

So kam es, dass die beiden verfolgten Mädchen in ihrer Not in den Müllcontainer der Poker Bar sprangen und den Deckel von innen zuzogen.

Okay, das war ziemlich würdelos, aber wie das alte Sprichwort so schön sagt, frisst der Teufel in der Not Fliegen, und da ist einem *jedes* Versteck recht.

Und wie lautete Rubys REGEL 73 so treffend? MANCHMAL MUSS MAN SICH MIT DEM ZUFRIEDENGEBEN, WAS MAN HAT.

Wie nicht anders zu erwarten, war es kein besonders angenehmes Versteck, und Ruby bereute bitterlich, dass sie ihr gemütliches Heim verlassen und sich in die große böse Welt hinausgewagt hatte.

Sie hörten Vapona mit ihrer Clique reden.

»Wo sind sie plötzlich hin?«

»Keine Ahnung.«

LESEPROBE

Die englische Originalausgabe erschien 2015 unter dem Titel
›Ruby Redfort – Pick your Poison‹ im Verlag
HarperCollins Children's Books, London

Für die deutschsprachige Ausgabe:
© 2016 S. Fischer Verlag GmbH,
Hedderichstr. 114, D-60596 Frankfurt am Main
Aus dem Englischen von Anne Braun
Lektorat: Silvia Bartholl
ISBN 978-3-596-85549-0

Alle Abenteuer der jüngsten Geheimagentin der Welt

Habe ich		Wünsche ich mir
	›Ruby Redfort – Gefährlicher als Gold‹ (Band 1)	
	›Ruby Redfort – Kälter als das Meer‹ (Band 2)	
	›Ruby Redfort – Schneller als Feuer‹ (Band 3)	
	›Ruby Redfort – Dunkler als die Nacht‹ (Band 4)	
	›Ruby Redfort – Giftiger als Schlangen‹ (Band 5)	
	›Ruby Redfort – Tödlicher als Verrat‹ (Band 6)	

Deine Wunschliste bitte hier ausschneiden.